闪光的启明星

胡永明诗歌评论集

舒爱萍 编著

上海科学普及出版社

目录

序　言
001　胡永明是怎样一个诗人 / 吴欢章

第一集
003　胡永明是一位创作勤奋的诗人 / 叶　辛
005　书香门第春常在 / 李伦新
007　略谈胡永明诗歌创作新发展 / 刘希涛
014　策论、诗行映人生 / 胡宝华
017　少年胡永明的诗歌天赋 / 胡金标
020　胡永明的诗歌创作与诗歌观念 / 孙琴安
033　一种体现创新精神的新体诗
　　　　——评胡永明的新风诗 / 潘颂德
044　爱情是人类永恒的追求
　　　　——小论胡永明的爱情诗兼及写景诗 / 任丽青
048　万紫千红总是春
　　　　——试论胡永明咏花卉诗的特色 / 葛乃福
054　用诗歌书写灿烂人生 / 陈新光
058　承传统　开新风
　　　　——浅谈胡永明诗的表现 / 沈慧敏

070	永明诗的现实主义精神和人民性 /	张建中
072	启明金星　永远闪耀 /	陆　新
075	形象美与自然美的结合 /	黄华旗
078	浅论胡永明创作的四十首新风诗中的意境 /	汪　欣
081	公安诗人、作家胡永明诗歌《留痕》赏析 /	胡金全
085	诗涌家国情　歌颂时代新	
	——评《启明诗》的家国情怀 /	张天竞
089	试谈《启明诗》的诗观诗魂诗情诗风 /	张春新
096	八牛翁读启明诗 /	朱渊澄
100	读佩剑诗人《启明诗》的遐想 /	熊鹏举
111	如诗如歌的精美人生	
	——喜读《启明诗》一书有感 /	胡隆庆
115	《启明诗》读感 /	向德旺
121	《启明诗》感怀 /	邓兴衡
129	国计民生入诗篇	
	——读胡永明《启明诗》之"建设诗" /	陈晶龙
132	略谈胡永明的爱情诗 /	张谷平
135	《启明诗》的一大创举	
	——略谈胡永明诗集的"编外篇"与附录 /	季渺海
138	《启明诗》和《启明星在闪耀——胡永明诗书评论集》读后感	
	/	许翠萍
141	真情倾诉　爱意绵绵	
	——读《给远方的至爱——胡永明爱情诗选》有感 /	刘宝玉

146 在诗歌中展现的人品
　　　　——读胡永明诗有感 / 王家泉
150 读父亲胡永明新诗《我是一棵小草》的感想 / 胡俊晴

第二集

155 以热爱诗歌事业为乐　以促进诗歌发展为荣
　　　　——胡永明为人、做诗和治学 / 舒爱萍
169 为人求实　为诗求新
　　　　——浅谈胡永明诗歌艺术 / 舒爱萍
179 读你千遍也不厌倦
　　　　——浅谈胡永明爱情诗的生活基础和艺术特点 / 舒爱萍
193 诗缘　情缘
　　　　——随谈胡永明诗歌创作 / 舒爱萍
203 敢于传承创新　长于以诗论诗
　　　　——述评胡永明以诗论诗的总论、分论和主张 / 舒爱萍
214 勇于推陈出新　善于以词论诗
　　　　——解读胡永明词《莺啼序·论诗》 / 舒爱萍
224 简谈胡永明提出的诗歌概念和倡导的新风诗 / 舒爱萍
231 略谈胡永明诗中的哲学观念 / 舒爱萍
235 评胡永明现代格律诗《上海在成长——庆祝上海改革开放四十周年》
　　　　——兼谈现当代城市诗的城市元素问题 / 舒爱萍
242 评胡永明现代格律诗《留痕》 / 舒爱萍
247 评胡永明半格律式新体诗《蜡梅》

　　　　——兼谈诗人的生日诗 / 舒爱萍

254　评胡永明多元融合的新体诗《让我们到野外去游玩》/ 舒爱萍

260　评胡永明新风诗《生日歌》/ 舒爱萍

263　简析胡永明创作的与胡适大师同题诗《蝴蝶》/ 舒爱萍

268　对格律诗古为今用的有益实践

　　　　——简析胡永明七绝《赏升金湖晚景兼赞池州天源新发展》

　　　　/ 舒爱萍

第三集

273　为永明君大喜而作 / 韩焕昌

274　己亥年新寄永明友 / 宋海年

275　赞《启明星在闪耀——胡永明诗书评论集》/ 戚泉木

276　思佳客·喜结诗友胡永明 / 瞿　若

277　永遇乐·论《中华五千年》/ 方　旭

279　为永明诗书人点赞 / 潘培坤

281　赞永明诗歌讲座 / 潘培坤

283　喜读启明诗和启明星在闪耀

　　　　——祝贺胡永明新书研讨会召开 / 吴振兴

285　致永明并祝永明夫妇获奖 / 张春新

286　赞胡永明老师、舒爱萍老师同获金奖 / 朱泰来

287　贺永明、爱萍伉俪同获"印象中国年"全国首届新春主题文学

　　　　大赛金奖 / 过子泉

288　书缘

　　　　　——致胡永明、舒爱萍贤伉俪 / 崔丽娟

290　诗意人生

　　　　　——致永明兄 / 崔丽娟

291　遇见·相知

　　　　　——献给坚持梦想的诗人胡永明、舒爱萍夫妇 / 王　岚

293　有一枚钻石 / 黄玉燕

297　因为懂得　所以安心

　　　　　——写给胡永明、舒爱萍夫妇 / 李　莉

300　警监诗人　神奇美画

　　　　　——致诗人胡永明 / 俞娜华

306　读启明诗歌 / 原　因

308　读胡永明老师诗有感 / 张春发

310　诗赞《启明诗》/ 刘晓红

312　赞成功

　　　　　——贺胡永明诗集出版 / 郦帼瑛

314　赞胡永明老师夫妇 / 龚珮珮

315　奇人奇家 / 陈柏有

316　赠胡永明、舒爱萍贤伉俪 / 张　斌

317　与永明兄伉俪同游作 / 曹秀芳

318　题永明兄特警照 / 曹秀芳

319　记诸君评启明诗 / 曹秀芳

320　诗人的生日 / 谈　岩

322　我的同学胡永明 / 李芝惠

327 文武报国　诗以言志
　　　　——记复旦大学校友胡永明 / 蔡佳雯

333 年轻人的启明星
　　　　——读胡永明诗集《启明诗》有感 / 常绮帆

336 祝贺胡永明 / 金　瑜

338 警监诗人胡永明之印象 / 向　云

340 漫说我心目中的启明星
　　　　——导师永明印象 / 郑振国

347 我的良师益友胡永明 / 董妮亚

350 诗人意趣　卫士情怀
　　　　——胡永明其人其诗 / 谢国霖

364 文学，三代人的延续 / 朱超群

371 文学，筑就夫妻情深 / 朱超群

376 诗品　人品
　　　　——与胡永明、舒爱萍伉俪的诗缘 / 唐建华

380 诗人的胸怀
　　　　——一个从"没想到"开始的小故事 / 沈慧敏

384 诗花绽开的声音
　　　　——有感一场别样的讲座 / 曹爱红

附　录

389 参加舒爱萍《启明星在闪耀——胡永明诗书评论集》研讨会
　　　有感 / 王永银

390 略评舒爱萍《启明星在闪耀——胡永明诗书评论集》/ 潘颂德

393 诗书如星耀天空
　　　——舒爱萍编著的《启明星在闪耀——胡永明诗书评论集》读记
　　　/ 邵天骏

399 悦读"三评"　赏心悦目
　　　——在舒爱萍《启明星在闪耀——胡永明诗书评论集》一书研讨会
　　　上的发言 / 叶基馥

402 大家论评说　精彩皆赞好 / 朱国维

412 听舒爱萍演唱《再唱山歌给党听》有感 / 陆　新

413 上海出海口文学社举行"胡永明　冷冬雪　过子泉诗歌、美酒、养生讲座"受欢迎、反响好 / 舒爱萍

415 中国诗歌博大精深　诗歌普及任重道远
　　　——百友作家沙龙邀请胡永明作诗歌讲座普及诗歌知识 / 舒爱萍

419 **后　记**

胡永明是怎样一个诗人

吴欢章

舒爱萍编著的《闪光的启明星——胡永明诗歌评论集》，选收了几十篇对胡永明诗歌的评论，执笔者有文坛耆宿，有中青年才俊，有文朋诗友，也有至爱亲人。这些评论从各个侧面塑造了胡永明的诗人形象。在众人笔下，胡永明是怎样一个诗人呢？

胡永明是人品和诗品相统一的诗人。他长期在公安战线工作，同时又爱好诗歌。他一手持剑，保境安民；一手执笔，讴歌生活。在他看来，剑和笔是一致的，都是为了推动社会的进步和实现生活的美好。永明品格高尚，从大的方面说，他热爱祖国，热爱人民，有理想，有抱负，是一个具有浓厚的家国情怀的人；从小的方面说，他为人正直，爱憎分明，做事认真，乐于助人，是一个值得信赖的人。他的优秀品质，自然地融于创作，形成明洁高远的诗格。人品与诗格能否一致，是检验真假诗人的试金石。当下诗坛，人品与诗格不一致的现象比比皆是。有些人满脑子追名逐利，心里只装着一己之私，笔下的文字言不由衷，不能不使读者心存疑问，这实际上是一些带引号的"诗人"。"文学是人学"，这是颠扑不破的真理。人品不高，何以论诗？对照诗坛这种弊端，永明的人品诗艺就显得尤为可贵，值得推崇弘扬。

胡永明也是热爱诗歌和热爱生活相统一的诗人。诗爱说到底就是生活爱。永明的诗歌琳琅满目，题材多种多样，举凡祖国建设，大地山河，当代英豪，古圣先贤，爱情友谊，草木花卉，日月星辰，风云雷电，皆收于笔底，发出诗的光辉。题材的广泛，表明他的生活爱的辽阔。永明几十年来不懈创作，几乎无年不诗，无月不诗，无日不诗。长年累月笔耕不辍，表明他的生活爱的持久。永明在诗中讴歌生活的美好，礼赞社会的进步，发掘人性的美丽，表现精神的崇高。促进生活向上向善的努力，表明他的生活爱的深刻。这种把诗爱和生活爱有机融合的创作，能鼓舞人民热爱生活和改进生活的创作，才是真正有益于人、有利于世的创作。

胡永明又是创作探索和理论探索相统一的诗人。他一方面进行诗歌创作实践，一方面又从事诗歌理论研究。在创作和理论两个方面，他都富有探索精神。在创作上，他能把继承传统和革新改造结合起来。对于诗体运用，他不拘新旧，无碍中外，把古今中外打通，既写新体诗，也写旧体诗。在新体诗中，既写自由体，也写格律体和半格律体；在旧体诗中，绝句、律诗、古风、词曲、齐言、杂言都有所涉猎。在理论上，他对诗魂、诗境、诗律、诗韵、诗歌表现手法、诗歌评价标准、诗体变革、诗歌发展方向等做了一系列的探索。值得注意的是，他还把理论和创作结合起来，双向濡养、双向互动。他根据毛泽东的诗学理论提出"新风诗"的观念并付诸创作实践，就是一个例证。在实践中能把创作和理论结合起来，这在当今诗坛是尚不多见的可贵现象。永明是一个勤于思考的人，他有很强烈的求新意识，这是应该继续发扬的。"欲穷千里目，更上一层楼。"他应该以更广阔的眼光，观察和掌握当前我国诗坛在创作和理论两个领域最前沿的动向和态势，进行更准确、更深入、更系统的思考，使观点更具科学性，这样才可能把求新意识转化成为真正的创新成果。这是我对永明的一个期待。

胡永明还是小爱和大爱相统一的诗人。他有一个充满书香气息的温馨家庭。父亲胡宝华是一个工人作家，女儿胡俊晴是一个喜爱和从事艺术事业的青年，妻子舒爱萍更是一个和他同样热爱诗歌并从事诗歌创作的亲密伙伴。他俩因诗结缘，因诗同行，几十年来相濡以沫，同歌共吟。从舒爱萍在本书中所写的对于永明诗歌的评论，可见他们的相知之深，也可看到她对他的期望之殷。永明所以成为一个诗人，从大的环境看，是由于党和新社会的阳光雨露；从小的环境看，这个温情脉脉的家庭，也是他的诗歌诞生和成长的摇篮。父子、父女、夫妻三重关爱，砥砺前行，共同把他推向诗歌创作的大爱境界。这是蓝天下的一阕温馨曲，也是新时代的一支爱情歌。

（吴欢章：上海大学教授、中国作家协会会员、著名文学评论家。该序于2019年8月写于上海。）

⊥ 胡永明、舒爱萍伉俪与吴欢章（中）在大隐书局创智天地店参加《出海口浪花》首发式（2018年12月5日）

⊤ 胡永明全家与吴欢章（中）、叶辛（右三）、李伦新（右二）、刘希涛（右一）在上海青松城参加"胡永明《诗歌创作手册》研讨会"时留影（2015年12月5日）

第一集

胡永明是一位创作勤奋的诗人

叶 辛

胡永明是一位创作勤奋的诗人。前些年,他在公安战线担任领导职务,时有诗歌发表。自从退了下来,尤其是参与了已经有百人以上的出海口文学社领导工作以后,可能是摆脱了繁忙的日常事务,他的诗歌创作堪称进入了一个井喷式的发展阶段。才读到他的咏物诗10首、山水诗10首、建设诗10首,没过多久,便又读到了他的自由诗选40首,涉及

胡永明与叶辛出席"纪念改革开放四十周年知青原创歌曲展演"(2018年12月18日)

的题材更为广泛和多样,有的抒情,有的放歌,有的描绘景物,有的书写日常生活现象,不一而足。

近年来,还听到他不时获得诗歌奖的消息,可谓可喜可贺!

作为朋友,我真心地希望永明有更多更出色的诗作发表。更多指的是勤于笔耕,勤奋创作;更出色是希望他做到自己所说的锻字、炼句、提意韵,真正达到令读者叹为观止的境界。

(叶辛:中国作家协会副主席、著名作家)

书香门第春常在

李伦新

请允许我在这里先说几句题外话：记得小时候在家乡，每逢春节将到的"大年夜"之前，村里家家户户的大门上，都会贴上大红春联，气氛很是喜庆。童蒙初开的我，请长辈教我认春联上的字，并一遍遍地读呀、背呀，故而至今还能记得一些。例如："向阳门第春常在，积善人家庆有余""多福多寿多男子，日富日贵日康宁"……

已经年过耄耋的我，如今又想起了这样一些往事：那还是在"拨乱反正"初期，刚恢复正常工作的上海市作家协会，举办了一次文学创作研讨班，我这个刚恢复工作的文学爱好者也接到了通知，走进久违了的市作家协会，见到研讨班的学员都是年过或年近半百者，其中有胡宝华同志，是著名工人作家，给我留下了难忘的印象。

岁月如流，转眼几十年过去了，如今有同志送来书稿，嘱我多提宝贵意见，作者胡永明同志，是公安机关工作的，可谓文武双全，正是胡宝华同志的公子！呵！一对酷爱文学的父子！

读了胡永明同志送来的书稿，令我欣羡之至的是：没想到老胡的儿子也如此喜爱文学创作，勤学勤笔，收获多多！初读这部书稿，我直感颇有特点，源自生活又高于生活，令我欣喜有加的同时，自然也有"将门虎子""子承父业"的感慨！是啊，父亲在工业战线工作，儿子在公安战线工作，实可谓一对父子兵，而且都能文善武，父子都是作家协会会员，并都勤奋创作、喜获丰收，实实令我敬佩不已！

胡永明与李伦新在徐家汇公园（2018年11月9日）

　　更令我欣羡之至的还有：老胡的媳妇舒爱萍，亦即胡永明的妻子，也同样酷爱文学，擅长写诗，字里行间，抒真情，表实感，读来朗朗上口。这正是名实相符的文人之家。在肃然起敬的同时，联想到我在本文开头说的那些闲话，这胡氏家庭，正是名实相符的现代版书香门第啊！

　　时值岁末年初，我写了这篇拙文，借以表达我由衷敬佩胡氏之家之情。时近新春佳节，我想，这胡府门上也许会贴上这样的春联：

　　书香门第春常在

　　创作丰收庆有余

　　　　（李伦新：上海市文联原党组书记、中国作家协会会员、著名作家）

略谈胡永明诗歌创作新发展

刘希涛

永明是从小与诗结缘、毕生以事业为重的作家,也是旧体诗与新体诗、诗歌理论与诗歌评论皆优的诗人和学者。他从幼年起接受诗教,少年时期开始写诗,青年时代进入第一个创作高峰期并写出了不少好诗,中年阶段更是在诗歌创作、理论和评论上不断拓展。正如著名文学评论家吴欢章所言:"胡永明的新体诗含有古韵,旧体诗具有今意。"他是学者型的诗人,诗人型的学者。永明现在(中年阶段)的诗歌与早期(青年时代)的诗歌相比,主要有以下几个方面的新发展:

形式更全面　　内容更丰富

永明早期走的是一条从写旧体诗到写新体诗的创作道路。他写的旧体诗主要有五绝、七绝、五律、七律和古风诗五种,新体诗主要有自由式、半格律式和格律式三种。现在,永明在进一步创作这些新、旧体诗的同时,加强了词、曲和新风诗的创作,而新风诗是他创造的一种新诗体[①],如永明卜算子《暑热》(宇宙入烘箱,/万类承灼烤。/海沸山融地生烟,/牛喘蝉聒吵。//日燃疑雨枯,/光烁嫌荫少。/爱夏方知暑难捱,/

---

① 详见胡永明编著:《诗歌创作手册》,上海辞书出版社2015年版,第14页。

但愿秋来早。注：/为分行；//为分段。下同）和金字经《庆中国高铁创造世界速度》(高铁织大网，/动车通九州。/飞快安全舒适优。/嗖！/速超美日欧。/多联手，/造福丹志酬。）等词、曲，都是早期很少甚至没有创作过的体裁。再如永明的新风诗《华山》（一山飞峙扼中原，/三峰屹立护婵娟。/攀崖揽月走峭壁，/登顶摘星游云天。/黄河披霞献哈达，/秦岭戏雾舞蹁跹。/壮美景色收眼底，/无限风光在心间。），正是他对自己提出的新风诗取民歌贴近民众、形象生动等优点，取古风诗形式自由、韵律自然等长处，取格律诗起承转合、对仗映衬等经典的探索与实践。

　　永明早期的诗歌主要写劳动、言志、爱情、咏物、山水等内容，其中新体诗写得比较多、比较好的是爱情诗，旧体诗写得比较多、比较好的是山水诗，而用新、旧体诗写的劳动诗、言志诗和咏物诗中也有一些佳作。现在，永明在进一步写好这些内容的同时，写国家大事、杰出人物的题材多了，写自己对人生、对世界、对宇宙感悟的内容多了。如永明的五律《颂中国民生工程刷新世界纪录》(国大困难巨，/蓝图举措全。/索桥捷列岳，/天路富高原。/改电洁风暖，/开渠碧浪甜。/惠民圆梦想，/赤县更娇妍。）、新风诗《周恩来》（回津领导反帝封，/旅欧发起建党团。/南昌起义缔军队，/长征处危挽狂澜。/抗日解放建功勋，/内政外交作贡献。/忍辱负重顾大局，/高风亮节永怀念。）和新体诗《我的宇宙》（我在空间中聚能/我在时间中发光//我心上不落太阳/我身上永流春江//我以祖国为圆心/我以世界为周长//我把有限给生命/我把无限给思想）等，其内容都是早期诗歌中没有涉及过的。

思想更高远　　艺术更成熟

　　诗贵有魂。而诗魂的有无和高下是由诗人的思想境界所决定的。永明从青年时代起就立志报国为民,他在中学、大学和公安机关工作期间为教育事业和公安事业做出了贡献,又通过撰写、发表数十篇论文在更广的领域为促进改革发展做出了成绩,也在学习和实践中逐步提升了思想境界。而作者思想境界的提升,必然会在诗魂中反映出来。永明17岁时写了《中学毕业前夕与同学涉海滩》:"迎霞挽手下鄹滩,/沙厚风狂作笑谈。/晃晃相搀一步步,/齐观乳燕逐征帆。"58岁时写了《中秋偕妻拍月》:"昔年相思望圆魄,今夕依偎沐清辉。趁着月近云飘离,拍得婵娟话回归。"这两首诗的创作年代相距40多年,前诗表达了作者不畏艰难、锐意进取的精神;后诗表达了作者期盼台湾回归、实现祖国统一的心愿,后诗的时代性更强了。永明29岁时写了《太阳》:"你燃烧自己,/发出全部的光和热,/驱散黑暗、温暖山河,/带来生机与欢乐。/从喷薄东升,/到壮烈西沉,/你为理想燃烧不息,/光明一世、奉献一生。"60岁时写了《天空自述》:"碧蓝是我的肤色/星球是我的细胞/轮辉是我的目光/气流是我的呼吸//我博大/包容一切/我永恒/没有终极"。这两首诗的创作年代相距30多年,前诗表达了作者要像太阳那样光明一世、奉献一生的理想;后诗表达了人类对天空(宇宙)那博大而永恒的向往与追求,后诗的境界更宏大、更高远了。

  好诗总是思想性与艺术性相统一的。诗歌的艺术性主要体现在意境上。永明在成年之前就懂得了写诗要形神兼备、虚实相生等奥秘,并不断探索与完善。永明25岁时写了《夏夜泛舟》:"湖面闪着银色的月光,/凉风送来荷花的暗香。/划入西子柔蜜的梦境,/恍惚飘临天河的中央。"61岁时写了《文人乐水》:"驰舟驾绿水,骋山迎来人。下河钓今古,上岸烹诗文。"前诗描写了作者夏夜泛舟时的情景,是从泛舟到愉悦的情景交融、从实景到梦境的虚实相生。后诗描写了作者观赏文友谈岩拍摄的"智者乐水"照片所产生的感受,全诗是用两联对仗构成的:上联是"驰舟驾绿水,骋山迎来人",意为舟驾驭绿水,驰骋而去(作者认为：驾舟就要驭水）；山迎接来人，驰骋而来（山本是不动的，将感觉在动写成主动在动）。这是看了照片上的实景，写出的舟与山相向而行的动态和诗趣。下联是"下河钓今古，上岸烹诗文"，这两句堪称佳句，可以启迪人生。就文学创作来讲，作者只有深入生活（下河）才能获取素材（今古），只有高于生活（上岸）才能创作（烹）出好的诗文。这比就事论事地写下河钓大鱼、上岸烹美味等要生动、深刻多了。同样是泛舟，后诗的艺术性更臻完善了，当然，思想性也更深刻了。

语言更精妙　韵律更完善

永明认为，诗歌语言要凝练、美妙、通俗、自然，做到增一字则显长、减一字则显短，言有尽而意无穷。他从青年时代起到现在，也一直是这样身体力行的。我们且从他早期和现在的诗歌中各取一首七言咏物诗来做比较，从诗所反映的内涵、容量上来看看语言的精妙程度。永明26岁时写了《杜鹃》："杜鹃声里杜鹃红，／朵朵绯云落九重。／一望无边如火海，／起伏峡谷雪山中。" 57岁时写了《夹竹桃》："灌木也能成大树，／笑迎寒暑春常驻。／红霞白雪耀枝头，／丹心洁身传芳馥。"这两首诗都是28个字，语言都是比较精练的，但前诗主要写了杜鹃花的形，在神的开掘上还是有很大空间的；而后诗则做到了形神兼备，语言的含意量大多了、含金量高多了，用词也更巧妙了（如夹竹桃只有红、白两种色彩的花，"红霞""白雪"分别比喻红花、白花，"丹心""洁身"又分别与"红霞""白雪"相对应等，诗中含有诸多趣味），尤其是"灌木也能成大树"（意为夹竹桃虽然是比乔木低矮的灌木，但是经过努力也能长成"大树"）写出了警句，具有引申意义。

永明认为，诗歌的音乐性是由节奏、声调和韵效三大要素构成的。他

胡永明与刘希涛在"涛声斋"（2016年5月14日）

早期的诗歌更多的是从顺口上来形成音乐性的，而现在的诗歌更多的是综合运用节奏、声调和韵效来形成音乐性的。永明18岁时在崇明前进农场徐汇区"五七"干校锻炼期间写了《插秧》："日西垂，/水田映斜晖。/青苗撒落红霞飞，/一退六插秧歌随。/抬头舒笑眉。"这是一首按照《忆江南》词的句式写成的诗，却并未按照该词谱来符合格律的要求，读来还顺口，但与讲求平仄的效果毕竟还是有差距的。他60岁时写了忆秦娥《咏竹》："芽破土，/簇生速长凌空舞。/凌空舞，/甘当禾草，/敢超乔树。//外直雪暴从容度，/中空雨润高洁铸。/高洁铸，/茫茫青翠，/年年清馥。"这是一阕严格按照《忆秦娥》词谱写成的完全符合格律要求的新韵词，真正做到了用节奏、声调和韵效来形成诗歌的音乐性。

我对永明现在的诗歌与早期的诗歌做这样的比较，并非是要贬低甚至否定其早期的诗歌。事实上，永明青年时代写诗的起点就比较高，不但写出了五绝《太湖晚景》、古风诗《叶》和新体诗《给远方的至爱》等经典佳作，也有七绝《中学毕业前夕与同学涉海滩》写成40多年后获奖发表、现代格律诗《夏夜泛舟》写成30多年后被音乐大师郭亮谱曲并被诸多歌手发到网上传唱、自由诗《我是一棵小草》被多位领导和亲友在不同场合朗诵等诗坛佳话。永明进入中年后，要在此基础上取得突破并非易事，但是他通过不懈的努力，在诗歌的形式和内容、思想和艺术、语言和韵律等方面都取得了新发展。永明现在的诗歌境界更高了、意境更佳了，题材更广了、开掘更深了，气势更大了、寓意更好了。相信他一定能乘势而上，创作出更多更好的雅俗共赏的诗歌精品力作。

　　永明进入中年以来，成了一位诗歌创作、理论、评论和活动并举的诗人。他全面拓展，不断取得新进展、新突破。在诗歌创作方面，他已出版四本诗集，发表不少诗歌并屡获全国性、国际性奖项，还与"联合国非官方事务办公室"签约，成为联合国签约诗人；在诗歌理论方面，他编著出版了《诗歌创作手册》，并创编了我国有史以来首部成套系列韵书《通用规范汉字诗声韵》（上海大世界基尼斯总部颁发了创全国之最纪录的证书，其实这也创了世界之最的纪录），为诗歌理论的发展和弥补当代韵书的欠缺做出了贡献；在诗歌评论方面，他多次出席诗歌研讨会并做精到点评，所写的诗歌评论文章专业性强、评论到位；在诗歌活动方面，他多次发起写和诗、同题诗等活动并多次作诗歌讲座，其中他和他妻子舒爱萍于2016年中秋节发起的写中秋和诗活动有叶辛、李伦新、吴欢章、孙琴安、潘颂德、任丽青等97位作家、诗人、评论家写了110首和诗，他的诗歌讲座广受好评。水利部上海勘测设计研究院原党委书记潘培坤在《赞永明诗歌讲座》中写道："洗耳聆君言，细雨润心田。……一席精讲座，启智敌数年。……"

　　在我国诗坛，永明是个比较特殊的诗人、作家和学者，这是由他的人生经历和知识结构所决定的。首先，他有坚实的文字功底。他年轻时就深入研究并掌握了语法、修辞和逻辑等基础知识，中学语文、大学语文成绩优异，工作后有 20 年以上专职从事文字工作的经历，在密集的大量的磨炼中不断增强了撰写领导讲话稿、工作计划、工作总结、工作简报、调研报告、学术论文和新闻通讯等文字能力。第二，他有诗歌创作经验和理论知识。他在诗歌方面起步很早，而且一开始就把学习研究古今中外的诗歌和理论结合起来进行，他在青年时代就是旧体诗与新体诗并重的，现在更是在诗歌创作、理论、评论和活动等方面齐头并进、相辅相成。第三，他担任领导干部 25 年，其中担任处级领导干部 17 年，并长期担任处级机关正职主要领导，思想境界高了，全局观念强了，这又提升和开阔了他在诗歌创作和研究中的境界和眼界。

永明正在坚持诗歌创作，并在抓紧修订完善诗歌韵书，计划于近年内出版《通用规范汉字诗声韵》《谈诗录》《诗歌艺术》和《诗歌新论》等书，并适时出版《胡永明诗文选》。

我与永明有缘，并受永明父亲宝华之托，一直关注着永明的情况，并为他在诗歌方面所取得的进步和成绩而感到欣慰和高兴。我曾为永明诗集《启明诗》写过序《追求完美人生　创作精美诗歌》，此文又被爱萍收入《启明星在闪耀——胡永明诗书评论集》。这两本书连同永明诗集《给远方的至爱——胡永明爱情诗选》都被 2018 年上海书展发布、展出了，受到了广大读者的青睐。在爱萍新编著的《闪光的启明星——胡永明诗歌评论集》出版之际，我根据自己对永明的了解，从一个独特的、发展的角度来写这篇文章，目的是让大家更加全面、深入地了解永明及其诗歌。

"寥寥数千方块字，／源源不断古今诗。／排列组合无穷尽，／传世佳作出真知。"这是永明写的《神奇汉语诗》。祝愿他在生活中获得更多的真知、灵感和激情，继续发现美、表现美、弘扬美，艺术生命常青、实现兴诗理想！

（刘希涛：中国作家协会会员、著名"钢铁诗人"）

策论、诗行映人生

胡宝华

永明自幼酷爱文武之道。他在读小学时，悉心寻访武林高手，并拜其为师。还在家里挂了个沙袋，拳打脚踢，嗨嗨连声，全身心投入。当年区里举行少年武术比赛，永明报名参加，成绩甚佳。永明中学毕业，考大学，选定体育学院武术专业，大学毕业留校工作几年后，又投身公安工作。在30余年公安工作岗位上，他发表论文30余篇次，为社会稳定献出了自己的治安之策，受到上级领导的重视和采纳，并屡获奖项。

我支持永明的志向和选择。永明读大学时，我是上海电机厂职工大学的负责人。1981年，永明暑假期间，我陪他进行了一次"环太湖游"。第一站到无锡，为领略太湖美景，我们投宿大箕山太湖疗养院。傍晚，至湖边观景，永明写了一首五绝《太湖晚景》："远山衔落日，湖水吐余晖。渔火芦边闪，潮声月下回。"第二站到宜兴，畅游了善卷洞和张公洞，永明作了一首古风诗《善卷洞》："飞瀑轰鸣呼客来，三层四洞任徘徊。砥柱峰寒狮象凝，云雾洞暖荷花开。雨后水声辨四门，地下古溪疑龙宅。绝妙洞天哪里来？轻滴缓流千万载！"第三站经湖州上莫干山，永明又写了一首长短句《莫干山观日台上观日出》："登高望，晓日雾中戏。时掩时揭含羞态，一瞧一躲正忸怩。尽被多情迷。"永明从小热爱诗歌，读小学时就开始写诗，成年之前就已经掌握了格律诗的创作方法，18岁前后就已写出了《中学毕业前夕与同学涉海滩》和《抢收》《插秧》等思想性和艺术性俱佳的诗歌。这次"环太湖游"，使永明在诗歌创作方面更臻成熟。

"环太湖游"固然是为了培养永明的诗情,但更重要的是要使他树立健康向上的世界观、人生观和价值观。故"环太湖游"回来,我便作了一首《环湖游感赋》:

远游何辞暑伏天,
好景会当在人间。
太湖一览水边影,
深山两探洞中仙。
擒蛟直上龙光阁,
揽日飞登塔山巅。
自古人生似旅游,
从来苦乐两相兼。

胡永明与父亲胡宝华在浦东陆家嘴(2007年2月19日)

永明是有悟性的,我没有对此诗作解,永明却一生奉行不悖。这,抑或是他天性使然。

他总是不怕苦,不怕累,孜孜不倦地学习和工作。没有奋斗时的艰苦,何来成功后的欢乐?这成了他的人生苦乐观。

他总是以乐观向上的精神状态看待世界,所以在他眼中的世界,一山一水、一草一木,都是美的象征。

心中深爱涌诗情。这是永明诗的特性。一本《启明诗》136首诗,从人物到景物,从家庭、社会到自然,每一首诗字字句句都是从他心中的深爱喷涌出来的,而非刻意造作。即便写到天灾人祸,也能看到希望在前。2014年,永明加入了上海市作家协会。

2017年6月永明从公安战线上卸任退休了。他亮丽转身,从此专攻诗艺、诗学,不断进行诗歌创作实践,又深入系统地研究诗歌理论。以实践探索理论，以理论指导实践。两条腿走路，往复循环，螺旋式上升提高。

长期以来，永明在诗歌创作和诗歌理论研究方面已经硕果累累，诗集有《晚潮拍岸的声响——胡永明诗选》《阳光化作七彩虹——胡永明诗选》《给远方的至爱——胡永明爱情诗选》《启明诗》，诗歌理论有《诗歌创作手册》，诗歌韵书有《通用规范汉字诗声韵》。他还获得不少诗歌作品、诗歌工具书的奖项和荣誉称号。

人生的价值不在于职位高低和财富多少，而要看他对国家、对社会、对人民奉献了什么，起到了什么样的作用。永明在专职岗位上奉献的是维护治安和治安策论，在业余时间和退休后奉献的是情真意切的诗行、广受欢迎的诗学著作和继往开来的诗歌韵书。这是他不畏劳苦、努力攀登的结果，如同旅游，苦在其中，乐也在其中。

只要是正能量，总能熠熠生辉的！

永明的治安策论和炽热诗行，既是永明发出的辉光，也映现了永明的人品、人格和人生。

中国新诗诞生百年之际，永明荣获新诗百年城市影响力诗人称号，并成为联合国签约诗人。他的作品将被联合国优先列入世界经典文学艺术系列名录，做更广泛的传播，以飨全球读者。近日，香港文联高级艺术顾问胡金全写了《公安诗人、作家胡永明诗歌〈留痕〉赏析》，香港著名诗人向云也写了《警监诗人胡永明之印象》，这说明永明诗歌的影响力正在逐步扩大。

诗歌创作、诗学研究，任重而道远。愿永明继续不断探索，精益求精，有所创新，以适应新时代的新情况、新要求。

（胡宝华：著名工人作家）

少年胡永明的诗歌天赋

胡金标

这几年,胡永明的诗歌创作和诗歌理论研究的成果丰硕,引起了诸多作家和评论家的关注,纷纷撰文加以肯定。其实胡永明的诗歌天赋在其少年时代就已经显露出来了。一首新韵七绝《中学毕业前夕与同学涉海滩》的小诗,很能说明问题。这首诗是胡永明和同学到海边玩的时候即兴写下的,虽然只有四句,但其天赋可见一斑。下面,我说一下对这首诗的看法。

七绝《中学毕业前夕与同学涉海滩》:

迎霞挽手下粼滩,

沙厚风狂作笑谈。

晃晃相搀一步步,

齐观乳燕逐征帆。

诗一共四句,一句一景,没有闲笔。第一句,写同学们手拉手去海边,反映出孩子们的活泼可爱。第二句,写海边风狂沙厚,但是同学们不怕,体现出蔑视困难的精神。第三句,写同学们在狂风中相互搀扶,继续前进,反映他们团结奋斗的精神。最后,写大家看到远处乳燕正追逐着远行的征帆,整个画面顿时开阔。这首诗,以同学们的活动顺序为线索,一步步开展,由近及远,构成了一幅美丽的海景图。读这首诗,就像看一个短视频,画面漂亮,人物生动,情节紧凑,一步步慢慢地展现出来,反映出作者在少年时代就已经打下了创作诗歌的坚实艺术功底。

胡永明与胡金标、李金娥夫妻在他们家中（2019年3月31日）

  诗中人物形象的鲜明生动，也是这首诗成功的一个方面。几个中学生，实际上就是几个孩子。诗中的人物一定要体现孩子的性格特征，方能称之为成功。这一点，小诗人把握得非常好，刻画孩子的性格特征贯穿了诗的全过程。第一句中的"挽手"，就是孩子的特征。第二句中的"笑谈"，一方面体现出孩子们克服困难的精神，把"沙厚风狂"作为谈资笑料；另一方面也反映了他们天真活泼的性格和又说又笑的情形。第三句中的"晃晃相搀"，更是凸显孩子们的特点。对于大人、老人来说，风太大就坐下来休息，等风小了再走。孩子们则相反，风越大，越来劲。他们相互搀扶，摇摇晃晃地前进。最后一句用"乳燕逐征帆"，暗示了这些孩子就是"乳燕"。一般中学生可能会用海鸥或者海燕。高尔基的《海燕》在中学生中是很有影响的。如果用海鸥或者海燕来代替"乳燕"则要逊色多了。四句诗每句都反映出人物的性格特征，人物形象也因此而鲜明生动起来。

孩子们到海边去玩，玩的内容很丰富，看到的东西也很多。写什么？这是个选材的问题。选材与立意有关系。想说明什么问题，表现怎样的思想观点，就选用什么样的材料。作者选用了狂风。选狂风的目的是要写"沙厚风狂作笑谈""晃晃相搀一步步"，从而表现出孩子们迎难而上、团结奋斗的精神。这就是立意，这个立意相当好。

还有一个有意思的问题是这首诗没有写海。一般来说，中学生写作文，到海边就写大海，或写海的平静、海水湛蓝，或写海的宽广、海浪汹涌；到动物园，就写狮子、老虎凶猛，猴子、猩猩聪明。可是，这首诗除了题目中有个"海"字外，再无第二个海字。当然，题目中的"海"字是必要的，舍此，读者就会摸不着头脑。那么，他为什么不写海呢？其实他还是写了。"齐观乳燕逐征帆"，这一句就把海暗示出来了。"征帆"在哪里？在海里。至于海的情景怎样？风浪如何？海水怎样？等等情况，就让读者根据"乳燕逐征帆"去想象了。这真是：看似无海却有海，留个余地给读者。"留白"也是这首诗的一个技巧。

《中学毕业前夕与同学涉海滩》还是一首符合格律规范的七绝诗，并在写成的40年后，与胡永明青年时代创作的新风诗《叶》一起，被《羲之书画报·诗书画家月刊》编辑从获奖作品中选登在该刊2017年第1期上。说明胡永明少年时期就已经掌握了诗歌格律的基本规律和创作的主要技法。此诗可以说是作者当时创作基础和能力的综合体现。

总而言之，这首格律诗通过描写几个中学生到海边玩耍不怕狂风的故事，刻画了孩子们活泼可爱的性格特征，反映了他们不怕困难、团结奋斗的精神。全诗结构严谨，层次分明，立意深刻，人物形象鲜明生动。少年胡永明的诗歌天赋由此可见一斑。所以，今天，胡永明的成功也是一种必然。

（胡金标：曾任高中语文教师）

胡永明的诗歌创作与诗歌观念

孙琴安

胡永明、舒爱萍伉俪情深，琴瑟和鸣，共爱缪斯，已成沪上佳话，传为美谈，令人可羡。

然同样喜爱缪斯，方式却各有不同。有的只是欣赏，有的致力于写诗，有的专心于研究。有的人一辈子欣赏诗，却不写，如美学家朱光潜；有的从欣赏转入创作，如郭沫若先是看了康白情的诗，引发兴致，写起诗来；有的自始至终都在写诗这条道上走下去，如贺敬之、田间；有的从创作逐渐走向研究，如朱自清、冯至、卞之琳都属此类，他们晚年都以研究为主，极少写诗；有的则一边写诗，一边研究诗，如艾青不仅写有《北方》《艾青诗选》等多部诗集，还写有《诗论》《艾青谈诗》等。而胡永明大约属于这一类型。

其父胡宝华是著名小说家，但胡永明却从小偏爱诗歌，一边埋头创作，新诗、旧诗都写；一边抬头思考，新诗、旧诗都研究，左右开弓，从实践到理论，对中国诗歌进行了全方位的探讨，在中国诗歌发展的道路上，留下了其自身清晰而独特的脚印。

胡永明的诗歌创作

当今的中国诗坛，五花八门，应有尽有，不仅流派众多，主张各异，而且诗体众多，新旧并存。有的诗人只写新诗，不写旧诗，如戴望舒、艾青；有的只写旧诗，不写新诗，如叶元章；有的新诗、旧诗都写，如郭沫若、辛笛。在新诗中，有的只写自由体新诗，不写齐言体新诗，如周作人、舒婷；有的既写自由体新诗，又写齐言体新诗，如流沙河、宁宇。在旧诗中，有的以写诗为主，不填词或少填词，如臧克家、姚雪垠；有的则以填词为主，如龙榆生、詹安泰；有的则诗、词、曲三者皆来，如赵朴初、丁芒。而对于胡永明来说，则无不涉猎，对新诗、旧诗，以至新诗中的自由体、齐言体，旧诗中的诗、词、曲，都加以尝试。他在《晚潮拍岸的声响——胡永明诗选》一书后记中曾说：

> 在学习、工作之余，我积极创作诗歌，多是有感而发，反映的是自己的真情实感。我既爱严韵之美，也爱宽韵之美；既爱格律之美，也爱自然之美；既爱整齐之美，也爱长短之美；既爱语法之美，也爱通感之美。坚持的原则是"意为上形相助"，努力做到不以词害意。

由此可见，他对各种形式的诗歌都喜爱、不偏废。但有一个原则，就是"意为上形相助"，亦即形式是为他更好地表达诗意服务，尽量不要"以词害意"。

也正因为胡永明涉及的诗体比较多，出版的诗集也比较多，本文拟对他的诗集逐一加以评述，侧重于诗歌形式，同时也兼及内容题材或其他。

胡永明出版的诗集，至今已有四种，分别为：《晚潮拍岸的声响——胡永明诗选》《阳光化作七彩虹——胡永明诗选》《给远方的至爱——胡永明爱情诗选》《启明诗》。

《晚潮拍岸的声响——胡永明诗选》出版于2013年10月，凡六编，分别为爱情诗篇、山水诗篇、咏物诗篇、建设诗篇、随感诗篇、言志诗篇。末附"编外篇"，收其歌曲《盼望》一首，胡永明词，舒爱萍曲。

据舒爱萍《诗缘　情缘（代序）》一文中所说：

胡永明和孙琴安在龙美术馆参加"第三届上海国际诗歌节开幕式"（2018年10月20日）

永明写诗，以意为上，不以词害意。他写过一些格律诗，也写过不少自由诗，但他更偏爱古风诗。

这里点出了胡永明写过的一些诗体，即格律诗、自由诗、古风诗。这与胡永明在《晚潮拍岸的声响——胡永明诗选》后记中所说的"我自选了历年来创作的132首古风诗、格律诗和自由诗"一语相合。也就是说，其第一本诗集共自选了历年来所写诗132首，从内容题材上来说，有爱情诗、山水诗、咏物诗、建设诗、言志诗等六大类；从诗体形式上来说，有古风诗、格律诗、自由诗三种。但他不以诗体编排，却以题材编排。这在古代也有，如方回的《瀛奎律髓》、敖英的《类编唐诗七言绝句》等。

由于胡永明所说的"古风诗"与我们通常传统所说的"古风"有所不同，这里有必要解释区别一下。根据我的理解，他所说的"古风诗"，大约是《芭蕾舞天鹅湖》《赞公交司机刘银宝》《诗赠爱女》《保卫国庆安全》《月季（二首）》等。也就是我所说的齐言体新诗，但又略有不同：在句式整齐上是一致的；但在写法上他运用一些古人的笔法和句法。如"春光住此中，方谢又复荣"(《月季（二首）》之一）等。兹不赘举。

　　胡永明所说的"格律诗"，即我们习惯所说的古代传统诗词。其中以写五七言绝句和五七言律诗居多。虽然他并不标明或冠以七绝、五律等，但有不少都是符合平仄格律要求的格律诗。如《蔷薇》：

　　　　田野落霞篱绕云，

　　　　飞红展翠蝶成群。

　　　　初开疑是佳人笑，

　　　　留住几多远客心。

　　又如《萱草》：

　　　　凌晨涂艳色，

　　　　午夜卸浓妆。

　　　　虽仅一天秀，

　　　　也留满地香。

　　此外，《太湖晚景》《迎春》《水仙》《绣球花》《热恋》等亦在其列。从中也可看到他是具备了写格律诗的基础的。他在《我与诗》一诗中也曾说："少年时，我爱上古今诗词，还钻研语法韵律，写了七绝言志。"说明他是有写格律诗的能力的。

　　至于胡永明的自由诗，也就是自由体新诗，则可以从《那晚潮拍岸的声响》《眼睛——心灵的窗户》《睡吧，爱妻》《给远方的至爱》《你的每一封来信都使我狂喜》《祝你生日欢畅》《祝我们青春长存》《东去列车》等为代表。这些诗句式长短不一，错落有致，有押韵，也有不押韵的，大都感情真挚，充满活力与激情，有的则比较清纯可爱，散发着一股蓬勃的朝气。他曾说："2013年，对我来说是在诗歌事业中很有意义的一年。"(《阳光化作七彩虹——胡永明诗选》后记）

　　因为有了一个开端，第二年——也就是2014年10月，胡永明又出版了第二本诗集——《阳光化作七彩虹——胡永明诗选》，由作家出版社出版。与第一本诗集的编排模式大致相仿。他仍以内容题材分类选诗，凡七编，依次分别为咏物诗篇、山水诗篇、建设诗篇、人物诗篇、随感诗篇、爱情诗篇、言志诗篇。后附"编外篇"，收其歌曲和中英、中日双语诗歌等。

书前有宋海年与舒爱萍写的序。舒爱萍的代序题目是《为人求实为诗求新》，其中说道胡永明写诗有六个坚持：坚持传承与创新相承接，坚持实践与理论相促进，坚持新体与古典相借鉴，坚持境界与形象相交融，坚持现实与浪漫相结合，坚持修养与艺术相提升。对照《阳光化作七彩虹》里的诗，可以看出，胡永明对这些的确有所坚持，并照此努力的。

舒爱萍在此文中把诗集中的《油菜花》《春风》等归为新风诗，把《春天在哪里》等归为自由诗，把《仿〈伊耆氏蜡辞〉祈福》等归为仿古诗。她这样提出，肯定有其原因和理由。例如，胡永明的齐言体诗的确有几种情况，有些是用传统的句法写成，有的则用白话新诗的语言写成，当分别观之。

值得注意的是，舒爱萍在此文中曾多次提到了新风诗，如《贺嫦娥三号探月成功》等，这在第一本诗集中是没有的，可说是此集的新产品。此外，胡永明在此集中还写了大量的人物诗，从史良、鲁迅、贺敬之、林徽因、焦裕禄到孔子、李世民、李白、杜甫等，这也是第一本诗集中所没有的，也是他写诗题材的一个新发展。

而且，就诗歌形式上来说，这本诗集的自由体新诗的数量不多，只有《让我们插上音乐的翅膀》《我的愿望》《我们做并蒂莲吧》《笑》等，大量的都是齐言体，特别是人物诗等。尽管其中有新风诗、仿古诗、格律诗的区别，但我们从中还是可以看到诗歌创作的一些新变化、新发展。用诗人自己的话来说："2014年，也是我在诗歌事业中保持良好发展态势

的一年。"(《阳光化作七彩虹——胡永明诗选》后记)

2016年1月,胡永明推出第三本诗集,《给远方的至爱——胡永明爱情诗选》问世。顾名思义,这是一本专选爱情诗的诗集。其实在他的前两本诗集中都收有爱情诗,只是这一次作为专题隆重推出。他自己在该书后记中说:

> 我少年时代主要学写红色诗歌,青年时代主要学写颂扬、劳动、交友、咏物、山水等诗歌,从恋爱迄今,爱情成为我写诗抒情叙事的重要内容。

由此可见,爱情是他"写诗抒情叙事的重要内容"。其实,古今中外许多伟大或杰出的诗人,如中国的李商隐、陆游,英国的雪莱、拜伦,德国的歌德、海涅,俄国的普希金,匈牙利的裴多菲,都写过极其优美动人的爱情诗,而胡永明也有美好的爱情经历,留下了这一感情的痕迹,的确是十分珍贵的。不过,即使对这些爱情诗,他仍然进行了分类,全书共分四辑,作者在后记中作了如下说明:

> 于是,我萌生了把已经发表和尚未发表的爱情诗精选结集奉献给读者的想法,并采取以分类为主、时序为辅的方法进行编排,形成了四辑:第一辑,收录我用自由诗的形式写的爱情诗;第二辑,收录我用新风诗的形式写的爱情诗;第三辑,收录我赠给妻子的诗与写妻子、孩子、自己和家庭的诗;第四辑,收录我写的广义的爱情诗。

很有意思的是,前二辑以诗体分类为主,后二辑以特定的内容为主。由此我们也可对他的"新风诗"有了更多的了解。宋海年的代序《爱在诗歌里成长》对胡永明的爱情诗又分为"小爱"和"大爱",作了精辟的分析。而在我看来,书中的《给远方的至爱》《你是美丽的天使》等诗是很有代表性的。从其中的《那时》《你的每一封来信都使我狂喜》《那呼唤可真传进你心里》等诗的情韵里,又会使我们联想起普希金的一些爱情诗。

  2017年2月，胡永明出版了《启明诗》，内分六辑，依次分别为咏物诗、山水诗、建设诗、人物诗、爱情诗、随感诗。后有《编外篇》和《附录》。作者在《启明诗》后记中说：

  《启明诗》是我的第四本诗集。与《晚潮拍岸的声响》主要收入我青少年时代的诗、《阳光化作七彩虹》主要收入我中壮年时期的诗、《给远方的至爱》收入我的爱情诗不同，《启明诗》收入了我从17岁至59岁之间创作的诗歌136首（不包括附录中不同的诗歌）。这些诗歌，既有旧体诗，也有新体诗；既有现实内容，也有历史内容；坚持思想性与艺术性相结合，自我实现与社会效果相统一。

  也就是说，这是一本时间跨度最长的诗集，几乎囊括了作者成年之初到花甲之年前的全部人生经历，也是他人生与感情的一个缩影。其中有旧作，也有不少新作。如人物诗中的程开甲、李梓、邰丽华等便是新收的诗作。有的虽是旧作，但在句式的排列上已有了新的变化，如《根》。诸如此类，恕不列举。诚如吴欢章在《胡永明的诗——〈启明诗〉序》中所说：" 永明的诗有新体也有旧体，新体有自由体也有半格律体，旧体有绝句也有律诗……写作不论新旧，他把诗歌的悠久传统贯通了起来。正缘于此，所以他的新体诗含有古韵，旧体诗具有今意。"

  而我的关注点也正在这些地方。纵观《启明诗》里的诗，除了爱情诗里有不少自由体新诗，建设诗、随感诗里有少量的自由体新诗，其他从咏物诗到山水诗再到人物诗，几乎都是齐言体的形式写成。也就是说，胡永明第一本诗集中还有不少自由诗，到了第四本诗集，自由诗的数量明显减少，至少在比例上远不及齐言诗，这里可以看到他诗歌创作的一个趋势和走向。

  尽管在胡永明的齐言诗创作中含有不同语言和元素，有舒爱萍所说的"新风诗""仿古诗""古风诗",吴欢章所说的"旧体""半格律体",也有胡永明所说的"格律诗"。但在诗歌语言和排列形式上,都大致相同,整齐划一,类似于新月派当年的"方块诗"或"豆腐干诗"。与如今流行的长短不一的自由体新诗在形式上有着明显的区别。

由于这些发展变化的存在,在我的主观臆测中,胡永明对现在流行的这种既不押韵又无标点,句式又过于散漫放任的自由体新诗不甚满意,也不想死抱着中国古代那种过于讲究平仄格律的旧诗词不放,以为那样太僵化,于是,他想在自由体新诗和中国古代的诗词传统之间另辟蹊径,寻找一条传统与现代相结合的新出路。至于这条中国诗歌的新出路究竟何时开出?最终是否能够获得成功?或者是多大意义上的成功?我们拭目以待。

胡永明的诗歌观念

胡永明不仅自觉地进行诗歌创作实践,大胆地进行各种诗体和诗歌形式的尝试,而且也在不厌其烦地进行一些诗歌理论的研究与探索,与舒爱萍先后出版过《诗歌创作手册》《启明星在闪耀——胡永明诗书评论集》。此外,他还以诗论诗,以诗的形式来论诗。由于《启明星在闪耀——胡永明诗书评论集》一书我已在序言中评论过,又由于《诗歌创作手册》已有吴欢章、曹正文、张文贤、宋海年、张春新、邵天骏等许多著名作家和评论家写过专文,又曾开过研讨会,舒爱萍也曾写过《胡永明〈诗歌创作手册〉研讨会综述》,这里就不再重复,想从他以诗论诗的角度,特别是以词论诗的勇气,来探讨他的一些诗歌理论和观念,也包括他的一些诗歌主张。

以诗论诗,古已有之。如杜甫的《戏为六绝句》就很有名,开了论诗绝句之首。胡永明也喜以诗论诗，但他却是以新诗的形式论诗。如他的第一本诗集《晚潮拍岸的声响——胡永明诗选》中，就收有《我与诗》《诗》二首。前者先是写他人生的各个年龄段与诗的关系，以为诗"可以化平淡为神奇／让我热爱生活更加充实"。后者则是对诗的各种比喻，从"眼前的芝麻开门"到"手中的宝葫芦"，又从"想象的翅膀"到"思想的光芒"，层层推进，把诗歌的功能、特质、个性表现得比较充分，这也是他对诗歌的一种认识、理解和感悟。

在诗集《阳光化作七彩虹》中，也有数篇以诗论诗的作品，如《神奇汉语诗》《诗歌是青春激情真诚幸福的使者》《诗歌畅想》等。在《诗歌是青春激情真诚幸福的使者》一诗中，胡永明依然运用了《诗》中的表现手法，把诗歌比为"青春的使者""激情的使者""真诚的使者""幸福的使者"，每段之中都以及其丰富的意象，来比喻和揭示出诗与人的生命、情感、真实、生活之间微妙而又密切的关系。他的《神奇汉语诗》很短，却颇耐人寻味：

寥寥数千方块字，

源源不断古今诗。

排列组合无穷尽，

传世佳作出真知。

就那么几千个方块字，数千年来在无数诗人的"排列组合"下，却源源不断地诞生了无穷无尽的动人诗篇，这种奇妙的现象曾引起无数人的困惑和感叹，胡永明仅用短短的四句话，就生动地表现了出来，言简意赅，其概括能力，于此可见一斑。其实这类诗在他的笔下不少，也可视为他的强项之一。而在《诗歌畅想》一诗中，我们则可以清楚地看到他的一些诗歌主张：

我要围绕古为今用洋为中用，

先去拜访屈原和陆游，

  把古风诗和格律诗贯通；

  再去拜访李白和杜甫，

  把浪漫主义和现实主义相融；

  还去拜访苏轼和柳永，

  把豪放和婉约皆弘；

  并去拜访惠特曼和勃朗宁夫人，

  把外国诗歌精华弄懂。

  此外，他还写道通过网络等现代工具，向古今诗人学习，最后又强调：

  更要顺应时代和大众来继承发展，

  勇于形成新诗风努力促进诗繁荣。

  由此可见，胡永明的诗歌主张不偏激，也没有站在某一流派的立场上来发声音，而是具有很大的包容性，对于古今中外优秀的诗歌佳作和遗产，都能兼容并蓄，都加继承，大有海纳百川的味道。同时也涉及时代、大众和创新等问题，表明了他的诗歌立场和态度。

  然而，胡永明尽管从以文论诗走到以诗论诗，通过各种渠道和途径表达他的诗歌观点、他对诗歌的看法，但总感到意犹未尽，总想以一种最简洁的方式表达和传递自己对诗的认识。就在2018年，他在苦苦的探寻之下，突发奇想，拟以词的方式来表达他的诗观，把笔伸向了这一领域，毅然写下了《莺啼序·论诗》一词。

  历来研究古典诗词的人都知道，诗词尽管并称千年，实则有别。词自产生之初，便为"艳科"，专写男女艳情，花前月下、离愁别绪是其核心内容，故有"诗庄而词媚"之说。不但题材有区分，在艺术表现手法上，诗、词之间也有诸多区别。如诗可议论，甚至通篇议论，词则忌议论；诗可通篇直叙，词则讲究比兴，甚至以含蓄寄托为上，以平铺直叙为下。正因为诗、词在内容题材和艺术表现，甚至是遣词用字等方面有着诸多区别,所以李清照曾提出"词别是一家"的观点。历代词家一般情况下也很注意和遵守这些规则。所以历朝各代以诗论诗的大有人在,不足为奇,而以词论诗的现象少而又少,极为罕见,几乎为零。可胡永明现在居然这么做了,成了第一个敢于吃螃蟹的人,我们究竟应该怎么看呢?

我不想在胡永明以词论诗这一现象上论是非,或是合适不合适,宜与不宜。我只想从中来看他的诗歌观念,他对诗的认识与看法。其词全文如下:

莺啼序·论诗

诗歌自萌远古,至今仍承继。号子简、劳动协呼,律意合为诗始。民谣起、群歌乐舞,相传促载文明史。语言生文字,韵文发展添翼。

孔定诗经,诗教兴业,载道维仁义。楚言志、汉韵散融,歌诗相成文艺。晋缘情、唐推意境,宋崇道,元求清丽。反文言,倡写新诗,旧新同势。

生存源远,维道流长,永有生命力。国运系、相承一脉,科举选拔,抗日宣传,振兴激励。民生关切,修身至宝,学诗可使人灵秀、志高昂、情飞扬成器。中华奋进,优秀文化支撑,诗歌扬善贬弊。

旧裁新体,皆富精华,创作可循秘。重节奏、韵和律适。技术相符,艺术精妙,境界高致。神纲象目,形出余味,自然美趣智韵巧,聚精高、宇宙人生意。破除壁垒齐飞,圆梦途中,热情洋溢。

对于这阕词,舒爱萍写过《勇于以词论诗 善于推陈出新——解读胡永明词〈莺啼序·论诗〉》①。文章对此词产生的来龙去脉,以及词的内容,

---

① 详见《出海口浪花—我的自选作品》第1卷,吉林人民出版社2018年版,第224—231页。

进行了非常详细的解读,并以为此词可分四段,分别是探讨和论述"诗的起源""诗的发展""诗的作用"和"诗的创作"。应该说是比较符合此词的实际情况的。我在此再作一些补充。

在第一段中,有两句似乎特别重要,值得指出:一句为"群歌乐舞",说明最早的诗,往往是可以歌唱,又往往是群体性的歌唱;同时又往往与音乐和舞蹈结合在一起,也就是说,当时的诗多为歌,往往有乐器的伴奏和舞蹈的演示,非常丰富,不像我们现在大量的诗,几乎仅仅是一种文字的排列和存在。另一句是"语言生文字"。这是人类诗歌的一个重大转折和进步,诗从口头的交流变为了一种文字的交流,从以往仅仅是听的艺术,而变为一种可以看的文本。

第二段中有"楚言志"之句,舒爱萍解读为"楚辞重在言志"。当然,屈原的《离骚》《天问》等的确都是抒怀明志的"言志"之作,但《尚书》中就有"诗言志"的记载,故"言志"之说,在西周时即有,可再推敲。"唐推意境",固然不错,李白、杜甫、王维、孟浩然、韦应物、李商隐等诗多有"意境"。但"情韵"二字,似乎更能概括出唐诗的风味与特色。

不过,在一阕词中,能把诗的起源、发展、作用、创作都能包括其中,而且结构合理,层次分明,条理清晰,娓娓道来,从容不迫,其概括能力已经够强了。我们不能苛求于作者。

结 束 语

胡永明少年习武,后又成为一名公安干部,但他自小又酷爱诗歌,矢志不渝,至今仍全身心、全方位地投入其中,乐此不疲,实不多见。诚如他自己在言志诗《元旦抒怀》中所写:"大江东去时不返,彩霞满天志愈昂。圆梦诗中天地宽，我欲乘风去远航。"在《五十六岁抒怀》中又说："工作诗文同传承，报国为民乐耕耘。"俗话说：一分耕耘一分收获。勤奋耕耘也让他赢得了不少荣誉与奖项。但他仍自强不息，在诗歌的道路上努力奋进，除了写诗撰文，他用心创编的《通用规范汉字诗声韵》一书不久将面世，希望能获得广大读者的喜爱。同时也希望胡永明在未来的诗歌道路上能取得更大的成绩。

（孙琴安：上海社科院文学研究所研究员、教授，中国作家协会会员，上海文史馆馆员，著名诗歌评论家）

一种体现创新精神的新体诗
——评胡永明的新风诗

潘颂德

胡永明是一位诗歌创作与诗学探索并重的诗人。在诗歌创作方面，2013年以来，已先后出版了《晚潮拍岸的声响——胡永明诗选》《阳光化作七彩虹——胡永明诗选》《给远方的至爱——胡永明爱情诗选》《启明诗》等4本诗集。在执着于诗歌创作的同时，他又钟情于诗学探索，2015年由上海辞书出版社推出了他编著的《诗歌创作手册》。他还写下了《诗歌创作心得体会》与《中国诗歌具有无穷魅力正在健康发展》（以上收入《晚潮拍岸的声响——胡永明诗选》）、《诗歌感言——崇尚诗歌形式时代化内容社会化》与《"中国诗的出路"在哪里？——对学习践行毛泽东诗歌理论形成发展"新体诗歌"的探索与实践》（以上收入《阳光化作七彩虹——胡永明诗选》）、《习近平总书记重要讲话对诗歌事业发展具有重大指导意义》与《2016年中秋和诗活动的回顾与分析》（以上收入《启明诗》）等诗学探索文章。胡永明的诗歌创作和诗学探索，对推动我国当代新诗的发展，做出了自己的贡献。

诞生于"五四"新文化运动的新诗，是在西方19世纪以来自由诗诗潮的影响下产生、发展起来的。针对我国古体诗谨严的格律，出于创建新诗的目的，新诗的先驱们未能科学、辩证地对待诗歌创作的艺术规范和审美规则，一味强调明白如话、自由成章。例如胡适当年就说：新诗"不但打破五言七言的诗体，并且推翻了词调曲谱的种种束缚；不拘格律，不拘平仄，不拘长短；有什么题目，做什么诗；诗该怎样做，就怎样做"(《寄陈独秀》,《中国新文学大系·建设理论集》)。另一位新诗运动的先驱郭沫若根据英国诗人华兹华斯的"自然流露说"，张扬"内在韵律"，反对诗歌注重平上去入、高下抑扬、强弱长短、宫商徵羽、双声叠韵等外在韵律，主张新诗形式方面绝端的"自由""自主"(《文艺论集·论诗三札》)，主张"打破一切诗的形式"(《沸羹集·序 我的诗》)。胡适、郭沫若等新诗运动的先驱者们冲破旧体诗格律束缚的诗学主张和新诗创作实践，固然有力地推动了新诗的创建，但也留下了百年新诗史相当多的诗人、诗论家从创作到理论无视新诗审美规范、忽视新诗形式规范的弊端。虽然后来20世纪20年代中期有闻一多等新月诗派（现代格律诗派）诗人的现代格律诗的系统理论主张和创作实践以及50年代初期何其芳、卞之琳等诗人、诗论家再次倡导现代格律诗，但由于外部原因，都未能改变新诗缺乏形式规范的状况。

　　胡永明在新诗创作与新诗理论探索方面，有强烈的历史使命感和担当精神。21世纪初，他在学习了毛泽东1958年3月22日成都会议上提出的"中国诗的出路"问题主张以后，思考毛泽东倡导的"新体诗歌"是怎样一种诗歌？"新体诗歌"目前的发展情况和未来的发展趋势如何？毛泽东在成都会议上提出："我看中国诗的出路恐怕是两条：第一条是民歌，第二条是古典，这两面都提倡学习，结果产生一个新诗。将来我看是古典同民歌两个东西结婚，产生第三个东西。形式是民族的形式，内容应该是现实主义与浪漫主义的统一。"毛泽东在致陈毅的信中写道："民歌中倒是有一些好的。将来趋势很可能从民歌中吸收养料和形式，发展成一套吸引广大读者的新体诗歌。"胡永明学习了毛泽东关于诗歌的这些论述之后，认为毛泽东之所以会提出"中国诗的出路"问题，主要有两个原因："一是因为旧诗清规戒律束缚思想，不能很好地反映现实斗争"，"二是因为新诗不成型，不成功"。毫无疑问，胡永明对毛泽东提出"中国诗的出路"问题的原因的理解、分析、归纳是正确的。

毛泽东1958年在成都会议上说："现在的新诗不成型，不引人注意，谁去读那个新诗。"毛泽东在致陈毅的信中认为："用白话文写诗，几十年来，迄无成功。"从毛泽东1965年7月致陈毅信中提出要创建"新体诗歌"来看，在他心目中，新诗要"成型"，要"成功"，就要创建成型的新的体式。1958年，离新诗初创的1918年，才40年历史，当时新诗的确"太散漫""不成型"，因而"不成功"。毛泽东当年对新诗的批评，在当时无疑有现实的针对性，有巨大的现实意义。现在，时间又过去了60年，新诗已有百年历史，但新诗形式仍然"太散漫"，仍然"不成型"，因此，毛泽东当年批评新诗"太散漫""不成型"，放在今天，仍然是正确的，仍有巨大的现实意义。

回顾百年新诗史、新诗理论批评史，一百年来，针对新诗冲破旧体诗严谨格律后造成的新诗太散漫、不成型的状况，众多的诗人、诗论家提出了积极的、建设性的意见和理论主张。"五四"时期，刘半农就提出"增多诗体"的主张，并提出增多诗体的三条途径："1. 自造；2. 输入他种诗体；3. 于有韵之诗外别增无韵之诗"（《我之文学改良观》）；俞平伯在《社会上对于新诗的各种心理观》中提出："要新诗有坚固的基础，先要谋他的发展；要在社会上发展，就要使新诗的主义和艺术都有长足完美的进步。"所谓"新诗的主义"，即新诗的理论和美学；所谓新诗的艺术，包括新诗的形式（体式）、语言和艺术表现的技巧。1923年7月，陆志韦在他的新诗集《渡河》的序言中提出：新诗"节奏不可少""押韵不是可怕的罪恶"，并在创作中通过安排轻重音、抑扬律构成节奏。在押韵方面，陆志韦也进行了多种探索。1924年，刘大白在《中国诗的声调问题》一文中提倡新诗声调一方面"须反对旧声调"，另一方面"应保护旧声调底一部分而创造新音律的新声调"。同年，俞平伯发表《诗底新律》，提出"诗中有律不碍为自由，不碍为新，亦不碍为创造的"。

20世纪20年代，针对新诗缺乏审美艺术规范而提倡创造成体成型新诗当以闻一多为代表的新月诗派（现代格律诗派）提倡新诗体式审美规范的理论主张为最系统、最有学理色彩。1926年5月13日，闻一多在《晨报副刊·诗镌》上发表《诗的格律》一文，明确提出诗的音乐美（音节）、绘画美（辞藻）、建筑美（节的匀称和句的均齐）等"三美说"为核心的现代格律诗的理论主张，创建了现代格律诗的完整理论体系，并努力实践这一理论主张，创作了以音顿（也称为"音尺""音步""音组"）等听觉方面的格律为体式基础、以《死水》等实践这一格律主张的代表作。

30年代前期，当象征派、现代派的自由诗盛行诗坛之时，鲁迅于1934年10月在复中国诗歌会会刊《新诗歌》编辑、青年诗人窦隐夫的信中，一方面批评了"五四"以来新诗形式上散漫无序的弊病，另一方面提出了新诗的审美规范，指出诗歌虽有"眼看的"和"嘴唱的"两种，"但究以后一种为好"，而"五四"以后的不少新诗"没有节奏，没有韵，它唱不来；唱不来，就记不住；记不住，就不能在人们的脑子里将旧诗挤出，占了它的地位"。鲁迅还认为："我以为内容且不说，新诗先要有个节调，押大致相近的韵，给大家容易记，又顺口，唱得出来。"翌年，他又提出新诗形式审美规范："诗须有形式，要易记，易懂，易唱，动听，但格式不要太严。要有韵，但不必依旧诗韵，只要顺口就好。"（1935年9月20日致蔡斐君）鲁迅提出的"顺口""易记""易懂""动听"的新诗形式审美规范，既充分利用了汉语、汉字具有声韵、格律的特点，又继承了我国古典诗歌和民歌重视节调的传统，也符合我国人民长期以来积淀形成的诗歌审美心理。

40年代后期，文学史家林庚通过研究《楚辞》，认为《楚辞》中"兮"字使本来没有节奏的散文句子因有了它的句逗作用而有了节奏，有了形式。由于这个"兮"字前后文字数量大体相等，因此它将一个诗行分成大体相等的上下两个半行，并使上下半行之间有个比较明显的"逗"。这个"逗"使一行诗明显形成两个半行。林庚称这个规律为"半逗律"。1950年，林庚根据他发现的半逗律提出并创作了一批九言诗的五四体。

历史进入新时期，1991年，提倡现代格律诗的诗人黄淮南下深圳，与诗友胡健雄（丁元）等发起成立了现代格律诗学会，1992年末在深圳注册登记。1994年10月23日至25日，深圳中国格律诗学会在北京雅园宾馆召开学术研讨会，经过激烈的争论与研讨，与会者达成了共识：认为现代汉语格律诗应当具有鲜明和谐的节奏，自然有序的韵式。开幕式上，发行了《现代格律诗坛》创刊号，这是新诗史上第一本专门刊发现代格律诗作品和理论的刊物。

多年来，重庆诗人万龙生、王端诚等坚持现代格律诗的创作实践和理论探索，万龙生参加了吕进主编的《中国现代诗体论》（重庆出版社2007年版）中《格律体新诗》专章的写作，他在书中提出，格律体新诗分为整齐式、参差式和复合式，在具体操作上，存在无限可操作性。

当代著名诗论家吕进认为："自由诗的'自由'首先表现于诗体。自由诗的文体建设并不在诗体的成型，因为，不成形正是自由的'形'。自由诗的文体建设在于诗美规范。作为诗歌的一类，自由诗也得有诗的共同美质。而现代格律诗就不一样了。它的成熟表现为成形，对现代格律诗而言，有一个诗体形式的探索等问题。把八十年中较有影响的探索稍加清理，大体有：民歌体、同顿体、同字体、对称体、回文体、中国十四行体、汉俳体、郭小川体等8种。当然，这些诗体形式应当说都还有待进一步的实验。"（《中国现代诗体论·总论》）

新诗长期处在启蒙与救亡、战争与动乱的生活环境中，相当长的时间里，服从于时代，充当时代的号角，这是新诗百年来未能成形建体的外部原因；从诗人自身来看，相当多的诗人既误解新诗，认为新诗就是自由体，没有认识到除自由体新诗外，还有格律体新诗；又缺乏艺术修养与创新精神，缺少辛勤探索的艺术劳作态度，这是新诗百年来未能成形建体的内部原因。

　　针对百年新诗尚未成形成体的现状，胡永明从诗学理论到创作实践都作了认真探索。他在《"中国诗的出路"在哪里？——对学习践行毛泽东诗歌理论形成发展"新体诗歌"的探索与实践》一文中认为："根据毛泽东的意见，这种'新体诗歌'至少应当符合三条标准：第一，形式上，是在民歌的基础上由民歌与古典相结合所形成的民族的成套的'新体诗歌'；第二，内容上，是现实主义与浪漫主义相统一的'新体诗歌'；第三，效果上，是能够'吸引广大读者'的'新体诗歌'。"无论是民歌，还是古典诗歌，在艺术形式上（"形"与"体"上）有共同特点，正如胡永明在这篇文章中所说，民歌的形式是"整齐的和基本整齐的，以七言为主，五言、三言、四言、九言等也有；以四句一节为主，一节、两节、多节一首都有；文字简洁明了，多用群众口语；都押尾韵，也有既押尾韵又押腰韵的、既押尾韵又押头韵的；以独唱为主，也有对唱、伴唱、群唱等形式"。他又认为："古典诗词中值得借鉴和传承的主要是形式整齐和基本整齐，文字精练，讲求押韵，运用形象思维创造意境，注重变化（如起承转合等），善用修辞（如比喻、对偶、警句等），表达真情实感（如"诗言志"等）。"

　　胡永明学习了毛泽东关于创建"新体诗歌"的论述后，认为毛泽东提出的"新体诗""应当统一称为'新风诗'（全称是'新型风格诗'），也作为普遍概念新诗中诗的一种类型"。并说："新风诗是根据毛泽东的意见，顺应诗歌发展规律，在民歌与古典诗歌优势互补、弱势互消基础上，正在形成发展的结构规则、韵律自然、通俗易懂、贴近民众的新体诗歌。""新风诗的特点是博采众长：取民歌贴近民众、形象生动等优点，取古风诗形式自由、韵律自然等长处，取格律诗起承转合、对仗映衬等经典。"还这样论述新风诗的结构、音律、表现技巧和表达内容："新风诗在结构上，严宽相济：严者，五言、七言，四句、八句，一段一首；宽者，二言、四言、六言甚至杂言，十二句、十六句甚至杂句，两段、多段一首。在音乐上，韵律相和：韵者，一般押偶句尾韵，首句尾字可以押韵也可以不押韵，也可以每句尾字都押韵；一般一韵到底，也可以转韵；一般押韵又押调，也可以押韵不押调；一般押同韵，也可以押邻韵、宽韵；律者，平仄自然交替、吟咏朗朗上口，并与押韵相和，用语言文字构成每首诗歌独特的音乐美。在技巧上，古今相辅：古者，继承古典精华，现实主义与浪漫主义相结合，并根据需要运用起承转合、中联对仗等方法；今者，发扬民歌优势，巧比妙兴，形象生动。在内容上，近远相通：近者，贴近实际、贴近生活、贴近群众；远者，言近旨远、形近神远、境近意远。"

2015年，上海辞书出版社出版了胡永明的《诗歌创作手册》，在第一编"诗歌艺术"部分的"诗歌形式"中，列入了"新风诗"，其释文与上引他对"新风诗"的解说基本一致，这里就不再摘引了。

诗体美学要素有二：韵式和段式。韵式解决诗的听觉之美，段式解决诗的视觉之美。诗之美以韵式之美（听觉之美）为主，以段式之美（视觉之美）为次。

诗体是诗的音与形的排列组合，是诗的听觉之美和诗的视觉之美的排列组合。汉语诗的节奏只有时间的节奏，所以汉语诗特别看重"音"（押韵及韵式）。押韵（韵脚）使诗易于读者记忆，有助于增加诗的音乐美感。押韵是诗获得音韵美的必备手段。

胡永明根据毛泽东在古典与民歌基础上创建"新体诗歌"的设想，提倡创建"新风诗"，注重继承古典诗歌与民歌结构规则、严谨，韵律和谐的艺术特色，并在诗歌创作中实践了自己的理论主张。他在学生时代

胡永明与潘颂德在上海青松城（2019年3月11日）

就热爱并致力于学习我国古典诗歌，也受到民歌影响。因此，他一开始从事诗歌创作就注重押韵，努力使自己的诗作韵律和谐，结构规则，成体成型。

胡永明出版的第一本诗集《晚潮拍岸的声响——胡永明诗选》收有他的《诗歌创作心得体会》与《中国诗歌具有无穷魅力正在健康发展》等两篇诗论文章，前文提出诗歌创作要做到"布局严谨，结构紧凑"，"语言精粹，声韵和谐"；后文认为诗歌"兼具格式美、韵律美、意境美等艺术美，其中格律诗更是兼有'均齐美、节奏美、音乐美、对称美和简洁美'的大美诗体。古风诗、格律诗简洁明快、朗朗上口、易于记忆、便于流传，自由诗易于抒发情感"。胡永明自觉地学习古典诗歌的艺术技巧和诗体上的种种优长。因此，诗集《晚潮拍岸的声响——胡永明诗选》中的诗歌总体上具有古典诗歌和民歌韵律和谐、简洁明快、诗句整饬、朗朗上口、易于记忆的艺术美质。这本诗集分为六编，收入130多首诗，其中有80多首是一段体的齐言诗。如《惜别》："春江情脉脉，／南岭愁重重。／渡口俩依依，／黄昏雨濛濛。"诗句简洁，双句押韵，连用叠词，成功表现了依依惜别的深情。又如《我真幸福》运用四节杂言的结构形式。这首诗就单节来看，是自由诗的形式，但由于各节对应的诗句句式一样，这样，就全诗来看，就成为形式整饬的现代格律诗，再加上各诗节都用"娘""上"押韵，全诗音韵和谐，朗朗上口，深具古典诗歌与民歌的音乐美感。

作者第二本诗集《阳光化作七彩虹——胡永明诗选》收入近200首诗，除了不到十分之一、近20首诗是多节的杂言诗，绝大多数是单节的齐言体诗。如开篇第一首《春风》："催生万蕾迎春天，／剪出百花竞娇妍。／染成秀色满人间，／传来馨香醉心田。"是双句押韵的齐言体，明显可见借鉴、继承了古典诗歌、民歌的体式。又如《芳草的自白》，全诗十二句，前八句单句八言，双句九言，形成统一的格式；后四句单句五言，双句九言。这样，全诗形成有规律的格式，明显可以看出学习了民歌的体式。再如《农场卫士之歌》，全诗两节，上、下节格式相同，都是首句两个三字句，第二、第三句七言句，末句五言句，体式上学习、借鉴、继承了词的结构和格调。

胡永明创作新风诗经历了不断探索的过程。他的第三本诗集《给远方的至爱——胡永明爱情诗选》分为四辑，第一辑是自由诗；第二辑是新风诗；第三、第四辑主要是新风诗，也有少量自由诗。他在《"中国诗的出路"在哪里？——对学习践行毛泽东诗歌理论形成发展"新体诗歌"的探索与实践》一文中说："中国现代诗歌的发展进步，将在民歌的基础上，由最有生命力的、最具代表性的新风诗、自由诗引领和拉动。新风诗是在民歌与古典的基础上产生发展的，但是它永远不可能取代民歌，也永远不可能取代自由诗。相反，民歌是新风诗发展的坚实根基，自由诗是新风诗发展的重要借鉴。"他还认为：五四新文化运动中"自由诗产生以后，对于宣传群众、发动群众、依靠群众推翻三座大山、建设和保卫社会主义新中国发挥了不可替代的重要作用"。"自由诗固然存在一些不足之处，如有文字不够精练、不够通俗，有的内容脱离群众、脱离生活、脱离实际；但是主流始终是积极向上的、开拓创新的。自由诗永远也不会像格律诗词那样定型的,而且永远也不会因为不定型而趋于衰退直至消亡的,它照样会蓬蓬勃勃兴旺发展的。自由诗从形式到内容也有许多值得吸收的养料,是新风诗发展过程中重要的借鉴。"(同上)胡永明在倡导创建新风诗时,能科学、辩证地看待自由诗,非常难能可贵。他之所以在提倡并创建新风诗的同时,坚持创作自由诗,除了他能科学地看待自由诗外,他还遵循如同我国古代文论家刘勰在《文心雕龙·定势》中所揭示的"因情立体"的创作规律。

胡永明的第四本诗集《启明诗》收入他从17岁至59岁之间创作的诗歌136首。第一辑"咏物诗"收入22首,全部是或五言、或七言的齐言诗,每首偶句押韵,因此都是新风诗。第二辑"山水诗"收入20首,除《莫干山观日台上观日出》为杂言体外,《太湖晚景》《江郎山》《嵩山少林寺》等3首为五言外,其余16首都是七言诗,也都偶句押韵。第三辑"建设诗"收入20首,除《抢收》《插秧》《汗盐花》《上海三菱电梯试验塔遐想》等5首为杂言体外,其余都是齐言体的新风诗。第四辑"人物诗"收入18首,都是齐言体的新风诗。第五辑"爱情诗"收入31首,其中11首是齐言体,属于新风诗。其余20首是杂言诗,但其中《我真幸福》全诗四节,各节相应的诗行字数、句式相同,具有整饬、对称之美;《初恋》上、下两节相应的诗行字数相同,上、下两节二、三、六行押同一韵脚;《睡吧,爱妻》也是两节,上、下两节句式相同,偶句押同一韵脚;《思念》全诗三节,虽然各节每句字数不同,但各节偶句押韵;《爱情与幸福在一起》四节,每节四句,每句八言,以"在一起"收尾,是典型的民歌体。《警察心声》和《警嫂心声》二首都由两节组成,上、下节句式相同,又都押韵,也明显学习了民歌的格调。《你的每一封来信都使我狂喜》匠心独运,全诗四节,头、尾两节与中间两节,结构对应的诗句结构相同,而头尾两节诗句复沓而有变化,尽显灵动之美;二、三两节奇句运用"里"字句式,成功运用了民歌格调。胡永明喜欢运用排比的诗行，如《给远方的至爱》第一、第二句与第三、第四句，第五、第六句与第七、第八句，第九、第十句与第十一、第十二句分别排比；《那晚潮拍岸的声响》第一节与第二节对应的诗行，字数与句式相同，成为排比诗节；《牵牛花的心曲》前两节第一、第二句与第三、第四句排比，三、四、五三节，相应的诗行字数、句式相同，形成诗节的排比、复沓；《让我们插上音乐的翅膀》二、三、四三节，同样运用了诗节排比的手法；《雨后》全诗八句，单句都运用"我想……"的句式，形成诗行的排比；《找对象》第一、第二两节，对应的诗行句式、句子结构相同，同样形成了诗节的排比、复沓；《爱情的滋味》首尾两节诗齐言，二、三、四三节头两行句式结构相同，收复沓的审美效果。这些诗虽然不是齐言诗，但押韵或大体押韵，可以说是准新风诗。只有《你是美丽的天使》《云雨》是自由诗。《启明诗》第六辑"随感诗"收入 25 首，其中 17 首是齐言体诗，其余 8 首诗，虽然是杂言体，但形式大体整齐，也大体押韵，与一般的自由诗不同，也可以说是准新风诗。

　　胡永明在认真学习古典诗歌、民歌和百年来优秀新诗的基础上，努力实践毛泽东"新诗应该在古典诗歌和民歌的基础上求发展"（《臧克家回忆录·我与大诗人毛泽东的交往》）的主张，发扬创新精神，多年来精心创作了一批反映社会现实生活、抒发真情实感、诗句结构整齐或基本整齐、语言通俗精练、讲究押当代韵的新体诗，并在理论上大力倡导，他的努力取得了较好的成绩，为发展新诗、创建新体诗做出了自己的贡献。

　　（潘颂德：上海社科院文学研究所研究员、教授，中国作家协会会员，著名诗歌评论家）

爱情是人类永恒的追求
——小论胡永明的爱情诗兼及写景诗

任丽青

近日读到上海诗人胡永明先生的爱情诗集《给远方的至爱——胡永明爱情诗选》以及一些写景诗，我为诗人对于诗歌的执着而钦佩，也为诗人不懈的创作实践而感动。中国是一个诗的国度，时至今日，我们还是有许多关于诗的理论和实践问题需要继续探讨，以胡永明先生的诗作为契机，来谈谈对于爱情诗和写景诗的理解，也许不无益处。

首先，诗歌是最早产生的文学形式，它是具有文学性的"听和诵"的艺术，靠诵读来流传。文字的出现促进了诗歌的创作和传播，但是，诗歌必须具有音乐性的文体特征，这一点没有改变。诗歌的音乐性由节奏、押韵和声调组成，其中最重要的是节奏，如果不讲究节奏，就不成为诗歌。20世纪以来，新体诗大量涌现，对于押韵和平仄的讲究明显弱化，但是，优秀的作品还是呈现出鲜明的节奏性。现代汉语是双音节词占优势，因此，现当代新体诗的节奏特点是每个诗句由两三个音拍组成，最多四个音拍。每个音拍都以双音节词为主，由此形成琅琅上口、易于朗诵的节奏。如果句子过长，音拍的构成又没有规律，那就无法呈现音乐性——可朗读性，也就成了散文了。胡永明先生长期研究汉语诗歌，对旧体和新体都有深入的理解，因此他的诗无论采用哪种诗体，都是可以上口朗诵的。譬如诗集中的第一首《给远方的至爱》，虽然诗句长短不一,但是上下句有整齐的节奏安排,读来顺口。"你／远在／天涯,／就像／明月／挂在／天际;／你／在我／心中,／就像／明月／映在／水里。"(此处／特指音拍)

现代诗歌流派"新月派"对新诗有严格的"三美"的要求:音乐美、建筑美、色彩美,徐志摩和闻一多也努力按照"三美"的标准写出了脍炙人口的诗作。当代诗人不必再拘泥于建筑美和色彩美,但是如果能够比较自然地呈现建筑美,也是让人赏心悦目的。譬如胡永明先生诗集中的《我真幸福》:

  我真 幸福,

  我 美丽的 姑娘,

  我爱 春花的 娇美,

  那娇美 就在 你的 笑靥上。

这一段从"建筑"上看,是楼梯诗;从音节上看,每句的音拍呈现递增的情况:2334,形式和内容做到了较好的结合。

其次,爱情诗和情诗是不同的。在中国浩如烟海的诗作中,广为流传的有爱情诗,而非情诗。爱情诗或许也是诗人以某一个具体的个体为对象而创作的,但是真正的爱情诗总是超越了个体而具有人类共同的美好情怀。情诗是从个体出发而止于个体,有些情诗还带有情爱的成分,属于一种个人的隐秘的情愫,并不适合为不特定的普通大众所欣赏。20世纪20年代出现了一个著名的爱情诗派"湖畔"派,应修人、汪静之、潘漠华和冯雪峰这四位诗人当时都只有20多岁,正是写情诗的年龄。但是我们今天看到的那些诗都是升华成爱情诗的作品,因此读来仍是可以引发当代人的共鸣。譬如汪静之的《过伊家门外》:"我冒犯了人们的指摘／一步一回头地瞟我意中人／我怎样欣慰而胆寒啊!"诗歌很短,写年轻人勇敢地冲破封建藩篱,去追求自由恋爱,但是又不免畏惧世俗的势力,从而显示出复杂的爱情心理。短小的诗歌既承载了个体的情感,也反映了新旧变动之中人们在

胡永明与任丽青在上海妇联（2018年6月29日）

婚恋理念上的冲突。冯雪峰《山里的小诗》写道："鸟儿出山去的时候／我以一片花瓣放在它嘴里／告诉那住在谷口的女郎／说山里的花已经开了。"这首短诗无一字写情，却满满的都是爱情。这种表达爱情的方式是含蓄的、中国式的，因而也是隽永的。胡永明先生《心语心愿》是一首较好的爱情诗。"让你眼前的鲜花／倾吐我赞美的芬芳；／让你头顶的明月／播撒我爱恋的柔光；／让你脚下的流水／荡漾我思念的琼浆；／让你身边的微风／传递我祝福的悠扬。"这首诗没有那种只对应于某一个女性的具象描写，超越了对于恋人或妻子的爱恋，表达了人们普遍的对于爱人的思念和追求。

再次，现代诗歌是抒情性的文体，没有抒情便不是诗歌。现代诗歌当中可以有叙事的成分，但是，这种有限的叙事是为抒情服务的。叙事并不为诗歌所擅长，因此，在从现代诗歌向当代诗歌发展的过程中，纯粹的叙事诗已经越来越少。而真正的诗人要考虑的，不是怎样用诗歌去讲一个动人的故事，而是怎样用诗歌去抒发当代人的情感。胡永明先生诗集中的作品绝大多数都是赞美纯真爱情的抒情诗，相当讨人喜欢。但是也有一些作品是带有叙事成分的，比如说写了初恋、热恋、结婚和婚后等几个阶段的情感，这些过于具体的、只为爱人而写的诗存在着是叙事诗还是抒情诗的两者莫辨的情况，这是诗人今后需要注意的。

最后，讽刺诗是中国诗歌的优秀传统。《诗经》中已经有了较为成熟的讽刺诗，到了现代，在鲁迅、郭沫若、臧克家、袁水拍、任钧等诗人的探索和努力下，讽刺诗彰显了独特的修辞艺术，形成了极具特点的诗歌风格，成为诗歌百花园里不可或缺的一支带刺的蔷薇花。但是毋庸讳言，在当代，讽刺诗有式微的趋势，这是值得警惕的现象。可喜的是，我在胡永明先生的诗集中也看到了别具一格，也令人忍俊不禁的讽刺诗。譬如《找对象》写道："那年，我认识一位姑娘，／她对我真多情。／但她虽有月貌花姿，／人却不聪明。／／前年，我认识一位姑娘，／她对我还有心。／但她虽是才华横溢，／人却不够俊。／／今年，媒介绍一位姑娘，／一不聪明二不俊。／我倒想迁就，／她却望着我额头的皱纹说不行。／／咳，我已成了老大难，／只好再把前两位姑娘寻。／谁知，那漂亮的姑娘早成亲；／不料，那聪明的姑娘已成名。"这首诗，是有顺时的叙事成分的，但并没有具体的动作描写，也不是讲述故事或者叙述事件的。这首诗整体上还是抒情，是写了一种后悔莫及的情感。诗作通过对这种带有共性的情感的描述，达到对于不正确的婚恋观的讽刺和批评，风格幽默而柔和，是值得提倡的。

  胡永明先生还写了不少旧体诗，律诗、绝句、新风（古风）和词、曲的形式都有，我以为写得最好的当是景物诗。他的景物诗注重词语的推敲，追求用词的准确和通俗，而没有那种佶屈聱牙的深奥感。他的景物诗不仅仅写景、写物，也往往把自己的感悟贯穿其中，有很强的主体性，因而感染力也比较大。我最喜欢的是这一首《卜算子·暑热》："宇宙入烘箱，万类承灼烤。海沸山融地生烟，牛喘蝉聒吵。／／日燃疑雨枯，光烁嫌荫少。爱夏方知暑难捱，但愿秋来早。"诗人把近年来的气温升高，夏天越来越热的现象生动而又准确地描写出来，动词和名词都选得非常好，从而写出了人们对暑热的感受，以及对于秋天的期盼。在抒情的同时又能反映世界的变化或时代的变化，正是好的诗歌的题中之意。

（任丽青：上海市作家协会会员）

万紫千红总是春
——试论胡永明咏花卉诗的特色

葛乃福

俗话说,爱美之心,人皆有之。这句话或许还可以这么表达,爱花之心,人皆有之。正因为如此,人们往往将长得倾国倾城的女子比喻为花。据说,我们的祖先在《诗经》中引用并描绘了多种植物,令人惊叹。有人曾作过认真的统计,《诗经》中出现草木虫鱼的数量计有:113种花草、75种木、39种鸟、67种兽、29种虫、20种鱼,凡343种。我认为这要归功于孔子在《论语·阳货》里的教诲:"多识于鸟兽草木之名。"

翻开胡永明的诗集《启明诗》,第一辑《咏物诗》赫然在目,可见他对之的喜爱和心迹。这里写了他咏草木花卉的诗计20首,其中写花的17首、写树木的3首;还有一首是写小动物蝉的,均可圈可点,可喜可贺!

这一辑诗有几个显著特色:

特色之一,这些花卉诗数量虽不多,但诗人从自己的生活积累出发,精心挑选了草木花卉中的20种,它对全年春夏秋冬四季进行了全覆盖,既有春天的迎春花、杜鹃花,夏天的荷花、睡莲等,也有秋天的桂花,冬天的蜡梅、水仙花等。且这一辑前有首《花感》提纲挈领,对其中花卉进行了很精当的概括:"四季都能开鲜花,八方皆好绽奇葩。根扎大地蕊向阳,美丽馨香遍中华。"起到了先声夺人、引人入胜的作用,同时也唤起了读者对万紫千红、香飘四季的美感。有人将我国的花遴选为十种，所谓"十大名花"：月季、兰花、杜鹃、牡丹、荷花、茶花、桂花、菊花、梅花和水仙。前已提及，诗人从自己的生活积累出发，对当下还没有独特发现的就干脆不写，例如菊花就是个很好的例子，在这20首花卉诗中就没有菊花。当然现在不曾写的，并不表明以后也不写，这是不言而喻的。

特色之二，这一辑的诗都是采用现代格律体，或四句，或八句，句式整齐，结构整饬。这就给诗人自己提出了一个极严格的要求，裁剪要得当，文字须精练，或许这里可用一句古话来表达："增之一分则太长，减之一分则太矮（短）。"现在有人写诗以长句式为时髦，他或许未曾想到，他的这一长句的字数，别人足可用它写一首隽永的诗。就这一点而言，永明的诗也是值得我们学习和借鉴的。鲁迅先生说得好："诗歌虽有眼看的和嘴唱的两种，也究以后一种为好。"他又说："诗须有形式，要易记，易懂，易唱，动听。"句子长就难记、难唱。难唱又怎么能够"动听"呢？

特色之三，这一辑的诗努力争取做到每首均有警句，努力争取做到诗中有"诗眼"。著名诗人臧克家说："诗，要有警句。如果把诗中的每一个字比作砖瓦，那么，警句就是梁柱。"著名作家叶辛说："好诗是需要'诗眼'的。"

先说警句。写诗要有警句，这是对诗人写诗高层次的要求。写诗要有警句，也是为让诗能流传下去"旷百世而同感共鸣"的重要条件。诗中的警句是为凸显诗的主旨"意"而抒写的，这也诚如古人所说："咏物之诗，要托物以伸意。""烟云泉石，花鸟苔林，全铺锦帐，寓意则灵。"（王夫之《姜斋诗话》卷下）永明知难而进，努力争取做到在第一辑的诗里每首均有警句。这里所说的警句是宽泛意义上的，它有点像散文中重点句的意味，这是需要说明的。

为说明上述之有据，兹举这辑中的第二至第七首诗为例："最早迎春来"（《迎春》）、"风稠香溢浓"（《红梅》）、"春光住（驻）此中"（《月季》）、"虽只一天秀，也留满地香"（《萱草》）、"甘香传心语，与子永相偕"（《栀子花》）、"凌寒傲雪迎春来，笑看百花更鲜妍"（《蜡梅》）。我以为以上所举都是宽泛意义上的警句。

再说诗眼。诗眼可窥诗人推敲的功力，所以自贾岛以来一直受人推崇。诗眼是彰显诗歌魅力的强化剂，是使诗歌令人喜读、耐读的把手。要让诗歌每首都有诗眼是很难的，但是永明是努力争取做到诗中有"诗眼"的。这不妨仍以这辑中的第二至第七首诗为例。

"金英带雪开"（《迎春》），这"带"字堪称诗眼，有了这字，诗就活了。"风稠香溢浓"（《红梅》），风怎么"稠"呢？这是反常合道手法的运用。"（不怕寒和暑）赢得月月红"（《月季》），这"赢"字说明月月红来之不易。"（凌晨涂艳色）午夜卸浓妆"（《萱草》），一个"卸"字写尽了一天的辛劳。"甘香传心语（与子永相偕）"（《栀子花》），一个"传"字既是有形的传，又是无形的传，让读者去"思而得之"。"金英纷绽香溢远"（《蜡梅》），蜡梅花香，未近花丛，已闻其香，一个"溢"字，毫不为过。如此等等。

特色之四，写花卉诗注意深入观察，抓住特点。这"深入观察"与"抓住特点"是相辅相成的。没有深入观察就不能抓住特点。著名画家于非闇在谈他创作体会时说："我画北京的牡丹，在三十多种名色之中，我只选出几种名色。……我总是取夏天充分发育的叶形，初秋恢复自然的枝干，特别是故宫御花园百余年前的老干，……我就掌握了北京牡丹花比较充分的资料，反映它的繁华富丽，表达它的活色生香，自然就容易创立新意了。"（于非闇《我怎样画工笔花鸟画》）这是经验之谈。永明写了一首吟咏《牡丹》的诗："国色轻摇露映辉，天香浮动蝶恋霏。不为称魁独占春，乐与百花共芳菲。""叙述能力，它来自一个人的观察能力。"

(作家塞壬语)细读这首诗即可明白,他在"深入观察"和"抓住特点"这两方面是花了苦功夫的。牡丹是初夏开花的,诗人是早上去观察牡丹的,所以可看到露水在牡丹花上轻摇映辉,也可看到彩蝶在香气扑鼻中恋菲。作者抓住了这两个重要的细节,就使这首诗灵动起来了,也可以说就像著名老画家于非闇那样笔底"创立新意"了。

特色之五,作者博览群书,注意吸收,又能恰到好处地运用,陡增了写诗的表现技巧。著名作家赵丽宏说:"读书是人生的一盏灯。"为了写这些花卉诗,永明一定看过不少这方面的书籍。袁枚的《苔》不胫而走,家喻户晓,在欣赏这首诗的人中间也定会有永明吧。我们说读书全在于运用,有时对别人的诗借鉴乃至模仿也无妨。亚里士多德说:"人最善于模仿,他们最初的知识就是从模仿得来的,人对于模仿的作品总是感到快感。"(亚里士多德《诗学》)

在这一辑诗中,模仿的例子并没有见到,但借鉴的例子倒是有的。例如吟咏《牡丹》诗中第二句"天香浮动蝶恋霏",我们读到此就会想到宋代林逋咏梅诗的名句:"疏影横斜水清浅,暗香浮动月黄昏。"(林逋《山园小梅》)"浮动"一词看似寻常,但要真正找到一个和它意思相近的词还是颇难的,所以这里借用一下也无妨。

再举一例,"扎根岩石不动摇"(《天山雪岭云杉林》)。这句是从清代诗人郑板桥的名句"咬定青山不放松"化出。这里倘若要将"扎根"与"咬定"作一比较,窃以为当然是"咬定"一词用得好。永明之所以用"扎根"而不用"咬定",读者能理解他的良苦用心,"扎根"一词具有现代气息,且妇孺皆知,何必亦步亦趋,"俯仰随人"呢?

因此借鉴有个前提,就是阅读量要大,要强闻博记,学以致用。这就令我们想起先贤的教言:"学到用时方恨少,事非经过不知难。""读书破万卷,下笔如有神。"

最后,想提两点建议:一、如果一种花用一首诗仍难以表达,可否

胡永明与葛乃福在上海青松城（2019年3月11日）

用两首或两首以上的诗来抒写，就像这一辑中的《梧桐》（二首）一样；二、要让读者对某一种植物有较全面的认识，可否在诗的前面运用题记、小引或诗尾处附注释的形式来延伸阅读，从而增加诗的厚度和容量，让读者对所咏之物有更多感性的了解和理性的感悟。

　　永明酷爱诗歌。黄永玉说过："为了太阳，我才来到这个世界。"或许是为了诗歌，永明才来到这个世界的吧。他曾说："诗能比其他文学体裁更简洁明快、淋漓尽致地表达思想感情，而且可以点石成金，使平凡事物富有神韵，使我们更加热爱生活。"[1]他在诗坛辛勤耕耘几十载，取得了骄人的成绩，出版了《晚潮拍岸的声响——胡永明诗选》《阳光化作

---

[1] 详见《晚潮拍岸的声响—胡永明诗选》，文化艺术出版社2013年版，第6—15页。

七彩虹——胡永明诗选》《给远方的至爱——胡永明爱情诗选》和《启明诗》等四本诗集,编著有《诗歌创作手册》,创编有《通用规范汉字诗声韵》。他的诗多次在全国获奖,他被评为"中华优秀诗人词家""中外诗歌散文精英人物""2016 年全国诗书画精英人物"和"新诗百年 100 位城市影响力诗人"。因其创作业绩,2000 年又入选《中华百科英才大典》。

　　春风化雨润无声,春风忙于过路人。诗人舒爱萍说:"我想,永明的诗歌应是诗坛上一朵永远盛开、美丽动人、色泽鲜艳、芬芳四溢的鲜花,但愿它的魅力能给读者带来欢快与共鸣。"(舒爱萍《诗缘　情缘》)这是他妻子对永明的衷心祝福,也是广大读者和诸多文友对永明的衷心祝福!最后谨录两句古人箴言:"非汲尽百家之美,不能成一人之奇;非取法至高之境,不能开独造之域。"愿与永明先生共勉。

(葛乃福:复旦大学中文系教授、上海市作家协会会员)

用诗歌书写灿烂人生

陈新光

与诗人胡永明相识源于他的夫人舒爱萍女士。多年前，舒爱萍女士在上海三菱电梯有限公司担任统计主管，我在政府统计部门工作。有一次，我们一起参加上海统计学会召开的工作会议，闲暇之余，偶尔的诗歌交流使我们有了共同的话题，在得知她的先生就是上海著名诗人胡永明后，我便对这对诗歌伉俪有了更多的关注。

胡永明对诗歌的爱好和追求，可以说是伴随他的整个人生。他来自作家家庭，其父亲胡宝华在 20 世纪五六十年代和胡万春同为著名的工人作家。家庭的文学熏陶，使他从小热爱文学和诗歌，即便踏上社会，走上多个工作岗位，直到从事公安工作，依旧把诗歌创作与繁重、危险的警察职业放在同等重要位置，保持了旺盛的诗歌创作热情。在事业上，他爱岗敬业，在各个岗位上努力报国为民做贡献；在学习上，他求知欲望强烈，坚持在职学习，还获得了复旦大学法律硕士学位；在诗歌创作上，他勤奋刻苦，更是佳作连连，相继出版了《晚潮拍岸的声响——胡永明诗选》《阳光化作七彩虹——胡永明诗选》《给远方的至爱——胡永明爱情诗选》《启明诗》等多部原创诗歌集和《诗歌创作手册》等诗歌创作理论著作。令许多熟悉他的工作同事和诗歌同行为之敬佩。可以说，永明先生超越了一般诗歌爱好者，是一个勤奋和有持续创作力的诗人。

千百年来，历代诗歌研究者和广大读者大都承认，在唐代兴起的近体诗（也称格律诗）是中国传统诗词中最有代表性、最具典型意义、最富民族特色的一种诗体。它经历了漫长的形成过程，是中国诗歌体裁、形式发展到成熟阶段的产物。这种格律诗体有"五美"，即"均齐美、节奏美、音乐美、对称美、简洁美"。其中尤其是近体诗"简洁"的特点和优势值得我们重视。在我看来，永明先生是学习格律、熟悉格律、掌握了"格律"这种必然的。为此，他创作格律诗，实际是他对一种高雅文学艺术的热爱和追求。永明创作诗歌，既不离比兴手法、韵律传统和言志而无邪的古训，又不过分拘泥于格律，不为词句平仄所纠结。他创作的古风诗、格律诗和自由诗注意思想性与艺术性相结合，有真情实感，且清新自然、简洁高雅，文字优美、声韵和谐，给人以精神熏陶和诗意享受。难怪著名作家叶辛会这么说："永明的诗歌各有入诗的角度，各有可咀嚼之处。"

我最早读他的《晚潮拍岸的声响——胡永明诗选》，就有一种心灵的碰撞和交融，可能也与我们是同龄人有关，都经历过"文化大革命"，对知识的渴求和刻苦钻研的精神是现代年轻人难以想象的。永明先生在学生时代就创作了《勤奋便是截光阴》的诗，其中的两句"大坝可以截江流，勤奋便是截光阴"，至今我都能熟读默背，因为这诗句打动了我的心扉，仿佛我们就是学习上的知音和挚友。现在，只要我们见面，互相之间就有说不完的话题，最终还是回到诗歌的原点，心中油然对他有种敬佩之情。正是永明先生的这种勤奋学习和刻苦钻研的精神，使得他在诗歌理论的研究和诗歌的创作上达到了一个新的高度。在我看来，永明的诗有新体也有旧体，新体有自由体也有格律体，旧体有绝句也有律诗。他除了是写古风诗、格律诗和自由诗的"三栖"诗人外，还是诗歌理论研究专家，这在中国当代诗坛是不多见的。百度百科关于胡永明的词条的标签就是"诗人、作家、学者"。值得一提的是他编著的《诗歌创作手册》，该书较为全面地介绍了诗歌知识和创作技巧，收入了全部诗谱和主要词谱，有当代最新的韵书，并有160多位伟人、诗人等的230首完整

胡永明与陈新光在上海市政协（2018年1月12日）

的经典诗歌，对诗歌爱好者和诗歌作家都是一本难得的诗歌鉴赏启蒙书和诗歌创作工具书。

2015年12月，《文学报》就在上海召开的胡永明诗歌创作研讨会作了报道，来自文学界的叶辛、李伦新、吴欢章、刘希涛、张载养、曹正文、张斤夫、李文祺、顾定海、宋海年、张建中、陆新、黄玉燕、邵天骏、沈世坤和朱渊澄等许多知名作家、诗人、诗评家参与研讨，对胡永明诗歌创作给予高度评价并寄予殷切希望。近年来，胡永明先生的诗歌作品在全国各类诗歌大赛上屡屡获得大奖，还被授予"中华优秀诗人词家""中外诗歌散文精英人物"和"新诗百年100位城市影响力诗人"等称号。他还是中国诗词家协会理事、中国诗歌学会会员、中华诗词学会会员、中华诗词创作研究院研究员、中国现代作家协会会员和上海市作家协会会员。作为胡永明、舒爱萍夫妇的挚友，我为永明先生所取得的成绩感到由衷的高兴和衷心的祝福。

在古代,"诗"为"六经"之首。孔子说:"《诗》,可以兴,可以观,可以群,可以怨;迩之事父,远之事君;多识于鸟兽草木之名,"又说,"不学《诗》,无以言。"可见诗的功能、作用是多方面的。古时的士,成才之道,离不开读诗。如今,胡永明、舒爱萍夫妇都已退休,使得他们有了更多的时光和更多的精力可以耕耘于诗歌的创作,可以说这是他们诗歌创作的一个新高地,而新出版的《启明诗》就是胡永明、舒爱萍夫妇诗歌创作的新起点。

近日,与他们夫妇相聚交流,离不开诗歌的话题,知道他们每天的时间都是排得满满,参加诗友交流聚会、相邀座谈诗歌创作、赶赴诗歌论坛峰会等,在家只要有赋闲时间就是诗歌学习和创作,常常是挑灯夜战,与诗相伴到黎明,因为他们还有对诗歌创作的更大追求和伟大梦想。此时此刻,我不禁又想起永明先生的那首《勤奋便是截光阴》的诗句,对他而言诗歌将伴随他的整个人生,在他心中永远没有"退休"一说,卸任只是获得了更多宝贵的时光。这对诗歌伉俪正踌躇满志倾心于诗歌理论的研究,用曾经积累的丰富工作阅历,和周游祖国大江南北与世界各地来"阅尽人间春色",从而为诗歌创作汲取更多的营养和积累更多的素材。胡永明、舒爱萍还正当盛年,期待这对诗歌伉俪传承中国古典诗歌和百年新诗新老两个传统,为实现中华复兴之梦创作出更多为人民所喜爱的诗歌精品。

(陈新光:上海市统计学会副会长、上海大学经济学院兼职教授)

承传统　开新风
——浅谈胡永明诗的表现

沈慧敏

诗人胡永明的诗产量很高，在近五年中，他先后出版了诗集《晚潮拍岸的声响——胡永明诗选》（文化艺术出版社 2013 年版）、《阳光化作七彩虹——胡永明诗选》（作家出版社 2014 年版）、《给远方的至爱——胡永明爱情诗选》（作家出版社 2016 年版）、《启明诗》（中国文联出版社 2017 年版），同时还向社会提交了一本诗歌创作的工具书《诗歌创作手册》（上海辞书出版社 2015 年版），均获得好评。他的诗，无论是颂人物、咏山水，还是表爱情、抒壮志，都抒发着他爱国爱民的赤胆忠心，向社会、向广大的读者传送着正能量。他是上海市作家协会会员、中国现代作家协会会员，也是中国诗歌学会会员、中华诗词学会会员，并任中国诗词家协会理事。2017 年底，他又与"联合国非官方事务办公室"签约，成为联合国签约诗人，他的作品被列入世界经典文学艺术系列名录，将会受到更加广泛的传播。

在中国五千多年的文化史中，诗歌是其最古老的文学表现形式。任何文学作品，包括诗，从产生开始并能得以推广延续，这首先是因为该作品所具有的感受性，也就是说能被广大读者所接受。作为中华人的文学创作者，无论是在什么时代，都可能遇到一个如何继承传统、开拓新风的问题。当代诗坛重镇的胡永明诗人在这些方面做了相当大的努力，并且取得了相当大的收获。

那么在胡永明诗人的诗中，我们能感受到什么呢？换句话说，他的诗的表现具有什么样的魅力呢？本文以承传统、开新风为题，就诗人的诗作表现谈一点并不是很成熟的看法，愿以此抛砖引玉。

承古体　扬民歌风格

诗人胡永明曾经发表过一篇题为《"中国诗的出路"在哪里？——对学习践行毛泽东诗歌理论形成发展"新体诗歌"的探索与实践》的诗论（《阳光化作七彩虹》所收）。他在此文中提出，当代诗歌应该以民歌为根基，以自由诗创作经验为借鉴，提倡写"新风诗"。这可以说是他在自己创作经验中得来的感受，也是作为当代诗人的他，在诗歌创作方面"继往开来迈征途"（《花山谜库》之诗语）的姿态。

据著名工人作家胡宝华说，诗人胡永明从小就喜欢诗，因为父亲的言传身带，使他很早就开了诗心。之后他又接受了正规的诗学教育，加上勤奋努力，使他在诗歌创作及诗学研究上有了很大的成就。他向社会提交的《诗歌创作手册》，不仅论述了诗歌的艺术，还为诗歌爱好者提供了自己创新编成的《通用规范汉字诗声韵》。这是一本学习创作旧体诗和新体诗的难得的好教材。可见诗人对诗歌的研究是有相当的程度的。

民歌的特征是，朗朗上口、言简意明，另外题材应该是以众所周知的为上。诗人从继承古体，以民歌为根基的创作立场出发，写下了很多不乏民歌风味的古体诗。比如他写的五言《月季》(《启明诗》所收)："春光住此中，方谢又复荣。不怕寒和暑，赢得月月红。"这首诗押"ong"韵，通篇没有一个生难僻字，不看诗文，只听发音，就能理解诗意。

再如《叶》诗："春添一抹绿,夏展一片荫。黄了不居高,愿当炉内薪。"(《启明诗》所收)"叶",是司空见惯之物。俗话说,红花要有绿叶衬。也就是说,在现实生活中,"叶"充其量只是一个"陪衬"的角色,但是诗人却让它以主角的身份登上了神圣的诗坛大殿,以诗的五言体,为"叶"歌功颂德。全篇只不过四行,每行五字,共二十字,却把"叶"的"奉献"精神表现得淋漓尽致!

再来看《惜别》诗(《启明诗》所收),也是五言体,与上面两首不一样的是,它用了叠字。惜别——也许是友人,也许是亲人,更也许是恋人的离别吧。诗中这样写道:"春江情脉脉,南岭愁重重。渡口俩依依,黄昏雨濛濛。""脉脉""重重""依依""濛濛",表现着惜别人之心态、动态及山岭、细雨的景态,以此衬托出人与人之间难分难舍的情景。通过这些叠字的使用,让人们看到的景象仿佛不仅仅是"渡口俩依依"的景,而是欣赏到雨中惜别之难分难舍的画。这首二十个字的诗,意境似乎渺茫,却引人遐想翩翩,音韵效果和视觉效果相辅相成,其表现实为上乘!

民歌是诗的起源,无论人类进步到什么时代,它都会以一种沉淀着的姿态,为时代的新风推波助澜。民歌的表现看似简单,其实没有深厚的生活底子和写诗的功底,是很难写就的。诗人胡永明在提倡维护与发展民歌的前提下,身体力行,继承古诗体,书写当代式民歌,这是难能可贵的。

承古题　寓新意

胡永明诗人在实践继承古体、创作民歌风格的诗以外,也很大胆地咏古人咏过的题材,却付之于新意。我们不妨拜阅一下诗人的《蝉》诗

胡永明和舒爱萍陪同父亲胡宝华接待沈慧敏（右一）从日本来访（2018年8月25日）

(《启明诗》所收)。诗人将此诗归于"咏物诗"类。

蝉，是夏秋之风物。在古时候的自然环境中，它也许并没有像今天这样的多见。古人视其为高洁之物：高居树枝，餐风露雨，与世无争。于是蝉往往成了古代文人墨客的笔下之物。读《唐诗鉴赏辞典》，其中收有三首被称为唐代"三绝"的咏蝉诗。第一首是虞世南的《蝉》，第二首是骆宾王的《咏蝉》，第三首是李商隐的《蝉》。骆宾王的《咏蝉》是他在遭人诬告、下狱中写的，所以他在诗中悲叹："无人信高洁，谁为表予心？"清朝诗人施补华称此《咏蝉》诗为"患难人语"。李商隐因被卷入当时的牛李党争，在政治上受到排挤，他在《蝉》诗中写道，"本以高难饱，徒劳恨费声"，这可谓是满篇"牢骚语"也。唯有虞世南的《蝉》诗"垂緌饮清露，流响出疏桐，居高声自远，非是藉秋风"，据说唐太宗赞虞世南的咏蝉为"五绝"，即"德行、忠直、博学、文词、书翰"之绝。综古人之咏蝉，清诗论家沈德潜这样说："咏蝉者，每咏其声，此独尊其品格。"

如果说，虞世南的《蝉》是寄蝉言志，骆宾王、李商隐的诗是借蝉泻怨恨，那么当今的诗人胡永明的咏蝉诗又是注重了什么呢？

其实在现今时代，蝉并不是一种特讨人喜欢的昆虫。就本人来说，对它无甚好感，尤其是夏蝉。原本炎夏酷暑，热浪滚滚，已经让人感到有一种难以忍受的烦躁。再要加上远远近近、此起彼伏的，似乎是声嘶力竭地在直呼"热死了，热死了"的干号，那简直就是一种精神上的折磨。每每这时，本人就会这样想到，何不趁它长年潜伏在地下，吸取树根汁液延续生命时就除害呢。

但是没想到，永明诗人的蝉却是那样的令人耳目一新。诗人这样写道："为蜫不自卑，忍辱未觉微。汁露化成宝，梦圆歌晚晖。"首句的"为蜫不自卑"，这"不自卑"三字，可说是继古人咏蝉之传统，付蝉于人格。"汁露化成宝"句，描写了蝉的生态。蝉在幼虫成虫之前，会潜伏地下生活3至17年，除了地下的黑暗和泥土之外，蝉没有任何其他的闪光耀眼的经历。但是对此，蝉并不"觉微"。只要在它一旦成虫出土、上树、羽化后，面对着只剩下的短短七天的生命期，雄性蝉就要拼命地煽动羽翅，振动共鸣器发出被本人认为是"热死了"的鸣叫声。因为雌性蝉没有共鸣器，不会发声，所以只有雄性蝉为追求雌性蝉而"奋斗"，这也是"蝉"为了延续生命，在生命期的最后的搏斗。它不"声嘶力竭"不行！

"蝉"本是大自然中一种微不足道的小昆虫，是人赋予它"象征性"。但古人咏蝉，寄情意于蝉，是从表象看蝉；当今诗人胡永明先生咏"蝉"，歌颂蝉"梦圆歌晚晖"，这是对不甘心命运，为生而尽力表现自己的，对蝉的刚毅、顽强求生姿态的歌颂；这也是诗人对大自然孕育的生命力的歌颂。而对我们来说，通过诗人这样的咏蝉，感受到的是诗人以诗传递"爱人爱生命"的真谛。

勇挑战　不畏古人名篇

陈子昂是初唐著名诗人，他的诗风苍劲有力，风骨峥嵘。后来的大诗人李白、杜甫、白居易等对他都很是推崇。元代文人方回更是称他为"唐之诗祖"（详见方回《瀛奎律髓》）。在武则天时，他直言敢谏，官右拾遗。后随建安王武攸宜出征契丹，但是武攸宜不懂军事，不仅拒纳陈子昂的献策，还对他降职。诗人连受打击，眼看报国宏愿无法实现，于是在登上幽州台时，写下了《登幽州台歌》。

《登幽州台歌》是诗人的失意时之作，是他怀才不遇、孤寂悲愤的心绪的表现。但是诗的用语却丝毫不见"戚戚然""无可奈何"之类。全诗四句，苍劲，奔放，把诗人唯己独居天地之间的豪迈气概，一气而泻地表现了出来："前不见古人，后不见来者。念天地之悠悠，独怆然而涕下！"

这是一首千古不朽的名篇。令人意想不到的是，今天的诗人胡永明竟然敢向其挑战。胡永明诗人气宇昂然地写下了《仿陈子昂〈登幽州台歌〉反其意而咏叹》的诗。他在诗中这样叹道："前圣贤辈出，后伟人涌现。数群英之风流，看中华之巨变。"（《阳光化作七彩虹》所收）。古人愤世嫉俗，唯自独尊，痛感古代（燕昭王时代）曾有过的任贤才之事，后当有之，今却未见。古诗人悲愤有余，却也只能对着"悠悠"天地"独怆然而涕下"。

胡永明诗人咏叹的是：（我们）背负着前人创造的悠久的文化传统，今天身居于圣贤辈出的国度，天地依然悠悠，但是今日之中华已是数不尽风流英雄，后浪在赶着前浪。古今相比，历史早已发生了超人想象的巨变。处于这样宏观中的自我，是决不会像古人那样"独怆然而涕下"

的！这首诗仿佛是一首"祭古"之诗，也仿佛是诗人告慰古人的"誓言"之诗。试想，如果胡永明诗人没有火热的爱中华之心，他会有勇气挑战这样的历史名篇，抒发出慷慨激昂的情感吗？！

所谓继承传统，并不是"照搬"。严格来说，继承就是发展，发展就是进步。读永明诗人的这首诗，可以让我们重温"继承"的意义。

创新风　不拘一格

说到创新风，不拘一格这句话，是因为本人对诗人的《我与陌生的姑娘雨中拼伞》(《启明诗》所收)这首叙事诗的表现很感兴趣。

叙事诗是我国诗史上的一种很传统的表现，先人们也留下了很多名篇名作，比如《木兰诗》《孔雀东南飞》《长恨歌》等。所谓叙事诗一般是以叙述事件为内容，有比较完整的故事情节和人物形象。按语文教材中关于叙事诗文写作的要素来说，写叙事诗文需要记叙时间、地点、人物、原因、经过和结果。

永明诗人的这首叙事诗全诗五段，20 行，是散文式的自由体。记叙的时间是"傍晚""我下班后"；场景是雨中的信号灯路口；人物是"我"和"陌生的姑娘"；记述的事情经过是：在等候信号灯变换时，"我"把"伞""移向"没带伞的"陌生的姑娘"。

这首诗里只写了两个人，"我"和"陌生的姑娘"。诗中没有描写完整的人物形象：既没有记录人物的音容笑貌，也没有对话，唯一有的是一句，也可以说是心理描写的话是，"我""怕她害羞没瞅她的容貌"。

在这首诗里，诗人运用视觉、触觉、嗅觉感官，向读者提供了这位"陌生姑娘"的这样的一些信息："只见她穿着合体的连衣裙衫"(视觉)，"偶尔我的胳膊触到她润凉的臂膀"(触觉)，"更感到她青春的气息幽兰的芬芳"（嗅觉）。这是诗中通过"我"的视觉、触觉、嗅觉对人物的直接的表现。另外，诗中的"更感到"这三个字，表现的是"我"的感觉，这可以理解为是间接性的人物表现。这样简洁的表现，是出于"诗"的特殊体式。它在"我"和"陌生的姑娘"之间涂上了一层淡淡的朦胧的色彩，能收到一定的艺术效果。

这首诗叙述的只是两、三分钟内发生的一件小事，几乎没有什么情节描写，也没有时间及观念上的倒错、跳跃，只是按照时空的顺序来展开过程。诗的最后这样落笔："我们并肩穿过大街走向同一个车站／她（那位没带伞的姑娘——本文作者注）说'我乘的公交车来了'就离伞跑去／又抛出'谢谢'声浪萦绕着我回响。"

读完整首诗，读者也许很想知道，诗人为何记述这样一件"我"与"陌生姑娘""拼伞"的小事，读者也许很想知道在"我"把伞"移"向陌生姑娘时的"我"的想法，或者说读者也很想知道"陌生姑娘"在接受"拼伞"时的感受，等等，等等。但是这一切，诗中都没有直接描述。

一般而言，在通读了永明诗人的诗作后，感到有一个很大的特点是：他的诗，无论是人物诗、建设诗，还是爱情诗、咏物诗、山水诗，都主题鲜明。无论读者是通过视觉还是听觉，都能很自然明白地理解诗意，感受到正能量的冲击力。例如他写的咏物诗《花感》的结句是，"美丽馨香遍中华"；他写的山水诗《花山谜窟》，最后说"祖先知勇胜天工，继往开来迈征途"；他写的《西安感赋》，说"继古开今日，人民尽舜尧"，等等，这样的诗奠定了永明诗的存在价值。但是唯有这首《我与陌生的姑娘雨中拼伞》的诗，除了诗中作为正面描写的这位姑娘的两次道谢外，整首诗没有诗人主观意识的任何表露，直到最后也没说明"我"为什么会这样做，为什么要这样做，"我"做了以后有什么感想。可以说这首诗是用了没有任何主客观意识的意识表现。诗人自己也将此诗归于"随感诗",从中是否可作这样一种理解,诗人自己对此诗的表现也另有所思。

本人对这首诗的表现很感兴趣。曾就此单刀直入地询问过诗人。诗人是这样回答的:这首诗连同我的《我爱万花筒》《走路》,曾在 2017 年 3 月被收入于文汇出版社出版的诗文选集《在追梦路上》。当时也有人建议我将"偶尔我的胳膊触到她润凉的臂膀"这样的诗句进行改写。而我的本意却是想写下当时的真实的情景和感受。我写的这首诗的时间、地点、人物、情景都是真实的,熟识这一带的人,甚至可以根据我诗中的描写,找到具体的路口和公交车站的位置。但是作为一首好的诗,至少应该能够体现出"三味",即美味、韵味和余味。若能耐人寻味那是最好的。

另外我要说的是,我素以"与人为善、助人为乐"为立身之本。当我看到那位姑娘淋着雨等红灯时,我把伞只是往她头顶上移了一下,这个"移"的动作,充其量也难说是举手之劳,可是那位姑娘却连续两次向我道谢。这体现出了现在年轻人的文明礼貌,也让我意识到我做的是一件助人的好事。我觉得,我们生活在这个人世间,不仅亲友之间应该互相关心帮助,即使是与陌生人之间也应对"我爱人人,人人爱我"身体力行。如果通过我的这首诗,能提醒大家"助人为乐"并不是一件难事,随时随地都可以从"我"做起;如果大家能够意识到,通过"助人为乐",我们的人世间会变得更加温暖与和谐,那么我写此诗的目的也就实现了。

上面记录的是那么一大段诗人的话,也许有点儿冗长,但是诗人的表述,从诗本身所具有的功能及诗所能产生的社会功能方面为我们作了精辟的解说。可见诗人运用这种没有任何主客观意识的意识表现,正是为了把对诗受容的空间更多地留给读者。以本人之拙见,这种表现在永明诗中尚不多见。这也许是诗人的一种新尝试、新开拓吧。

关于永明诗中的幽默表现

最后，想就永明诗中的幽默表现谈一点不很成熟的看法。

也许是因为永明诗人出身于公安干警的关系，读他的诗总能留下刚烈的感觉。但是，在读到《找对象》《可别嫁给小心眼呀》《爱情的滋味》等诗作时，我却不由得笑出了声。这一方面是被诗的内容惹笑的，另一方面是没想到身为人民卫士的胡永明诗人还具有这么耐人寻味的幽默感。本人视这三首诗为永明诗作中的"幽默小套餐"。

中国人是何时开始使用"幽默"这个词的，尚未作考察。只是在历史上我们的祖先分别使用"谐"与"谑"这两个字来分别表示喜乐、悦笑。刘勰《文心雕龙·谐隐》中有"辞浅会俗，皆悦笑也"之语，即以浅近通俗语言引人发笑之意。但是反过来也可以作这样的理解：引人发笑的言语，都是通俗浅近的。中华民族是儒教传统根深蒂固的民族。一说到引人发笑，通俗浅近，这可是遭老夫子们反感的事了。所以"谐谑"（幽默）的文学的表现，在中国文化史上始终没能形成大气候。现代文艺理论家朱光潜在 1943 年出版的《诗论》中就说道：擅长谐笑的人在任何社会中都受欢迎。所以在极严肃的悲剧中也会有小丑……但是在观念形式上，在国人的心目中对"谐谑"表现总好像留有那么一种不登大雅之堂的感觉。

这次读到永明诗中的这个"幽默小套餐"，着实让本人高兴了一阵。《可别嫁给小心眼呀》是自由诗，全诗 12 句。通篇是失恋男子对抛弃他的女子的呼唤。他苦口婆心地劝说抛弃他的那位女子：你"可别嫁给小心眼呀／要不，我们的友谊就完啦""要不，只好各叹流水落花"。这些诗句说明"他"虽然已经失去了对方。但是他还没有自拔，还沉在恋情中；他苦苦地希望着，即使俩人最后不能走到一起，那么也不要抹去他们之间曾经有过的"友谊"。他的这种感情以为对方担心的形式表现出来，充满了苦涩。可见是多么"痴心"的男子啊。

其实，一旦恋爱结束，往往也就是"友谊"的"消除"。没有发展到世间常见的那种极端的"爱憎剧"，那还真是"理智"的功劳。这个男子似乎不是那种走极端的人，他有真情，但是这只是"一方的热面孔"。这种一头热与一头冷的自嘲式的表现，往往会成为联欢晚会上的一种令人捧腹大笑的余兴节目。所以是决计不能小看这种表现的。

《找对象》也是自由诗，全诗四段，16句。通篇也是一个大龄男子的自嘲式的告白，同样充满了幽默感。诗的第一段，让读者看到诗中的"我"对自己的恋爱很自负，充满了自信。他说认识了一个多情、长得"月貌花姿"的姑娘，但是"我"嫌对方人"不聪明"；紧接着第二段讲的是又认识了一个"才华横溢"的姑娘，可"我"嫌对方"不够俊"；在第三段中写道，有人为"我"介绍了一个既不聪明也不俊的姑娘。已经有了前两次的经验，这次"我"想该"迁就"了，可万万没想到的是，对方却嫌我额头有皱纹"说不行"。"咳！"第四段，开头就是一声叹息。这是意识到自己成了婚恋场上老大难的叹息。于是"我"赶紧回头去找那个"不聪明"的姑娘，结果是对方早已成亲。接着再去找那"不够俊"的，结果是对方早已"成名"！经过这样的一番周折，"我"身不由己地发出了"咳"的叹息，那是"我"的自我苦笑。对于他人的这种苦笑，你也许会跟着大笑，但是大概不会报之于"讥笑"吧？永明诗中的这两个男子的自白，让我们看到了幽默表现是在对自我客观认识的前提下的一种"滑稽"。如果能通过幽默表现来反映人间的温暖、宽容和真情，那可以说也是文学表现的一种真谛。

日本明治时期的著名文学家户川秋骨，在他的随笔《早餐前的招待》中，谈及幽默时这样说："所谓幽默只不过是笑的一种而已。是人在并不知觉有压力而表现出来的一种绰绰有余。幽默又可以说是一种到达天地大道的悟性。"胡永明先生把幽默的表现用于严肃的诗的题材的表现，这不能不说是他的诗作表现成熟的一种反映。通过这两个"男子汉"的恋爱故事，我们不也对幽默的表现有了悟性了吗？永明诗人的这套"幽默小套餐"中的第三首诗的题目是《爱情的滋味》，如果把《找对象》《可别嫁给小心眼呀》看作是探寻恋爱是什么的话，那么这第三首的《爱情的滋味》可以理解为是对探寻恋爱的解答。关于这个解答就留给大家享用了。

结　　语

诗人胡永明在诗的表现方面，路子是很宽阔的。尤其是在继承传统、开辟新诗风方面，他勇于实践、敢于挑战，又善于摸索，为中国诗业的继往开来，在辛勤地耕耘着。希望他坚持不懈，为继前人，也为续后人，开辟出一条五彩斑斓的诗歌创作的大道。

（沈慧敏：日本关西学院大学讲师）

永明诗的现实主义精神和人民性

张建中

永明的诗，写景，情景交融；状物，情怀高尚；抒情，真挚情深。

永明的诗还有一股凛然正气。例如他在《和包公诗》中写道："……高洁终成栋，贪腐必为因。齐力扫阴霾，艳阳朗神州。"又如在《黄叶》中写道："别枝不恋高，乘风舞晴空。归根沃芳泥，再育绿荫浓。"

这样的诗句，我觉得具有强烈的现实主义精神和人民性，体现了诗人忧国忧民的赤诚之心。它们使我想起了唐代诗人杜甫的著名诗句："穷年忧黎元，叹息肠内热。取笑同学翁，浩歌弥激烈。"想起了大诗人另一

胡永明在"胡永明《诗歌创作手册》研讨会"上接受张建中赠送书法作品（2015年12月5日）

首同样十分著名的诗《茅屋为秋风所破歌》。

　　当前诗坛诗作不能算少，但是真正能关心政事、关心民生的诗还不是很多，所以我觉得永明这样的诗难能可贵。

（张建中：中国作家协会会员）

启明金星　永远闪耀

陆　新

一

我很高兴，因为永明著的《启明诗》和舒爱萍编著的《启明星在闪耀——胡永明诗书评论集》这两本书里都收有我的诗和文章。如果没有这两本书，这些诗和文章或许就流失了，所以我首先要感谢两位老师的"收留"之恩。

胡、舒两位老师发起的"同题"诗写作活动，据我所知至少有5次，收录在《启明诗》里的有2次，一次是"中秋诗"，一次是"黄叶诗"，还有3次因发生在这两本书"杀青"之后，没有收录在内，一次是"雄鸡诗"，一次是"天净沙"，一次是为纪念中国新诗诞生百年，"与胡适同题诗"。有幸的是这5次我都参与了，当然，我的"同题"诗写得一般，数量也少，比起潘培坤书记、张春新局长来说，真叫"小巫见大巫"。我觉得胡、舒两位老师发起"同题"诗写作功不可没。

二

中国的白话诗自1917年诞生以来，发展到2017年，正好一百年。百年新诗，新诗百年，不是用一两句话可以总结出来的。但我想，读了那么多的诗，并通过诗结交或神交了那么多的诗人，我觉得一个诗人只有把自己的信仰与感悟熔铸到作品之中，热爱生命，追求理想，不断进取，并以此触动读者的心灵，拨动读者的心弦，点燃读者的心火，这样的诗作才有可能成为优秀乃至伟大的诗歌。

我先后参加过3次"胡永明作品研讨会"，对胡老师的创作经历和作品有一定的了解。我认为胡老师是一位传承中国古典诗歌和中国现代诗歌传统的诗人。他把自己化作一颗启明星，坚持用自己的全部光量去照亮诗歌理想的星空。

他的诗歌解读密码，就是我曾经说过的"家国情怀"。

他在诗坛的坐标定位也是我曾经说过的：学者型的诗人，诗人型的学者。

三

一个作家，一个诗人，一个学者，在他的成长过程中，都会经历三个时期：预备期、积累期、升华期。

预备期，顾名思义，就是打基础。万丈高楼平地起，基础打不好，说倒就倒。预备期可长可短，因人而异。有的人几年，有的人几十年，大器早成的例子很多，大器晚成的也不少。"出名要趁早"，不错，但出不了名也没办法。

积累期，即在注重质量的前提下，积累数量，多多益善。因为加入作协有数量方面的要求，没有一定的数量是不行的。

升华期，就是说在达到数量的基础上，把重点放在质量上。

我觉得永明现在就处于第三个时期，也就是：升华期。因此，我建议永明作为一个学者，在诗学研究和诗歌理论上要有新的建树；作为一个诗人，在诗歌创作上要多出精品。

作家凭作品说话。是的，一篇精品顶几十篇平庸之作。

我期待看到胡老师更多的诗歌理论新著，也期盼读到胡老师更多的诗歌精品！

毋庸讳言，中国的诗坛眼下正处于一个窘迫的

胡永明与陆新在上海作协青浦文学营（2016年8月10日）

时期，诗歌正在远离读者尤其是青年读者的阅读视野，而我们都仍然自觉自愿、津津乐道地读诗、写诗、评诗、编诗，我们仍旧乘着诗歌这辆从西周就已经出发的古老马车"吱吱嘎嘎"地一路前行。为什么？我想，就是因为我们心中还有一团火，还有着一份使命感，要不离不弃把诗歌事业进行到底。

其实，我们都是常人，都有七情六欲，都生活在人间烟火中，但当诗神眷顾我们的时候，我们一不小心就变成了诗人。让我们与诗同在，诗意长存。祝诗神永远眷顾大家！

（陆新：上海市作家协会会员、甘肃省天水市作家协会原主席）

形象美与自然美的结合

黄华旗

胡永明先生的诗以小见大。《我是一棵小草》:"……我是一棵小草／既不招蜂惹蝶／也无依附爬高的本领／却热爱大地和阳光／有着不屈的个性";《萱草》:"……虽只一天秀,也留满地香。"

诗歌注重形象美和自然美,这是诗歌的艺术魅力。除此以外,很难用一个准确的词语来替代了。而诗人胡永明恰恰就做到了这一点,他将诗歌的形象美和自然美有机结合在一起。如他的五律《西安感赋》、新风诗《雨滴》和自由诗《牵牛花的心曲》。

形象美,就是指诗歌的艺术形象美。胡永明在作品中撷取人的形象或者是物的形象。如他的《油菜花》:"从南到北次第开／黄海香波涌春来／一棵独长不流金／万株丛生方溢彩。"从闻"香波",到看"流金"、看"黄海",从嗅觉转换到视觉;再从"一棵"到"万株",数量的突变,从量变到质变,这是"诗意、诗情"的飞跃。在欣赏美景的同时,升华出一种人生哲理,与"一枝独放不是春"异曲同工。

人可以是善的,也可以是恶的;可以是夸夸其谈的,也可以是不苟言笑的;可以是忠肝义胆的,也可以是狡猾奸诈的,等等。在社会生活中,形形色色的各种不同的人物形象都可以进入诗人的视野,创作成诗歌形象。胡永明不仅在诗歌中美化了自己所要塑造的艺术形象,而且将诗歌艺术形象塑造得尽善尽美。这可谓是胡永明独具匠心的一面。如他的《叶》《蝉》《夹竹桃》《给远方的至爱》等。

胡永明、舒爱萍伉俪与黄华旗（左一）在上海作协青浦文学营（2017年11月21日）

反之，诗歌缺乏艺术形象，草率了之，就会导致诗歌形象的匮乏，没有力度，没有生气，犹如一潭死水，诗歌的欣赏价值就荡然无存。所以，诗人胡永明在选择和塑造诗歌艺术形象的时候，特别注重典型诗歌艺术形象的撷取。只有最典型的诗歌艺术形象才能感动读者，打动读者的心灵，产生震撼人心的力量。诗人胡永明在诗歌中就做到了这一点，这是难能可贵的，也是值得点赞和欣赏的。如他的《莫干山观日台上观日出》："登高望／晓日雾中戏／时掩时揭含羞态／一瞧一躲正忸怩／尽被多情迷。"太阳"时掩时揭"，若隐若现，似情窦初开的羞答答少女那样"娇情"；太阳"一瞧一躲"，一露一藏，又似穿着婚纱等待新郎到来的新娘那样"生百媚"，把晨雾比作婚纱。

自然美，就是指诗歌以及诗歌艺术表现的自然美。情感的流露不需要矫揉造作，而应该是别开生面地自然流露。真情自然流露，才会让读者在阅读或者朗读诗歌的时候感受到自然和亲切。诗人胡永明的诗歌作品处处都流露出一种自然和清新，读来朗朗上口，流畅自如，犹如高山流水、行云飘飞，这需要一种艺术功底，更需要一种艺术魅力。不是人人都能写诗，也不是人人都能成为诗人。成为诗人的人都有自己的独到之处，要么诗歌的哲理超凡脱俗，要么诗歌的语言凝练到家，要么诗歌的艺术造诣登峰造极。而诗人胡永明恰恰做到了诗歌语言的自然美、艺术形象的自然美，将诗歌自然、自然诗歌有机地结合在一起，创造出了属于他自己的诗歌艺术境地。且看他想象力丰富的《雨后》："我想那王母挥出的一河波浪／已在春雷声中倾入长江／我想那雨后明丽的蓝天上／牛郎织女正悲喜异常／我想那轻盈的流霞／定是前去祝福的六位仙娘／我想那神奇的彩虹／定然通向他们富丽的天堂"。"一河波浪""在春雷声中""倾入长江"，给人以震撼的视听盛宴。

读诗需要鉴赏。没有鉴赏，就不要去读诗。正是读者带着鉴赏的眼光阅读诗人胡永明的诗歌，所以体味才深刻，情感才深厚，才能品味出诗歌中与众不同的艺术魅力与艺术境地。胡永明先生的《你是美丽的天使》："你是美丽的天使／带着丘比特的神箭飞到人间／当你一命中我的心坎／我就坠入了爱的深渊／姑娘呵／你那多情的目光／就是丘比特的神箭／你那眼睛里的一汪清泉／便是爱的深渊"。用中国典故作诗，国人见过不少。诗人胡永明用西方典故于诗文之中，而且用得那么巧妙。"目光"仙化成"神箭"，"眼波"仙化成"深渊"。超凡的想象，让人敬佩，让人敬佩！

（黄华旗：中国科普作家协会会员、中国硬笔书法协会会员）

浅论胡永明创作的四十首新风诗中的意境

汪 欣

诚如著名工人作家胡宝华所说："短短几年，永明在诗歌创作和诗歌理论研究方面已经硕果累累。诗集有《晚潮拍岸的声响——胡永明诗选》《阳光化作七彩虹——胡永明诗选》《给远方的至爱——胡永明爱情诗选》《启明诗》；诗歌理论有《诗歌创作手册》。"

我与胡永明、舒爱萍伉俪自从在百友文坛作家沙龙交往以来，我感到胡永明精力充沛，全身心地投入诗歌的学习、研究与创作。可以说，他的诗思如潮水涌动，近年来又写了许多新作品。他下过很大的工夫钻研中国诗歌发展的历史，对诗词创作技巧已经驾轻就熟，在生活中一有好的题材，一有情趣感触，即可成诗，犹如建安诗人曹植七步成诗之迅捷也。然而胡永明并不局限于旧体诗词的创作，还承继"五四"以来新诗创作的诗体、诗艺和诗学，进行全方位的探索，写就了许多富有诗情画意的自由体和格律体新诗，实现了他对新诗的追梦。

这次胡永明发给我的《胡永明诗歌120首》，涉及格律诗词曲、新风诗、自由诗这三大类。而第二类新风诗之中，又分为咏物诗9首、山水诗11首、建设诗10首、综合诗10首，总共40首。

唐代杰出的现实主义诗人白居易在《策林》六十九中说："大凡人之感于事，则必动于情，然后兴于嗟叹，发于吟咏，而形于歌诗矣。"新风诗，顾名思义，是指在诗的风格上不同于古风等诗歌，而有时代之特色。

以胡永明新风咏物诗中的《梧桐》为例:"梧桐解人意,应时叶稀繁。暑夏遮阴凉,寒冬透日暖。"诗人感于梧桐树的善解人意,夏日阳光暴晒,其叶宽大能为人们遮阴;冬天寒风凛冽,其叶凋谢能为人们透日,点出了人与自然相互依存、密不可分的联系。《油菜花》:"从南到北次第开,黄海香波涌春来。一棵独长不流金,万株丛生方溢彩。"从普通的农作物油菜栽培的地域广大写起,从平原到山乡,一大片一大片盛开的金黄色油菜花,映入眼帘,美不胜收。油菜花,这一物,在古人诗中,几乎是不入列的。而在胡永明的诗中,描画了人类通过农业种植给大自然增添的美丽景色,这一意境突出了人类的创造性,正是人创造了世界,改变了世界的面貌,其意义非凡。《天山雪岭云杉林》:"天山云杉蓬勃时,四千万年长青史。林海银装列军阵,树琴绿键颂英姿。新苗破土嫩枝正,古木参天主干直。扎根岩石不动摇,向上实现栋梁志。"位于天山高海拔的云杉林,非到天山不能观其生长之气势。"林海银装列军阵""古木参天主干直",诗人通过实地观察,对云杉描写形象逼真。而"扎根岩石不动摇,向上实现栋梁志"这两句,则赋予云杉林以长成参天大树的豪迈志向。这首诗意境开阔,给人以充分的想象

胡永明与汪欣在上海浦南文化馆(2019年2月24日)

空间，也给人们提示，要根正苗红，志向远大。

宋代诗人王安国很喜欢西湖风光，西湖的山光水色令人赏心悦目。诗人笔下的"春烟寺院敲茶鼓，夕照楼台卓酒旗"两句，一个"敲"，一个"卓"，点出了游西湖时的情趣。这也是一种游景的感怀。而胡永明的新风山水诗《杭州西湖》，是这样描写西湖的："知是海湾变内湖，信为天宫降明珠。三潭印月柳拂日，双峰插云鸟鸣坞。山环水绕城韵漾，堤上桥下花香浮。感怀白许邂逅处，崇敬中山志踌躇。"首句于地理学角度说出西湖之形成，这是古诗中没有点出的常识。于西湖山水美景中，"三潭印月""双峰插云"是西湖景点中最为有名的。"城韵漾""花香浮"，总括点出杭州城美的特点。"白许邂逅处"五个字，尤为著笔，可见作者对白娘娘、许仙美丽爱情故事的感怀是有原因的。《杭州西湖》诗中创造的意境，从自然与人文两方面，给人以画意与诗意。

胡永明新风诗《朱家角镇》为沪上名镇朱家角画像："三国为村落，宋元成集市。店兴北大街，钟鸣慈门寺。湖波漾淀山，橹声荡课植。古镇依水建，沪郊威尼斯。"其诗中的意境，既有历史的交代，又有以万顷碧波荡漾的淀山湖为背景，也突出古镇的现代风貌。总之，胡永明笔下的《朱家角镇》，具有现代人的触觉和欣赏口味。

建设诗，有《抢收》《插秧》《乡村风》《上海书展》《动车组和谐号》等作品，主要是歌颂新时代新事物；而综合诗中，有《惜别》《重阳敬老》《七夕节祝愿》等作品，也主要是赞美新时代新事物。

诗贵新意，但又须继承传统。胡永明在对旧体诗的创作进行全方位探索的同时，也能追梦于新风诗。当今时代变化迅捷，文学中的诗歌创作，亦须在坚守古体格律诗的阵脚之中，迈出稳重的步子来。

（汪欣：原上海市南汇区政协副主席、民盟上海市南汇县主委，中华诗词学会会员、中国老年作家协会会员）

公安诗人、作家胡永明诗歌《留痕》赏析

胡金全

称赞某人的书法,常会说到字如其人。用"诗如其人"来形容《留痕》,我想完全是合适的。《留痕》仅有短短的两节八行,我在理性的文字与诗句中,可以透视到诗歌的"尚境"与触摸到诗人的"心灵"。突然,我想起昨天与一位道教武术家章静勇的微信交流。他发了个句子"境由心造,退一步自然宽",说是上联,要我对下联。正好手头上事情挺多,我一转念随手发了句:"梦随人愿,求上进海空阔。"我心里明白对出的"下联"肯定不是严谨的上下联关系,而今天品读永明先生诗歌《留痕》,却让我想把这次"文字"交流的"成果"——"境由心造,退一步自然宽;梦随人愿,求上进海空阔",用于赏析《留痕》的主题。

《留痕》之"境"是围绕着"痕"的意象布设的。"额头的皱纹"每个人都是无法避免的,是无情的岁月在额头上留下的衰老的痕迹,正如诗人所说"是岁月的留痕"。虽然这是现实,但诗人没有哀叹"岁月催人老",而是通过"额头的皱纹"之意象的特征——"凹"与"凸"联想到黑夜与白天,这实现了从"实"至"虚"的转换,从"象"到"意"的转换。人生的哲学意蕴在"凹是失败的夜,凸是成功的晨"的朴素诗句中。根据诗人的年龄可以判断应该是从工作一线退居二线了,似乎是一个常有"人生感叹"的年龄段,而我没有觉得诗人之"叹",闻其"感"

胡永明接受胡金全赠送他抄写的《留痕》书法作品（2018年11月7日）

却是那种"退一步自然宽"的理性智慧味儿。诗歌《留痕》的职业"痕"非常明显，境由心造——这是诗人长期在公安战线工作上职业"惯"心造就的对人生探索与理性思考之境。生命不息，思考不止。诗人把"失败"给了凹的夜，把"成功"给了凸的晨。夜是检点、反省与思考的"夜"，晨是阳光、拼搏与奋斗的"晨"。从"我额头的皱纹"，看到了诗人坦然面对失败与成功的一生、思考与奋斗的一生。

人生的思考与奋斗，总是围绕着自己的目标进行的。诗人"思考与奋斗"的"夜与晨"当然有自己的目标与梦，正在诗歌第二节中"我额头上的皱纹"里。优秀的诗人总是能把意象调遣到最合适的地方，使用意象技巧的能力也在这方面体现出来。从"额头上的皱纹"到"祖国的留痕"顿然大大提升了本诗的可见性与透明度。这是从"小皱纹"到

"大皱纹"的演绎,这是从"小我"到"大我"的升华。如果说诗歌第一节是诗人"退"下来后对人生的哲学思考,那么诗歌第二节则是诗人"人退心不退"的境界,更大有"凭谁问:廉颇老矣,尚能饭否?"的爱国大情怀。人生有成功与失败,祖国在走向繁荣富强的过程中有起起落落。祖国的命运却连着诗人的每一个日夜交替,看"我额头的皱纹"!凹是诗人的忧思、是爱国者的忧思;凸是诗人的图腾、是爱国者的图腾。"跌落的谷"中的忧思是为精神抖擞地迈向"攀登的峰"。

诗人的皱纹是诗人的心境,诗人的心境是诗人的写照;诗人的皱纹情连祖国的命运,诗人的人生心系中国梦。诗歌《留痕》运用反复的修辞手法,在虚实结合、阴阳互动的人生哲学探索中,深刻地意蕴了个人命运与祖国命运的紧密相连,寄托了浓浓的爱国情。整齐的语法结构、"en"的韵脚使诗歌富有节奏感且铿锵有力!没有结论,只有辩证;没有热烈的奔放,却有理性的情感;没有豪言壮语,却表率了与祖国同呼吸共命运的大"志"!

诗人的皱纹是岁月的留痕!
诗人的皱纹是祖国的留痕!
诗人的留痕是爱国的皱纹!
此评算我为诗人而留痕吧!

附:胡永明《留痕》
我额头的皱纹,
是岁月的留痕。
凹是失败的夜,
凸是成功的晨。

我额头的皱纹,

是祖国的留痕。

凹是跌落的谷，

凸是攀登的峰。

（胡金全：文化部中国文化信息协会工美委专家顾问，齐白石艺术研究会名誉会长，美中文化艺术中心名誉主席，中国香港文联高级艺术顾问、书协副主席、美协副主席，国家一级美术师，著名诗人、书画家、文艺评论家）

诗涌家国情　歌颂时代新
——评《启明诗》的家国情怀

张天竞

我与胡永明老师、舒爱萍老师相识有年，常蒙教诲，却从未执弟子之礼，心中颇为惭愧。2018年初，二位老师赠送我一本《启明诗》。2019年初，二位老师又做东盛情款待文朋诗友，席间谈起即将出版由舒老师编著的《闪光的启明星——胡永明诗歌评论集》，欢迎大家写作诗文收入书中。大家都积极响应，我也允诺写篇文章。

然而，我总觉得自己道行尚浅，不足以把握厚厚一本《启明诗》的文化底蕴。那么，从哪里下笔呢？构思良久，我想，就从《启明诗》的咏李白、杜甫诗二首谈起。

李杜之所以为李杜，不仅仅是因为他们笔下的灵光乍现，更是因为他们诗中的家国情怀。无论是"长风几万里，吹度玉门关"的豪迈，还是"国破山河在，城春草木深"的悲凉，都有着家国情怀的深深烙印，都洋溢着为国为民的人格魅力。

李杜之后，文人墨客如过江之鲫，其声势熙熙攘攘，其作品洋洋洒洒，但大多数却难逃被人遗忘的命运。究其原因，其中皓首穷经、无病呻吟者多，而直抒胸臆、激昂文字者少。千年一瞬，历史的天空中浮云散尽，只留下"笔落惊风雨，诗成泣鬼神"的荡气回肠。

叹如今，兰亭雅集难再，鹅湖之会不传。世间名利客喜好舞文弄墨

胡永明与张天竞（左一）、张斌（左二）、方旭（右一）在上海市政协（2018年1月12日）

的不少，然而他们的虚浮之作充斥着沽名钓誉、趋炎附势的色彩，根本不曾有过半点家国情怀的人文底蕴，即便写得再多又岂能在历史的长河中激起哪怕一朵浪花呢！

直到我读到胡老师写的咏李白和杜甫诗二首，看到"忧国忧民作史诗，镕古铸今传经典"这一句时，我才深深感到，作者是真正读懂李杜的人，是能穿越千年与李杜的灵魂共鸣的人，也是能把李杜笔下有情、言之有物的诗歌风格忠实继承并发扬光大的人。

是的，与那些引经据典、寻章摘句之辈不同，胡老师用平实的语言讲朴素的哲理，既能做到雅俗共赏，又能发人深省。他的诗歌使方寸白纸充满生命的跃动，有英雄豪气，有伉俪情深，有金兰之谊，有赤子情怀，也有大千世界。在这些承载着厚重生命体验的优美诗篇中，真情实感与时代主题融会贯通，人性、德性、党性与诗歌的灵性水乳交融，故能于细微处见深刻，于平凡处见非凡。

《启明诗》有山的气魄，寥寥几十字之间，便有数不清的峰峦叠嶂，便有看不尽的壮美山河。《启明诗》也有海的豪情，小小的一个篇章之中，便包含着建功立业的波澜壮阔，便包含着心系中华的慷慨激昂。这样的诗歌创作功力，源于胡老师丰富的人生阅历、高尚的职业操守和朴素的家国情怀。胡老师将他人生中的涓涓细流收集起来，用玲珑心发酵成一坛芬芳馥郁的美酒，故而令人不饮自醉。

《启明诗》的家国情怀带给读者的观感是优美而丰富的。我每次捧起《启明诗》拜读，总会感到诗集化身剧场、字符化身音符，诗歌中的起承转合就宛如钢琴曲的跌宕起伏，字里行间涌动着说不尽的荡气回肠。胡老师的诗歌，时而如清夜闻钟，令人精神倍长、通体康泰；时而如当头棒喝，令人为之一振、茅塞顿开；时而如春风化雨，令人暖意在胸、心田润泽。

所以说，《启明诗》的与众不同之处，就在于融入了作者的独立人格和时代的风霜雨雪。胡老师总能在时代的浪潮中，把他对祖国、对人民、对生活的赤诚之心，用质朴凝练而意味深长的语言表达出来。我想，这正是所谓"格物致知"的至高境界吧。文字简简单单，情怀坦坦荡荡，灵魂清清白白。这种足以告慰先贤、激励后辈的正能量，就是我学习《启明诗》最大的精神收获。

品诗如品人，此言不虚。《启明诗》的诗风与胡老师的作风、家风一脉相承，他始终以清白自守、以宽容待下、以诗书传家，他对国家讲忠诚，对家人讲责任，对朋友讲信义，对晚辈讲提携，用两袖清风和铁骨柔情为这个物欲横流的时代注入了一股难得的清流。

清流必成主流，主流必成洪流。新时代的启明诗必将如大江奔流，以势不可挡之势而滚滚东去。大江不辞细流，故能成其大。我等晚辈当如涓涓细流,主动汇入启明诗的滚滚洪流,共同为新风尚击节叫好,共同为新时代奔腾呐喊。

文末献诗一首,以表晚生对胡老师景仰之情。

　　五律·宴中感怀
　推杯有巨儒,李杜自非孤。
　冬夜闻春雨,高谈醒匹夫。
　潘江倾玉液,陆海入金壶。
　子建应无恙,当惊气象殊。

（张天竞：上海市政协干部）

试谈《启明诗》的
诗观诗魂诗情诗风

张春新

案前放着褚红、墨绿两本沉甸甸的诗集及评论,一颗启明星在闪耀,仿佛在指引前程。翻开书页,珠光宝气阵阵袭来,是璀璨夺目、引人入胜的诗句还是喷珠溅玉、精彩绝伦的评论?我看到著名诗评家吴欢章、孙琴安和钢铁诗人刘希涛为书写的序,看到胡永明、舒爱萍伉俪的倩影及经历、光环的介绍,读了精选的咏物诗、山水诗、建设诗、人物诗、爱情诗及随感诗,读了诗评、书评及综评,一时我却感到茫然无措,因为名家高手似乎都点到穴位,抒怀已尽;亲人文友都真情评述,淋漓尽致了。然而,既来研讨,"东船西舫悄无言",我也不能另辟蹊径,努力做到"唯见江心秋月白"了。

综观两本书,我想就诗观、诗魂、诗情、诗风发表一点浅见,供诸位方家指正。

刚正不阿的诗观

什么叫诗观?就是写诗的理念,通俗地说,也就是为什么写诗,自己为写诗立下的规矩。永明在《诗歌创作手册》中早已表明:"诗歌功能主要是弘扬真善美，增加正能量，满足人民精神需求，推动社会文明进步。"他在《我与诗》中写道："爱诗读诗写诗／虽然不能代替衣食／但她可以化平淡为神奇／让我热爱生活更加充实。"他在后记里写道："诗歌是文学，又是各种文学样式中最直接表达思想感情的一种体裁""我从小与诗结缘，不断从诗中汲取智慧和力量，养成了乐观向上、积极进取的性格"，甚至引出了习总书记指出的"学诗可以情飞扬、志高昂、人灵秀"作为依据。

还是以他的三首小诗来看他的品格、情怀吧。在《叶》中，他写道："春添一抹绿／夏展一片荫／黄了不居高／愿当炉内薪"。这种自喻，既是品格的写照，也表达了一生的宏愿。再看《我是一棵小草》，他表达的高尚情怀是："我是一棵小草／既无牡丹的华贵／也无玫瑰的多情／却有春的向往／绿色的生命"。更有令人惊叹的是《我是夸父》："我是夸父／迈出的每一步／都是对太阳的追逐／纵然渴逝／也要倒在前进的征途／化作一片桃林／为后人造福"。这种刚正不阿的情怀正是他的诗观的写照。一个受老作家父亲胡宝华家风熏陶的人，一个在党的阳光下成长的公安干部，一个把诗歌视为生命的诗人，一个有共同爱好的伴侣和贤内助的人，他的诗观形成不是偶然的，他读诗的观点明确，爱诗的情感强烈，写诗的目的鲜明。永明走的道路是一条光明之路、正确之路、通向诗的远方之路。

健康向上的诗魂

古往今来，名诗佳作，必有诗魂。魂者，魅力所在也。不论是苏东坡的"大江东去"，还是李清照的"绿肥红瘦"，均以独特的构思、精练的语言动人心魄，唤起共鸣。永明的诗有"小我"，更有"大我"。这在人物诗、建设诗中得到了充分的展示与体现。请看歌颂"精业夺魁省比武／建功神警出巾帼"的任长霞，侠肝义胆，危难之际"忠孝难全先报国"。"国家安危，公安系于一半。"这是周总理的名言，也是永明的肺腑心声。他对女英雄任长霞的歌颂，弘扬了她用一腔热血捍卫一方平安的崇高精神。每当危难来临之际，我们会呼唤她魂兮归来。他在咏物诗中，赞美了许多美丽的花朵，在热火朝天的社会主义建设中，他却更加欣赏"汗盐花"。他写道："我爱榴花和桂花／更爱我们衣上的汗盐花／它是工农爱戴的花／它是不谢的迎春花……"心和着建设跳，爱和工农大众贴在一起。"汗盐花"，这是新颖的名词，特殊的花种。这种为国为民付出汗水浇灌的花，能实现中华民族伟大复兴的中国梦，能实现"两个一百年"的奋斗目标，正是习近平总书记号召"撸起袖子加油干"的写照。这是升华了的感情与结晶。我们钦佩诗人观察的细微、健康向上的格调，

胡永明与张春新在"《我的自选作品》暨《关于爱情》《文化名人与'涛声依旧'》新书首发式"上（2016年9月28日）

塑造了永明诗的诗魂。

他为在西安举办的第二届诗词世界杯中华诗词大赛颁奖典礼触动感怀，写了一首《西安感赋》，试引如下："秦峰拥雁塔／渭水育英豪／汉启丝绸路／唐弘盛世朝／救国齐荡寇／兴市共逐潮／继古开今日／人民尽舜尧"。想不到此诗又获得"第三届中外诗歌散文邀请赛"一等奖。著名"钢铁诗人"刘希涛称之具有简洁美、均齐美、对称美、节奏美、音乐美。五美俱之，美不胜收。诗魂悠悠，岂能不为众人青睐，不获奖？

我是干铁路工作的，终身献给了铁路运输事业，对铁路一往情深，具有难以言喻的感情。永明举目四射，对动车组新生事物也触动了诗心。他写道："静似巨箭卧高铁／动如离弦穿疾风／乘上日行数千里／坐着遍赏沿线春／车中宽敞超客机／厢内舒适胜游轮／提速顺应快节奏／促进和谐当先锋"。作者既写了动车组的外貌、特点和乘车的感受，又与客机、游轮比较，最后升华到适应现代生活、促进安定和谐当先锋。内涵丰富，平凡深刻。我写过许多铁路的诗歌，但他的独到之处令人称羡。我想，始终怀着一颗健康向上的心，处处可以发现诗的宝藏，诗魂飘荡，香溢四方。

潇洒浪漫的诗情

哲人说过，爱情是人们内心涌动着的最真挚、最热烈的感情。爱情使人幸福、美好。爱情的力量是巨大的，她能鼓舞人排除万难、创造奇迹；爱情的魅力是无穷的，她能点石成金，使丑恶变美丽、卑贱变崇高。我不是一个"爱情至上"者，但古往今来，爱情的故事与传说那么激动人心。许多名著流传、名剧重演都是例证。

永明写了许多爱情诗，在一度封闭的年代里是难能可贵的。我欣赏他爱情诗中的"四部曲"。

其一是初恋。"来到你家后窗下／开口欲叫／心儿乱跳／徘徊／犹豫／正月圆花俏／／转到你家边门前／举手轻敲／脸儿发烧／欣喜／羞涩／入林间小道……"这正如"月上柳梢头，人约黄昏后"的境界吧。女诗人陈佩君写了一首《确实》也描绘了初恋的心情："确实，／只要你在我家门口，／守候，／不要我为你一起忧愁，／你说，／男人是女人的天空，／那样，／一切都会拥有。"门前守候的心跳，小道的倾心交谈，会使人感到爱情乃醇酒般让人痴迷、沉醉。

其二是相思。《给远方的至爱》是代表作："你远在天涯／就像明月挂在天际／你在我心中／就像明月映在水里／我的祝福是清晨的鸟鸣／为使你快乐千啭百啼／我的召唤是黄昏的轻风／留恋地牵起你的罗衣／我的相思是不尽的流水／长年缠绵在你的住地／我的情爱是不落的太阳／环绕着你永远不会偏离"。对远方情侣如此刻骨铭心的相思，令人动容。它使我们想起了唐诗中"打起黄莺儿，莫教枝上啼。啼时惊妾梦，不得到辽西"的名句，也想起了耳熟能详的歌曲《月亮代表我的心》。

其三是相知。在电话未普及、手机未出现的年代里，信件成了爱情传递的使者。他在《你的每一封来信都使我狂喜》中写道："我是这样爱你／你的每一封来信都使我狂喜／我是那么痴心／字里行间总能看到可爱的你"。这是多么真挚坦露的心迹和情感呵。情人永相知，爱人信传情。这使我想起了"五四"诗人刘大白的《邮吻》："我不是不能用指头儿撕／我不是不能用剪刀儿剖／只是缓缓地／轻轻地／很仔细地挑开了紫色的信唇／我知道这信唇里面／藏着她秘密的一吻"。婉约动人，如同永明的诗一样富有含蓄、隽永的美。罗丹说过："美是到处都有的。对于我们的眼睛，不是缺少美，而是缺少发现。"

其四是忠诚。婚姻是爱情的归宿，绝不是爱情的坟墓。朝三暮四，闪婚闪离，与忠贞的爱情是不可同日而语，也没有丝毫共同之处的。他写道:"每当我告别你离开家／我的情爱便化作形形色色的牵牛花……你看,花的色彩多绚丽呀／那是我在向你展示忠诚无价……那蔓儿缠绕着枝桠／是我们恩爱得浪漫潇洒／我们的精神永远亲密无间／哪怕你我远在海角天涯"。(《牵牛花的心曲》)对爱情的忠贞令人怦然心动。只有珍惜,才能确保爱情的新鲜;只有培养,才能确保爱情永不变质。我们看过《奥赛罗》,奥赛罗受人挑拨,嫉妒扼杀了苔丝狄蒙娜;我们读过《安娜·卡列尼娜》,因为沃伦斯基的卷入,安娜深陷漩涡,最后卧轨自杀。"幸福的家庭是相似的,不幸的家庭各有各的不幸。"我们赞美爱情,哪怕牛郎织女,只有一年一度的鹊桥相会;我们歌唱爱情,宁愿像梁祝一样,化蝶飘飞,精神永恒。

席卷群雄的诗风

在《启明诗》的编外篇中,收录了《2016年中秋和诗活动的回顾与分析》。我以为这次中秋和诗是信息化时代新型和诗活动的一次尝试和突破。永明在2016年9月15日中秋节,由于全球最强台风"莫兰蒂"在福建厦门登陆,影响了一些地区习惯性赏月,他触景生情,写了一首《2016年中秋雨夜寄友》:"中秋遇风王,九州半雨晴。胸中怀婵娟,何处无月明?"用微信的方式发出后,意想不到和者甚多。知名作家、诗人、评论家蜂拥而至,在诗坛刮起了一股民间和诗风。

97位作者、110首和诗。正如作者在文中概括出的"一时间,在虚拟社会网络空间中,飞去原诗,飞来和诗,文友互动,热闹非凡,成为文坛上一道从无形到有形的亮丽风景线"。撇开内容不谈,这股席卷群雄的诗风是清新的、靓丽的、创新的,合乎时代潮流、顺乎时代要求、推动社会进步的。他既继承了古代文人的唱和诗歌传统,又调动了大家的积极性。一举多得，收到了意外的效果和不俗的反应。

提倡"情飞扬、志高昂、人灵秀"是习总书记对诗的期望和要求。从和诗内容来看，有胸怀全球，祈福人类的；有心系祖国，期盼统一的；有关注航天，贺喜神舟的；有重视古迹，呼吁环保的；有思念家乡，即景抒怀的；有寄语朋友，表达心愿的；有立志人生，勉励自强的；有热爱生活，知足常乐的；有展开想象，向往光明的，如此等等，不一而足，真是"一诗激起千层浪""万丈狂涛风雨狂"。启发式是激情的门闩，问答式是想象的途径，诗歌的天地广阔无垠，诗歌的远方征途漫漫。

这种活动，永明已在微信群中推广完善。纪念新诗产生100周年的时候，他以胡适的《蝴蝶》和《夜》征求同题诗；秋风送爽的时候，他以《黄叶》征求同题诗……文友们纷纷响应。这种文学活动，成了官办文学活动的有益补充。这种利用通信平台的交流，方便、快捷、亲和，有面对面的感觉，确实能减少程序、节约成本、提高效率，是一种值得重视和推广的新的尝试和突破。

综观《启明诗》和《启明星在闪耀——胡永明诗书评论集》这两本书，我受到的启发和教育，归纳起来是三句话：只有热爱生活、珍视生命、真诚正直、乐观向上的人才会热爱诗歌；只有深入生活、坚韧不拔、意志坚强、毅力执着的人才会发展诗歌；只有深钻细研、继承传统、兼收并蓄、博采众长的人才能创新诗歌。

余兴未尽，以一首小诗作为结束。

  书香门第出诗家，
  千锤百炼溅诗花。
  敲开诗门如是径，
  璀灿夺目放光华。

（张春新：上海市作家协会会员、上海铁路局原代局长、著名"局长诗人"）

八牛翁读启明诗

朱渊澄

八旬属牛之翁,牛八又合为朱,岂非八牛翁乎?

启明是胡永明老弟的笔名。八牛翁读启明诗,心生欢喜之余,感触良多。趁再次赴青浦"文学营"诸友相聚之机,不妨一一道来。

青春岂能无诗

永明于中学毕业前夕与同学涉海滩,有诗一首云:

  迎霞挽手下郯滩,

  沙厚风狂作笑谈。

  晃晃相搀一步步,

  齐观乳燕逐征帆。

十七八岁青春年少,风华正茂,谁能无诗?不肖老翁当年也曾涂鸦,幸运的是如今散失无存,可以不再脸红。然而,永明他小小年纪就怀"追逐征帆"之志,风狂沙厚,皆作笑谈;起点不同,结果当然不同。以后的诗歌,直到他当下临近退休的"黄叶"篇,写下他从政30余年、担任领导干部20多载的光辉记录。漫漫岁月,鸿鹄高飞,此生何雄、此世何荣矣!难怪他的父亲、著名工人作家胡宝华自豪地夸赞儿子:"永明是儒雅的战士、佩剑的诗人!"

启明诗是灵魂的放飞

永明写诗题材丰富多元,而且那么成功,在老翁看来并不多见。《启明诗》正文六辑诗歌,试试这样来作介绍:

咏　物　可以　风花雪月,桃柳莲蝉
咏山水　可以　江河山谷,沙漠飞瀑
歌建设　放声　城市治理,探月潜水
写人物　无论　李杜孔子,裕禄雷锋
写爱情　描绘　场景心情,热恋惜别
写随感　直抵　黄叶心语,感赋春风

跨上一定境界,灵魂可以放飞,生活到处是诗,何愁题材缺失。读《启明诗》,就是给人这种强烈的感受。中国作协副主席、著名作家叶辛经常参加我们圈子的文学活动,难怪他会这么说:"永明的诗歌各有入诗的角度,各有可咀嚼之处。"

启明诗是生命的解放

据说,自由诗在世界范围的兴起,乃是诸文明对日益僵化、律化的文明史的反省。

在《启明诗》里,有大量的五字、七字诗行,虽未注明格律诗,但总是压在一个形式的框内。有框的好处是学而有范,做出来像一首诗的样子;缺点当然是限制思想,如果抓不住诗意,也就成为文字的精巧堆砌。格律是框不住大师的,要不,李杜白苏何以脱颖而出?然而时代的

胡永明与朱渊澄在上海青松城（2019 年 3 月 11 日）

进化，毕竟让自由诗冲破了格律的束缚，甚至喊出了"生命解放"的口号；这一切，恐怕都是自然而然地发生的吧……《启明诗》中，也有例可循呢！

"爱情诗"这一辑以五言、七言开的头，如《小萍种花》：

佳人怀芳心，
培植润甘霖。
花开倍思亲，
香风传温馨。

在九首循规蹈矩的五七言之后，从标题也可以看到情感冲破了形式的框框——

《给远方的至爱》《我真幸福》《你是美丽的天使》……

《初恋》《睡吧，爱妻》《思念》《你的每一封来信都使我狂喜》……

读读这一首吧，《我们在相爱中形成了一个圆》：

1957 年 4 月 10 日和 12 月 4 日，
是我和你降生人世的两个点。

在新中国温暖的怀抱中，
我们是分别延伸的两根线。

1975年生机盎然的春天，

我们在申城巧遇了相交点。

从此我向着你你向着我同心发展，

我们在相爱中形成了一个圆。

再看这首《太阳》：

你燃烧自己，

发出全部的光和热，

驱散黑暗、温暖山河，

带来生机与欢乐。

从喷薄东升，

到壮烈西沉，

你为理想燃烧不息，

光明一世、奉献一生。

著名"钢铁诗人"刘希涛说："读永明的诗，如饮一杯绿茶，养神益心，回味津津。"希涛兄是我们"出海口"文学社的头儿，他说的还能有错？

老翁读《启明诗》，更进一步觉得，如同自由诗冲破格律一样，永明的讴歌，是一种生命的自我解放！

为了证明老翁没有往大里说，在《启明诗》中还可以找到一首体量最小的作品，算上标题五行12个字，作为例证……作家朋友们有谁能写？我看没有！

"解放"了的永明，在诗歌写作领域里，是多么地自由自在啊！

（朱渊澄：上海市创意产业协会创意旅游专委会原主任）

读佩剑诗人《启明诗》的遐想

熊鹏举

我认识胡永明同志是近几年的事情,他是老公安。听人说,他对敌人是疾恶如仇的铁面钟馗;我感觉,他对同志、对朋友是侠骨柔情、坦率诚实、和蔼可亲的小老弟。

公务员队伍中,公安人员维护国家安全和社会治安,辛苦而繁忙。他为人低调、忠厚,工作认真负责。他努力从各个维度描绘祖国的山水、国家的建设、人生的价值、生命的本质、爱的情感特征,随时用诗歌表达自己的所思所想。他心中有信仰,笔下有乾坤,一手持剑保国卫民,一手持笔书写华丽诗篇,先后出版了受读者欢迎的《晚潮拍岸的声响——胡永明诗选》《阳光化作七彩虹——胡永明诗选》《给远方的至爱——胡永明爱情诗选》《启明诗》等。他编著的《诗歌创作手册》及创编的《通用规范汉字诗声韵》等工具书,受诗歌爱好者、写作者喜爱,一册在手,既可提高理论素养,又能指导创作。永明同志的这些著作体现的是一名老公安敢于担当的责任感和家国情怀。他的人格铸就了诗魂,读他的诗,会感觉到字字句句都是滚烫的、灼热的。他的诗充满着浪漫主义精神与对美好生活的向往和追求,给人奋发向上的一种力量。

本文从佩剑诗人的"咏物诗""山水诗""建设诗""爱情诗"四个方面,谈谈读《启明诗》的遐想。

永明诗人努力揭示花的俊俏及其寓意。诗人泰戈尔说,花的事业是甜蜜的。永明在他的"咏物诗"中对近20种中国名花和普通的花的美给予了"绽奇葩"的赞美。他对花卉的审美态度和欣赏情调，是借花言情，表达了自己的品质、志向和情思，也映射了他心中绽放着"美丽馨香遍中华"永开不败的花。

永明对"色轻花自艳，体弱香自永"的《蜡梅》赞誉道：

> 褐枝疏斜方渐圆，
> 金英纷绽香溢远。
> 凌寒傲雪迎春来，
> 笑看百花更鲜妍。

此诗写蜡梅花开时的形貌，真是吟之未终，皎然在目，妙到毫巅，花开之景，如在眼前。这是描写自然、通过艺术再造自然的活动，使人们获得赏梅的满足感。中国人爱松、菊、竹、兰，爱梅尤甚。松耐寒而无花，竹青翠而无香，菊经霜而不抗雪，兰多香而少坚。唯梅有色有味，经霜耐寒。梅中之极品尤数蜡梅。梅花又称迎春花，诗人在赞美蜡梅的同时，看到春就在眼前。蜡梅的色相，就是春的身影；蜡梅的芳香，就是春的气息。所以，他更期盼"笑看百花更鲜妍"。《蜡梅》实在是一首言简理深的好诗。

永明的《水仙花》诗，对"含香体素欲倾城，山矾是弟梅是兄"的水仙花，是这样夸赞的：

> 荆州唐种九州栽，
> 早春新蕾三春开。
> 甘伴清水不染尘，
> 叶挺花洁馨香来。

《水仙花》诗的首句告诉我们一个典故：中国水仙的原种为唐末五代时，寄居江陵的波斯人穆思密赠送给孙光宪几棵水仙花，先在今湖北荆州一带栽培，进而开遍全国。我也很喜爱水仙花，它和永明的为人一样简单朴素，只需一个浅盆、几粒石子和一勺清水，就能生根、发芽、开花。寒冬时节,百花凋零,而水仙花却清香、洁白、芳韵、仪态超俗,故历代无数文人墨客都为水仙花题诗作画。永明在诗中没有着力描写水仙花的形态,但让读者感受到了一个亭亭玉立于清波之上的"凌波仙子""含香体素欲倾城"的姿态,从中获得感官的快适。读这首水仙诗给人的感觉是:"骨瘦而韵远""格高而力壮"。

永明的《牡丹》诗,对"唯有牡丹真国色,花开时节动京城"的"花王"是这样夸的:

国色轻摇露映辉,

天香浮动蝶恋霏。

不为称魁独占春,

乐于百花共芳菲。

该诗清新灵动。牡丹被人们誉为花仙,雍容华贵,美艳绝伦,一直被中国人视为富贵、吉祥、幸福、繁荣的象征,是中国人普遍喜欢的花卉。牡丹花一般在暮春开放,花开时,桃、梨、杏花都已凋谢,牡丹迟开不争春,在这里引起诗人的赞美,以花喻人,风格高尚。诗人还以蝴蝶恋花的情景,来衬托牡丹的色香不凡。并运用拟人的修辞手法,在前两句分别从视觉、嗅觉两种感官写牡丹之美,形象生动地描写了花色艳丽、风流潇洒"国色天香"的"花中之王"牡丹的幽雅神貌,表达了诗人内心的欢愉之情。此诗写作是舍其形而摹其神,诗情中富含画意,有画笔难到的效果,给人以愉快和美的享受。诗人托物言志,他心中的愿望是:江山如画,不靠一花独秀,而是牡丹的芳菲助力催生百花开得更艳,迎来万紫千红诗意的春天!

《启明诗》中,永明写了20首山水诗,从遥远的《雅鲁藏布大峡谷》到江南的《太湖晚景》,从壮美的《亚龙湾》到秀丽的《上海红园》,景在情中,情中含景。景到处有情,情到处生景,让读者读他的诗时如身临其境。智慧的人喜爱水,仁义的人喜爱山,足见永明对美丽中国的深爱。他的山水诗有非同寻常美的感染力。

请看他讴歌的《雅鲁藏布大峡谷》：

　　山水运动创奇观，

　　高原通道雾气茫。

　　两峰对峙耸云霄，

　　一江长绕涌大洋。

　　四瀑鸣泻落银河，

　　九带香绿变炎凉。

　　举世无双大峡谷，

　　地球秘境多宝藏。

雅鲁藏布大峡谷是世界最深、最长、海拔最高的河流大峡谷，全长504.6千米，最深处6 009米，远远大于世界级著名景点美国科罗拉多大峡谷。峡谷具有从高山冰雪带到低河谷热带雨林等9个垂直自然带，汇集了多种生物资源，也是当今人们普遍关注、积极探索的社会热点。永明的《雅鲁藏布大峡谷》，是相当精彩豪放的诗篇，表现了诗的情韵和意趣，胸襟、气象、境界都很博大。他在首句中点明了雅鲁藏布大峡谷形成的直接原因是地质作用，是该地区存在着软流圈地幔上涌体。接着他刻画的雅鲁藏布大峡谷，不仅完美地嘉赞了山容水态，和绒扎瀑布群、秋古都龙瀑布群和藏布巴东瀑布Ⅰ、Ⅱ等四个瀑布群，而且很好地把握和表现了雅鲁藏布大峡谷山水的个性，以气势取胜。他的情和雅鲁藏布大峡谷的景，契合交融达到化境。永明的《雅鲁藏布大峡谷》诗，山水不是被肢解的，不是一个个细部的描摹，不是雕字琢句地写景，而是力求勾勒一幅大峡谷的雄伟中国水墨画，表现一种意境，给人以总体的印象和感受。诗人用这种方法使读者产生身入其境之感，读后使人感情激昂，想去观赏和探寻雅鲁藏布大峡谷的"秘境多宝藏"。那里有开满鲜花的峡谷，那里有充沛的阳光、雨水和亚热带森林，那里有"四瀑鸣泻"的壮观景象，那里有滔滔的江水，那里山秀、水秀、树秀、草秀、云秀、雾秀。永明似乎不是在作诗，他的诗不过是情绪和美景结合的自然流露吟咏。

江南忆，最忆是杭州。天堂杭州历史悠久，西湖秀丽无双，自古以来就以其迷人的风光及厚重的文化积淀，为文人墨客所称颂。历来吟咏西湖的诗词佳作繁多，白居易、苏轼、柳永、杨万里等诗人留下了无数佳句。永明寄情大自然山水，讴歌美丽中国、展示魅力杭州西湖。请看他怎样夸赞《杭州西湖》：

知是海湾变内湖，
信为天宫降明珠。
三潭印月柳拂日，
双峰插云鸟鸣坞。
山环水绕城韵漾，
堤上桥下花香浮。
感怀白许邂逅处，
崇敬中山志踌躇。

永明在《杭州西湖》短短八句诗中，句句写景，句句含情。诗的前两句概括了西湖的演变。西湖原是一个海湾，由海湾演化成潟湖，由潟湖形成普通湖泊，再由历代主政杭州的白居易、苏东坡等贤良人士疏浚治理，西湖由普通湖泊变为江南明珠。永明心里和笔管里都装着西湖的月色和柳浪，接下来用清词丽句描写了西湖迷人的三潭印月、柳浪闻莺、双峰插云、梅坞春早、苏堤春晓、断桥残雪、曲院风荷等"西湖十景"的多处景点，以及许仙、白娘子的凄美爱情故事。全方位、多角度地把西湖最美的特征概括出来，呈献给读者的是一幅湖光山色的图画，展现了西湖的魔力，具有撼动人心的艺术力量。同时也给读者巨大的想象空间，展现了一个个令人回味的西湖胜地。含情观物，因以会心，赏自然之物，得人生之理。永明的《杭州西湖》诗，有一种柔媚却并不小气的美，一种富于灵性与意蕴的美，体现了他丰富的人文情怀。可以说，这是一首特色鲜明、雅俗共赏的西湖诗。

永明的20首《建设诗》，从《动车组和谐号》到《贺嫦娥三号探月成功》；从《插秧》到《抢收》，他对波澜壮阔的社会主义新时代的建筑、交通、科技、航天等辉煌成就点赞称道，对

胡永明偕妻拜访熊鹏举时留影（2019年3月21日）

农民春种夏收给予歌颂，对公务用车改革有利清廉给以颂扬。生活即诗意。永明诗人有自己的公安职业，他是人民卫士，也是爱国诗人。诗人是民族的良心，也是时代的良心。他紧密联系现实，在火热的生活中，把自己变成一个行动诗人。站在这个时代政治的、文化的、社会的前沿，发出正义的声音，用清新、质朴、纯净的语言，用一首又一首美好的建设诗篇歌颂劳动者，赞颂新事物、新成果。

他对《动车组和谐号》是这样称扬的：

　　静似巨箭卧高铁，
　　动如离弦穿疾风。
　　乘上日行数千里，
　　坐着遍赏沿线春。
　　车中宽敞超客机，
　　厢内舒适胜游轮。
　　提速顺应快节奏，
　　促进和谐当先锋。

和谐号动车组，是2007年中国铁路第六次大提速后开行的时速200～380千米，装备达到世界先进技术水平的新型列车。永明诗人对"和谐号"这个中国自主创新的结晶，夸它速度快，夸它坐着舒适，以群众化的语言和新的格局，热情讴歌了和谐号动车的形象。他用朴素、自然、明朗、真挚、乐观且有独特个性的语言，将现实的生活内容和清新的表达方式完美结合，为社会的发展进步赋诗，为神州的今天和明天歌唱。这首诗感情充沛，通俗朴实，洋溢着时代昂扬进取的精神。

山水田园哺育人，人必热爱山水田园。农业是中国几千年的顶梁业，由此衍生的关于农事的诗更是耐人寻味。永明诗人虽然生活在繁华的大都市，但他关注农业、农村、农民，深知农业生产是人们赖以生存的源泉，因此对农民的辛勤工作很是赞许：

他这样描写农民《插秧》：

　　日西垂，

　　水田映斜晖。

　　青苗撒落红霞飞，

　　一退六插秧歌随。

　　抬头舒笑眉。

他又赞叹农民《抢收》：

　　月朦胧，

　　稻田人影动。

　　挥镰倒海如闪电，

　　挑担移山赛愚公。

　　喜看东方红。

永明写田园诗，完全是一种乡土情结。他以农民插秧、抢收为审美对象，把细腻的笔触投向悠闲的田野，创造出田园牧歌式的生活，借以表达对农村、农民的热爱，对田园生活的向往。

永明的《抢收》《插秧》两首诗，以饱满的政治热情讴歌农民的农事活动，作品具有鲜明的时代感。从中，我们可以看到平时看不到的男女插秧、收割、挑担的景象。他以全新的语言讴歌了农民的"战斗"。这是以农民的情怀去关注农家辛劳的田园诗，这是以农民的眼光去写农民劳作的作品。他以工笔描写插秧人，唱着秧歌，边插边后退，却是向前的活动，为新时代中国农民造像。这两首诗是个多侧面的立体，有日落、红霞、水田、朦胧的月亮；有唱歌插秧和挥舞镰刀的青年男女；是风俗画和风情画的结合，逼真、传神，现实感强，散发出浓烈的泥土气息，健康活泼、富有情趣。

接下来，谈谈儒雅战士永明的"爱情诗"。

大诗人海涅说："什么是爱？爱就是笼罩在晨雾中一颗星。没有你，天堂也变成地狱。"我们的佩剑诗人永明，敢爱、真爱，情真、情深，将爱情诗三个光明的字，用他赤诚的心和勤劳的手，写在一张张光明的纸上。永明《启明诗》中的"爱情诗"共有31首。《一见钟情》《热恋》《警察心声》《警嫂心声》《爱情的滋味》等，从写作人称、环境描写、男女主人公身份、夫妻别离情思，和爱情与幸福在一起的结局看，情绪连贯，又是一个整体，可视为组诗。是永明抒情风格诗的重要部分，也是以一个公安战士的视角对爱情的承载、品味、注解、期冀和守候。

"一见钟情"，中国文化史上有不少这样的故事：如王实甫《西厢记》写到在普济寺张生看到崔莺莺时，大呼"正撞着五百年前风流业冤"，遇到神仙姐姐了。我们看诗人永明《一见钟情》是怎样写的：

> 消暑欣然遇海滨，
> 有缘一见两相钦。
> 对诗巧露鸳鸯意，
> 通信直说郎女心。
> 柳下执别云落泪，

山间笑语水弹琴。

八年过后稻熟日，

岭北江南同探亲。

　　这首诗，永明道出了他和妻子爱萍自由恋爱的经历。当年，永明和爱萍都是文学青年，都喜爱诗。诗为媒，使他们一见钟情。诗缘，情缘，他们用对诗、通信等诗意言语不断交流，增进了友谊。爱萍为永明的爱情诗《盼望》谱曲吟唱，加深了他们的感情。诗中用海滨、山间、野外、水畔、柳下等地点，讲述了他们多年热恋的动人故事。人生，最甜蜜的是初次的热烈爱情，初恋是唯美的。热恋是世间最醉人的情感。永明和爱萍的相见、相知、相恋、相思、挚爱和被他（她）爱，是他们一生最大的幸福。爱情之于人生，是魂牵梦绕难以忘怀的，美满的爱情如春风美酒。读这首诗感受到了爱情的魅力，诗中所渗透出的含蓄美令人回味无穷。这也是一首乐得淑女配君子、求得才女而结婚的圆满爱情诗！

　　夫妻情，人间爱，一直是诗人们笔下永恒的主题。人是宇宙间最富有感情的生物。照理，夫妻不应该在分离中过日子，而应该"愿作鸳鸯不羡仙"，"止则相偶，飞则相双"。可是，我们的诗人是公安干警，要迎风、迎雨、迎霜、迎雪，舍小家、为大家，为国家守一方水土、保一方平安做贡献。胸中爱情波涛激荡，笔下诗句滚滚而来。在此背景下，永明写出了夫妻对唱的相思情诗：

《警察心声》：

娶妻子，恋妻子，

心愿常守相聚少。

有你理解和支持，

执法热情高。

爱妻子，夸妻子，

　　　　事业有成家业好。
　　　　别太辛苦甭牵挂，
　　　　身体最重要。

《警嫂心声》：
　　　　爱警察，嫁警察，
　　　　聚少离多我不怕。
　　　　敬老抚幼有我呐，
　　　　安心工作吧。

　　　　想警察，助警察，
　　　　做好事业顾好家。
　　　　传来捷报高兴啊，
　　　　注意安全呀。

　　在中国古典诗词当中，也有很多诗词都写到爱情和相思。从《诗经》中的"一日不见如三秋兮"开始，相思的缠缠绵绵和哀愁就源源不断地出现在古诗词之中。永明的《警察心声》《警嫂心声》与古诗男女相思中的思妇弹琴、借曲传情、望眼欲穿、流泪断肠的情景大不一样。以拉家常话、说家常事的形式，把警察与警嫂的男人刚强、女人温柔，双方永恒相爱与期待表现得恰到好处。全诗语言朴实，构思精巧，情韵无限，是一组言简意深、耐人寻味的相思抒情佳作。

　　永明诗人也"心愿常守"，对现实的"相聚少"，他没让自己沉溺在相思痛苦中，而是把握住自己的感情，让爱妻之心体现在自己"执法热情高"和妻子"事业有成家业好"上，进而更透彻地去理解人生和世界。用意超脱高远，把感情升华到一个更加明净的境界。

　　永明诗中的警嫂也是爱夫情深，虽然两地相思难以消除，却豪迈地发出了"爱警察，嫁警察""聚少离多我不怕"的誓言。全诗篇幅虽短，一位感情真挚、思想果断、聪慧睿智的女性形象，活脱脱地跃然于纸上。一般妇女不能直接道出的感情，她却能直言不讳。若不是感情真挚的人，那是说不出的。中国女子对于夫妻之爱，抱有一种忠实的态度，即使生活中有千难万苦，也"衣带渐宽终不悔，为伊消得人憔悴"。诗中警嫂"敬老抚幼有我呐""做好事业顾好家"，写出了千千万万警嫂的心声，体现出一种生死不渝的精神。唯有此种爱，才能够心心相印、肝胆相照。

我们常说一个诗人诗写得好不好，或者是判断一首诗的好坏，重要的是看他对自己的生活能否体悟、对自己的情感是否忠诚。这一点永明无论身份怎么变化，始终都做得相当到位。他懂得爱情可以而且应该永远和婚姻共存，他心中有一个圣洁聪慧的爱萍的形象，是爱萍给予他浓情蜜意的爱情生活，支持他追求纯爱、事业和文学。他们是夫妻又是文友，夫唱妇随。所以，爱情，既是永明诗歌创作的推动力，也是他反复咏唱的主题。

永明的《警察心声》《警嫂心声》，全诗情调健美高雅，怀思饱满奔放，语言朴素无华，韵律和谐柔美。作者感情丰富，在"相思诗"中对夫妻情怀表达得非常完美。他的"相思诗"的高度就是他气格的高度，他的"相思诗"的境界就是他胸襟阔大的刻度。他对警察、警嫂人物的内心世界的贴近，使他的"相思诗"形象清晰且富于温度，也是对警察和警嫂奉献的有效注解，展示当下警察精神层面应有的高度及内涵。

诗缘情而发，缘情而美好。永明的"相思诗"意境高尚，读后浮起对人生的许多联想，像一杯醇美老酒产生的魅力。

（熊鹏举：新疆兵团七师原副总经济师、发改委主任、统计局局长，作家）

如诗如歌的精美人生
——喜读《启明诗》一书有感

胡隆庆

2018年12月，诗人、作家胡永明夫妇赠我两本书：《启明诗》和《启明星在闪耀——胡永明诗书评论集》，并请我多提宝贵意见。我如获至宝，现就《启明诗》谈点读后感。

中国从有《诗经》以来，诗就一直是人们抒怀的一种重要方式。胡永明老师继承了《诗经》"劳者歌其事"的优良传统，写出了许多上佳的诗作。作为一名公安干部，他既是儒雅的战士，又是佩剑的诗人。他的诗歌，类型有抒情诗、言志诗、哲理诗、人物诗、爱情诗、山水诗、咏物诗等多种，并在国内屡获殊荣。他在2015年编著的《诗歌创作手册》，哺育了难以数计的钟情于诗歌的有志之士，成为学习、鉴赏、创作精美诗歌的宝典。

诗言志，歌传情。正如胡永明老师的爱人舒爱萍老师所述，胡永明按照他的"'古为今用时代化、洋为中用本土化'理念，去粗取精、去糟取华，走出了一条从旧体到新体、从格律到自然、从有我到无我的发展之路，在传承创新中开始了以新风诗、自由诗为主的创作"。遵循舒爱萍老师的指引，我拈来《启明诗》一书中的《太湖晚景》一诗予以赏析：

远山衔落日，

湖水吐余辉。

渔火芦边闪，

　　潮声月下回。

此诗前两句一"衔"一"吐"，不禁令我忆起北宋政治家、文学家范公的《岳阳楼记》中的"衔远山，吞长江"佳句来，永明把"远山""湖水"写得活灵活现。而后两句一"闪"一"回"，同样把"渔火""潮声"写得绘声绘色。纵观全诗，太湖美不胜收的晚景宛若眼前，怎能不让人心旷神怡？再如《江郎山》：

　　飞来三巨岩，

　　撑起九重天。

　　日出披霞光，

　　月升顶云烟。

　　沿着一线攀，

　　领略万仞险。

　　登峰透雾岚，

　　山川竞娇妍。

看，诗人笔下的江郎山，景色美不胜收。全诗动词运用恰到好处，颔联、颈联之动词、名词、数词等均呼应、工整，无可挑剔。尾联收束有力，其工力非同一般。

《启明诗》一书中，还有不少咏物诗，诸如《红梅》《油菜花》《蒲公英》《荷花》等20余首。众所周知，咏物诗向来公认难作。宋代张炎说："诗难于咏物；词为尤难。"吴衡照在《词话丛编》中说："咏物虽小题，然极难作。"而永明老师的咏物诗侧重于托物言志，可谓是水到渠成、炉火纯青。如咏物诗《蝉》：

　　为蜣不自卑，

　　忍辱未觉微。

　　汁露化成宝，

梦圆歌晚晖。

在这里,"咏"的是"蝉",但"自卑""忍辱""汁露""梦圆""晚晖"等,既能尽"题中精蕴",又有"题外远致";既有"题外远致",又能把咏物、咏怀融成一体,描写、抒情合而为一,使咏物之中隐然有作者的思想、感情、志趣、个性乃至整个人格在,此所谓"托物言志"也。这样,主

胡永明与胡隆庆在上海青松城(2019年3月11日)

客观完全统一,咏物而不为物所拘,意境气魄自然就深厚阔大,韵味丰神自然也就隽永闲远了。

胡永明老师的诗,最大的特点是真实。如诗《一见钟情》《给远方的至爱》《小萍种花》《小萍弹琴》等不胜枚举。再如《与妻共勉》:

银发伴年长,

赤情随历增。

志高心不老,

携手乐攀登。

此诗用了"银发""赤情""志高""携手",伉俪相濡以沫之情跃然纸上。这样的真实用"可爱"两字来形容是一点也不为过的。有些诗人、作家在别人的惯性中写作,自然不可能讲述自己的生活和理想。而永明老师的诗,心在歌唱,情在流露,音律的节奏与内心的脉动在交响。这在《启明诗》一书中比比皆是。《我真幸福》一诗,以"笑靥""赤唇""明眸""心灵",把"我真幸福"写得入木三分,惟妙惟肖。而《思

念》一诗，诗人把"思念"，比作"一条心中的河""一朵心中的荷""一对心中的鸽"，化抽象为具体，再由爱妻舒爱萍谱曲歌唱，从而令"思念"更鲜明、形象、生动，更感人肺腑。这正是如诗如歌的精美人生啊！

最后，特别值得一提的还有永明老师的《2016年中秋雨夜寄友》一诗：

中秋遇风王，
九州半雨晴。
胸中怀婵娟，
何处无月明。

诗人胡永明与妻子舒爱萍一起发起、组织了信息化时代"新型和诗活动"，先后收到叶辛、李伦新、吴欢章、刘希涛、顾定海、徐弘毅、马忠静、朱珊珊、胡永其、姜绍才等97位著名诗人、作家、评论家和文学爱好者发来佳作，从而提升了活动的层次和水准。行文至此，我亦激动不已、情不自禁凑上一首诗，权当为拙文结束语吧。

《赞"新型和诗活动"》

和诗喜成群，
雨夜传友情。
眼前境界新，
心中月色明。

（胡隆庆：中国老年作家协会会员、上海金秋文学社会员、上海出海口文学社会员）

《启明诗》读感

向德旺

2018年4月，花红柳绿之际，我有幸参加了上海出海口文学社的一次书评会。会议内容是研讨作家舒爱萍编著的《启明星在闪耀——胡永明诗书评论集》。

作者舒爱萍在书中所反映的对丈夫公安工作的理解与支持，展示了他们警察家庭夫妻之间的特殊生活状况。拜读之后，我更感觉到胡永明原著的吸引力，心驰神往地追寻拜读胡永明原书——中国文联出版社出版发行的《启明诗》，立马被书里咏物篇、山水篇、建设篇、人物篇、爱情篇、随感篇等五光十色的条条光彩抓住眼球，目不暇接。

《启明诗》第119页的《警察心声》写道：

娶妻子，恋妻子，

心愿常守相聚少，

有你理解和支持，

执法热情高。

爱妻子，夸妻子，

事业有成家业好，

别太辛苦甭牵挂，

身体最重要。

其后接着一首对应和诗《警嫂心声》写道：

爱警察，嫁警察，
聚少离多我不怕，
敬老抚幼有我呐，
安心工作吧。

想警察，助警察，
做好事业顾好家，
捷报传来高兴啊，
注意安全呀。

胡永明、舒爱萍伉俪与向德旺在上海作协青浦文学营（2018年4月24日）

　　两首诗中的用词朴实寻常，没有华美辞藻堆砌，如同家常对话，不显抽象虚无，但是字里行间浸透着警察、警嫂之间相互恩爱的深厚感情又相互理解支持、以事业为第一的伟大情操，声情并茂跃然纸上。

　　这两首诗不仅是他们家庭和美、事业为重的写真，而且是全国千千万万对警察夫妻热爱生活、舍小家为大家的写照，反映的是他们既有情爱更有大爱、既有小我更有大我的情怀与心胸。令我油然而生对警察家庭生活的美好与沉重肃然起敬的感觉。

　　有一说是，婚姻是爱情的坟墓。婚前恋爱浪漫，婚后生活冷淡，故而现今社会上熬不住七年之痒的婚姻比比皆是。然而在通读胡永明和舒爱萍的著作后，我发现他们婚后几十年始终是夫妻恩爱、家庭和美和事业并进。这也从侧面反映了从警人员长期接受人生观、价值观、世界观的教育和个人素养非同一般。

诗歌是一种文学体裁，是用高度凝练的语言，形象表达作者的丰富情感，集中反映社会生活并具有一定节奏和韵律的文学形式。

关于"诗歌"的学术定义很严谨。我认为，借物抒情，言情言志，格式韵律，写实朦胧，不过是技术方式。我个人更简单化理解，"诗歌"的功能是人、物、景的外在形态融合人的思想境界的最美状态的结晶，是精华。故而有以"诗意"相喻之说。用以嘉赞某某景、某某物、某某画、某某人其外在形象，"哦，好有诗意啊"。有诗意的诗歌显然高于寡淡如水的文字叠摞的"诗"文。

毛主席的《念奴娇·昆仑》：

横空出世，莽昆仑，阅尽人间春色。飞起玉龙三百万，搅得周天寒彻。夏日消溶，江河横溢，人或为鱼鳖。千秋功罪，谁人曾与评说？

而今我谓昆仑：不要这高，不要这多雪。安得倚天抽宝剑，把汝裁为三截？一截遗欧，一截赠美，一截还东国。太平世界，环球同此凉热。

作者站在怎样的高度，以怎样博大的胸怀和宽广的视野，又有怎样的抱负，才能激情挥洒于字里行间，写出这样胸怀世界、大气磅礴的词。这不得不令人折服。可谓"诗意"尽然。

毛主席的《蝶恋花·答李淑一》：

我失骄杨君失柳，杨柳轻飏直上重霄九。问讯吴刚何所有，吴刚捧出桂花酒。

寂寞嫦娥舒广袖，万里长空且为忠魂舞。忽报人间曾伏虎，泪飞顿作倾盆雨。

这首词用的是上下阕换韵的写法，表达对待爱情的深切赞叹及对待事业的宏图理想，相对于李淑一的原词，可谓柳暗花明又一村，是更富"诗意"的词。

李淑一的原词《菩萨蛮·惊梦》：

兰闺索莫翻身早，夜来触动离愁了。底事太难堪，惊侬晓梦残。

征人何处觅，六载无消息。醒忆别伊时，满衫清泪滋。

之所以在此谈论了我对毛主席诗词的精美大器赞叹，是我拜读胡永明诗集后产生的联想。因为我读到胡永明老师的诗歌，同样感受到有一种跳出现实的超凡脱俗境界。

如《启明诗》收入的《亚龙湾》：

蓝天落地惠玡琅，

碧海升空罩四方。

水宇相连鸣飞鸥，

云波互涌耀阳光。

青山逶迤显琼楼，

岬角伟岸护边疆。

椰影婆娑鱼斑斓，

游人戏浪恋银滩。

玡琅是亚龙湾的前称，曾经有一段美丽的传说。这里风景美丽，少女皮肤洁白、婀娜妖艳、貌赛天仙。

岬角，是大陆延伸到海里的山岭支脉，犹如一个小半岛。林森叶茂中楼阁若隐若现，好一派美丽景色。但是此处作者没有像以往诗人依循神话故事思路去演绎，也非囿于峻崖银滩、止于山海赞美，而是把岬角看作是守护祖国边疆的卫士。这是作者思想境界高所产生的一种联想，是其公安战士特有的职业视角所能看出的祖国山河之威武壮美。作者看到和想到的是护卫祖国安全的军人和武警临风沐雨坚韧不拔，才会有人民的安宁戏浪、欢乐恋滩。"岬角伟岸护边疆"似乎神来之笔，但也出乎必然，那是因为作者刻骨铭记着自己身为中国人民警察时刻为国为民的天职与责任。

写诗作词，是一种情感的宣泄，写作手法各有所好，只要不乱章法，乐在其中都无可厚非。但是读胡永明的咏情诗、咏物诗，明显感觉到他身上一种特有的思想素质和职业视角。胡永明的诗歌富有感染力，不仅是文字美韵如珠玑落盘，也彰显了他个人思想修养和文学修养兼收并蓄、光华并显。这是非常值得我敬仰与学习的。

再如《启明诗》第114页的《荷花》写道：

莲蕾凌波立擎志，

荷华向阳圆馨梦。

身为水草不自贱，

藕洁花婷最清正。

荷花清高婷立与世无争，莲藕洁白出淤泥而不染。古今诗词盖为此叹。读过胡永明老师不限于外相描绘赞美的荷花诗，深感他在立意和用字上匠心功深。

立意方面："立擎志""圆馨梦""不自贱""最清正"，不仅是写荷也是借物励志，学习荷花的花、茎、果的全身正气，勉励自己把握好人生轨迹，做一个廉洁奉公有益于人民的人。

用字方面：如"华"字，古通花字，之所以用"华"，是避免与后面"花"字重叠，足见他腹有多学语自畅。

又如《启明诗》第33页《杭州西湖》诗曰：

知是海湾变内湖，

信为天宫降明珠。

三潭印月柳拂日，

双峰插云鸟鸣坞。

山环水绕城韵漾，

堤上桥下花香浮。

感怀白许邂逅处，

崇敬中山志踌躇。

　　四联八行纷纷赞美杭州几大著名景点，而尾联是："感怀白许邂逅处，崇敬中山志踌躇。"诗中有七句是对景点的溢美，点睛在最后一句借景言志。杭州中山公园位于西湖孤山，1927 年为纪念孙中山先生而命名。孙中山先生三临杭州视察，作了许多讲话，凭吊秋瑾，号召师生参加革命，兴建铁路，加速革命发展等。孙中山先生除了对杭州有许多赞美之词，对未来的国家建设作了"愿中华民国如此花"的美好展望。胡永明老师参观了杭州诸多美丽景点，如诗中所罗列，而对杭州中山公园的古迹轶事显示的孙中山先生爱国主义的情怀、革命不止的精神和恢宏的气度，显然获得更深刻的心灵感染，所以通篇诗句赞美杭州，最后落足于"崇敬中山志踌躇"。作者自己的志向，由诗歌的无我跳跃至有我。短短七言八行五十六个字，把作者心灵深处的志向与兴趣，立足于什么高度看世界，昭然展露出来了。

　　阅读胡永明的诗歌著作不仅是一次对大自然美的享受，也是一次心灵的震撼与洗涤。

（向德旺：测量专业主任工程师、摄影师）

《启明诗》感怀

邓兴衡

大胆作"跋"

读启明诗,再行砥砺。

再读启明诗,感动胡永明先生的情趣操守和不懈志向,人物真善美合一:咏景纪事,缘于情、寄以志……

或感:世事洞明皆学问,人情练达即文章。不叹神龟寿,但有歌咏志!

我今朝对自我许诺:决不轻易动摇、放弃榜样(文正公、阳明师)的学习和对前方的向往,推行道德、通鉴,以道法术融汇自我认识、约束和突破。

哪怕不能立功立德,诚愿一生路上"风雨兼程"、洒下些许笑语高歌!

汪国真先生意:我须勇往直前,留给世界,哪怕只有背影和地平线!

再抄录孟德先生诗,致敬"学到老"的"知行合一":

《龟虽寿》:"神龟虽寿,犹有竟时。腾蛇乘雾,终为土灰。老骥伏枥,志在千里。烈士暮年,壮心不已。盈缩之期,不但在天。养怡之福,可得永年。幸甚至哉,歌以咏志。"

细 细 品 诗

（一）点评几首咏花诗

1.《花感》："四季都能开鲜花，八方皆好绽奇葩。根扎大地蕊向阳，美丽馨香遍中华。"

四季、八方，时空无限；根扎大地且向阳，重基础、本源和方向！

"绽奇葩""遍中华"，神州自古多英才……

家国情怀和美好感怀，和着韵律，余味悠远……

2.《萱草》："凌晨涂艳色，午夜卸浓妆。虽只一天秀，也留满地香。"

由凌晨到午夜，阴阳转变却留遍地香。

不由想起一物，昙花！

也思人生舞台，虽然没有多少人喝彩，但于台上一刻钟，不遗十年磨砺情！

3.《蜡梅》："褐枝疏斜方渐圆，金英纷绽香溢远。凌寒傲雪迎春来，笑看百花更鲜妍。"

自古多骚人墨客，无尽书画。不意启明先生"褐枝疏斜"得方圆，"凌寒傲雪""香溢远"及"笑看百花"……徐徐抒怀。知梅更包容万物，共生吉祥如意。韵味深远……

联想："数枝梅凌寒，非雪有暗香。""愁著风雨群芳妒，零落成泥香如故。"

4.《红梅》："湖清花映红，风稠香溢浓。堤斜脊梁直，雪重春色融。"

有湖、有风、有春、有堤、有香浓……

浮影："初春游西湖，闻梅挺脊骨！"

好景好诗，好男儿！

5.《迎春》:"翠蔓临风舞,金英带雪开。休言弱似柳,最早迎春来。"

看似咏物,实喜时节,自强信念。

一年之计,宜早宜勤;心思胜于傲物。

6.《睡莲》:"日出花舒皎为美,月来英卷姿亦磊。生于淤泥清水中,洁身向阳终不悔。"

日出舒皎,月露卷姿;平水出芙,身翠香洁。

能汲天地灵气,自然得道;可为清爽神情,不与群芳唠叨!

7.《荷花》:"莲蕾凌波立擎志,荷华向阳圆馨梦。身为水草不自贱,藕洁花婷最清正。"

标题或可商榷为《荷》,因咏及"莲蕾""荷华""水草""藕洁花婷"……

内有明志:擎志、馨梦、自爱、清正。

还可联想:"淤泥作肥""落英得子""思恋"藕丝……

可:远观;立:蜻蜓;蓬槁、荷叶再留香……

8.《油菜花》:"从南到北次第开,黄海香波涌春来。一棵独长不流金,万株丛生方溢彩。"

大胆作"一字师","推敲"供参详。也作"东施效颦":"从南到北次第开,披金戴绿簇春来。一棵独长不流芳,满幅黄花遍地彩。更喜落英成菜籽,油然生活多情怀!"

也想懂些花草:

《夹竹桃》:"灌木也能成大树,笑迎寒暑春常驻。红霞白雪耀枝头,丹心洁身传芳馥。"

夹竹桃:长青灌木,花多为红、白品;有毒汁可致腹泻头晕,根茎可入药。

《绣花球》:"百花相聚簇成球,绚烂馨香满院收。适应土壤多变色,酸蓝碱赤显春秋。"

绣花球：花色应环境土壤而变更，酸碱适色、一簇呈祥。

《蒲公英》："戟叶平展多棱角，柱葶直上不弯腰。黄花开在大地上，绒种向阳育新娇。"

蒲公英：绒种随风、生机四野！

《水仙花》："荆州唐种九州栽，早春新蕾三春开。甘伴清水不染尘，叶挺花洁馨香来。"

水仙花：清雅，引人；生暗香。

（二）点评几首山水诗

1.《嵩山少林寺》："习武崇少林，偕妻访嵩山。碧溪锁古寺，屏障护宗禅。达摩授正法，助战保平安。天下第一刹，美誉万代传。"

因为去过，能浮想：门前流溪、庙前护墙。天下一刹，精神安在？达摩东来，一苇渡江；开宗明义，机辩因果。内强外化，心形安妥。于今抒怀，仁义可再！

2.《花山谜窟》："荡过吊桥访花山，踏尽石路探谜窟。宫殿高深潭游鱼，柱壁坚固堂飞蝠。采石屯兵千古迷，玄妙奇巧举世殊。祖先智勇胜天工，继往开来迈征途。"

鬼斧神工大自然，巧夺天工小保全。

3.《华山》："一山飞峙扼中原，三峰屹立护婵娟。攀崖揽月走峭壁，登顶摘星游云天。黄河披霞献哈达，秦岭戏雾舞蹁跹。壮美景色收眼底，无限风光在心间。"

无限风光在心间，妙！心可至大至美，掌控心之力：不在险峻、共生吉祥！

（三）点评几首建设诗

1.《国庆节感悟》："雨过天晴暗变明，大典开国齐欢欣。鲜花彩旗芳艳海，乐曲礼炮美妙音。没落王朝失根基，新生政权得民心。每逢十一庆成立，更悟胜源鱼水亲。"

纪念坚定：国之安定人心所向，民为本；军民、政民一体，营造鱼水亲情。

2.《西安感赋》："秦峰拥雁塔，渭水育英豪。汉启丝绸路，唐弘盛世朝。救国齐荡寇，兴市共逐潮。继古开今日，人民尽舜尧。"

古都盛名，人人尧舜。中华底蕴，正大光明。

3.《动车组和谐号》："静似巨箭卧高铁，动如离弦穿疾风。乘上日行数千里，坐着遍赏沿线春。车中宽敞超客机，厢内舒适胜游轮。提速顺应快节奏，促进和谐当先锋。"

"促进和谐当先锋"，世界名片、一将功成！勇士也、英雄也，须坚决传唱，得景仰效法。方能：护持进取、激发创新，万古鲜活、基业长青！

4.《赞公务用车改革》："从政卅余载，享车十多年。人物隔窗看，家局驱轮连。走路乘公交，健身添红颜。干群更亲和，改革促清廉。"

善用资源、公正平等；绿水青山、节约共享；人民公仆，精神垂范；清气乾坤，共生吉祥！

5.《上海三菱电梯试验塔遐想》："你是正在腾飞的超级火箭，／鲜红的旭日见证你的上升轨迹，／漫天的朝霞就是你的磅礴气势，／更高更快更大更新不断刷新你的业绩。／／你是正在弹奏的美妙琴弦，／百姓在上上下下中享受和谐便利，／员工于进进出出间提升高效自信，／团结敬业自律创新不断演绎你的奇迹。／／你是正在屹立的上海三菱人，／上海中心大厦领略你的登峰造极，／上海世博中心放射你的世界眼光，／追求卓越勇于超越不断创造你的第一。"

大国工匠，直上云霄；验证可靠、服务民生；广厦千万，至尊首选；制造美梦，耸立眼前！

（四）点评几首人物诗

1.《冼英》："少女挂帅镇百越，诸州奉主统岭南。保境安民解纷争，

舒爱萍与邓兴衡（右二）等朋友在上海中心（2016年5月12日）

奇袭平反斩逆党。办学开路促发展，派史奏疏揭贪官。巡抚各族重安定，德播海南归中央。"

区域英雌！德播海南，荣耀政权……

2.《李斌》："电大本科在职读，储备知识习外文。全能技工出学徒，数控专家当工人。研制刀具创财富，攻克泵关强支撑。外企留聘心不动，蓝领也有中国梦。"

蓝领中国梦，本岗工匠情。社会变革，价值回归；发愤图强，方可安居乐业！洗尽繁华、弘扬匠心；多做倡导，天下归心！

（五）点评几首爱情诗

1.《你也象燧石》："你也像燧石，我也像燧石。两石一相碰，迸发火和知。// 你也像红莲，我也像红莲。两莲永不离，命根紧相连。"

美好在于"在天比翼、在地连理"。心有灵犀、电光火石；花开并蒂、根基同气！

2.《惜别》："春江情脉脉，南岭愁重重。渡口俩依依，黄昏雨濛濛。"
总在那个雨天，此岸彼岸、南岭茫茫，依依惜别，离情怎堪！！

3.《与妻共勉》:"银发伴年长,赤情随历增。志高心不老,携手乐攀登。"

银发年长,徒增赤情。志高不老,携手征程。夕阳无限好,落日得启明。人生路漫漫,最妙贴心人!

4.《给远方的至爱》:"你远在天涯,就像明月挂在天际;你在我心中,就像明月映在水里。我的祝福是清晨的鸟鸣,为使你快乐千啭百啼;我的召唤是黄昏的轻风,留恋地牵起你的罗衣;我的相思是不尽的流水,长年缠绵在你的住地;我的情爱是不落的太阳,环绕着你永远不会偏离。"

爱甚远,南山南。远了思念,就在心间;近了相濡,忘情江湖。青青子衿,悠悠我心。所谓伊人,在水一方。……心有千千结,君为绕指柔。爱是什么? 用心广德。

5.《云雨》:"两朵云／相吸／相融／化作雨"

《云雨》这首诗要逼问作者的逗趣:喻大道于简易;其实,根本就是自然需要的美好!"两朵云　相吸　相融　化作雨。"实在是科普自然之外,诉说与另一半的人间美好:两个人,交融;动作云雨,静好栖息。

(六) 点评几首随感诗

1.《中学毕业前夕与同学涉海滩》:"迎霞挽手下粼滩,沙厚风狂作笑谈。晃晃相搀一步步,齐观乳燕逐征帆。"

可加:书生意气,指点江山,激扬文字;高谈阔论:上九天缚龙,下北海捉鳖!

2.《秋菊心语》:"非傲不春来,花谢占秋开。不怨清季种,甘愿献芳海。"

我花开后百花杀,满城尽带黄金甲。傲气和差异化的敏锐,不一样的情怀!!!

3.《偕妻访希涛夫妇》:"打车穿春城,踏径访良师。品茗话儿女,享肴论文诗。希赋抒民情,涛著传杰思。挥别日当空,约醉花满枝。"

成都有歌孤独,两对伉俪幸福。诤友一早,品茗、私厨和叙旧,更添黄昏酒!

人生莫道知交少,幸甚至哉:情怀苍生,激情难了!

习近平总书记说:文化自信;我们维护:文明世界!

神 交 永 明

看序言,知作者:胡永明,浙江宁波人,五七年四月生;勤勉工作,精修爱好。退休之后更启明,潜力无限多重生。挚言以评,宛如对面,而叹具恩来先生貌。相由心生,天涯咫尺,谁可言"不识君"。

诗集包罗:识人物,游山水;多建设,重情怀;记感悟,得行知。中日英,学无界;道法术,生活中。

2018 年初夏·花城

(邓兴衡:广日电梯本部长)

国计民生入诗篇
——读胡永明《启明诗》之"建设诗"

陈晶龙

我长期在上海某大型国有企业工作,搞宣传时,采访报道的对象往往都是生产动态和员工,因此与"建设"结下了不解之缘。欣读胡永明老师诗集《启明诗》,其中最能扣动我心弦的就是第三辑《建设诗》。20首诗分别反映国家在工业、农业、科研、教育诸领域取得的成绩,读后受到深刻启示与鼓舞。

众所周知,我国高铁建设无论速度还是里程数,均为全球之冠。《动车组和谐号》就是颂扬高铁伟绩的,作者把列车比喻为"巨箭",开动时"离弦穿疾风",停驶时"卧"着,写得逼真传神,活画出高铁的巨大动能。《大连滨海路》是描绘市政建设的,寥寥56个字,一幅大连市政建设展览图就呈现在读者眼前。其实这是一首仿七律的好诗,诗的各联中,"彩虹"对"玉带","海天"对"山霞","大桥"对"木栈","东西"对"今古",均对仗工整。"写物图貌,蔚似雕画"(刘勰《文心雕龙》),犹可作为对此诗的评语。同样写得精彩的,还有《西安感赋》,那是五律。

永明也写自由体诗,《上海三菱电梯试验塔遐想》即是。此诗形式不拘一格,语言晓畅通俗,让人领略制造业员工的动人风采。该公司的企业精神被融入了诗句中:"团结敬业自律创新"。当人们仰望中国第一高楼上海中心,在世博中心偌大的会场内观摩演出时,何曾想到,供大家

胡永明与陈晶龙在上海工农四村（2019年2月16日）

上上下下的电梯，正是上海三菱员工的杰作，让人对他们顿生敬意。

关心民生，做好环境保护的内容也被诗人所关注。《雾霾须治理》直陈雾霾对百姓的伤害，作品大声呐喊"环保须加强"。环保是国家的大事，百姓似乎没有置喙的必要。其实，防雾霾人人有责，诸如减少油烟排放、不在公共场所吸烟等均应成为我们的自觉行动。诗歌用"限产""关道""停航"等来披露雾霾造成的社会混乱现象及措施，但根除污染还得从源头抓起，有长远谋算，要有壮士断腕的决心。

"诗，心之声也。"（宋濂语）当我们许多诗人陶醉在"月朦胧，鸟朦胧"的诗情画意中时，胡永明更多想到的是"月朦胧，稻田人影动"。《插秧》一诗写得轻松自然，令人击节赞叹的是"一退六插秧歌随"这一句。只有熟悉农民插秧并观察仔细的人，才会知道农民弯着腰，双脚陷在水田中，从一边向另一边插秧，插完再后退一排，继续同样动作，这就是"一退六插"的由来。没有亲力亲为，断断写不出这类生动的诗句。

永明在这一辑中还有两首反映反腐倡廉的诗。《赞公务用车改革》点明领导干部弃小车乘公交的益处，不仅在于"健身添红颜"，还在于"干群更亲和"。《和包公诗》高屋建瓴地点明"高洁终成栋,贪腐必为囚"的真谛,振聋发聩。殷鉴不远,不久前一些高官的落网,令人震惊,为我们敲响了警钟。

咀嚼"建设诗"一辑中的诗句,似有一股清风迎面扑来,并激荡起我们老一代人对往事的追忆,掀起内心的情感涟漪。永明作为一名成熟的诗人,他对底层百姓生活质感的表述,对社会万象和城市发展脉络的把握,都可圈可点。

近十多年来,诗坛上泛娱乐化倾向一度盛行。在一片风花雪月的喧哗声中,胡永明老师能守住诗人的道德底线,不随波逐流,把笔触始终伸向百姓大众,努力为民鼓与呼。这样歌颂劳动者、反映社会生活的优秀诗歌作品,经得住时代的检验,必会深受广大群众的喜爱。

(陈晶龙:《五里晚霞》报执行主编)

略谈胡永明的爱情诗

张谷平

读完胡永明先生的《启明诗》,印象最深的是 31 首爱情诗。

爱情是心与心的撞击而迸发出的深情召唤,因而爱情诗能唤醒读者对逝去的青春欢乐、幸福时光无限温馨和憧憬的美感。永明先生的爱情诗就以多样的题材、丰富多彩的形式技巧,起到了这样的作用,成为培养青年一代健朗优雅的民族人格、开放向上的社会心态的好教材。

刘再复先生说:"爱情带有无限的可能性,总是波澜起伏,极不稳定,找不到爱的恒定状态,因此,文学才有审美创造的广阔空间。"永明先生擅长从正面展开对爱情各个阶段、各种形态的描述歌咏。如"消暑欣然遇海滨,有缘一见两相钦。对诗巧露鸳鸯意,通信直说郎女心",这是两颗心一刹那的碰撞与契合———一见钟情,一段美丽的爱情就此开始。"开口欲叫,心儿乱跳,徘徊、犹豫,正月圆花俏",则是初恋的羞涩。"折柳说竹马,行舟论古诗。林中迷恋处,月起不觉迟",则又是热恋中的一往情深。"我的相思是不尽的流水,常年缠绵在你的住地;我的情爱是不落的太阳,环绕着你永远不会偏离",这是深情的远方思念。"我是那么痴心,字里行间总能看到可爱的你;我是这样爱你,你的每一封来信都使我狂喜",这是接到情书后的喜不自胜。"你也像红莲,我也像红莲。两莲永不离,命根紧相连",这是爱情的坚贞誓言。所有这些,都是在特定阶段,爱情强烈和持久的丰富多彩、千姿百态的艺术表现。

这些千姿百态的艺术表现都来自多样的题材。"花开倍思亲,香风传

胡永明与张谷平在上海青松城（2019年3月11日）

温馨"和"一曲盼望音缠绵，愿君感知早团圆"，这是日常家庭夫妻生活中的养花与弹琴；"那晚潮拍岸的声响，富有节奏，宛如音乐"，这是在江边听涛；"我美丽的姑娘，快穿上活泼的春装"，又是去野外郊游。永明的爱情诗移步换景，场景多变。作者巧思慧心，有时又寄情于物："每当我告别你离开家，我的情爱便化作形形色色的牵牛花"；有时又大胆浪漫想象、借助民间传说："天帝变慈父，郎女得幸福。"

作者爱情诗的动人魅力离不开他在诗作中匠心独具的形式技巧。作者是诗作的多面手，从旧体诗到新体诗都很擅长。"折柳说竹马，行舟论古诗"，是五绝，"凤眼遥望窗外月，玉指妙弹古琴弦"，又是七古。《我真幸福》则又是自由奔放的现代格律诗。《警嫂心声》是一首非常通俗的新风诗，用生活化的口语，写出了一个无怨无悔做贡献、全力支持丈夫的干练直率的警嫂："爱警察、嫁警察，聚少离多我不怕。敬老抚幼有我呐，安心工作吧。"很有些豫剧《朝阳沟》式戏曲唱词的韵味！表达爱意热烈奔放无铺垫。

总体而言，作者的爱情诗，讲究含蓄凝重，长于爱情心理描写，如《思念》中以河的意象喻思念是"源源不断，莹莹清澈"；以荷的意象喻思念是"淡淡清香，浓浓暖色"，形象贴切。《给远方的至爱》中以明月、鸟鸣、轻风、流水、太阳等各种意象描述留恋牵挂的情感也十分出色。在《你的每一封来信都使我狂喜》中，末尾运用了与首节重复回环的手法，把接书后欢天喜地的心理反复咏唱，层层推进，很有特色。

爱情是文学表达的永恒主题之一。爱情诗的实质也是一种美感的创造活动，而且每一次表现都是个人创造性的活动，是不会重复的独特的创造性活动。永明先生以纯净空灵之笔写浓郁真挚之情，其中复杂的心理描写、典型情感的概括能力以及运用诗歌意象抒发情感的艺术技巧，都给我们留下了深刻的印象。作品中高贵、温和、柔情、馥郁、优雅的情愫，皆是培养人性的营养品。它能促进年轻一代精神素养的不断提升，为积聚日益发展的社会主义精神文明中的审美价值和道德价值做出贡献！希望他再接再厉，为我们奉献更多的精品力作！

（张谷平：上海金秋文学社社长、《金秋文学》主编）

《启明诗》的一大创举
——略谈胡永明诗集的"编外篇"与附录

季渺海

由颇具影响的中国文联出版社于 2017 年出版的厚厚一本《启明诗》，是诗人胡永明的第四本诗集，收入了他从 17 岁至 59 岁之间创作的 136 首诗歌，其中主要是七言和五言的旧体诗。这本诗集的特色之一，是"编外篇"占了很大的比重。整本诗集共 340 页，他的 6 辑作品占用 154 页，另外后记 5 页，"编外篇"和附录就占据 181 页，几乎与作者的作品平分秋色，甚至超过了他的篇幅 22 页。在作家自费出书的年代，别人一般是不肯这样做的，所谓"买了鞭炮给人家放"。然而，胡永明以众多"和诗"入集却不同凡响，可谓上海文坛一大创举。这种"喧宾夺主"的做法实在是别具一格，体现了他在一首《牡丹》诗中所表达的境界："不为称魁独占春，乐与百花共芳菲。"此举得到了诗友们的响应与好评。

2016 年 9 月 15 日中秋节，全球最强的台风"莫兰蒂"在我国福建厦门登陆，诸多省市遭受风、雨、潮的影响，但据报载，仍有一些地方可以赏月。于是，诗人胡永明触景生情，写了一首五言诗《2016 年中秋雨夜寄友》："中秋遇风王，九州半雨晴。胸中怀婵娟，何处无月明？"后来，他向文坛一些领导、教授和微信群诗友们征集"和诗"，并计划收入他即将出版的诗集。先后有叶辛、李伦新、刘希涛、张斤夫、吴欢章、孙琴安、潘颂德、任丽青、宋海年、金瑜、陆新、黄玉燕、郦帼瑛、

胡永明与季渺海出席"蒲溪诗社新春联谊会"（2019年1月10日）

张载养、潘培坤、张春新、吴振兴和朱渊澄等97人唱和，和诗竟然达到110首之多。其中，我也以《和永明中秋诗》为题，写了一首五言诗："风雨黯中秋，心晴天复晴。婵娟读我诗，夜夜月光明。"以和诗形式写同题诗，好处是可以进行直接而充分的交流与对比。我仔细比较了一下，绝大多数和诗都是笔触顺势而为，而我的构思却是逆势操作，写出"心晴天复晴""婵娟读我诗，夜夜月光明"这种自己的独特感悟，这就避开了写同题诗容易产生诗句和意境雷同的现象。只有构思不同，诗句才能出新。我这样说，丝毫没有贬低诗友们作品的意思。况且，我的诗句也是一般，只是构思不同罢了。

另一组同题诗是《黄叶》。先看胡永明的《黄叶》："别枝不恋高，乘风舞晴空。归根沃芳泥，再育绿荫浓。"此诗起句"别枝不恋高"不同凡响，一下子引起我创作同题诗的欲望，于是，我写了《黄叶》（四首）。其一："凭窗望夕阳，枝头叶又黄。莫道树已老，年年傲秋霜。"其二："花草依树木，一岁复荣枯。春碧玉千层，叶黄金秋镀。"其三："出土沐春风，成树雨露润。秋深不言谢，黄袍加一身。"其四："秋风知进退，秋雨去可追。归根有黄叶,落地听惊雷。"我这四首五言诗一挥而就,写出之后几乎没有改动。为什么?因为咏物诗中融入了自己的人生体验,写这类非常熟悉的事物,真是轻车熟路。

这一组《黄叶》同题诗,写得好的还有金瑜的新体诗《黄叶》和郦帼瑛的五言诗《黄叶》(四首)。金瑜的自由体写得非常流畅而极具个性,他的诗句和语言特色是一般诗人所无法企及的。郦帼瑛的诗灵动而清丽,且有女性的视角及语言特点。当然,我不是说,别人的诗不好,只是指出他们两人的诗有与众不同的地方。如若不信,请你们再把《启明诗》中的"编外篇"和附录仔细读几遍,把彼此的诗作对比一下,就不难分辨了。

最后,我应该向诗人胡永明表示衷心感谢。如果没有他当初的微信征集同题诗和提供出版同题诗的平台,那么,就没有我以上这五首五言诗的创作与发表。当然,也就没有这一百多人的一百几十首同题诗的创作与出版。这样看来,我特别指出这是诗集《启明诗》的一大创举,似乎也不算过分。你们说呢?

(季渺海:上海市作家协会会员)

《启明诗》和《启明星在闪耀——胡永明诗书评论集》读后感

许翠萍

我在一次文友的茶聚时得到了胡永明老师赠阅的两本新书,一本是他的诗集《启明诗》,一本是他爱人舒爱萍老师编著的《启明星在闪耀——胡永明诗书评论集》。两本书一红一绿,恰好佐证老话"红男绿女",更显他们这对夫妇伉俪情深!这在文学圈里早已是一段佳话。

我花了三天的时间仔细拜读了《启明诗》和《启明星在闪耀——胡永明诗书评论集》这两本书,诗集中有咏物、山水、建设、人物、爱情、随感等诗篇,范围涉及之广,让我为之动容!这是一部优秀诗集,充满个性色彩。在他的诗集中,我看到了一个"儒雅的战士 佩剑的诗人"的身影,听到了诗人的声音。他对祖国的歌颂、对生活的热爱、对爱情的深情、对大自然的神往,通过他的笔都一一展现出来。

在胡永明老师的爱情诗里有一首《你的每一封来信都使我狂喜》,诗中写道:

　　我是这样爱你,
　　你的每一封来信都使我狂喜;
　　我是那么痴心,
　　字里行间总能看到可爱的你。

从你秀丽的字体里，

我看到了你的月貌花姿；

从你温柔的话语里，

我看到了你的忠贞不移。

从你幸福的追忆里，

我看到你少时挽裙戏溪；

从你美好的憧憬里，

我看到你穿着新娘盛衣。

我是那么痴心，

字里行间总能看到可爱的你；

胡永明与许翠萍在上海市医务工会职工文化活动中心（2019年4月16日）

我是这样爱你，

你的每一封来信都使我狂喜。

我听到了诗人的心声，读到了诗人娓娓的心语和深情的眷恋。诗人有的只是深情和狂喜，都在字里行间流露了出来。

在阅读《启明星在闪耀——胡永明诗书评论集》书评中，看到众多名家对胡永明老师的诗歌创作和诗歌工具书《诗歌创作手册》给予了充分的肯定和极高的评价，而我是不敢对此妄加评论的。通过阅读，我从中体会到：一个诗人只有通过自身着力表现生命与生存，才能创造出有血有肉的无愧于时代的真正诗来。我想，随着胡永明老师的阅历和视野的不断扩展，会有更多更好的诗展现给我们。

我期待！

（许翠萍：高级服装设计师、工艺师）

真情倾诉 爱意绵绵
——读《给远方的至爱——胡永明爱情诗选》有感

刘宝玉

临近夏末的夜晚,天气还是那么的炎热。前几天,刚从外地回来的我,心情不是太好。我开着窗,伴随着夏季里一丝丝微弱的清风吹进房间,拿起床头柜上的一本诗歌集,轻轻地打开阅读,这是我第二次拜读上海作协的作家诗人胡永明老师的爱情诗选《给远方的至爱——胡永明爱情诗选》。

记忆中,我是于 2016 年 3 月 20 日,在上海百友文坛作家沙龙于浦东新区杨思镇举办的一次活动上,认识了胡永明老师和他的夫人舒爱萍老师。那一天,他们夫妇向我赠送了胡老师的爱情诗选,胡老师和舒老师,还同时给我签了名。接着,我也向他们赠送了我的第二本书《渐去渐远的岁月》散文诗歌集。那一天,我真的很开心,因为我在这里认识了好多上海知名的作家老师。通过参加这样的作家聚会,我觉得自己受益匪浅,在这里学到了好多东西。那一天,我是应朱超群老师的邀请和陈柏有老师的引荐,才认识胡永明老师夫妇的。

捧着这本富有诗情画意的诗集,它会勾起你对远去的青春的美好回忆。每一首诗歌,就是作者内心深处对知心爱人的爱的表白和真情的倾诉。爱是一种遇见,不能等待,也不能准备。现实中遇到的爱情,不是甜得发腻，就是苦得心酸，而胡永明老师和舒爱萍老师的爱情，却是爱的真情流露、爱得不离不弃、爱得越来越浓，是爱在诗行中流淌着青春岁月激情燃烧的华美乐章。有人曾经说过：在一往情深的日子里，谁能说得清，什么是甜、什么是苦？只知道，确定了就义无反顾。要输就输给追求，要嫁就嫁给幸福。而我们的舒老师就是那个最幸福的天使，因为，她选对了爱情的"王子"。同样的，胡老师也选对了他钟爱一生的"天使"。所以，他们才是人世间精品的伉俪；所以，他们才是人们眼睛里最美的情深义重的"金童玉女"。

《给远方的至爱——胡永明爱情诗选》中有这么一首诗作："你远在天涯 / 就像明月挂在天际 / 你在我心中 / 就像明月映在水里 / 我的祝福是清晨的鸟鸣 / 为使你快乐千啭百啼 / 我的召唤是黄昏的清风 / 留念地牵起你的罗衣 / 我的相思是不尽的流水 / 长年缠绵在你的住地 / 我的情爱是不落的太阳 / 环绕着你永远不会偏离"。读了这首诗歌，你就会和我一样地感觉到，胡老师对舒老师的爱念，真是深情款款，情真意切。

胡永明、舒爱萍伉俪与刘宝玉出席"上海出海口文学社2019年度会员大会"时留影（2017年12月29日）

"你远在天涯 / 就像明月挂在天际"。这说明爱人在他的心中，就是那挂在天上的一轮明月，时时刻刻地都挂在他的心尖上。这也说明，一对常年异地工作聚少离多的夫妇生活是多么不容易。他们过着"两地书"的生活，相思只留在诗笺中亲情倾诉，相互述说着爱的思念。这里也说明一位铁血男儿，为了国家的利益，为了人民的安危，为大家而舍小家。可是在他的灵魂深处，却在每一个下了班之后的孤寂的夜晚，仰望天空，思念着远方。爱人，就是他日思夜想的思念和牵挂。见过胡老师的朋友们都知道，胡老师英俊潇洒、风度翩翩、文武兼修。可是当你读过他的作品之后，你又会感觉到，他是个内心情感非常丰富、细腻，而且又喜欢把情感以诗歌的形式，向自己所爱的人发自内心地表白的人。在我的印象中，他就是一个表里如一、不忘初心，非常珍惜真爱的真君子。在现实的生活里，胡永明老师和舒爱萍老师，经常是成双成对地出现在人们的视线中的。

在胡老师的诗选里，他为他的爱人写了好多首的谈情说爱的诗歌。他用他浪漫的诗句抒写爱情的浪漫篇章。

《初恋》：

　　来到你家后窗下 / 开口欲叫 / 心儿乱跳 / 徘徊 / 犹豫 / 正月圆花俏

　　转到你家边门前 / 举手轻敲 / 脸儿发烧 / 欣喜 / 羞涩 / 入林间小道

这首诗把一个刚刚坠入情网的男孩子腼腆的形象活脱脱地呈现在读者的视线里。

《让我们到野外去游玩》：

　　我美丽的姑娘 / 快穿上活泼的春装 / 在这晴朗的周末 / 让我们到野外去游玩

　　小鸟哲哲地鸣叫 / 那是在向我们召唤 / 鲜花悄悄地开放 / 那是在把春天打扮

　　我要编只最美的花冠 / 给花的皇后带上 / 我要唱曲最美的歌儿 / 把百鸟请来作伴

　　让我们的生活比牡丹花更美 / 让我们插上金凤凰的翅膀 / "我们无须等候死亡 / 我们要活着飞上天堂"

在这首诗歌里，胡永明老师通过引用匈牙利著名诗人裴多菲的诗句"我们无须等候死亡／我们要活着飞上天堂"作升华，用轻快、优美的节奏感，写出了跟心爱的姑娘一同去郊外欣赏大自然美景时的快乐情景。此刻的他，把爱念的姑娘当作花的皇后来仰慕。因此，我想当时的姑娘，现在的舒老师一定是一个胡老师仰慕已久、痴心不改、一心想追求的幸福的小天使。

《牵牛花的心曲》：

每当我告别你离开家／我的情爱便化作形形色色的牵牛花／在我们的住地和你经过的沿途／向着太阳——你的微笑盛开竞发

你看，花的色彩多绚丽呀／那是我在向你展示忠诚无价／你闻，花的芬芳多淡雅呀／那是我在向你吐露思念情话……

那瓣儿展开的花朵／是我撑起的"雷达"／黄的接收你的平安健康／红的发射你的快乐荣华

那冠儿圆拢的花朵／是我吹起的"喇叭"／白的赞美你的纯洁无瑕／紫的歌唱你的贤惠可嘉

那蔓儿缠绕着枝丫／是我们恩爱得浪漫潇洒／我们的精神永远亲密无间／哪怕你我远在海角天涯

牵牛花，本来只是一种普普通通的花朵，可是胡老师却移情别恋，寄意于它。他以形象生动的表现方式将他的爱、他的情，淋漓尽致地用心抒怀。

这首诗歌，从对一朵小小的喇叭花的喜爱，然后，表达自己对至亲爱人的永远的爱意，让人肃然起敬。胡老师才思敏捷，爱情诗歌写得潇潇洒洒，警旅生涯练就了他为人淳朴、刚毅坚强、雷厉风行的性格，从事文学创作充实和丰富了他本善、乐观的性情。他文笔老道、文风干练，文思鲜亮、笔法细腻、感情饱满。他的爱情诗选，更是令人赏心悦目，会使人仰慕敬佩。

有人说：每一件作品都是作者的心血力作。读每一首诗歌、每一篇散文，都是对心灵的一次慰藉。

这一次，我又在胡老师的诗篇中浏览，诗人、作家和学者聚齐一身写出的作品，真的和别人的不一样。翻开每一页，在文字里徜徉，感受每件作品带给我的震撼，每一个文字像血液一样，与我静静融合。

在文学路上，有一种魅力超越所有界限，这就是文字的魅力。中国素有"诗的国度"的美誉，无论古诗词还是现代诗，总是有无数歌者在这条"诗路"上前行，并不断创作出得意之作，这就是好诗。所谓好诗，就是有思有悟、有情有义、耐读耐品的诗歌。而胡永明的爱情诗选，就是一部爱的史诗。它，来自生活；它，真实感人。它是发自内心的告白于天下的真爱——宣言书。

最后，我祝福：胡永明老师夫妇恩爱永远！青春永驻！

（刘宝玉：中国诗书画家网艺术委员会副会长、世界华语作家联谊会会员）

在诗歌中展现的人品
——读胡永明诗有感

王家泉

一个人的人品究竟怎样，终会在他的言谈举止间流露；同样一个诗人的人品如何，读他的诗就能获得最好的了解。与胡永明、舒爱萍伉俪诗人结识至今，已近20年了。廿载岁月的接触，使我惊叹不已的是：他俩的洁身自好！尤其是胡永明，作为一名公安战线的干部，他在工作中的一丝不苟，作风上的廉洁自律，我是深有体会的。我曾有些私事托他"想想办法"，他总是有原则的：在不违反有关政策法规的前提下，他可以尽力为之，否则，他是断然不会"帮帮忙"的。这在今天，该是何等的难能可贵！几年前有一事给我留下了至深的印象：上海有一次夏天暴雨成灾，道路积水厉害。那天傍晚，他下班回家途中，看到中山西路宜山路那一带马路上也积水严重，车辆行人在水中趟行，交通处于混乱状态。他当即下车涉在水中，与调动过来的交警，一起顶着风雨调度指挥交通，迅速把车辆行人理清，各行其道，使这一繁忙的十字路口的交通秩序迅速恢复了正常。看，有着这样作风严正的警监诗人，他的诗作能不感人、催人奋进吗？他有一首诗就是写《战胜风雨潮》的：

菲特破苍穹，

银河泻巨洪。

抗击风雨潮，
化险建奇功。
万众度泽国，
相扶更从容。
只要人心齐，
定能胜天公。

在诗中，我们不是分明看到了那天傍晚，诗人与战友们一起冒着风雨在积水中指挥交通、整顿秩序的身影么？！

胡永明、舒爱萍伉俪与 王家泉 在一起（2009年5月1日）

胡永明的一身正气是很能感染人的。我曾多次向他叙述，我在生活、工作、处事中遇到的一些社会上的不正之风，觉得很难理解和接受，希望从他那里获得正确的评判。而他总是耐心给我解释，认为这些弄歪门邪道、搞不正之风的人，在社会上总是少数，也总不会长久得计的。并且，他们夫妻俩还有一个十分牢固的信念和坚守：不管别人怎样，不管社会风气怎样，首先自身要始终坚定理想信念、坚守正气、坚持正能量，以发展的理念看待社会上的现象。而这一品格，在胡永明的诗中比比皆是：

灌木也能成大树，
笑迎寒暑春常驻。
红霞白雪耀枝头，
丹心洁身传芳馥。
——《夹竹桃》
四季都能开鲜花，
八方皆好绽奇葩。

> 根扎大地蕊向阳,
>
> 美丽馨香遍中华。
>
> ——《花感》

心胸中没有阳光的人,是吟诵不出如此美丽馨香的诗篇的!从这个意义上来说,胡永明完全是可以誉为当代的"阳光诗人"的。

诗人这一正直的阳光品性,在他的任一类题材的诗作中都可以得到显示:

> 暴雪袭青山,
>
> 见雪不见山。
>
> 青山本岿然,
>
> 雪化绿如染。
>
> ——《山与雪》

尽管暴雪袭击着青山,但我们看到的依然是岿然屹立的青山,同时一个面对不正之风袭击的正直诗人的形象,清晰地站在我们面前。也只有具备这种阳光品性的诗人,才能满怀激情地唱响春天的赞歌:

> 春天在艳阳燃起的激情里,
>
> 春天在暖风带来的热望里。
>
> 春天在杨柳嫩绿的生机里,
>
> 春天在桃花粉红的活力里。
>
> 春天在麦子青翠的成长里,
>
> 春天在油菜金黄的收获里。
>
> 春天在幸福生活的创造里,
>
> 春天在美好愿景的实现里。
>
> ——《春天在哪里》

同样,也正是怀有这样的阳光品性,诗人才能对爱情是如此地专注、如此地倾心,令人动容:

冬育得冰清，

夏绽呈玉洁。

甘香传心语，

与子永相偕。

——《栀子花》

佳人怀芳心，

培植润甘霖。

花开倍思亲，

香风传温馨。

——《小萍种花》

胡永明是怎样的一个诗人？他的诗作读到这里，我们已经看到了。最后还是让诗人自己来向读者光明磊落地表白吧：

心正而安，

身正而康。

消极而抑，

积极而扬。

掌握命运在正扬。

——《学〈击壤歌〉感悟人生》

这就是胡永明，这就是佩剑诗人胡永明！这就是阳光诗人胡永明！

（王家泉：中国报告文学学会原会员、香港《中国文化市场》杂志原总编辑）

胡永明《沉痛悼念良师益友王家泉》："2019年5月10日21时50分／您从世间文人化作天上文星／／您曾是历经沧桑的大树／书香熏满七十六个年轮／／您的诗文承载着不朽的精神／将融入无数花草吐露的香醇"

读父亲胡永明新诗《我是一棵小草》的感想

胡俊晴

分享一首我父亲胡永明的诗《我是一棵小草》。

我是一棵小草,

既无牡丹的华贵,

也无玫瑰的多情,

却有春的向往,

绿色的生命。

我是一棵小草,

既不招蜂惹蝶,

也无依附爬高的本领,

却热爱大地和阳光,

有着不屈的个性。

父亲是一个十分清爽的男子,英俊、阳光、积极、谦虚、律己、文武双全。我很喜欢他的这首诗。因为我知道一个人要在尘世中保持清爽的质地有多么不易。

每个人都曾梦想是一棵大树,但许多人最后往往发现自己只是一棵小草。能因为自己是一棵小草而感恩人生、笑对人生、奋斗人生,是很

胡永明与女儿胡俊晴在"吴湖帆文献展"开幕式上（2017年8月25日）

难得的品质。一棵小草活得如此敞亮、如此高洁、如此坦率，这样的小草便不再仅仅是小草。

　　诗是诗人的格调。父亲的诗和他的为人一样，没有任何的忧伤和呻吟，没有丝毫的自怜和自艾。只有如诗中那种给人满满的绿色生命的感觉。

　　他的肩膀和高度、思想和境界都是那么使人感到宽阔。他是一个像大海一样的男子。他会赞美你，会鼓舞你，会任你畅游在你愿意和喜欢去的地方。我就这样长大了。

　　我母亲初学钢琴，父亲十分鼓励。母亲用心地在弹着《玛丽有只小羔羊》的时候，父亲非常专注地在听，听完鼓掌，用心夸各种好。你无法想象，在一起恩爱了几十年的夫妻，每天还都是在用感恩和欣赏的心对待对方。这种幸福常人羡慕不来。

常人的爱情见得太多了。妻子若说想学钢琴，丈夫就会回敬，怎么还想当个音乐家？即使妻子执拗去学了，回来弹《两只老虎》的时候，丈夫依然会冷嘲热讽泼冷水。常人在感情里的情商有时低到恐怖，但不自知。如此死循环，何谈幸福？！最终不过是自己家的那位不要再提，凑合着过一辈子。

要找大海一样的男子一起生活。他觉得你最好，他发自内心这样觉得。你愿意做的事情，无论三分钟热度还是决心坚持，他对你抱有的心态，都是要你开开心心，去体验去感受。你会不会有所成就，他没有要求，他不低看你，还更信任你。也因为他自认是一棵"小草"。

他是一棵这样的小草，你也是一棵这样的小草。无论你们实际上多么与众不同，你们都不因地位而骄傲，也不因才华而自满，更不向世间去索求。他给你的感受是春风和煦般地令人舒心和清爽。

让我们都做一棵胸怀如大海一般广阔的小草，像一阵微风带着绿色的生命的气息拂过人们的心扉，久久不能忘。

（胡俊晴：画师、摄影师、诗人）

第二集

以热爱诗歌事业为乐
以促进诗歌发展为荣
——胡永明为人、做诗和治学

舒爱萍

我想比较全面、系统地介绍永明的为人、做诗和治学,以使大家对永明其人和他的诗歌创作、理论研究、韵书创编等方面的情况有个基本的了解。

诗 歌 创 作

永明从小与诗结缘,迄今已在诗歌事业上取得一定成绩。

永明是中国诗词家协会理事、中国诗歌学会会员、中华诗词学会会员、中华诗词创作研究院研究员,中国现代作家协会会员、上海市作家协会会员,上海电影评论学会会员、中华精短文学学会会员、签约作家,联合国签约诗人。曾被中国管理科学研究院学术委员会聘为特约研究员。

近年来,永明先后出版了诗集《晚潮拍岸的声响——胡永明诗选》《阳光化作七彩虹——胡永明诗选》《给远方的至爱——胡永明爱情诗选》《启明诗》和《诗歌创作手册》,在《文汇报》《文学报》《劳动报》《组织人事报》《党史信息报》《中华诗词》《华夏诗报》《华星诗谈》《羲之书画报》《中国报告文学》《秘书》和《上海诗人》等报刊上发表了诗文，作品被收入中国广播影视出版社出版的《中国时代文艺名家代表作典籍》和光明日报出版社出版的《诗韵东方》等选本，诗歌先后获得第二届诗词世界杯中华诗词大赛一等奖、第三届中外诗歌散文邀请赛一等奖、2016 年全国诗书画家创作年会一等奖、"伟人颂·中国梦"当代诗文书画大赛一等奖、第九届华鼎奖全国诗词大赛金奖、新诗百年征文大赛 100 位城市影响力诗人奖、纪念改革开放四十周年诗词大赛一等奖和"印象中国年"全国首届新春主题文学大赛金奖，《诗歌创作手册》获第四届中外诗歌散文邀请赛图书一等奖，他分别被授予"中华优秀诗人词家""当代诗词精英""中外诗歌散文精英人物"等称号。

2015 年 12 月 5 日，胡永明《诗歌创作手册》研讨会在沪举行，与会人员对该书高度评价，《文学报》以《上海研讨胡永明诗歌创作》为题作了报道。该报编辑、记者郑周明在本报讯中写道："他……文学创作上的幸运来自作家家庭，也来自他从小热爱诗歌，即便从事公安工作三十余年，依然把诗歌创作与本职工作放在同等重要的位置，连续出版了《晚潮拍岸的声响——胡永明诗选》《阳光化作七彩虹——胡永明诗选》《给远方的至爱——胡永明爱情诗选》《诗歌创作手册》等多部原创诗歌集、诗歌创作理论著作，这使得他超越了一般文学爱好者，成为一个有持续创作力的诗人。……或许也正因深知自己的创作历程不易，当他在诗歌创作上摸索出一些心得后，他结合传统理论，以大量实例分析创作出了《诗歌创作手册》这样一本让诗歌爱好者颇受启发的工具书。"2016 年 12 月 1 日，《文学报》又发表了著名文学评论家吴欢章教授撰写的诗评文章《胡永明的诗》。2017 年 2 月，中国文联出版社出版了由我编著的《启明星在闪耀——胡永明诗书评论集》。

永明于 2000 年入选《中华百科英才大典》并成为"百度人物"，现在百度百科胡永明词条的人物标签主要是"诗人、作家、学者"。

永明爱诗、学诗、写诗，有着家庭、学校、单位和社会等方面的良好条件。

永明出身于书香门第。父亲胡宝华是著名工人作家，创作发表了不少小说、散文、诗歌、报告文学、儿童文学和《红楼梦》研究等文章，还在上海电机厂工人大学创办文科班，培养了一批文学栋梁之材，曾出席第二届全国青创会和第四届全国人大，并善于用文史哲教育孩子；母亲江美英是知书达理之人，既严格管教又悉心照料孩子，父母亲成了永明走上文学道路的引路人和帮助者。我和永明从青春岁月起就一起谈诗论文，我们先后加入了中国诗歌学会、中华诗词学会、中国现代作家协会和中华精短文学学会，永明还加入了上海市作家协会，我和永明结婚后更是全力支持他的学习、工作和创作；女儿胡俊晴爱好绘画、摄影，利用她的一技之长帮永明设计了 3 本诗集的封面、绘制了精美 LOGO 和插画，并坚持自立自强，使永明能有更多的时间和精力安心发展事业。

永明接受过系统的教育尤其是对他影响深远的"诗教"。他从 1 岁半起就被放到上海电机厂托儿所培育，以后在上海电机厂幼儿园、上海电机厂职工子女小学、上海市闵行第二中学和上海体育学院接受了幼教、小教、中教和高教，并先后在上海体育学院和复旦大学获得了教育学学士学位和法律硕士学位。永明从中学到大学的语文成绩都很优秀，其中大学语文成绩是上海体育学院 77 级 2 个优秀之一。这与中学、大学语文老师悉心教育有很大关系（当时，上海体育学院是邀请复旦大学中文系教师来给学生上大学语文课的），尤其是永明中学时的副班主任兼语文老师韩焕昌，从中学开始到在上海教育出版社当编审至退休以来一直关心帮助着永明的成长。

永明从小学开始就显示出对学诗特别的兴趣和对写诗特有的天赋，中学期间系统学习了语法、修辞、逻辑和哲学，并参加了上海市闵行区图书馆文学组的学习和创作，后又先后参加了新创作刊授文学院第 2 期、诗刊社全国青年诗歌刊授学院第 3 期的诗歌刊授学习。工作以后，他曾先后任上海市公安局闵行分局办公室情况调研员、经文保科情况内勤、指挥处调研科科长和上海市公安局研究室副主任、纪委办公室主任等职 20 多年，期间还借到公安部工作了一段时间，专职从事文字等工作。他先后发表论文 40 篇次，获奖 13 次。他还在《文汇报》《文学报》《新民晚报》《劳动报》和《上海法制报》等报刊上发表了一批新闻稿，在《中华武术》上发表了《散打要言》。扎实的公文、论文和新闻基础又助推了他的诗歌创作和研究，使他成为文学创作和理论研究比翼齐飞的诗人、作家和学者。

永明成年以前已经学会了写格律诗，走着一条从旧体诗到新体诗到创新发展的创作道路。

诗言志。永明从童年时代起就积极要求进步，政治上先后加入了少先队、共青团和共产党，学习上先后通过全国统考、联考成为 77 级本科生进而获得法律硕士学位，工作上始终忠诚履职、敢于担当，文学上坚持创作实践与理论研究同步推进、良性互动，形成了积极、乐观、向上的性格。在诗歌创作中，永明写过不少言志诗，有专门言志的，也有在写人物诗、事物诗、景物诗中言志的。永明 17 岁时写了《中学毕业前夕与同学涉海滩》："迎霞挽手下粼滩，沙厚风狂作笑谈。晃晃相搀一步步，齐观乳燕逐征帆。" 29 岁时写了《叶》："春添一抹绿，夏展一片荫。黄了不居高，愿当炉内薪。" 57 岁时写了《与妻共勉》："银发伴年长，赤情随历增。志高心不老，携手乐攀登。" 从这些言志诗中，我们可以看到诗人尚未成年就有克服困难、实现理想的勇气和锐气，不到而立之年就有为祖国、为人民奉献为乐、献身为荣的抱负和行动，而到了知天命的中年，诗人的报国为民之情更是随着年龄的增长、经历的增加而与日俱增，还要与伴侣携手攀登、共作贡献。诗人的这些志向都不是直露地表白出来的，而是形象地描述出来的，表现的手法也是多种多样的，第一首诗是

胡永明、舒爱萍伉俪结婚照（1982年春）

通过叙事来言志，第二首诗是通过象征来言志，第三首诗是通过随感来言志。其中"乳燕逐征帆"形象动人，"愿当炉内薪"精神感人，"志高心不老"警言励人，都充满着正能量。

诗缘情。永明是个本色之人、性情中人，表现在诗中就是有真情实感。永明创作的爱情诗，有写情人分别、团圆的爱情诗，有写警察夫妻的爱情诗，有写牛郎、织女的爱情诗等。永明读书的大学、工作的单位与我生活的地方都相距很远，所以我们从恋爱到现在经常聚少离多。永明24岁时写了《团圆》："掰开月饼来，和妹各一半。月可自团圆，人岂能失伴。"58岁时写了《中秋偕妻拍月》："昔年相思望圆魄，今夕依偎沐清辉。趁着月近云飘离，拍得婵娟话回归。"前诗就像是在和妹说话一样平实，但是其中所蕴含的感情却是炽热的；后诗从夫妻一起拍摄月亮写起，却以"话回归"（即谈论台湾回归祖国）来使中秋团圆的意义得以升华。永明当了30多年的人民警察，对警察夫妻的特殊情况感受很深。为此，他写了一组警察夫妻的爱情诗。《警察心声》："娶妻子，恋妻子，／心愿常守相聚少。／有你理解和支持，／执法热情高。／／爱妻子，夸妻子，／事业有成家业好。／别太辛苦甭牵挂，／身体最重要。"《警嫂心声》："爱警察，嫁警察，/聚少离多我不怕。/敬老抚幼有我呐，/安心工作吧。//想警察，助警察，/做好事业顾好家。/捷报传来高兴啊，/注意安全呀。"（/为分行，//为分段）这组诗写了警察在妻子的支持下"执法热情高"，工作上取得了成绩从而"捷报传来"；警嫂"做好事业顾好家"，不怕"聚少离多"而支持丈夫"安心工作"。这里既有夫妻情爱，更有报国为民的大爱。这组诗既是我们自己真实情况的反映，也是所有警察夫妻的写照。永明因为自己经常与妻子离别，所以特别同情分居两地的情人。他根据两个不尽相同的关于牛郎、织女的传说，写了两首寄托自己的情思的诗歌。《雨后》："我想那王母挥出的一河波浪，已在春雷声中倾入长江；我想那雨后明丽的蓝天上，牛郎织女正悲喜异常；我想那轻盈的流霞，定是前去祝福的六位仙娘；我想那神奇的彩虹，定然通向他们富丽的天堂。"《七夕节祝愿》："天帝变慈父，郎女得幸福。鹊桥助相聚，花屋供同住。银河齐沐浴，玉宇共信步。七夕来祝愿，情人成眷属。"他以自己丰富的想象和富有张力的语言，使两个传说由悲剧变喜剧，牛郎、织女终于可以幸福地生活在一起了。诗人还在七夕节当天，借处在团圆之喜中的牛郎、织女，表达了对全天下有情人都能终成眷属的美好祝愿。

诗纪事。永明认为人是人类社会的主角，他崇敬伟大人物，学习先进人物，并善于从古今中外英杰和群众身上汲取智慧和力量。他还认为重大事件对人的生存发展和社会文明进步有重要影响，所以他一直关心着国内外的重大事件及其发展变化。永明创作的人物诗，有写马克思、恩格斯、列宁、毛泽东、周恩来等伟大人物的，有写雷锋、焦裕禄、孔繁森、李斌、任长霞等先进人物的，有写鲁迅、贺敬之、林徽因、张存浩、邓丽君等杰出人物的，也有写孔子、李世民、冼英、李白、杜甫等古代人物的，都是从整体上来记叙和评价人物的。如《杜甫》："一生好学多游历，两次科举皆落选。参军被俘安史乱，拾遗遭贬肃宗嫌。家贫屋漏儿饿逝，船小洪大自难全。忧国忧民作史诗，镕古铸今传经典。"

《焦裕禄》:"历尽苦难找到党,革命建设创佳绩。除奸打豪炸敌军,剿匪反霸分田地。矿厂攻关为国富,兰考治灾谋民利。壮志未酬身先逝,精神永存正接力。"这两首诗都将唐代诗圣杜甫和党的好干部焦裕禄一生中最重要的经历和贡献概括进去了,并以"忧国忧民作史诗,镕古铸今传经典"和"壮志未酬身先逝,精神永存正接力"作了客观的评价。永明创作的事物诗,涉及经济建设、政治建设、文化建设、社会建设、生态文明建设和党的建设等各个领域,既有国内的也有国际的,反映出诗人的境界和眼界。如《贺嫦娥三号探月成功》:"巨龙腾飞上太空,嫦娥轻降访月宫。观天看地测卫星,绕落助回定成功。"《中国援菲》:"台风重创菲律宾,中方速派三精锐。方舟穿越风浪区,飞机送来医疗队。羊水破裂接男婴,股骨粉碎复原位。异国援灾爱无疆,救死扶伤辛也慰。"前诗反映我国科技创新新成果,从长征三号乙运载火箭发射升空到嫦娥三号月球探测器在月球实现软着陆,从着陆器、月球车的三大功能到我国探月三期工程及其对取得成功的信心与祝愿,写得点面结合、振奋人心;后诗反映我国国际主义、人道主义精神,面对超强台风"海燕"袭击菲律宾造成重大人员伤亡的情况,我国速派中国政府应急医疗队、中国红十字会国际救援队和海军"和平方舟"医疗船赶赴救助,写得层次清晰、生动感人。

　　诗咏景。永明热爱生活,热爱自然,热爱一切美好的事物,并善于用诗人的眼光发现美、用诗歌的形式表现美。他爱写景物诗,并习惯于将景物分为小景和大景,小景为生物,大景为山水,所写之诗分别称之为咏物诗和山水诗,写法上也不尽相同。在咏物诗中,永明主要写植物,有时也写动物,往往是咏物抒怀。如《夹竹桃》:"灌木也能成大树,笑迎寒暑春常驻。红霞白雪耀枝头,丹心洁身传芳馥。"《梧桐》:"梧桐解人意,应时叶稀繁。暑夏遮阴凉,寒冬透日暖。"《蝉》:"为蜫不自卑,忍辱未觉微。汁露化成宝,梦圆歌晚晖。"前诗首句"灌木也能成大树"

具有哲理性和警策性，全诗从夹竹桃的形写出它的神，更歌颂了"丹心洁身传芳馥"的精神，四句诗都是2-2-1-2的节奏，其中1、2、4句尾字都押韵又押调，因此诗的节奏感强、韵律性好。中诗将梧桐拟人化，梧桐在酷暑时节长满树叶是为人们遮挡烈日的暴晒，在严寒季节落尽树叶是为人们透出暖阳的光辉，引申到人那就更应与人为善、助人为乐了。后诗写蝉不为自己生为昆虫而自卑，也不为人们把自己当做"害虫"而感到卑微，照样坚强地生存、努力地圆梦，为人们不停地歌唱，真是反"害虫"其意而咏之，塑造了忍辱负重、自强不息的形象。在山水诗中，永明既有抓住特征进行描写的，也有"全景式"描写的，也有拟人化描写的。如《太湖晚景》："远山衔落日，湖水吐余晖。渔火芦边闪，潮声月下廻。"《雅鲁藏布大峡谷》："山水运动创奇观，高原通道雾气茫。两峰对峙耸云霄，一江长绕涌大洋。四瀑鸣泻落银河，九带香绿变炎凉。举世无双大峡谷，地球秘境多宝藏。"《莫干山观日台上观日出》："登高望，晓日雾中戏。时掩时揭含羞态，一瞧一躲正忸怩。尽被多情迷。"前诗抓住夕阳下、月光下太湖的特征，描写了太湖的美丽景色和渔民的美好生活。中诗从雅鲁藏布大峡谷的形成写起，写了南迦巴瓦峰、加拉白垒峰和雅鲁藏布江、绒扎瀑布群、秋古都龙瀑布群和藏布巴东瀑布Ⅰ、Ⅱ等4处大瀑布群与峡谷具有的从高山冰雪带到低河谷热带季雨林等9个垂直自然带，并点出了世界第一大峡谷被科学家看作是"打开地球历史之门的锁孔"。后诗用拟人化的手法，描写了在莫干山观日台上看到的"晓日雾中戏"，把日出时云雾的变幻莫测写成了旭日主动地"时掩时揭""一瞧一躲"，这种"羞态""忸怩"还真是将人们都迷住了。

一些诗人、作家、评论家对永明的诗歌给予了充分肯定。中国作家协会副主席、著名作家叶辛在为《给远方的至爱——胡永明爱情诗选》所作的序《扑捉"诗眼"》中写道："我感到胡永明的这些诗，有的是描景，有的是寻趣，有的则注重联想，各有入诗的角度，各有可咀嚼之处。"中国作家协会会员、著名作家和文学评论家吴欢章在为《启明诗》所作的序《胡永明的诗——〈启明诗〉序》中写道："能敏锐抓住自然景观的独特之点，进而营造出情景交融的艺术境界，就是胡永明写景诗值得称道的地方。……永明的咏物诗，不仅表现了他热爱自然的秉性，而且由他特意挑选的喜爱之物，抒写了一种高尚的人生情怀和独到的生活感悟。……他的爱情诗写得婉约含蓄、情在言外。……永明的阅读涵盖古今，写作不论新旧，他把诗歌的悠久传统贯通了起来。正缘于此，所以他的新体诗含有古韵，旧体诗具有今意。"中国作家协会会员、上海社会科学院文学研究所研究员、上海文史馆馆员、诗评家孙琴安在为《启明星在闪耀——胡永明诗书评论集》所作的《序》中写道："胡永明对古诗、新诗两种传统均加兼顾，从而形成自己的写诗方式。"中国作家协会会员、上海社会科学院文学研究所研究员、诗评家潘颂德在《学习、继承中国诗歌两个传统的华章——简评胡永明的诗歌创作》中写道："胡永明学习、借鉴、继承我国新诗和古典诗歌新老两个传统的努力和成效是多方面的。"中国作家协会会员、著名"钢铁诗人"刘希涛在《我与"父子作家"的情谊——记胡宝华、胡永明》中写道："读永明的诗，如饮一杯绿茶，养神益心，回味津津。"中国作家协会会员宋海年在《关于〈诗歌创作手册〉之三言两语》和《向上生长的诗歌——我读〈启明诗〉》中写道："永明是诗歌创作和诗歌理论比翼齐飞的诗人"，"永明诗歌的生命力在于诗歌本身所产生的正能量。"上海市作家协会会员陆新在《诗潮涌动家国情——永明的诗永明的人》中写道："永明是一个具有历史责任感与文学使命感的诗人。他的诗歌，字里行间涌动着浓浓的家国深情；他的心里，蕴藏着对祖国对人民的无疆大爱。"永明父亲、著名作家胡宝华在为永明的诗集《晚潮拍岸的声响——胡永明诗选》所作的序中写道："他是公安战线的一名战士，儒雅的战士；他又是一个热爱生活的诗人，佩剑的诗人！"

诗 学 探 索

永明善于将自己的学习成果和创作经验上升为新的理论，迄今已在诗歌理论和韵书研究创新方面做出一定贡献。

在诗歌理论研究方面，永明提出了一些新概念、新标准、新思想、新观点、新倡导。

提出了旧诗和旧体诗、新诗和新体诗的新概念。永明认为：应该用时间、体式两个标准来对诗歌进行分类。从时间上，可以将诗歌分为旧诗和新诗。旧诗是新文化运动以前的诗，新诗是新文化运动以来的诗。旧诗包括1840年以前的古诗和1840年至新文化运动以前的旧诗，新诗包括新文化运动以来的作者创作的所有新体诗、旧体诗和民歌；从体式上，可以将诗歌分为旧体诗、新体诗和民歌。其中旧体诗包括诗（古风诗、格律诗）、词、曲、赋，新体诗包括自由诗和现代格律诗。

提出了评判诗歌质量的新标准。永明认为：诗歌的质量取决于诗歌的思想境界、艺术意境、社会作用，为此应当用思想性、艺术性、社会性标准来衡量。诗歌境界应以大小、高低、真假分优劣：爱国爱民是大境界，个人情思是小境界；文明进步是高境界，愚昧落后是低境界；真情实意是真境界，虚情假意是假境界。一个人只有境界大、境界高、境界真，才能写出大境界、高境界、真境界的诗歌。我们要不断提升自己的思想境界，努力创作出壮丽的人生诗篇，才能为创作出优美的文字诗篇奠定思想基础和提供实践前提。诗歌意境应当做到情景交融、形神兼备、动静相宜、虚实相生，并能产生"言有尽而意无穷"的效果。诗歌作用应当体现在适应时代发展的要求，有利于满足人民精神需要、推动社会文明进步。其中评判诗歌质量的社会性标准是永明首先提出来的，将思想性、艺术性标准与社会性标准结合起来也是永明的一种创新。

提出了诗歌的本质属性是实用性、语言基础是大众化的新思想。永明认为：诗歌从产生以来，其本质属性都是实用性。诗歌没有实用性就不会产生和发展。习近平总书记说过，学诗可以情飞扬、志高昂、人灵秀，这也体现了学诗的实用性。诗歌从产生以来，其语言基础都是大众化。诗歌产生于文字形成以前，口头语言是诗歌产生的基础；民歌是诗歌之母，民间语言是诗歌发展的基础。文言文产生以后对诗歌发生过一定的影响，但是从来没有从根本上动摇过诗歌语言大众化这一基础。

提出了诗歌产生和诗歌概念、形式、风格的新观点。永明认为：远古劳动号子具有押韵、节奏、表意等特征，是诗歌产生的源头；民间歌谣脱胎于劳动号子，是诗歌发展的基础。诗歌是作者用富有音乐性的凝练美妙的语言创造意境反映世界的一种文学体裁，重在表现生活的本质真实和真谛。毛泽东倡导的"新诗""新体诗歌"可以称为"新风诗"，新风诗的主要特点是结构上严宽相济、音乐上韵律相和、技巧上古今相辅、内容上近远相通。自由诗、现代格律诗是节奏自然、用白话创作的诗歌，不会形成定型的可以被广泛复制的格律。格律诗、词、曲是旧体诗，一旦融入现代元素就成为新律诗、新词、新曲等新体诗了。诗歌从风格上来看，除了有现实主义、浪漫主义的诗和婉约、豪放的词，还有现实主义与浪漫主义相结合的诗、婉约与豪放相结合的词。

提出了诗歌语言通俗化、押韵时代化的新倡导。永明认为：诗歌语言是创作诗歌使用的凝练美妙的语言文字。诗歌语言宜凝练，忌臃散；宜美妙，忌粗劣；宜通俗，忌艰涩。诗歌应用最少的语言表现最多的内容，使诗句更凝练、形象更准确、感情更鲜明、主题更突出。新诗应押当代韵。诗歌一般以押韵为优，无韵为次；以押韵又押调为优，押韵不押调为次；以押严韵为优，押宽韵为次；以押同韵为优，押换韵为次（词等格律规定的除外）。

永明已先后参加了张冠城、罗维平、吴振兴、刘希涛、黄玉燕、原因等诗歌研讨会，并参加了朱渊澄、沈裕慎、朱超群等小说、散文研讨会。每次与会前，他都认真阅读作品，挤出时间撰写评论文章，并在会上主动发言。在这些评论文章和发言中，永明都充分肯定诗人、作家的劳动成果，并提出了诸多自己对于诗歌创作乃至文学创作的见解，积极倡导文学为人民创作、为时代放歌。

在诗歌韵书研究方面，永明创新编制了一套最佳诗歌韵书《通用规范汉字诗声韵》。

上海辞书出版社于2015年1月出版了永明编著的《诗歌创作手册》，其中第二编是《通用规范汉字诗声韵》。这部诗歌韵书在我国诗歌韵书中创造了多个之最：一是选字最规范。该韵书是第一部也是迄今唯一一部以国务院于2013年6月5日公布的《通用规范汉字表》为字库编制的，所选之字全部是该《通用规范汉字表》一至三级字表所列的规范汉字（共有8 105个汉字、9 056个字次）；二是系列最完备。该韵书是首部成套系列韵书，由声调韵、平仄韵、新基韵和新宽韵四套韵书组成；三是韵部最科学。该韵书按韵效分韵部，实现了韵部划分的科学性；四是注音最周全。该韵书是根据《汉语拼音方案》和《普通话异读词审音表》标注读音的，对每个字都标注了辅音、元音和阴平、阳平、上声、去声、轻声等声调。这套系列韵书的推出，为创作新体诗、旧体诗和民歌等各种体裁的诗歌提供了选字、定调和押韵等便捷。

2019年9月11日，上海大世界基尼斯总部给永明颁发了《大世界基尼斯之最》证书，永明创编的我国自古以来首套系列诗歌韵书被认定为"含汉字诗声韵系列最多的韵书出版物——《通用规范汉字诗声韵》"。这是对永明不畏艰辛、深入钻研、锐意创新编制这套系列诗歌韵书所含文化价值的权威认定和充分肯定。我想这既是中国之最，也是世界之最。因汉语是中国的国语，外国人是不会也难以编出像样的汉字诗歌韵书的。

一些诗人、作家、评论家对永明的诗歌理论研究和韵书创编给予了充分肯定。中国作家协会会员、著名作家和文学评论家吴欢章在"胡永明《诗歌创作手册》研讨会"上指出:"要普及我们的诗歌、普及诗歌的创作,要提高群众性的诗歌创作水平,提高业余作者的理论素养是一个很重要的问题。而胡永明同志的《诗歌创作手册》正适合了当前中国文化的需要。胡永明同志的《诗歌创作手册》出来以后……很多研究诗歌的人也很有兴趣。胡永明的《诗歌创作手册》……有三个优点应该肯定的。第一个特点,简明扼要。……第二个特点,它有诗歌的实例,跟理论讲解结合起来……第三个特点,它有全面性。……这是'文普创作'。"中国作家协会会员、著名作家和文学评论家曹正文在"胡永明《诗歌创作手册》研讨会上认为:"胡永明编著的这本工具书,既详尽介绍诗歌的类型、形式与修辞技巧,又提供了汉字诗声韵,给写诗爱好者提供了很大方便。"中国作家协会会员、《上海文学》资深编辑张斤夫在"胡永明《诗歌创作手册》研讨会"上说:"看了这本书很感动:一是作者的写作勇气。……二是作者的钻研精神。……三是作者关于诗歌写作一些观点、体会,比如诗歌的要素、技巧和修辞等,既是诗歌创作的普遍规律,也融入了作者自己的经验体会,十分可贵,不仅业余作者可以从中学到很多东西,也值得专业作者借鉴、参考。"复旦大学教授、博士生导师张文贤在《诗意·诗眼·诗品——读胡永明〈诗歌创作手册〉》中指出:"《诗歌创作手册》可以说是《诗品》现代版。"时任上海市创意产业协会创意旅游专委会主任的朱渊澄在《诗歌创作的学问——读胡永明〈诗歌创作手册〉》中指出:"胡永明先生《诗歌创作手册》的问世,不仅仅是诗歌写作爱好者的福音,应该也会引起写作学研究者的重视,从而在散文、小说、戏剧领域里,更多地出现写作研究的著作,让文艺青年和爱好者们得到更多的教益。这应该是《手册》问世的另一层积极意义吧!"上海市委党史研究室原副主任、研究员吴振兴在《一本简明实务的诗歌创作普及读物——评胡永明的〈诗歌创作手册〉》中指出："指导写诗读诗的普及读物几乎看不到。现在好了，胡永明先生经过多年研究而出版的《诗歌创作手册》，终于弥补了这个不足。……作者这种刻苦钻研、敢啃硬骨头，为诗歌事业砥砺前行的精神，值得我们好好学习。"上海市作家协会会员陆新在《诗潮涌动家国情——永明的诗永明的人》中写道："永明是个学者型的诗人，又是个诗人型的学者，因而他的专著多了一份诗人的激情，他的诗作又多了一层学者的严谨。"

永明将公安工作、理论研究、诗歌创作视为自己的三大事业，坚持"不忘初心、继续前进"。他从小爱诗，童年时代就写出了令老师赞不绝口的好诗，少年时代就将学习诗歌佳作与学习诗歌理论并举互补，青年时代形成了诗歌创作的第一个高峰，壮年时代开始注意总结前人、他人诗歌创作的经验和自己诗歌创作的心得，中年时代形成了诗歌创作、诗歌研究、诗歌评论结合发展的第二个高峰，并始终以与诗结缘为人生之大幸，愿意终生与诗为伴、永葆艺术青春。他创作诗歌不为倾吐一己私情，而为弘扬人间大爱，歌颂伟大的祖国，展现美好的生活，所以他的诗歌都是有诗魂的，都充满着激励人向善、启迪人向上的正能量。他迄今在诗歌方面取得的成绩，包括艰辛编著《诗歌创作手册》，潜心创编《通用规范汉字诗声韵》，都是在为祖国诗歌事业乃至文学事业的发展进步发光发热、添砖加瓦。我为有这样志向高远、奋斗不息的丈夫感到自豪和欣慰，我愿与他携手迈步诗歌路、同心谱写幸福诗。上海市文联原党组书记、著名作家李伦新在"胡永明《诗歌创作手册》研讨会"上的讲话中热情洋溢地预祝永明创造新的辉煌。让我们祝愿永明艺术生命长青，创作出更多无愧于时代和人民的精品力作。

（舒爱萍：中国诗歌学会会员，中华诗词学会会员，中华诗词创作研究院研究员，中国现代作家协会会员，中华精短文学学会会员、签约作家）

为人求实　为诗求新
——浅谈胡永明诗歌艺术

舒爱萍

永明酷爱文武之道，深受中国优秀传统文化尤其是诗歌的影响，并长期从事诗歌创作、评论和理论研究，已分别出版了诗集《晚潮拍岸的声响——胡永明诗选》《阳光化作七彩虹——胡永明诗选》《给远方的至爱——胡永明爱情诗选》《启明诗》和《诗歌创作手册》。作为他的妻子和诗友，我全力支持他献身文学事业，在不断为他取得成绩感到高兴的同时，也非常愿意向大家介绍永明其人其诗其艺。

诗同其人，只有了解其人才能更好地了解其诗。永明是个理想主义者，力求德才兼备、文武双全、诗理皆通。他从小习文练武，成年之前，不但练就了多门武功，而且学会了写格律诗，还通过钻研语法、修辞、逻辑和哲学，打下了坚实的文字功底，掌握了基本的思想方法，并在日后的发展中越来越显示出基础扎实，终身受益。74届中学毕业、77级本科毕业后，他两次留校工作。17岁工作以来，他始终爱岗敬业，尤其是26岁入警以来，他先后从事严打、经保、特警、指挥、纪检、政治等工作，一直把本职岗位作为增长才干的平台、施展才华的舞台，致力于维护社会治安和加强队伍建设，并在职考入复旦大学，获得了法律硕士学位。工作之余，他勤于理论研究，迄今已发表论文40篇次，获奖13次，2004年被中国管理科学研究院聘为特约研究员；乐于诗歌创作、评论和研究，先后加入了中国诗歌学会、中华诗词学会、上海市作家协会和中国现代作家协会等文学组织，还被入选《中华百科英才大典》《中国新时代文艺名家大辞典》等典籍。现在，他继续在诗歌创作和理论研究等事业上继往开来。永明的人格、志趣、基础、经历、勤奋和方法，对他的诗歌创作与研究产生了深远影响。

艺同其诗，只有了解其艺才能更好地了解其诗。我觉得永明的诗歌艺术，因为做到了六个坚持，才充分体现出他的独特之处。

坚持传承与创新相承接。永明把诗歌当作精神食粮，如饥似渴地阅读古今中外的诗歌作品、理论与评论，并按照他的"古为今用时代化、洋为中用本土化"理念，去粗取精、去糟取华。永明的诗歌创作走的是一条从旧体到新体、从格律到自然、从有我到无我的发展之路，在传承创新中开始了以新风诗、自由诗为主的创作。永明把毛泽东倡导的新体诗歌称为新风诗，并创新了新风诗的理论与实践。与青春岁月的诗歌相比，永明现在的诗歌特点是：关注小我少了，放眼大我多了；重视形式少了，着眼内容多了；追求文采少了，确立诗魂多了；意蕴薄浅少了，内涵厚重多了。如他写的新风诗《山与雪》：

　　暴雪袭青山，

　　见雪不见山。

　　青山本岿然，

　　雪化绿如染。

这是他于2014年初途经安徽山区时触景生情即兴创作的新风诗，既是山水诗，又是哲理诗；既是实写，又是象征；其中"袭""本"等词用得自然而巧妙。又如他写的山水诗《藏布巴东瀑布群》：

　　雅江本有冰川愫，

　　宁静东流变群瀑。

　　悬河咆哮落碧霄，

深潭轰鸣腾白雾。

野马发狂正跃下，

岸崖震动欲倾覆。

阳光化作七彩虹，

辉映浪花向远处。

这是永明用新风诗写的山水诗，句式、结构整齐，用词通俗美妙，采用起承转合的经典写法，颈联、颔联对仗工整，首句、偶句押韵又押调，全诗整体描写与局部刻画相结合，使用了铺叙、描摹、渲染、通感、夸张、比喻、象征、对偶、对比等多种修辞手法，创造了情景交融、形神兼备、动静相宜、虚实相生的意境，看了有一定的震撼力，也有余味。这是永明提出并倡导的新风诗的典型表现方法，在民歌与古典相结合的基础上具有明显的创新性。

坚持实践与理论相促进。永明坚持在诗歌创作实践的基础上，深化诗歌理论研究；在诗歌理论创新的基础上，推动诗歌写作创新。如永明以逻辑上的普遍概念与单独概念，提出了规范旧诗与新诗的整体方案；认为自由诗不存在成型问题，通过民歌与古典相结合所产生的新风诗不应取代自由诗，而应与自由诗一起成为现代诗歌的主力军和引领者，并坚持诗坛上的与时俱进，呼吁废止沿用与当代声韵不同的古声、古韵，倡导诗歌时代化、通俗化、大众化。如他写的新风诗《早春昱岭好风光》：

早春昱岭落彩霞，

梯田连绵好风光。

迎春叠边挂金瀑，

油菜逐层灿黄乡。

红花纷开秀桃色，

绿树间栽飘茶香。

新燕剪出艳阳天，

　　牧歌声中入山庄。

这首诗看似古风诗，实际是博采众长形成的新风诗。它取民歌贴近民众、形象生动等优点，取古风诗形式自由、韵律自然等长处，取格律诗起承转合、对仗映衬等经典。又如他写的新风诗《贺嫦娥三号探月成功》：

　　巨龙腾飞上太空，

　　嫦娥轻降访月宫。

　　观天看地测卫星，

　　绕落助回定成功。

这首诗第一句写长征三号乙运载火箭发射升空，第二句写嫦娥三号月球探测器在月球实现软着陆，第三句写着陆器和月球车的三大功能，第四句写我国探月工程第一期实现绕月探测、第二期实现月面软着陆的成功为第三期自动巡视勘察、月球无人采样返回的成功奠定了基础，并祝愿探月工程圆满成功。短短28个字，既全面地描写了嫦娥三号探月，又把三期工程联系起来写了整体探月工程。可见，新风诗具有广泛的包容性和超强的表现力。它体现了永明从实践到理论再从理论到实践，循环往复探索前进的新成果。

　　坚持新体与古典相借鉴。永明面对写自由诗的唯我独尊、写格律诗的自视其高的状况，提倡在新诗大家族中的诗、词、谣、歌、赋包括诗中的新风诗、自由诗、新律诗、小诗、散文诗等诗歌百花齐放，互相学习，共同满足人民精神需要、推动社会文明进步。他认为各种诗体各有优长，民歌生动感人，新风诗、新律诗、新词长于言志、抒怀、写景，自由诗利于抒情、记事，只有取长补短，才能互利共赢。为此，他兼收并蓄，各种诗体都写，什么题材适合使用什么体裁就写什么诗体。如同样是写春，他写《春风》用的是新风诗，写《春天在哪里》用的是现代格律诗。

《春风》：
>催生万蕾迎春天，
>剪出百花竞娇妍。
>染成秀色满人间，
>传来馨香醉心田。

《春天在哪里》：
>春天在艳阳燃起的激情里，
>春天在暖风带来的热望里。
>春天在杨柳嫩绿的生机里，
>春天在桃花粉红的活力里。
>春天在麦子青翠的成长里，
>春天在油菜金黄的收获里。
>春天在幸福生活的创造里，
>春天在美好愿景的实现里。

永明在《诗歌感言》中写道："诗歌要形式，外在不偏重，关键是内容，用词不害意。"他是这样写的，也是这样做的。在这两首诗中，我们还能看到，永明善于使用诗歌特有的变型手法，使表达更亮丽、更灵动、更幽默并增强风韵、情趣、新鲜感。在日常生活中，春风能"剪出百花""染成秀色"吗？不能，但在诗中这样表现，人们不但不会感到荒诞，反而会觉得趣味无穷。还有"艳阳燃起的激情""暖风带来的热望"等，也是永明的诗歌所具有的"作者表达超现实、读者理解合现实"的特色。这种变型手法早已有之，只是永明将其注入了当代元素。

坚持境界与形象相交融。永明认为：人的境界决定诗的境界，诗的境界决定诗的质量和作用。他在《诗歌艺术》中写道："诗歌境界以大小、高低、真假分优劣。"他赞同写诗要用形象思维，同时肯定逻辑思维在写诗中的重要作用。在诗歌创作中，他把形象思维作为创造境界的主要方法，把逻辑思维作为创造境界的重要方法，使诗歌可以全覆盖地表现客观世界和人的精神。其中，用形象思维创造境界的，如新风诗《油菜花》：

> 从南到北次第开，
> 黄海香波涌春来。
> 一棵独长不流金，
> 万株丛生方溢彩。

用逻辑思维创造境界的，如仿古诗《仿〈伊耆氏蜡辞〉祈福》：

> 世返其和，
> 国复其兴，
> 家葆其福，
> 人归其清。

前诗，作者通过对油菜花万株丛生得以流金溢彩的描写，形象地表达了新时期"合作共赢"等新理念；后诗，作者巧借仿古，表达了对于世界、祖国、家庭、人民的美好期盼和祝愿。

坚持现实与浪漫相结合。 诗有现实主义和浪漫主义之分；词有豪放和婉约之别。永明的诗歌以现实主义为基础，以浪漫主义为特色；偏于豪放，兼有婉约。我们就以他的爱情诗为例，先看他写的自由诗《牵牛花的心曲》：

> 每当我告别你离开家，
> 我的情爱便化作形形色色的牵牛花，
> 在我们的住地和你经过的沿途，
> 向着太阳——你的微笑盛开竞发。
>
> 你看，花的色彩多绚丽呀，

那是我在向你展示忠诚无价；

你闻，花的芬芳多淡雅呀，

那是我在向你吐露思念情话……

那瓣儿展开的花朵，

是我撑起的"雷达"，

黄的接收你的平安健康，

红的发射你的快乐荣华。

那冠儿圆拢的花朵，

是我吹起的"喇叭"，

白的赞美你的纯洁无瑕，

紫的歌唱你的贤惠可嘉。

那蔓儿缠绕着枝桠，

是我们恩爱得浪漫潇洒，

我们的精神永远亲密无间，

哪怕你我远在海角天涯。

再看他写的现代格律诗《让我们插上音乐的翅膀》：

我可爱的姑娘，

让我们插上音乐的翅膀，

披着霞光向着春色，

欣喜地比翼飞翔。

在浪漫的乐曲声中，

我们先来增添爱情的芬芳。

我们在樱花树下采集艳丽诗意，
　　我们在玫瑰园中谱写华美乐章。

　　在快乐的乐曲声中，
　　我们再来增添爱情的韶光。
　　我们在碧波湖中晓悟鸳鸯恩爱，
　　我们在彩云天上领略凤凰吉祥。

　　在高昂的乐曲声中，
　　我们更来增添爱情的激扬。
　　我们在大自然里感受山欢水笑，
　　我们在银河系内沐浴日辉月光。

这些爱情诗既是写给我的，更是对人类纯洁、甜蜜爱情的歌颂。爱情是现实的，但是到了永明的诗中，便显得非常浪漫，既很深情，又很豪放，充分显示出爱情的甜美、真情的幸福和想象的神妙、诗歌的魅力。

坚持修养与艺术相提升。永明努力加强自身修养，不断提高诗歌艺术，写出来的诗歌都充满着正能量，能够发挥正效应。且看他写的人物诗《焦裕禄》：

　　历尽苦难找到党，
　　革命建设创佳绩。
　　除奸打豪炸敌军，
　　剿匪反霸分田地。
　　矿厂攻关为国富，
　　兰考治灾谋民利。
　　壮志未酬身先逝，

精神永存正接力。

再看他写的叙事诗《马娇弃赛救人》：

四川妹子名马娇，
十六始练帆船板，
十八城运得第四，
二十全运佳话传。

眼睛大大眉清清，
肤色黑黑立亭亭，
扎着一条马尾辫，
身穿赛服俏盈盈。

大连海面风浪狂，
赛手个个斗志昂，
一声令下板齐发，
小马奋勇向前方。

辽宁选手郝秀梅，
不慎落水腿抽筋，
眼看帆板被卷走，
面对危险呼声紧。

小马毅然弃比赛，
"我来救你"震海天，
舍生忘死战激流，
智勇双全皆脱险。

小马彰显道德美，

胜过获奖千百倍，

誉为最美运动员，

破格招进国家队。

  永明认为，写诗要有灵感和激情，写好诗则要靠综合素养，而诗的立意就是作者思想境界的反映。诗歌作为最古老又最年轻的文学体裁，应该担负起应有的历史使命。

读你千遍也不厌倦
——浅谈胡永明爱情诗的生活基础和艺术特点

舒爱萍

苏联作家尤里·留利柯夫在《爱的三角洲》中写道:"爱情是人类整个感情世界中欲望最为强烈的一种情感,爱得越深,爱情在人类心灵中所占据的位置也就越大。"爱情在人类感情中处于显要位置、具有重要分量,而爱情诗能给予人们美的享受、情的陶冶、爱的启迪。永明创作过许多爱情诗,作为永明的妻子,我想谈谈永明爱情诗产生的生活基础和永明爱情诗创作的艺术特点。

源于实感 写出真情

永明从小热爱诗歌,成年之前已学会写作格律诗,走的是一条从格律诗到古风诗再到自由诗、新风诗的创作道路,并坚持诗歌创作与理论研究良性互动和创新推进。永明从来都是情之所至,诗之所成;不会无端写诗,无病呻吟。所以要理解永明的爱情诗,先要了解永明的爱情经历。永明和我是在巧遇中相识的,且以诗为媒。1975年4月,永明因高烧不退住院,正好和我小弟强华住在同一病房。那时,我每天去照顾、陪伴弟弟,有一天在读诗给弟弟听时,永明过来与我交谈,我们就这样相识了,并逐渐成了好朋友。永明于 1977 年高考录取后开始了大学的学习，同时与我恋爱，并在 1982 年大学毕业留校工作后与我登记结婚，但我们直到 1983 年举行婚礼后才一起生活。不久，永明又调到公安机关工作至今。从恋爱到结婚以来，我们经常聚少离多。因为我们各自的学校、单位相距几十千米，每天住在一起不方便；永明和我又经常出差，时而天各一方。我们虽然不能天天在一起，但一直很幸福，有时还有点浪漫。所以，永明所写的爱情诗都是歌颂美好爱情的，即使是写《找对象》《可别嫁给小心眼呀》和《爱情的滋味》等诗歌也主要是通过各种方式来表达自己的爱情观。

我们爱情史上的第一首爱情诗和情歌是《盼望》。1978 年初春，他第一次约我，在上海长风公园等我时写了那首诗并送给我，我即兴谱了曲，还经常唱给他听。

手中带露的山花，
何时插在你云鬓上？
眼前映霞的湖中，
何时荡起我们的桨？

远来的一个个姑娘，
已使我一次次失望！
欢快的一对对游客，
仍使我一回回遐想……

永明收进诗集《给远方的至爱——胡永明爱情诗选》中的最后一首爱情诗，是于 2015 年中秋节当晚写的《中秋偕妻拍月》。这首诗真实反映了当晚我们一起各自用照相机和手机拍摄大月亮的情形，追昔抚今，并从夫妻团圆写到期盼祖国统一。

昔年相思望圆魄，
今夕依偎沐清辉。

趁着月近云飘离，

拍得婵娟话回归。

有真情方有真诗。明代戏曲家、文学家汤显祖在《耳伯麻姑游诗序》中写道："情生诗歌"。清代诗人费锡璜在《汉诗总论》中写道："诗主言情"。也就是说，感情既是诗歌产生的原因，也是诗歌表现的特色。纵观永明收入诗集中的 80 余首爱情诗，都是源于生活、高于生活的产物，灵感来自实感，作品充满真情。

既有情爱　也有大爱

永明一方面在公安工作中以自己的实际行动报国为民奉献爱，另一方面在文学创作中以自己的艺术才华歌颂弘扬真善美。永明创作的爱情诗，既有写自己情爱的诗，反映诗人的情感经历和心路历程等；也有写人间大爱的诗，表现相爱的人齐心协力报国为民等，都充满着正能量、正气场。

在抒写自己情爱方面，1982 年永明与我登记结婚不久，在两人分别的日子里，写了《给远方的至爱》等诗歌。

你远在天涯，

就像明月挂在天际；

你在我心中，

就像明月映在水里。

我的祝福是清晨的鸟鸣，

为使你快乐千啭百啼；

我的召唤是黄昏的轻风，

留恋地牵起你的罗衣；

我的相思是不尽的流水，
长年缠绵在你的住地；
我的情爱是不落的太阳，
环绕着你永远不会偏离。
　　——《给远方的至爱》

在抒发人间大爱方面，永明写了《警察心声》《警嫂心声》等诗歌，其中这组诗在展现夫妻情深的同时，表现出警察夫妇报效祖国和人民的崇高情怀。

娶妻子，恋妻子，
心愿常守相聚少。
有你理解和支持，
执法热情高。

爱妻子，夸妻子，
事业有成家业好。
别太辛苦甭牵挂，
身体最重要。
　　——《警察心声》

爱警察，嫁警察，
聚少离多我不怕。
敬老抚幼有我呐，
安心工作吧。

想警察，助警察，
做好事业顾好家。

捷报传来高兴啊，

注意安全呀。

——《警嫂心声》

  诗的内容有小我和大我之分，在表现感情上就有小情和大爱之别。著名学者王国维在《人间词话》中指出："词以境界为最上。有境界则自成高格，自有名句。"诗词同理。永明的思想境界和艺术境界都是比较高的，创作的诗歌都是有魂的。反映在爱情及其诗歌上，情爱和大爱是交融的。正如现代诗人闻捷在《告诉我》中所写的"我永远地忠实于你，像永远忠实于祖国一样"。就上述例诗来说，《给远方的至爱》虽然是写自己情爱的爱情诗，但是所有的情侣读了也都会深受感染、产生共鸣的；《警察心声》《警嫂心声》虽然有写人间大爱的普遍性内容，但其实也是我们自己真实情况的写照。

想象丰富　　形象生动

  永明走上文学之路，有着得天独厚的条件和基础。他出身于作家家庭，从幼儿园到大学接受了良好的"诗教"，少年时代起就积极参加上海市闵行区图书馆文学创作组的活动，青年时期又连续参加了由湖南省作家协会举办的新创作刊授文学院和诗刊社举办的全国青年诗歌刊授学院各为期一年的诗歌创作培训。永明在长期的诗歌创作实践和理论研究过程中，逐步形成了自己对于诗歌的较为系统的看法，并编写了《诗歌艺术》，作为上海辞书出版社出版的《诗歌创作手册》的重要组成部分。永明认为，创作诗歌应当做到现实主义与浪漫主义相结合，以现实主义为基础，以浪漫主义为特色，并以形象来表现。而浪漫主义的主要特点就是注重使用想象、夸张、对比等手法表达思想感情，追求自由奔放。永

左　胡永明出生六个月时的幼年照（1957年10月）
右　胡永明、舒爱萍伉俪青年时代留影

明的想象力是很强的，经常有奇思妙想通过各种形象表现出来。

牵牛花本是一种很普通的花，永明却移情寄意于它，写了《牵牛花的心曲》，把他的爱、他的情表现得形象生动。

　　每当我告别你离开家，
　　我的情爱便化作形形色色的牵牛花，
　　在我们的住地和你经过的沿途，
　　向着太阳——你的微笑盛开竞发。

　　你看，花的色彩多绚丽呀，
　　那是我在向你展示忠诚无价；
　　你闻，花的芬芳多淡雅呀，
　　那是我在向你吐露思念情话……

　　那瓣儿展开的花朵，

>是我撑起的"雷达",
>
>黄的接收你的平安健康,
>
>红的发射你的快乐荣华。
>
>那冠儿圆拢的花朵,
>
>是我吹起的"喇叭",
>
>白的赞美你的纯洁无瑕,
>
>紫的歌唱你的贤惠可嘉。
>
>那蔓儿缠绕着枝桠,
>
>是我们恩爱得浪漫潇洒,
>
>我们的精神永远亲密无间,
>
>哪怕你我远在海角天涯。

永明在我们举行婚礼之前,根据我们自由恋爱的经历,写了《一见钟情》,其中颔联、颈联是这样写的:

>对诗巧露鸳鸯意,
>
>通信直说郎女心。
>
>柳下执别云落泪,
>
>山间笑语水弹琴。

黑格尔在《美学》中写道:"诗所特有的因素是创造的想象,而创造的想象对于每一种美的创造都是必要的,不管那种美属于哪一个类型。"现代诗人艾青在《诗论》中写道:"写诗有什么秘诀呢?——用正直而天真的眼看着世界,把你所理解的,所感觉的,用朴素的形象的语言表达出来。不这样将永远写不出好诗来。"永明认为,形象是创造诗歌意境的主要元素,而想象是实现从现实形象到艺术形象飞跃的重要方法。因此,写诗的过程,就是从客观世界及其主观感受激发的灵感出发,运用丰富的想象，获得一系列有关的艺术形象，并用精巧乐美的语言文字表情达意的过程。永明也是这样身体力行的。从《牵牛花的心曲》和《一见钟情》等诗歌中，我们都可以看出永明的爱情诗具有想象丰富、形象生动的特点。

古为今用　洋为中用

对永明来说，持续受益最大的，还是从小打下了语法、修辞、逻辑和哲学等方面的坚实基础，并阅读了大量古今中外的文学作品。在诗歌创作中，永明根据毛泽东提出、习近平倡导的"古为今用，洋为中用"的思想，针对当前存在的"仿古""媚洋"等问题，提出、践行并倡导"古为今用时代化，洋为中用本土化"的理念。

1982年春，永明根据我国古代关于牛郎织女的传说，发挥想象，写了《雨后》，使传说的故事有了出人意料的圆满结局，借以表达他对全天下有情人都能终成眷属的良好祝愿。

> 我想那王母挥出的一河波浪，
> 已在春雷声中倾入长江；
> 我想那雨后明丽的蓝天上，
> 牛郎织女正悲喜异常；
> 我想那轻盈的流霞，
> 定是前去祝福的六位仙娘；
> 我想那神奇的彩虹，
> 定然通向他们富丽的天堂。

记得在我们登记结婚的前夕，永明邀我去踏春，并根据当时的情形，引用匈牙利著名诗人裴多菲的诗句"我们无须等候死亡，我们要活着飞上天堂"，写了《让我们到野外去游玩》。该诗写得很轻快、很优美，也是永明自己非常喜欢的一首诗。

　　我美丽的姑娘，
　　快穿上活泼的春装，
　　在这晴朗的周末，
　　让我们到野外去游玩。

　　小鸟哲哲地鸣叫，
　　那是在向我们召唤；
　　鲜花悄悄地开放，
　　那是在把春天打扮。

　　我要编只最美的花冠，
　　给花的皇后戴上；
　　我要唱曲最美的歌儿，
　　把百鸟请来作伴。

　　让我们的生活比牡丹花更美，
　　让我们插上金凤凰的翅膀，
　　"我们无须等候死亡，
　　我们要活着飞上天堂！"

　　《雨后》侧重于"古为今用时代化"，《让我们到野外去游玩》侧重于"洋为中用本土化"。但是传承、借鉴和创新并非截然分开的，永明的诗歌往往同时体现了"古为今用时代化，洋为中用本土化"。清代散文家姚鼐在《题怀宁江七峰诗卷》中写道："学古人在得其神理，不可袭其面目。"鲁迅在《关于知识阶级》中写道："虽是西洋文明罢，我们能吸收时，就是西洋文明也变成我们自己的了。"毛泽东在延安文艺座谈会上的讲话中指出："对于中国和外国过去时代所遗留下来的丰富的文学艺术遗产和优良的文学艺术传统，我们是要继承的，但是目的仍然是为了人民大众。"习近平在文艺工作座谈会上的讲话中指出："传承中华文化，绝不是简单复古，也不是盲目排外，而是古为今用、洋为中用、辩证取舍、推陈出新，摒弃消极因素，继承积极思想，'以古人之规矩，开自己之生面'，实现中华文化的创造性转化和创新性发展。"也就是说，要传承古代优秀文化，借鉴外国优良文化，关键是要取其精华、创新发展，坚持以人民为中心的创作导向，创作出思想精深、艺术精湛的文艺作品，更好地发挥文艺塑造美好心灵、陶冶道德情操、引领社会风尚的作用。永明是这样想的，也是这样做的。

文字优美　韵律和谐

永明创作的诗歌遗失了不少，其中最觉可惜的是小学期间写的得到老师充分肯定的红色诗歌和中学刚毕业在"五七干校"锻炼期间写的《金训华之歌》等几首诗歌的不知去向。从至今保存下来的资料来看，永明最早是从1978年开始写爱情诗的。截至2016年，永明的爱情诗大体可以分为三个方面：一是用自由诗、新风诗、新律诗的形式所写的自己的爱情诗；二是赠给妻子的诗与写妻子、孩子、自己和家庭的诗；三是其他的爱情诗。永明创作爱情诗，不论是自由诗还是新风诗，不论是抒情诗还是叙事诗，都在文字上力求做到通俗不艰涩、优美不粗劣、凝练不臃散；在韵律上力求通过节奏、声调、韵效等要素增强音乐美。

在我们谈婚论嫁之时，永明写了抒情爱情诗《我真幸福》，对我作了赞美，幸福之感、快乐之情溢于言表。

我真幸福，

我美丽的姑娘，

我爱春花的娇美，

那娇美就在你的笑靥上。

我真幸福，

我热情的姑娘，

我爱夏日的炽热，

那炽热就在你的赤唇上。

我真幸福，

我温柔的姑娘，

我爱秋月的柔光，

那柔光就在你的明眸上。

我真幸福，

我忠贞的姑娘，

我爱冬雪的纯洁，

那纯洁就在你的心灵上。

  2015年元宵节，永明写了叙事爱情诗《我的宝贝"小鸭子"》。诗中写的内容包括两次滑倒的地点、情形等，都是真实情况。我看了非常感动，不禁热泪盈眶。"执子之手，与子偕老"，永明不仅在爱情诗里更是在生活中做到了。

爱妻美尼尔症已基本痊愈，

但她前庭器功能仍然不好，

走起路来看似还稳健，

一不小心就摔跤。

晴天在火车站续点茶水,
雨天到小饭店参加社交,
地上有点凉水雨水,
她都脚底打滑猛然跌倒。

"啪"的一声,
使我心惊肉跳,
她虽然没有摔伤筋骨,
我已心疼难熬。

她白发增多身体欠佳,
还硬撑着操持全家的温饱,
常常买菜购物拎着重包,
我在外工作帮不到她更加心焦。

我觉得鸭子走起路来摇摆可爱,
就送了她一个"小鸭子"的雅号,
回到家喜欢叫着宝贝"小鸭子",
把她揽入自己的怀抱。

真想时刻陪伴着她,
牵着她的手当她的保镖,
还要为她买几双防滑鞋,
让"不倒妹"迈步阳光大道。

《我真幸福》和《我的宝贝"小鸭子"》文字是通俗的、优美的、规范的，并且都是一韵到底的。其中《我真幸福》共四节，每节四句，句式相同，音乐性强，一是每节偶句分别用"娘""上"，反复出现四次，形成了音乐回环的效果；二是各节相应的诗行音节相同，也反复出现四次，形成了强烈的节奏感；三是全诗采用了排比、反复等修辞方法，既起到了紧凑结构、突出主题、强化语势的作用，又使韵律更加优美。而《我的宝贝"小鸭子"》写得比较活，表情达意很贴切。唐代诗圣杜甫说："语不惊人死不休。"永明写诗并不刻意追求令人拍案叫绝的效果，有时甚至故意写成"分行体日记"式的诗，还说诗人要走出"象牙塔"，诗歌要"大众化"。但是，永明最为看重的是：用真情写诗，以真情感人。

　　诗歌真是人世间最美妙的东西。永明和我的爱情乃至人生都深受诗歌的影响。就永明和我的相识来说，我们同在一个病房好多天，却互不认识，那天，我坐在小弟的床头，读着长诗《草原英雄小姐妹》给他听，不料，从小爱诗的永明对我产生了兴趣，主动走过来与我交谈，结果发现互相之间有着许多相同相通之处，比如我们都爱好文学等。就这样，诗为媒，我们有缘相识了，并进而交友、初恋、热恋、结婚。如果那时擦肩而过，我们没有这段姻缘，两人的整个人生都会发生很大的改变，他和我也都不会成为现在这样的他和我了。我们这段经历虽然纯属巧合，但诗歌对人们学业、事业、家业的重要影响作用真是不容忽视和轻视的。

　　由音乐大师梁弘志作词、作曲的歌曲《读你》中有句歌词"读你千遍也不厌倦"，很经典。情侣之间我对你、你对我，都应该过去是、现在是、将来永远是"读你千遍也不厌倦"的。而由爱情所产生的爱情诗，同样也是百读不厌的。真正的爱情是永恒的，经典的爱情诗是不朽的。只要人类还有爱情，就会需要诗性表达。古代《诗经》中的"一日不见，如三秋兮"，当代著名诗人舒婷《致橡树》中的"这才是伟大的爱情，／坚贞就在这里：／不仅爱你伟岸的身躯，／也爱你坚持的位置，足下的土地"等爱情诗及其名句，都一直流传着，无论何时读来皆会令人深感爱情的美好和爱情诗的魅力。永明的爱情诗是在爱的旅程中产生的，是情爱和大爱的诗意升华，展现的都是真情实感，奉献的都是爱的乐章。俄国哲学家、文学评论家别林斯基在《智慧的痛苦》中写道："诗人用形象来思考；他不证明真理，却显示真理。"愿永明的爱情诗用形象所揭示的爱的真谛能给人们以珍惜爱的启迪，用真情所展示的爱的伟大能给人们以追求爱的鼓舞。

诗缘　情缘
——随谈胡永明诗歌创作

舒爱萍

永明从少年时代起就一直酷爱诗歌，从青年时代起更立志成为诗人。我和永明相识始于诗、相知益于诗、相爱缘于诗、相伴乐于诗，真可谓是"诗缘""情缘"。

我和永明相识始于诗。记得我17岁那年（1975年）初夏的一天，我在朗读叙事长诗《草原英雄小姐妹》，永明听到后主动过来与我交谈，我们就这样相识了。永明刚满18岁，中等个子，脸庞英俊，穿着白衬衫、蓝裤子配双白跑鞋，看上去青春干练、富有朝气。他钟爱诗歌，经常与我谈论诗歌，还给我看他写的诗。他有一首《中学毕业前夕与同学涉海滩》的诗是这样写的：

　　迎霞挽手下粼滩，

　　沙厚风狂作笑谈。

　　晃晃相搀一步步，

　　齐观乳燕逐征帆。

这首诗是他17岁时写的。从中，我看到了他迎难而上的勇气和乐观向上的志向。我们是在相识多年后才开始恋爱的。永明写的《热恋》，把我们在一起谈诗的情形反映了出来：

　　折柳说竹马，

荡舟论古诗。
　　林中迷恋处，
　　月起不觉迟。

我和永明相知益于诗。可以说，我是读着永明的诗成长的。在他的言志诗里，我看到他有着纯净的心灵和高尚的人格。永明在《二十周岁自勉》中写道：

　　感叹二十贡献少，
　　幸有数倍在后头。

他在《假如》中又写道，假如我是昙花、流星，我将乐于一现、一闪，只要芬芳能沁人肺腑，只要光芒能照人心坎。这些诗句，不仅是他做人的准则，也引起了我强烈的共鸣，因此常常激励和鞭策着我们共同努力学习和工作。

通过他的诗，我们不断增进相互间的了解。永明写过一首《盼望》的诗表明了他的心迹：

　　手中带露的山花，
　　何时插在你云鬟上？
　　眼前映霞的湖中，
　　何时荡起我们的桨？

　　远来的一个个姑娘，
　　已使我一次次失望！
　　欢快的一对对游客，
　　仍使我一回回遐想……

我谱了曲附在信中回应了他。后来，永明又写了一首《桂花》送给我，其中后两联是这样写的：

　　玉容虽不艳，

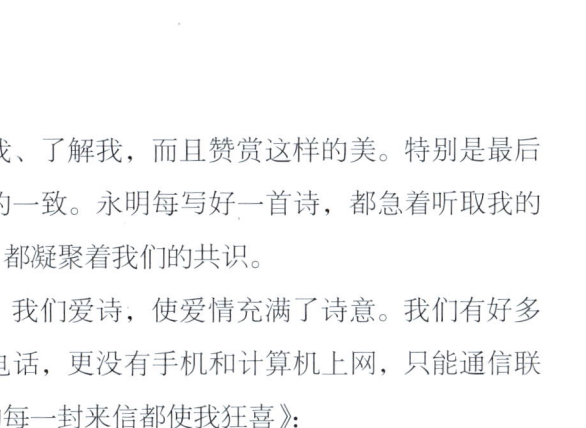

胡永明、舒爱萍伉俪庆祝珍珠婚时留影（2012年4月8日）

天馥已无双。

花俏难长久，

圣洁千古扬。

我知道他不仅已经懂我、了解我，而且赞赏这样的美。特别是最后两句，我们的想法是那么的一致。永明每写好一首诗，都急着听取我的意见，可以说，他写的诗，都凝聚着我们的共识。

我和永明相爱缘于诗。我们爱诗，使爱情充满了诗意。我们有好多年都相距很远，当时没有电话，更没有手机和计算机上网，只能通信联系。为此，永明写了《你的每一封来信都使我狂喜》：

我是这样爱你，

你的每一封来信都使我狂喜；

我是那么痴心，

字里行间总能看到可爱的你。

从你秀丽的字体里，

我看到了你的月貌花姿；

从你温柔的话语里，

我看到了你的忠贞不移。

从你幸福的追忆里，

我看到你少时挽裙戏溪；

从你美好的憧憬里，

我看到你穿着新娘盛衣。

每每收到他写的思念诗，我都能体会到他的深情厚意，很是感动，也更增添了我对他的爱恋。而这首《给远方的至爱》，更让我深信，我们俩不仅都是初恋，而且能够成为相依、相爱一辈子的终身伴侣。他是这样写的：

你远在天涯，

就像明月挂在天际，

你在我心里，

就像明月映在水里。

我的祝福是清晨的鸟鸣，

为使你快乐千啭百啼；

我的召唤是黄昏的轻风，

留恋地牵起你的罗衣；

我的相思是不尽的流水，

长年缠绵在你的住地；

我的情爱是不落的太阳，

环绕着你永远不会偏离。

除了自由诗，永明用新风诗、新律诗写的爱情诗也是那么情深意切、富有韵味。他有一首《一见钟情》的诗中间两联是这样写的：

对诗巧露鸳鸯意，

通信直说郎女心。

柳下执别云落泪，

山间笑语水弹琴。

他写给我那么多深情而浪漫的爱情诗，让我体会到爱情的甜蜜与幸福；他的真情深深打动了我，让我得到了人世间真正的爱情。

我和永明相伴乐于诗。和诗人一起生活是快乐的。永明善于发现美、表现美，在他看来中国就是一个诗意国度，人生就是一首诗。

永明一直充满着激情，常常读诗、写诗，作品很多，却没有一首是雷同的，都很有新意和创意，常能令人感到意料之外、情理之中。如他写的《上海三菱电梯试验塔遐想》，想象力非常丰富，写得既符合实际，又很有气势，让人出乎意料，却是真实情况的生动写照：

你是正在腾飞的超级火箭，

鲜红的旭日见证你的上升轨迹，

漫天的朝霞就是你的磅礴气势，

更高更快更大更新不断刷新你的业绩。

永明注意兼收并蓄，厚积薄发。他的诗既有古风，也有欧风，更有时代精神。如他写的《夹竹桃》带有古典风韵：

茎似竹兮叶如柳，

花赛桃兮香逾酒。

红霞艳兮白雪灿，

英缤纷兮展灵秀。

他写的《让我们到野外去游玩》巧妙地融入了匈牙利著名诗人裴多菲的诗句：

让我们的生活比牡丹花更美，

让我们插上金凤凰的翅膀，

"我们无须等候死亡，

我们要活着飞上天堂！"

他写的《赞公交司机刘银宝》，讴歌了刘银宝在生命垂危之际以自己的实际行动彰显出的"乘客利益高于天"的崇高精神和人间大爱：

途中突发脑出血，
安全靠边乘客保。
手握脚踩刹车器，
危难时刻显崇高。

永明既有现实主义情怀，又有浪漫主义色彩，想象力非常丰富，勇于传承发展，写出来的诗形象鲜明生动，令人过目难忘。如他写的格律诗《太湖晚景》：

远山衔落日，
湖水吐余晖。
渔火芦边闪，
潮声月下廻。

这首诗的每一句都是一幅画，令人在看到类似的情景时，马上就会联想到这样的诗句，有时还会不知不觉地念出来。在他笔下的《郁金香》是：

一支擎玉杯，
万朵展云毯。

我到上海鲜花港和其他地方看到过许多郁金香，感觉很美，就像永明诗句里描写的那样，我真为他的诗句拍案叫绝。而永明写的《华山》又特别富有浪漫主义色彩：

攀崖揽月走峭壁，
登顶摘星游云天。
黄河披霞献哈达，
秦岭戏雾舞蹁跹。

永明的诗虚实相生，言近旨远，读来很有新意，而且会有常读常新之感。如他写的《绣球花》：

　　百花相聚簇成球，
　　绚烂馨香满院收。
　　适应土壤多变色，
　　酸蓝碱赤显春秋。

这首诗的最后两句，可以从不同的角度和层面去理解。从字面上来看，绣球花的颜色是由土壤的酸碱度决定的，土壤偏酸性，花就变蓝色；土壤偏碱性，花就变红色。进一步理解，绣球花是非常能适应环境的，不管土壤是怎样的酸碱度，它都会随着环境的变化而变化，做到适者生存。再从更深层次的哲理上来思考，我们看问题应透过现象看本质，就

胡永明在美国（2007年12月21日）

像看绣球花不能光看花是蓝的还是红的,关键要看到导致蓝和红的根源是什么,这样我们就能把握事物的规律,从而驾驭事物,如通过改变土壤的酸碱度,来改变绣球花的颜色。这首《绣球花》的诗可以引申出很多的道理,耐人寻味。

永明写诗,以意为上,不以词害意。他写过一些新律诗,也写过不少自由诗,但他更偏爱新风诗。原因是,新风诗有格律诗的整齐与凝练,而在节奏上、用词上比格律诗更加自然并富有变化,不仅每首诗都有自己独特的韵律和韵味,而且能更好地实现最佳词语的最佳排列;虽然在抒情上略逊于自由诗,但比自由诗易读、易记、易用,特别是更加符合汉字的特点,能够把汉字字数、句数、对仗、多义等优点发挥到极致。他不论是写新风诗、新律诗,还是写自由诗,在诗的形象上、用词上都是非常注意推敲的。记得他写的那首《善卷洞》第二联:

砥柱峰寒狮象凝,

云雾洞暖荷花开。

其中"砥柱峰寒狮象凝"的"凝"字最初为"僵"字,因"僵"不美,改为"冰"字,又因"冰"是固定不动的并且不能与"开"相对应,才改为现在的"凝"字。"凝"字好在比较雅,是动态进行中的,并且凝结起来与下句"开"所表现的开放出来对得很巧妙。但就最初用的"僵"字,直到现在改为"凝"字,时间已经整整过去了 32 年。

永明在诗歌领域中仿佛已从必然王国走向自由王国,人们熟悉的事物,到了他的诗里就改天换地、活灵活现起来。如他写的《亚龙湾》:

蓝天落地惠玡琅,

碧海升空罩四方。

竟把海写成天,把天写成海,多么惊人的想象力,多么神奇的灵感,真是海天"一色"了。他写的《七夕节祝愿》:

天帝变慈父,

郎女得幸福。

　　鹊桥助相聚，

　　花屋供同住。

　　银河齐沐浴，

　　玉宇共信步。

　　七夕来祝愿，

　　情人成眷属。

　　用美好的想象，使我国古代神话故事情节有了一个旧貌换新颜的颠覆性发展，织女的父亲天帝从每年只许女儿与牛郎相会一次的恶父变成了疼爱女儿的慈父，牛郎、织女终于可以永远生活在一起相亲相爱了。更为巧妙的是，诗人在这首小诗里表达了双重祝愿，在祝愿牛郎、织女得到幸福的同时，还通过牛郎、织女在七夕节祝愿天下有情人都能终成眷属。他写的《雨后》：

　　我想那王母挥出的一河波浪，

　　已在春雷声中倾入长江；

　　我想那雨后明丽的蓝天上，

　　牛郎织女正悲喜异常；

　　我想那轻盈的流霞，

　　定是前去祝福的六位仙娘；

　　我想那神奇的彩虹，

　　定然通向他们富丽的天堂。

　　同样通过想象，将另一个版本关于牛郎、织女的传说故事发展出一个美好的结局。

　　我问永明为什么那么迷恋诗歌，他说：诗能比其他文学体裁更简洁明快、淋漓尽致地表达思想感情，而且可以点石成金，使平凡事物富有神韵，使我们更加热爱生活。每当看到永明写出新诗时，我总会兴奋不已。有时，我在单位的班车上，也会接到永明用短信、微信发来新写的诗，那一天我就会觉得更加快乐、更加充实。

  我想，永明的诗歌应是诗坛上一朵永远盛开、美丽动人、色泽鲜艳、芬芳四溢的鲜花，但愿它的魅力能给读者带来欢快与共鸣。在如今生活节奏太快的岁月，朋友们不妨来读诗、写诗，因为诗短小精悍、易读易记，所以最容易发扬真善美。让我们在生活中发现诗意之美，让我们的生活像诗一般的美。

敢于传承创新　长于以诗论诗
——述评胡永明以诗论诗的总论、分论和主张

舒爱萍

永明从小与诗结缘，终身以诗相伴。"诗和远方"不仅是他梦寐以求、不懈追求的理想生活，也是值得他用一生来为之奋斗的崇高事业。他爱诗不是爱诗的局部（新体诗或旧体诗、创作或研究等），而是爱诗的全部，集学习诗歌、研究诗歌、创作诗歌、评论诗歌于一身，还作诗歌讲座，并经常组织文朋诗友们开展创作和诗、同题诗、接龙诗等活动。他用诗人的眼光观察世界，以诗表达自己的思想感情，记录自己的心路历程，反映自己的诗意人生。我们如果用一种崭新的标准来看他的诗，也可以把他的诗重新分为这样三类：第一类是他反映诗意人生的诗，如"圆梦诗中天地宽，我欲乘风去远航"（摘自《元旦抒怀》）等；第二类是他描写诗化生活的诗，如"谁能绘就诗意画，造化神功入夜谈"（摘自《武夷山》）等；第三类是他以诗词论诗歌的诗，如"神纲象目，形出余味，自然美趣智韵巧，聚精高、宇宙人生意"（摘自《莺啼序·论诗》）等。我国自古就有以诗论诗的传统，永明以诗论诗也是对此传统的传承，只是永明在论诗的形式上作了新的探索，论诗的内容比较广泛。关于他的前两类诗歌，不少诗人、作家、评论家和我已写过一些评论文章；关于他的第三类诗歌，著名文学评论家吴欢章教授对永明的以诗论诗作了肯定并推荐永明写的《神奇汉语诗》在《秘书》杂志2017年第1期上发

表，著名诗歌评论家孙琴安研究员在《胡永明的诗歌创作与诗歌观念》一文中用专节做了论述，我也写过《勇于以词论诗　善于推陈出新——解读胡永明词〈莺啼序·论诗〉》[①]。在此，我想就永明以诗论诗再做个介绍。永明以诗论诗的形式主要有新风诗、自由诗和口诀诗等，内容主要涉及诗的总论、诗的分论和诗的主张等。

以诗论诗的总论

永明以诗对诗歌作了诗化的总体论述，内容主要涉及诗是什么和诗的作用、生活与诗歌的关系、诗的永恒性和如何写出传世佳作等方面。

关于诗是什么和诗的作用。在《诗》中，永明把诗喻为"眼前的芝麻开门""手中的宝葫芦""想象的翅膀"和"思想的光芒"，认为诗能让人"豁然开朗"、把事物"点石成金"、让作者和读者"驾驭时空"并把思想"聚成结晶"，从而达到"看到一个崭新的美妙世界""使平凡事物富有神韵更加和谐""古今中外未来乾坤随意穿越"和"语言韵律意境艺术化为愉悦"的效果。在《诗歌是青春激情真诚幸福的使者》中，永明又把诗歌喻为"青春的使者""激情的使者""真诚的使者"和"幸福的使者"，把诗歌的作用归纳为使我们"拥有生机与活力""富有灵感与希冀""保有真情与实意""享有快乐与甜蜜"，并用了丰富的连贯比，如"月季常开""源泉喷涌""春风送暖""打开宝藏"等来形容。在《我与诗》中，永明更直接地把诗歌的作用概括为"可以化平淡为神奇"，让人"热爱生活更加充实"。其实，永明对诗歌的概念是有明确的内涵和外延的，其内涵为"诗歌是作者用富有音乐性的凝练美妙的语言创造意境反

[①] 详见《出海口浪花》第一卷，吉林人民出版社2018年版，第224—231页。

映世界的一种文学体裁",其外延为民歌、旧体诗和新体诗;对诗歌的作用,永明概括为"主要是弘扬真善美,增加正能量;满足人民精神需要,推动社会文明进步"[1]。永明以诗论诗,只是把诗是什么和诗的作用表现得更生动、更丰富。

  关于生活与诗歌的关系。在《诗感》中,永明运用四组比喻来表述:如果生活"是清源","诗泉"就会"喷涌";如果生活"是大道","诗绪"就会"灵通";如果生活"是崇山","诗魂"就会"高耸";如果生活"是鲜花","诗味"就会"醇浓"。从这首诗里,永明表达了"生活决定创作"的思想,也就是说"有什么样的生活就会有什么样的诗歌"。在《黄叶情》中,永明更表达了产生诗歌的物质消亡了,诗歌可以脱离物质而存在的这样一种生活与诗歌的特殊关系:"黄叶飘在历史现实中/飘进古今中外诗人的佳句中/地球上的黄叶都终将化作芳泥/诗中的黄叶却永远飘在人们的心中"。古往今来,现实中的黄叶都"落叶归根""化作芳泥"了,但《诗经》中的黄叶"萚兮"、唐代李白诗中的"燕支黄叶落"等黄叶一直飘到现在,还将永远飘下去。永明以诗论诗,既表现了生活与诗歌的一般关系,也表现了生活与诗歌的特殊关系,这是永明关于"物质决定精神、精神反作用于物质"和"精神可以超越物质存在"的哲学思想的体现。

  关于诗的永恒性和如何写出传世佳作。在《黄叶情》中,永明已对诗的永恒性作了形象的描述。在《短与长》和《诗文万代传》中,永明分别写道"写篇不朽诗章/就已实现永恒","权财生前贪,诗文万代传"。永明认为,权力和财物是生不带来、死不带去的,而不朽诗章却能万代传扬,诗人也得以"实现永恒"。如唐代诗人张若虚仅凭一首《春江花月夜》就成为诗歌大家,他的这首诗更以"孤偏盖全唐""顶峰中的顶

---

[1] 详见胡永明编著:《诗歌创作手册》,上海辞书出版社 2015 年版,第 9 页。

峰"的盛誉而流传不衰。在《神奇汉语诗》中，永明写道："寥寥数千方块字，源源不断古今诗。排列组合无穷尽，传世佳作出真知。"永明仅用28个字就简明而精到地概括出了汉语诗（华语诗）的特点、规律和精要，其特点就是古今华语诗人们运用"寥寥数千方块字"已经、正在、还将"源源不断"地创作出一脉相承的诗歌，其规律就是这些"方块字"的"排列组合"是无穷无尽的，而其精要就是运用"方块字"创作出的"传世佳作"必然出于诗人的"真知"。如何才能写出精品力作、传世佳作，关键在于诗人有没有"真知"，这个"真知"就是写出精品力作、传世佳作的真才实学。永明常说："诗同其人。要写出什么样的诗，首先要做成什么样的人，而要做成什么样的人，就要有什么样的生活经历和知识结构。"

以诗论诗的分论

永明以诗对诗歌作了诗化的分类论述，内容主要涉及诗体、诗艺与诗学，诗歌的形式与内容，诗歌的锻字、炼句与提意等方面。

对于诗体、诗艺与诗学。在《论诗六章》中，永明写了诗体、诗艺与诗学各两章。所谓"诗体"，就是诗歌的体裁；所谓"诗艺"，就是诗歌的艺术；所谓"诗学"，就是诗歌的学术。在《诗体二章》中，永明写的《旧体诗》是："春秋是平声／夏冬是仄声／规则交替"；《新体诗》是："潮汐是节奏／波浪是韵调／自然变化"。永明用春秋、夏冬有规律的交替来比喻格律诗平仄有规则的变化；用自然的涨潮、退潮和波浪起伏来比喻自由诗节奏和韵调的自然变化。在《诗艺二章》中，永明写的《诗魂》是："立意是红线／诗句是珍珠／串成项链"；《意境》是："情思是甘乳／形象是清水／水乳交融"。永明把珍珠项链的"红线"当"立意"，把"珍珠"当"诗句",没有"红线","珍珠"是散的,有了"红线"把"珍珠"串起来才能成为"项链",从而突出了创作诗歌中"立意"即确立"诗魂"的重要性,以及"诗魂"对全诗的主导、统领作用,也就是说诗中所有的诗句都要紧扣"立意"来写,诗中只要有游离于"主题思想"的诗句,就说明作者"立意"还不够清晰或者表达"主题思想"的能力还有缺陷。"诗无杰思知才尽",句离诗魂见识短。永明认为,诗歌意境的"意"是作者的思想感情,"境"是体现这种思想感情的形象,这种"形象"在有我诗或显我诗中是"意象",在无我诗或隐我诗中是"具象"。而"意境"就是诗中作者的思想感情同与其相对应的艺术形象(意象、具象)的有机结合,这种结合不是像油水之间貌合神离的凑合,而是水乳交融,即把作者思想感情的"乳"融入诗中艺术形象的"水"。在《诗学二章》中,永明写的《兼收》是:"传承是开源／借鉴是引流／汇成大海";《创新》是:"融合是开花／发展是结果／春播秋收。"开展诗歌的学术研究,首先要兼收并蓄,其中传承中华优秀诗歌传统是"开源",借鉴其他民族语言诗歌和借鉴外国诗歌的精华是"引流",以"汇成大海",这里既有融会的意思,也有贯通的意思。而开展诗歌的学术研究,目的在于"创新"发展,其中将古今中外诗歌思想性、艺术性好的方面融合是"开花",实现创新发展才是"结果",这种创新发展就是永明经常讲的"古为今用时代化、洋为中用本土化"相结合而在诗体、诗艺与诗学方面所取得的从量变逐渐到质变的创新发展。从永明写的《论诗六章》来看,《旧体诗》是用季节、《新体诗》是用江河、《诗魂》是用项链、《意境》是用水乳来比喻的,而《兼收》是用"开源""引流"等概念、《创新》是用"开花""结果"等概念来描述的,并未用统一的景物、统一的比喻来写,说明永明更追求的是"达意",而不是"形似"。

对于诗歌的形式与内容,永明写过《花瓶与鲜花》:"插花选花瓶,花瓶多璀玮。不选最名贵,适花才最美。"他还写过《诗体与诗歌》:"写诗选诗体，诗体无贵鄙。应时顺发展，适诗有神笔。"在这两首诗中，永明阐明了互相关联并逐级递进的三层意思：一是诗歌的体裁无"贵鄙"之分。民歌也好，旧体诗中的诗词曲赋也好，新体诗中的自由诗和现代格律诗也好，都是中华儿女智慧的结晶，都有其产生的历史必然性和发展的现实合理性，都可以写出精品力作、传世佳作，都可以满足人民精神需要、促进社会文明进步，也都已经产生了不胜枚举的诗作名篇。二是诗歌的形式与内容要相适合。有些内容适合用自由诗或者现代格律诗等新体诗的形式来写，有些内容适合用古风诗或者格律诗等旧体诗的形式来写，有些内容甚至适合用民歌的形式来写，只有适合诗歌内容的形式才是最好的。如果我们把诗歌的形式比作是鞋，把诗歌的内容比作是脚，大家很容易就达成共识了，那肯定合脚的鞋是最好的。三是诗人只有用适合内容的形式来写诗才会有"神来之笔"。不适合的形式，会影响、限制甚至阻碍内容的表达；只有适合的形式，才会让诗人"如虎添翼"，诗泉喷涌，尽情地、完美地表现出自己的情思。古今中外，凡是雅俗共赏、口口相传的优秀诗篇，莫不是形式与内容的完美结合，这种"珠联璧合"真的是有"巧夺天工"之妙。如果把《诗经》中的诗写成自由诗，把格律诗翻译成外语，原来的韵味就会荡然无存，原因就在于原来那种形式与内容的完美结合被打破了。所以，永明提出的诗体"无贵鄙"、适诗才最好和"适诗有神笔"的观点是完全正确的。

对于诗歌的锻字、炼句与提意。永明写过《诗评锻字、炼句与提意》："锻字出诗眼，炼句得妙语。提意升境界，目张纲高举。"此诗有题记，先写了常言之语："锤字不如炼句，炼句不如炼意。"接着，永明写道："吾今写诗时，突发灵感，又有新悟，遂诗评之。"意为此诗是在对"锤字不如炼句，炼句不如炼意""又有新悟"的基础上，诗评锻字、炼句和提意的。从诗中来看，永明是从锻字、炼句和提意的作用上来评的，即"锻字"的作用是"出诗眼"，"炼句"的作用是"得妙语"，"提意"

的作用是"升境界"。也就是说"锻字""炼句""提意"各有各的妙用,虽未写明,但对于历来的炼意重于炼句、炼句重于锤字的说法并不完全赞同甚至有些不屑,故有必要阐明自己"新悟"。诗的最后一句"目张纲高举"的意思是写诗就像"纲举目张"一样,这个"纲"就是"意",就是反映作者思想境界的"诗魂";"目"就是"境",就是表现这种思想感情的"形象"。可见,永明虽然不完全赞同"锤字不如炼句,炼句不如炼意"的提法,并列地阐述了"锻字""炼句""提意"的作用,最后还是强调"意"在诗的"纲举目张"中具有"纲"的统领作用的。

以诗论诗的主张

永明以诗对诗歌作了诗化的总体论述和分类论述外,还以诗提出了自己对诗歌发展进步的主张,主要涉及诗歌的融合发展、诗人的德艺双馨,并探索诗教新方法。

胡永明少年时代与父亲胡宝华(前排右一)、母亲江美英(前排左一)、哥哥胡建明(后排左一)、弟弟胡向明(前排中)全家福(1971年春节)

对于诗歌的融合发展。永明写过《诗歌畅想》："假如时光可以倒流和穿越，／我要围绕古为今用洋为中用，／先去拜访屈原和陆游，／把古风诗和格律诗贯通；／再去拜访李白和杜甫，／把浪漫主义和现实主义相融；／还去拜访苏轼和柳永，／把豪放和婉约皆弘；／并去拜访惠特曼和勃朗宁夫人，／把外国诗歌精华弄懂。／现在通过书本和网络，／我也能向古今中外诗人学习成功；／更要顺应时代和大众来继承发展，／勇于形成新诗风努力促进诗繁荣。"从此诗来看，永明对诗歌发展的理想是"形成新诗风""促进诗繁荣"，而途径是通过"古为今用洋为中用"来"继承发展"，具体来看，主要有四层意思：一是"把古风诗和格律诗贯通"。"贯通"的目的是在"古风诗和格律诗"的基础上进行诗歌形式的创新，正如永明在系统、深入研究毛泽东诗歌实践与理论的基础上进行诗体创新，首先提出了"新风诗"的理论并倡导写"新风诗"。详见胡永明撰写的《"中国诗的出路"在哪里？——对学习践行毛泽东诗歌理论形成发展"新体诗歌"的探索与实践》（《阳光化作七彩虹——胡永明诗选》，作家出版社2014年版，第239—252页）和胡永明撰写的《新风诗》（《诗歌创作手册》，上海辞书出版社2015年版，第14页）。二是"把浪漫主义和现实主义相融""把豪放和婉约皆弘"。就是要把浪漫主义和现实主义诗风、豪放和婉约词风融合发展，实现诗歌在风格上优良传统的发扬光大。三是"把外国诗歌精华弄懂"。"学习的目的全在于应用"（毛泽东语）。"弄懂"的目的是更好地"洋为中用"。四是"向古今中外诗人学习成功"。古今中外的杰出诗人灿若星辰，古往今来的优秀诗篇浩如烟海。他们创作诗歌的成功经验是值得我们学习借鉴的，我们唯有虚心学习，并在学习的基础上结合实际应用、突破，才能不断创作出更好的诗篇。

对于诗人的德艺双馨。在《诗人节感悟》中，永明提出"立身立业先立德，境升艺臻创和谐"。端午节是纪念战国时期楚国诗人屈原的节日，所以又称"诗人节"。屈原是中国历史上第一位伟大的爱国诗人，中国浪漫主义文学的奠基人。永明写过七绝《端午祭屈原》："糯粽艾蒿遍地香，雨中遥望汨罗江。离骚读罢思忠烈，德艺流芳万代长。"在《诗人节感悟》中，永明又写了"追怀屈原情高洁"的诗句。在此基础上，永明提出诗人立身也好、立业也好，先要立德，而且要通过提升自己的思想境界、完善自己的创作艺术来为创建和谐社会做贡献。

对于探索诗教新方法。永明认为，诗教对于一个人的成长进步具有重要作用，幼儿都是从儿歌、童谣开始启蒙的，中国从幼教、小教、中教到高教有着系统的诗教。诗教甚至已经覆盖了家庭教育、学校教育、单位教育和社会教育等各个领域，诗歌还依托平面媒体、网络媒体、手机媒体、电视媒体、广播媒体、教学媒体、舞台媒体和户外媒体等当代"八大媒体"进行广泛传播而增强了其教育人、引导人、塑造人、鼓舞人的作用。永明向来重视诗教，多次做过诗歌知识讲座。在此基础上，他积极探索诗教新方法。在《阳光化作七彩虹——胡永明诗选》（作家出版社2014年版）中，永明以"诗趣"为栏目，放了《看诗猜花名》《看字重写诗》和《流行语选串》。一是看诗猜花名。永明曾写过《桂花》："群芳摇落时，叶腋缀金黄。月降三秋色，风飘九里香。玉容虽不艳，天馥已无双。花俏难长久，圣洁千古扬。"在此，他以《看诗猜花名》代替了诗歌的标题，要读者看了这首诗猜出写的是什么花，并在注中提示："答案在文化艺术出版社于2013年10月出版的《晚潮拍岸的声响——胡永明诗选》第13页上"。由于诗是语言文字最精练的文学体裁，所以标题上用过的字，诗中应尽量避免重复出现，而写得好的诗，读者如果不看标题，应该也能知道作者写的是什么。要达到这个标准是不容易的，但永明对此是一直倡导并身体力行的。如永明写的："月朦胧，稻田人影动。挥镰倒海如闪电，挑担移山赛愚公。喜看东方红。"诗中呈现了热火朝天的劳动场景，读者自然会知道这就是"抢收"了。二是看字重写诗。永明曾写过《太湖晚景》："远山衔落日，湖水吐余晖。渔火芦边闪，潮声月下回。"他把这首诗的标题 4 个字与诗句 20 个字打乱后以分行的形式随机排列出 24 个各自独立没有关联的字《衔日声晚》："下火景潮渔，/ 余晖水落太。/ 闪边远芦回，/ 山湖月湖吐。"并提出："读者可用这 24 个字重新排列组合成一首有意义的诗，最好是五绝。写好以后，还可与原诗进行对照。也许您恢复了原诗，也许您写出了新意。至于用这 24 个字通过不同的排列组合能写出多少不同的诗来，还有待实践出真知。"还注道："答案在文化艺术出版社于 2013 年 10 月出版的《晚潮拍岸的声响——胡永明诗选》第 13 页上"。此诗，永明是按照"平平平仄仄 / 仄仄仄平平 / 仄仄平平仄 / 平平仄仄平"的格律写成的。读者如果熟悉格律的话，恢复原诗应是不难的；如果不了解格律的话，也可以创作出其他诗来。三是流行语选串。书中放了两首，在此仅录一首："爆红中国梦，点赞高大上。倒逼女汉子，逆袭小伙伴。"其中"爆红"是迅速流行的意思，"中国梦"是实现中华民族伟大复兴的追求和愿景的意思；"点赞"是赞扬的意思，"高大上"是高端、大气、上档次的意思；"倒逼"是逆向促进的意思，"女汉子"是性格阳刚的女性的意思；"逆袭"是在逆境中反击成功的意思，"小伙伴"是儿时朋友的意思。这些词都是从著名语文刊物《咬文嚼字》编辑部集合国内语言文字专家评选发布的"2013 年度十大流行语"和"网络流行语"中选用的。另一首诗是用余下的其他流行语串写而成的。书中放入《看诗猜花名》《看字重写诗》和《流行语选串》既是增添情趣，更是为了让读者在快乐中了解诗歌、熟悉诗歌并热爱诗歌，从中受到诗歌的熏陶和创作的训练，起到"润物细无声"的效果。仅此三例，就可见永明在探索与实践诗教中的用心之良苦。

最后，我想用永明写的《诗歌感言——崇尚诗歌形式时代化内容社会化》来结束此文。在这首口诀诗里，他比较全面系统地表述了自己对于诗歌创作的心得体会和努力方向：

诗歌要形式，外在不偏重，关键是内容，用词不害意。
可写格律诗，声韵顺发展，创造新诗体，反映新生活。
可作自由诗，贵有真情思，文字须精巧，表达宜通俗。
最好新风诗，上品出自然，承古时代化，鉴洋本土化。
诗歌贵境界，形神宜兼备，既有个性化，更具社会化。
创作多大我，发表重效果，弘扬真善美，增添正能量。
现实为基础，浪漫为特色，精品提修养，力作促文明。
面对快节奏，常保好心态，与诗结良缘，人生多情趣。

勇于推陈出新　善于以词论诗
——解读胡永明词《莺啼序·论诗》

舒爱萍

中国诗歌源远流长，博大精深。诗人、学者胡永明长期从事诗歌创作与研究，编著出版的《诗歌创作手册》广受欢迎、早已售罄。他写过一些诗歌方面的论文、杂文和评论文章，但都不是全面系统地论述诗歌的。他一直有个心愿，就是想较为全面、系统地谈谈自己对于诗歌的见解，而这真的要写起来可能就是一本厚重的书了，而他又想用最为简洁的方式表达和传递自己的这些思想。最近，他终于如愿了。因为他找到了这种简洁表达的方式——词，他填了一阕《莺啼序》来"论诗"（已入选中央文艺出版社出版的《中国大百科全书》（国学卷Ⅲ）、中国文化出版社出版的《中国当代文艺名家名作年鉴》和吉林人民出版社出版的《出海口浪花》第二卷等多部选本）。这阕词，内容涉及中国诗歌的产生、发展、作用和创作等诸多方面。作者勇于以词论诗、善于推陈出新的精神是可嘉的，这种探索与实践是很有意义的。但词中有的文字很精练而包含的内容又很丰富，所以一些读者可能不容易理解作者的原意。而读懂这阕词，对于读者了解诗、欣赏诗、创作诗又是大有裨益的，所以我愿意在经常听永明谈论诗歌的基础上，为大家解读永明的这阕《莺啼序·论诗》。

关于《莺啼序·论诗》的形式

永明填的这阕词的词牌是《莺啼序》，又名《丰乐楼》。词谱选自康熙五十四年（1715年）御定的《御定词谱》，而且选用的是该词的"正体"（词有正体和变体之分）。该词共有4段240字，其中第1段8句4仄韵，第2段10句4仄韵，第3段14句4仄韵，第4段14句5仄韵，属长调、仄韵格。

《莺啼序》正格词谱如下：

平平仄平仄仄【句】仄平平中仄【韵】中中仄【读】中仄平平【句】仄中中仄平仄【韵】中中仄【读】平平仄仄【句】平平仄仄平平仄【韵】仄中平中仄【句】中平中中平仄【韵】

中仄平平【句】中中中仄【句】仄中平中仄【韵】中中仄【读】中仄平平【句】中平平中中仄【韵】仄平平【读】中平仄仄【句】中中仄【读】中平平仄【韵】仄中平【句】中仄中平【句】中平平仄【韵】

中平中仄【句】中仄中平【句】中中中中仄【韵】中仄仄【读】中中中仄【句】中仄中中【句】仄仄平平【句】仄中平【韵】中平中仄【句】平平中仄【句】中平中仄平平仄【句】仄中平【读】中仄中平仄【韵】平平仄仄【句】中中中仄平平【句】中中中中平仄【韵】

中平中仄【句】中仄平平【句】仄仄平中仄【韵】仄中仄【读】中平中仄【韵】仄仄平平【句】中仄平中【句】中中中仄【韵】平平仄仄【句】平平平仄【句】中平中仄中中【句】仄平平【读】中仄平平仄【韵】中平中仄平平【句】中仄平平【句】仄平中仄【韵】

《御定词谱》用的例词是南宋著名朦胧词人吴文英创作的《莺啼序·残寒正欺病酒》：

残寒正欺病酒，掩沈香绣户。燕来晚、飞入西城，似说春事迟暮。画船载、清明过却，晴烟冉冉吴宫树。念羁情游荡，随风化为轻絮。

十载西湖，傍柳系马，趁娇尘软雾。溯红渐、招入仙溪，锦儿偷寄幽素。倚银屏、春宽梦窄，断红湿、歌纨金缕。暝堤空，轻把斜阳，总还鸥鹭。

幽兰旋老，杜若还生，水乡尚寄旅。别后访、六桥无信，事往花萎，瘗玉埋香，几番风雨。长波妒盼，遥山羞黛，渔灯分影春江宿，记当时、短楫桃根渡。青楼仿佛，临分败壁题诗，泪墨惨澹尘土。

危亭望极，草色天涯，吹鬓侵半苧。暗点检、离痕欢唾，尚染鲛绡，亸凤迷归，破鸾慵舞。殷勤待写，书中长恨，蓝霞辽海沈过雁，漫相思、弹入哀筝柱。伤心千里江南，怨曲重招，断魂在否。

永明一直是与时俱进的。他倡导当代人写格律诗用现代汉语的声韵，自己更是身体力行。他这次填词也未按照清嘉庆年间江苏吴县人戈载所撰《词林正韵》来确定平仄和押韵，而是一如既往地用他自己根据国务院公布的《通用规范汉字表》为字库以及按《汉语拼音方案》和《普通话异读词审音表》标注读音创编的并由上海辞书出版社出版的《诗歌创作手册》中的《通用规范汉字诗声韵》来确定平仄和押韵。全词240个字，有239个字是"合律"的，只有1个字是"破格"的。那就是在第3段中，他引用了习近平总书记于2013年3月1日在中央党校建校80周年庆祝大会暨2013年春季学期开学典礼上的讲话，写了"学诗可以人灵秀，志高昂、情飞扬"。其中"飞"字这个位置上应用仄声字，而这个"飞"却是平声字。对于不能做到百分之百符合该词的格律，永明也觉得有点遗憾。但他却说，不能因律害意。毛泽东在创作诗词过程中也多次遇到过类似的情况，也是宁可不拘平仄的。如毛泽东的《清平乐·蒋桂战争》《念

胡永明偕妻子舒爱萍和女儿胡俊晴参加复旦大学返校日活动（2014年5月31日）

奴娇·鸟儿问答》《西江月·秋收起义》《七律二首·送瘟神》（其一）等，都是突破格律而服从于表情达意的实例。国务院副总理马凯在《"求正容变"，格律诗的复兴之路》一文中指出："格律只是诗作的形式，形式总是为内容服务的。为了更好地抒情达意，破点儿格，适当有些变化，应该允许；不但应该允许，有时不得不破格之句还会成为'绝唱'。"[①]因此，这阕《莺啼序》也可看作是永明对"求正容变"的一种支持与实践吧。

关于《莺啼序·论诗》的内容

我先请大家通览永明创作的《莺啼序·论诗》，再分段逐句作个解

[①] 详见张桂兴、晨崧主编：《中华诗词学会2013年度会员入会作品集》，中国书籍出版社2014年版，第5页。

读。其中浅显易懂的，我点到为止；难以理解的，我重点解读。

永明《莺啼序·论诗》：

  诗歌产生远古，至今仍承继。号子简、劳动协呼，律意合为诗始。民谣起、群歌乐舞，相传促载文明史。语言生文字，韵文发展添翼。

  孔定诗经，诗教兴业，载道维仁义。楚言志、汉韵散融，歌诗相成文艺。魏缘情、唐推意境，宋崇道，元求清丽。反文言，倡写新诗，旧新同势。

  生存源远，维道流长，永有生命力。国运系、相承一脉，科举选拔，抗日宣传，振兴激励。民生关切，修身至宝，学诗可以人灵秀，志高昂、情飞扬成器。中华奋进，优秀文化支撑，诗歌扬善贬弊。

  旧裁新体，皆富精华，创作可循秘。重节快、韵和律适。技术相符，艺术精妙，境界高致。神纲象目，形出余味，自然美趣智韵巧，聚精高、宇宙人生意。破除壁垒齐飞，圆梦途中，热情洋溢。

（一）《莺啼序·论诗》第一段主要是论诗的起源

"诗歌产生远古，至今仍承继。"意为：诗歌产生于远古原始社会，至今仍在传承发展。

"号子简、劳动协呼，律意合为诗始。"意为：远古祖先创造的劳动号子很简单，主要是在劳动过程中大家通过呼喊劳动号子来协调劳动动作、提高劳动效率，而这种劳动号子因为是由韵律和意思合成的，所以是初始状态的诗歌。

"民谣起、群歌乐舞，相传促载文明史。"意为：在劳动号子的基础上，产生了民间歌谣。而这种民间歌谣是集体创作的，是一种集歌乐舞于一体的形式。它口口相传，对促进、记载我国文明发展的进程起到了重要作用。

"语言生文字，韵文发展添翼。"意为：早期的劳动号子、民间歌谣产生于文字形成之前,当时是使用口语进行创作、表达和流传的。后来从口语发展成文字,这对有韵诗文的发展简直就像如虎添翼一样发挥了重要基础性作用。

(二)《莺啼序·论诗》第二段主要是论诗的发展

"孔定诗经,诗教兴业,载道维仁义。"意为:孔子对西周初年至春秋中叶(公元前11世纪至公元前6世纪)流传下来的诗歌进行了筛选,选取了符合仁义道德的305篇编成中国古代最早的第一部诗歌总集《诗经》。孔子又是最早从事系统教育的圣人,他在以"诗、书、礼、乐、易、春秋"为经典的教育中,将诗歌放在了首位,这种"诗教"一直传延兴盛,甚至成为一种教育的专业,对受教者成长立业起到了重要作用。诗歌成为表达和宣传仁义道德等一定的思想、道理的载体,"支持了那整个封建时代的文化"[①],并且这种"载道"一直延续不断,使诗歌在当今社会中依然发挥着重要作用。

"楚言志、汉韵散融,歌诗相成文艺。"意为:楚辞重在言志,汉赋具有韵与散相融合的特点,而乐府诗(歌诗)则是文学和艺术相辅相成的,因为它既有诗歌的文学属性又有演唱等艺术属性。

"魏缘情、唐推意境,宋崇道,元求清丽。"意为:魏诗注重抒情,唐诗推崇意境,宋词崇尚道法(如表现天人合一、自然和谐等),而元曲追求清丽。

"反文言,倡写新诗,旧新同势。"意为:新文化运动提出了"崇白话而废文言"的口号,倡导写新诗。胡适于1916年8月23日创作并于1917年2月发表在《新青年》杂志上的《两只蝴蝶》(原题《朋友》)成为新诗诞生的标志。新诗产生后,新体诗与旧体诗从总体上来看基本呈齐头并进之势。

---

① 详见闻一多《文学的历史动向》。

（三）《莺啼序·论诗》第三段主要是论诗的作用

"生存源远，维道流长，永有生命力。"意为：诗歌因人类生存之需而产生的源头非常久远，因维护道义之需而发展的历史非常漫长，具有长盛不衰的永久生命力。

"国运系、相承一脉，科举选拔，抗日宣传，振兴激励。"意为：诗歌与国运密切相关，诗歌各个时期的发展是一脉相承的。如古代通过诗歌选拔官吏，抗日战争期间通过诗歌发动群众、鼓舞士气，当代通过诗歌激励干部群众投身振兴中华的伟大实践，都是诗歌系于国运的典型例子。

"民生关切，修身至宝，学诗可以人灵秀、志高昂、情飞扬成器。"意为：诗歌又与民生密切相关，是人们修身的至为宝贵的精神食粮。习近平总书记说过，学诗可以情飞扬、志高昂、人灵秀。这样有利于成大器，成为国家的栋梁之材。

"中华奋进，优秀文化支撑，诗歌扬善贬弊。"意为：祖国正在奋进，需要优秀文化的精神支柱来支撑，而诗歌应承担起扬善、贬弊的责任，以增添正能量、发挥正效应。

（四）《莺啼序·论诗》第四段主要是论诗的创作

"旧裁新体，皆富精华，创作可循秘。"意为：旧体诗、新体诗都有许多传统和艺术的精华，创作诗歌是有秘诀（妙诀）可供遵循和参照的。

"重节快、韵和律适。"意为：创作诗歌要尽量做到节奏明快、韵效和谐、声调适合。这里的"节""韵""律"分别是形成诗歌音乐性三大要素节奏、韵效、声调的简写。古人按乐音的高低分为六律和六吕，合称十二律。这里的"律"并非仅指律诗的声调规则变化，而是包含诗歌四声（阴平、阳平、上声、去声）的自然变化和平声（阴平、阳平）、仄声（上声、去声）的规则变化。

"技术相符，艺术精妙，境界高致。"意为：创作诗歌有三个层次的要求，做到技术上符合要求（如写格律诗符合格律等），形式上像诗了；

做到艺术上精妙，表现上是诗了；做到境界上高致，思想上是好诗了。三者都完美地做到了，无疑就是精品力作甚至是传世佳作了。

"神纲象目，形出余味，自然美趣智韵巧，聚精高、宇宙人生意。"意为：创作诗歌，有五大要求：第一，贵在形（形象）神（情思）兼备。要以"神"（作者的思想感情）为纲，以"象"（能反映作者思想感情的艺术形象）为目，做到"纲举目张"。即用诗魂（作者的立意、作品的主题）作为主线，串起各颗形象的珍珠。作者在此未用"意境"二字，却道出了创作诗歌"意境"的堂奥。第二，贵在留有余味。而只有用形象来描写，诗歌才能产生余味。第三，贵在自然巧妙。诗歌如玉，稍有刀工斧迹就有瑕疵了；诗歌要在诗美、诗趣、诗智、诗乐上出巧，使读者享受诗之美感、趣味、智启、乐兴而生巧。这里的"韵"是指诗歌的音乐性，诗歌是语言文字创造的具有音乐性的作品，诗歌的音乐性有利于增强作品的艺术性和整体性，使之易读、易记、易传、易用。第四，贵在聚精高。诗歌是智慧的结晶，要聚而不散；诗歌是语言的钻石，要精而不粗；诗歌是作者的形象，要高而不俗。第五，贵在思想境界。要有宇宙（天下、时代等）意识，表达正确的人生观。

"破除壁垒齐飞，圆梦途中，热情洋溢。"意为：诗人要勇于打破旧体诗与新体诗、创作诗歌与研究诗歌等之间的壁垒，做到写作各种诗体的诗人、诗人与学者包括评论家等比翼齐飞，在我国实现中华民族伟大复兴的中国梦的征途中，热情洋溢地繁荣诗歌创作、发挥诗歌作用。

关于《莺啼序·论诗》的评价

对于永明创作的《莺啼序·论诗》，我觉得有几点是需要特别提出的。

首先，作者"以词论诗"是一种大胆的尝试。以一阕词来较为全面、系统地论诗也许是古往今来第一人。以诗谈诗、评诗、论诗是有的，但是我还从来没有看到过、查到过有在一阕词中如此深远、广泛地谈论诗歌的作品。所以，我认为这阕《莺啼序·论诗》具有"首创性"和"独创性"。上海社科院文学研究所研究员、著名诗歌评论家孙琴安在《胡永明的诗歌创作与诗歌观念》一文中指出："历朝各代以诗论诗的大有人在，不足为奇，而以词论诗的现象少而又少，极为罕见，几乎为零。可胡永明现在居然这么做了，成了第一个敢于吃螃蟹的人。"

第二，作者在这阕词中有许多新观点。一是关于远古劳动号子是诗歌源头的观点，并且说得有理有据令人信服。二是关于诗歌"生存源远，维道流长"的观点，实质是要阐明诗歌的本质是实用性，即诗歌是远古祖先为生存之需而创造的，又是以后人们为发展之需而传承的。包括词中写到的促进文明发展、记载文明发展的实用，系于国运、民生的实用等。三是关于诗歌创作的观点，特别是其中关于诗歌技术、艺术、境界三个层次和诗美、诗趣、诗智、诗乐四大要素的观点，"神纲象目，形出余味"的观点，"自然"的观点，"聚精高"的观点，要重在写"宇宙人生意"的观点等，都具有很强的指导性，提法上具有鲜明的个性特点。

第三，作者在这阕词中对各个时代不同形式诗歌特点的简评是有新意的。如对楚辞重言志、魏诗重缘情的评价，对唐诗重意境、宋词重道法、元曲重清丽的评价，以及对乐府诗的文、艺相辅相成的评价，都是有可取之处的，并且是值得深入研究的。如当代诗歌如何更好地繁荣发展，做好文、艺相辅相成是个大课题。又如当代创作诗歌如何缘情、言志，更好地表情达意是篇大文章。而意境是诗歌创作的本质要求和艺术标准，道法也与诗法相通，清丽又是诗歌的一种很好的风格。词中值得研究的内容还有很多。其中诗法与道法的关系、道法对诗法的影响等都是跨界的学术新领域。

第四，作者提出的诗坛"破除壁垒"的倡议，是当代中国诗歌繁荣发展的必由之路，但任重而道远；希望广大作者在振兴中华、复兴圆梦途中繁荣诗歌创作、发挥诗歌作用，具有很强的针对性，符合国家利益、社会利益、人民利益。

词中，作者未写"求正容变"，却自然而然地在运用新声韵和一字"破格"之中，表明了自己赞同、支持并身体力行"求正容变"。

总之，我深感，《莺啼序·论诗》是诗史、诗学、诗艺的一个新宝库。我撰写此文只为抛砖引玉，期待更多的专家、学者和诗人、诗歌爱好者来发掘它、运用它，使之对我国当代乃至未来诗歌的发展进步特别是使诗歌更好地服务国家、服务社会、服务人民方面起到应有的推动作用。

简谈胡永明提出的诗歌
概念和倡导的新风诗

舒爱萍

永明对诗歌做过比较深入的研究和思考，提出了比较系统的诗歌理论，其中既有继承的成分，也有创新的内容。他形成的诗歌理论体系，存在于他撰写的诗论和诗评文章、创作的论诗的诗词、编写的诗歌讲座提纲、编著的《诗歌创作手册》以及正在创作、计划出版的《谈诗录》《诗歌艺术》和《诗歌新论》等著作之中。我是永明提出的诗歌理论的第一听者和读者，想谈谈永明提出的诗歌概念和倡导的新风诗。

关于永明提出的诗歌概念

永明认为：诗歌是作者用富有音乐性的凝练美妙的语言创造意境反映世界的一种文学体裁。包括旧体诗、新体诗和民歌。

这个诗歌概念的内涵反映了诗歌本质属性、基本要求：诗歌的音乐性，诗歌的语言，诗歌的意境等。

诗歌的音乐性主要来源于节奏、声调和韵效。诗歌的节奏是诗歌中节拍和音顿所产生的音乐性效果；诗歌的声调是诗歌中四声自然变化、平仄规则变化所产生的音乐性效果；诗歌的韵效是诗歌中特定位置反复使用韵感相同、相近的韵母所产生的音乐性效果。音乐性好的诗会增强诗歌的整体性、灵动性和美妙性，使诗歌易读、易记、易传、易用。

诗歌的语言要凝练、美妙，并做到通俗、自然。语言精妙的诗有诗眼、有警句，能做到雅俗共赏。

诗歌的意境是作者的意（思想、感情）与描写的境（形象）和谐统一的艺术境界。其特点是情景交融、形神兼备、动静相宜、虚实相生。意境好的诗歌，能产生"言有尽而意无穷"的效果，使读者身临其境、产生共鸣，常读常新、百读不厌。

而源于生活、高于生活地反映世界是所有文学样式都具有的功能，只是诗歌可以比其他文学样式更直接、更精妙地表达作者的思想感情，更能依靠自身的音乐性并借助朗诵、演唱等艺术和当代各大媒体来进行传播。

永明提出：用时间、体式两个标准来对诗歌进行分类。

从时间上，可以将诗歌分为旧诗和新诗。旧诗是新文化运动以前的诗，新诗是新文化运动以来的诗。旧诗包括1840年以前的古诗和1840年至新文化运动以前的旧诗，新诗包括新文化运动以来的作者创作的所有新体诗、旧体诗和民歌。

从体式上，可以将诗歌分为旧体诗、新体诗和民歌。其中旧体诗包括诗（古风诗、格律诗）、词、曲、赋，新体诗包括自由诗和现代格律诗。

为什么要区分旧诗与旧体诗、新诗与新体诗？就用古诗与古体诗（包括古代创造的所有诗体，非仅指古风诗）来举例说明吧。

现在的我们不能写古诗，只能写古体诗。因为古诗是古人写的诗，我们能写的只是古人创造的诗词曲赋等诗体。由此看来，古诗与古体诗确是两个不同的概念，即古诗是时间概念，古体诗是体式概念。

新诗与新体诗也是如此。新体诗是新文化运动以来创造的自由诗和现代格律诗等诗体。新诗则是新文化运动以来的人们所写的所有体式的诗歌，正如古诗是 1840 年以前古人所写的诗、词、曲、赋等所有体式的诗歌。当我们用新诗来指自由诗和现代格律诗等诗歌时，这个新诗只是新体诗的缩略语，与时间概念的新诗是不同的，所以我们不能因为习惯上把新体诗叫做新诗就抹杀了时间概念的新诗与诗体概念的新体诗的缩略语新诗这样两个用不同标准确立的不同概念之间的区别。旧诗与旧体诗，以及其中的古诗与古体诗也是同样的道理。

旧诗与新诗是时间上相衔接的两个概念，古诗与新诗中间缺了从 1840 年到新文化运动这个时间段。所以从整个时间的衔接上，我们还是应称旧诗和新诗。

关于永明倡导的新风诗

永明在较为系统地学习毛泽东诗歌理论的基础上，撰写了《"中国诗的出路"在哪里？——对学习践行毛泽东诗歌理论形成发展"新体诗歌"的探索与实践》[1]。

永明认为：毛泽东是在一方面认为旧体的体裁束缚思想，另一方面认为新诗太散漫的情况下，才提出通过民歌与古典的结合"产生第三个东西"。毛泽东把这"第三个东西"称为"新诗""新体诗歌"，但毛主席所说的"新诗""新体诗歌"肯定既不是民歌、旧体，也不是原来意义上的"新诗"。那么，这种"新诗""新体诗歌"究竟是怎样一种诗歌呢？永明将毛泽东关于"产生第三个东西"——"新诗""新体诗歌"的所有论述归纳为三点：第一，形式上，是在民歌的基础上由民歌与古典相结

---

[1] 详见《阳光化作七彩虹—胡永明诗选》，作家出版社 2014 年版，第 239—252 页。

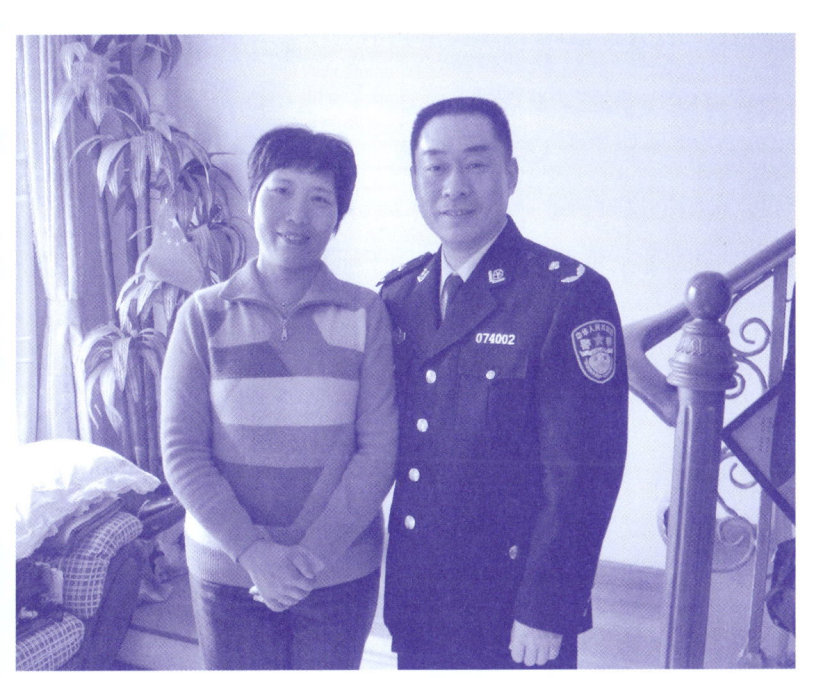

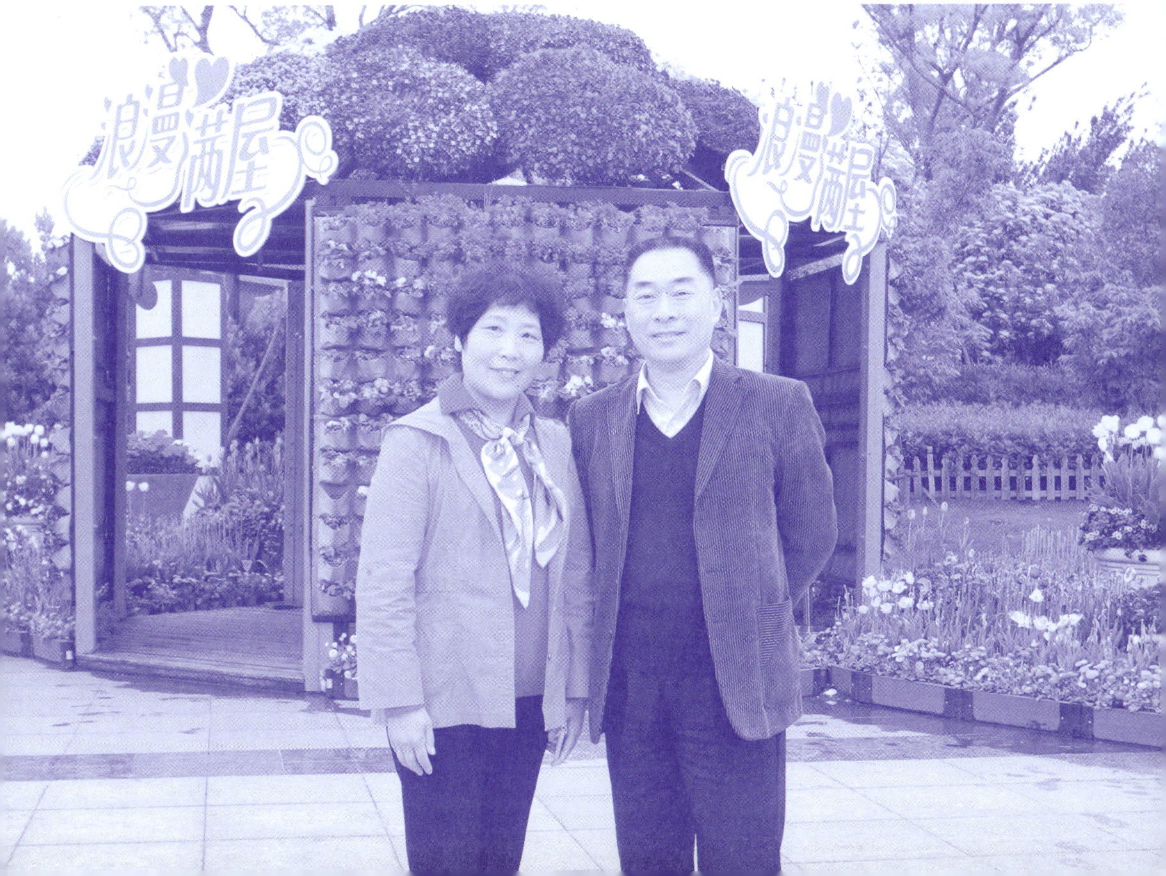

㊤ 胡永明和舒爱萍伉俪在闵行家中（2011 年 12 月 4 日）

㊦ 胡永明、舒爱萍伉俪在江苏省大丰市荷兰花海（2019 年 4 月 19 日）

合所形成的民族的成套的"新体诗歌";第二,内容上,是现实主义与浪漫主义相统一的"新体诗歌";第三,效果上,是能够"吸引广大读者"的"新体诗歌"。

根据这三条标准,永明把这种诗歌命名为"新风诗",并写入了他编著的《诗歌创作手册》,全文如下(摘自《诗歌创作手册》上海辞书出版社2015年版,第14页):

新风诗,是民歌与古典相结合所产生的结构规则、韵律自然、通俗易懂、贴近民众的诗歌。其特点是博采众长:取民歌贴近民众、形象生动等优点;取古风诗形式自由、韵律自然等长处;取格律诗起承转合、对仗映衬等经典。

结构上,严宽相济:严者,五言、七言、四句、八句,一段一首;宽者,二言、四言、六言甚至杂言,十二句、十六句甚至杂句,两段、多段一首。

音乐上,韵律相和:韵者,一般押偶句尾韵,首句尾字可以押韵也可以不押韵,也可以每句尾字都押韵;一般一韵到底,也可以转韵;一般押韵又押调,也可以押韵不押调;一般押同韵,也可以押邻韵、宽韵;律者,平仄自然交替、吟咏朗朗上口,并与押韵相和,用语言文字构成每首诗歌独特的音乐美。

技巧上,古今相辅:古者,继承古典精华,现实主义与浪漫主义相结合,并根据需要运用起承转合、中联对仗等方法;今者,发扬民歌优势,巧比妙兴,形象生动。

内容上,近远相通:近者,贴近实际、贴近生活、贴近群众;远者,言近旨远、形近神远、境近意远。

如当代诗人范光陵的《人生》:"人生如海潮 / 起落有定时 / 若不勤撒网 / 潮去悔已迟"。

又如笔者的《叶》:"春添一抹绿,夏展一片荫。黄了不居高,愿当炉内薪。"

永明认为：毛泽东对创建"新诗""新体诗歌"与"应该是现实主义与浪漫主义的统一"是一起提出来的。1958年3月22日，毛泽东在成都会议上说："我看中国诗的出路恐怕是两条：第一条是民歌，第二条是古典，这两面都提倡学习，结果要产生一个新诗。将来我看是古典同民歌这两个东西结婚，产生第三个东西。形式是民族的形式，内容应该是现实主义与浪漫主义的统一。"① 毛泽东所说的现实主义与浪漫主义就是风格，即现实主义风格与浪漫主义风格。这就不能割裂这种"新诗""新体诗歌"与风格的关系，因此提出"新风诗"是有根据的。何为风格？风格是一个时代、一个民族、一个流派或一个人的文艺作品所表现的主要的思想特点和艺术特点②。风格是不能独立存在的，它存在于文艺作品的形式和内容之中，作品所表现的思想特点主要存在于作品的内容之中，而作品所表现的艺术特点却是存在于作品的形式与内容之中的。同样的内容如果用格律诗或者自由诗来写，表现出来的艺术特点是不同的。我们在分析作品艺术性的时候为什么要从形式到内容来进行分析，也是这个道理。其实，自古以来，诗体就是与风格有关的，不然也就没有了"词以婉约为宗"等诗体与风格结合起来的说法。现在对于诗体与风格关系的研究越来越多，如河南大学研究生李鑫就写了题为《唐代格律诗诗体风格研究》的硕士论文③。若真是古往今来诗体都与风格无关的话，能对一种诗体与风格的结合作个探索与实践应该也是有益的。

永明认为：毛泽东当年提倡创建"新诗""新体诗歌"（即毛泽东说的作为诗体的"第三个东西"），既是针对"新诗"（不是时间概念的"新诗"，而是体式概念的"新体诗"）"太散漫""不成型"，也是在"旧

---

① 详见《建国以来毛泽东文稿》第7册，中央文献出版社1992年版，第124页。
② 参见《现代汉语词典》（第5版）第406页。
③ 详见豆丁网：www.docin.com/p-1730489364.html。

体……体裁束缚思想"的状况下提出来的,至于毛泽东希望产生的"第三个东西",是一种新型的诗歌形式是可以肯定的,如果说这种诗歌形式就是"新诗""成型"后的体式,看来还是有些问题的。首先,"新诗"能否成型内因是决定的因素,现在的所谓"新诗"永远也不可能形成固定不变的可以被广泛复制的格律(这与格律诗是不同的),因此也就永远不可能成型,这是有其历史合理性和发展必然性的①;第二,"新诗"自身不能"成型",靠对于"新诗"来说是外在的"古典同民歌……结婚",能否就"变出""成型"的"新诗",迄今并未看到有哪个全国性的权威机构拿出过一套行之有效的方案,也没看到过成熟的理论和成功的实践,毫无疑问是不现实的;第三,如果"古典同民歌……结婚"生出的是"成型"的"新诗",为什么又要叫"第三个东西"呢?民歌和古典诗歌都是体式整齐或比较整齐的,"新诗"都整齐了、格律化了就"成型"了吗?其实,形式归根到底是要为内容服务的,"新诗"的形式能更有利于满足人民精神需要、推动社会文明进步才是最重要的。《国歌》就是有力的明证。

永明在《"中国诗的出路"在哪里?——对学习践行毛泽东诗歌理论形成发展"新体诗歌"的探索与实践》中提出:"新风诗是在民歌与古典的基础上产生发展的,但是它永远不可能取代民歌,也永远不可能取代自由诗。相反,民歌是新风诗发展的坚实根基,自由诗是新风诗发展的重要借鉴。"

中央文艺出版社 2018 年版《中国大百科全书》(国学卷Ⅲ)中有这样一段话:"新风诗是胡永明提出并倡导的一种新型诗歌体裁,是民歌与古典相结合所产生的结构规则、韵律自然、通俗易懂、贴近民众的诗歌。"

---

① 详见《浦江文学》2015 年冬季版第 70—72 页,胡永明《新诗应形成合力　更好地繁荣发展》。

略谈胡永明诗中的哲学观念

舒爱萍

永明从小对哲学产生了浓厚的兴趣,并善于理性思考。他上中学的时候,有一次听政治老师上课时宣扬地球不灭论,他觉得这不符合物质有生必有灭的定律,下课后便去与老师作了探讨。1975 年初,我们有缘相识时都只有十七八岁,当时还根本不懂什么是谈情说爱,有空时就在一起学习、讨论语文、哲学等知识。后来,永明进大学后上了一年的哲学课,考试成绩是 95 分,他在课余时间更是系统学习了《辩证唯物主义》和《历史唯物主义》等哲学著作。这为他以后长期从事理论研究工作打下了坚实的基础,以致 2000 年他成为百度人物时就被打上了"学者"的标签,后来百度又更新了他的词条,将人物标签调整为"诗人、作家、学者"。最近,永明和我又同时被中华诗词创作研究院聘为研究员。由于永明钻研过哲学,他写论文常引用哲学原理来论证自己的观点,创作诗歌也常带有哲学思考的烙印,这也成为他的论文和诗歌的一个显著特点。在此,我想简要谈谈永明诗中所反映的哲学观念。

一是关于物质与精神。永明认同:物质是第一性的,精神是第二性的;物质产生精神,精神可以反作用于物质;物质是有生有灭的,精神可以超越物质而存在。

对此,永明在诗中多次表达了自己的人生观:人的物质生命是有限的,而人的精神生命是可以无限的。永明在现代格律诗《我的宇宙》中写道:"我把有限给生命／我把无限给思想"。"神龟虽寿,犹有竟时",

胡永明时任上海市公安局闵行分局办公室情况调研员（时年26岁）

更何况人乎，人的自然生命也就是几十年到上百年的时间。然而人的物质生命不存在了，他所创造的精神财富还可以继续满足人们精神需要甚至可以继续促进社会文明进步。如我们每年端午节纪念爱国诗人屈原，他的爱国情怀和"路漫漫其修远兮，吾将上下而求索"的进取精神永远教育和激励着我们。永明在现代格律诗《短与长》中写道："人生短／短在生命／尚未满足欲望／就将脱离凡境／／人生长／长在精神／写篇不朽诗章／就已实现永恒"。唐代诗人张若虚就是凭着"孤偏盖全唐"的一篇长篇七言歌行《春江花月夜》而实现"写篇不朽诗章／就已实现永恒"的典范，但我们如果仅此理解永明此诗的意思未免不够全面。其实，永明是以"不朽诗章"代指所有不朽的精神。

二是关于时间与空间。永明认同：时间是无尽永前的，无始无终，增量总是正数；空间是无界永在的，空间里任一点都居中，空间永现于当前时刻。

对此，永明在诗中多次表达了自己的世界观：物质世界存在于时空之中，精神世界可以认识和改造物质世界；首先要自身努力，同时要形成合力。永明在现代格律诗《天空自述》中写道："我博大 / 包容一切 / 我永恒 / 没有终极"。这里的"天空"是指宇宙，是时间和空间的统一。宇宙因为"博大"，所以能"包容一切"（万物）；因为"永恒"，所以能"没有终极"。这是自然的大宇宙，而我们每个人也有一个小宇宙。他在《我的宇宙》中写道："我在空间中聚能 / 我在时间中发光"。根据互文见义，可以理解为，他在时空中，努力聚集能量，积极发光发热，并希望自己的小宇宙能在自然的大宇宙中发出超越物质生命的精神的光和热。永明在现代格律诗《融汇》中写道："你的星光 / 我的星光 / 汇成宇宙辉光"。个人的力量终究是有限的，如果无数人的小宇宙能在自然的大宇宙中发出超越物质生命的精神的光和热，那"融汇"起来的力量将是无比强大的，足以改变世界。正如永明在现代格律诗《伟力》中写道的："一片雪花 / 万片雪花 / 无数片雪花对回归大地的追求 / 正是世界晶莹洁白的自然伟力 // 一个同胞 / 万个同胞 / 无数个同胞对美好生活的向往 / 正是祖国文明进步的社会伟力"。要实现中华民族伟大复兴的中国梦，要实现世界和平发展、合作共赢，就要靠人心所向、正义所向，中国乃至世界就一定能不断取得新进步。

三是关于失去与得到。永明认为：有得必有失，有失必有得；世界是平衡的，人也是平衡的。

对此，永明在诗中多次表达了自己的价值观：不重钱财重诗文，不重名利重报国。能在有生之年，为祖国、为人民做些有益的事，是他认为最有价值的，也是最值得欣慰的。永明在新风诗《诗文万代传》中写道："你守钱百箱，/ 我伴书满堂。/ 权财生前贪，/ 诗文万代传。"意为：你守着"百箱"的钱财，我伴着"满堂"的书香。权力和钱财生前贪得再多身后也带不走一丝一毫，而雅俗共赏的诗文却可以世世代代得到传扬。永明在现代格律诗《留痕》中写道："我额头的皱纹，/ 是岁月的留痕。/ 凹是失败的夜，/ 凸是成功的晨。// 我额头的皱纹，/ 是祖国的留痕。／凹是跌落的谷，／凸是攀登的峰。"把额头皱纹的"凹"比作自己"失败的夜"和祖国"跌落的谷"，而把额头皱纹的"凸"比作自己"成功的晨"和祖国"攀登的峰"。俗话说得好："失败是成功之母。"一个人失败的教训正是成功的经验，一个国家跌落的惨痛正是攀登的动力。在这里，失和得是辩证统一的。著名文艺评论家胡金全在《公安诗人、作家胡永明诗歌〈留痕〉赏析》中指出："人生的哲学意蕴在'凹是失败的夜，凸是成功的晨'的朴素诗句中。"永明在小诗《昙花》中写道："一现得永生，／花谢香未消"。昙花一现，美却留在了人们的记忆中；花虽谢了，香却融入了赏花人的血液中。人的生命在茫茫宇宙中也像是"昙花一现"，能不能也"一现得永生"？这对于自私自利之人来说是不切实际的空想，对人民爱戴之人来说将永远活在人民的心中，失去的只是物质的生命，得到的是精神的"永生"。

　　永明在诗中所反映的哲学观念涉及许多方面，此文仅就他的诗中有关人生观、世界观、价值观的哲学观念作个介绍、谈点想法。

评胡永明现代格律诗《上海在成长——庆祝上海改革开放四十周年》
——兼谈现当代城市诗的城市元素问题

舒爱萍

2018年12月26日,《党史信息报》第1380期发表了永明创作的现代格律诗《上海在成长——庆祝上海改革开放四十周年》。这是永明为庆祝改革开放40周年,联系上海的实际而创作的诗歌。此诗能发表在举国上下积极学习贯彻习近平总书记在"庆祝改革开放40周年大会"上的重要讲话和辞旧迎新之际,确是正当其时的。我想就永明写的这首诗作些点评,并对现当代城市诗的城市元素问题谈点想法。

《党史信息报》在发表永明这首诗的时候,是将所有的文字居中排列的:

　　拆危棚简屋搬出烦愁,
　　建高楼大厦住入舒爽。
　　啊,
　　上海!
　　你高大了——
　　你立足民生放飞梦想!

　　进电车渡轮乘坐焦急,

上地铁高架享受顺畅。
啊，
上海！
你快捷了——
你立足民生放飞梦想！

除雾霾河污治理闷郁，
得天蓝水清归还豁朗。
啊，
上海！
你靓丽了——
你立足民生放飞梦想！

惩犯罪贪腐去除担忧，
保宜居乐业得到昂扬。
啊，
上海！
你安全了——
你立足民生放飞梦想！

此诗符合现代格律诗的基本特征，兼具视觉美、听觉美和知觉美。

从视觉上来看，此诗具有建筑美。全诗四节，每节第1、2、6句都是九言，第3、4、5句都分别是1言、2言和4言。这种整齐与参差的排列，与有规律的变化结合起来，就能给人以一种视觉上对称性、灵动性的美感。

从听觉上来看，此诗具有音乐美。全诗四节，每节第1、2、6句都是1-2-2-2-2的节奏，第3、4、5句都分别是1、2和1-2-1的节奏，形成了节奏上有规律的变化；每节第2、6句都用ang韵，其中第6句的尾字都是"想"，同时每节的第3、4、5句的尾字都分别是"啊""海""了"，形成了在ang韵主回环的同时，"a""ai""e"反复出现的独特音乐效果，并采用了自然声调，增强了诗歌的多变性、一致性和整体感。

从知觉上来看，此诗具有意境美。上海改革开放40年来取得的成绩是巨大的，涉及经济、政治、文化、社会和环保等诸多领域。永明选择从与老百姓休戚相关的"民生"作为切入点，以四组新旧对比的方法来展现本市改革开放所取得的巨大成就：变危棚简屋为高楼大厦，变电车渡轮为地铁高架，变雾霾河污为天蓝水清，变犯罪贪腐为宜居乐业。这样巨大的变化，给老百姓带来的获得感、幸福感同样是前所未有的：变烦愁为舒爽，变焦急为顺畅，变闷郁为豁朗，变担忧为昂扬。广大人民群众对上海越来越高大、越来越快捷、越来越靓丽、越来越安全的现状，发出了由衷的赞叹："啊，上海！……/ 你立足民生放飞梦想！"此诗从立意上，通过上海群众看得见、摸得着的民生方面的发展进步来赞扬、宣传上海的改革开放，同时也是把上海作为全国的一个缩影，歌颂了党中央实行改革开放的政策英明和伟大。

这里要特别指出的是，此诗在创作手法上是匠心独运的。请看每节前两句的诗句：

拆危棚简屋搬出烦愁，建高楼大厦住入舒爽。

进电车渡轮乘坐焦急，上地铁高架享受顺畅。

除雾霾河污治理闷郁，得天蓝水清归还豁朗。

惩犯罪贪腐去除担忧，保宜居乐业得到昂扬。

这八句，在写法上有四个特点：

特点之一，使用"一字领"。"一字领"的写法，《诗经》中就有了。如《国风·邶风·击鼓》中"从孙子仲，平陈与宋"中的"从"和"平"

两字。意思是将士们追随带兵南征的统帅孙子仲，平定了陈国与宋国（都是春秋时卫国南方的小国）。"一字领"的写法，在以后的诗歌创作中也有沿用。如唐代诗人陈子昂《登幽州台歌》："前不见古人，后不见来者。念天地之悠悠，独怆然而涕下"中的"前""后""念""独"四字，就是"一字领"的用法。"一字领"的写法，到了词中成了固定的格式。如毛泽东《沁园春·雪》"望长城内外，惟余莽莽，大河上下，顿失滔滔"中的"望"字，就是按照该词"一字领"的格式要求来写的。"一字领"的写法，在自由诗和现代格律诗中是很少使用的。永明上述八句中的"拆""建""进""上""除""得""惩""保"八字，都是"一字领"的用法，形成了八句"一字领"的句式，成为此诗的一个特点。假设把这八个一字全部变为两字，用拆除、建设、进入、乘上、去除、得到、惩处、保护，再与后面的诗句连起来，感觉会怎么样？诗贵精练，要惜墨如金，用字一拖沓，诗味就大减。

　　特点之二，连用动宾短语。这八句，每句都是由两个动宾短语构成的，前一个短语都是动词+名词的结构，后一个短语都是动词+形容词的结构。连用十六个动词+名词、动词+形容词的短语构成这八句诗句，作者在锻字、炼句、提意韵（叶辛语）上所下的"推敲"功夫是可想而知的。

　　特点之三，反常合道用词。如"拆危棚简屋搬出烦愁，建高楼大厦住入舒爽"，意思是：政府拆除危棚简屋，建好高楼大厦；群众搬出危棚简屋，住入高楼大厦，不再烦愁，倍感舒爽。但是，如果就这样直白写的话，语义挺明白，诗意却没了。永明现在以"拆危棚简屋""建高楼大厦"写政府以民为本办实事为铺垫，以"搬出烦愁""住入舒爽"写群众搬出危棚简屋、住入高楼大厦所产生的从"烦愁"到"舒爽"的变化，就充满了新意和诗味，起到了"意料之外、情理之中"的效果。其他六句，皆用此法。这种"变形"的写法，是一种颇具新颖性的修辞手法。

特点之四，运用对仗写法。在五律、七律的写作规范中，有颔联、颈联对仗的要求。在有些词、曲格式规定中，也有对仗的要求。而自由诗和现代格律诗的创作，却没有对仗的要求。上述八句，永明都是用对仗的方法写成的，每节的第一、第二句是对仗，甚至每节的前两句互相之间都可对得起来。

除了这八句，每节后四句，使用了重复的修辞手法，起到了一咏三叹的效果。并分别用"你高大了""你快捷了""你靓丽了""你安全了"来为本节点题，并合成"上海在成长"的主题，突出歌颂了"上海""你立足民生放飞梦想"所取得的翻天覆地的变化。

下面，我想谈点对现当代城市诗的城市元素问题的想法。

从田园诗到城市诗，反映了社会从农村向城市的发展。从古代、近代的城市诗（如唐代诗人卢照邻的《长安古意》等）到现代、当代的城市诗（如公刘的《上海夜歌》等），反映了城市从低级向高级的进步。

根据我国对时代的划分，1840年以前的原始社会、奴隶社会和封建社会为古代，1840年鸦片战争以后到1949年建

胡永明、舒爱萍伉俪在上海市作家协会（2017年4月3日）

立新中国（以下简称建国）期间的半殖民地半封建社会为近代，1949年以后为现当代。所谓现当代城市诗的城市元素，就是建国以来城市诗中所反映的城市要素。那么，现当代城市诗究竟有些什么城市元素呢？我试以公刘的《上海夜歌》为例，来看看此诗中有哪些城市元素：

上海关。钟楼。时针和分针
像一把巨剪，
一圈，又一圈，
铰碎了白天。

夜色从二十四层高楼上挂下来，
如同一幅垂帘；
上海立刻打开她的百宝箱，
到处珠光闪闪。

灯的峡谷，灯的河流，灯的山，
六百万人民写下了壮丽的诗篇：
纵横的街道是诗行，
灯是标点。

　　从体裁上来看，这是一首自由诗。显然，同样的体裁可以写不同的内容，不同的体裁可以写同样的内容，体裁不应属于城市元素的范畴。

　　从题材上来看，诗中写了"上海关""钟楼""二十四层高楼""街道"等城市景象甚至是申城特有的景色。这些都是诗中的城市元素，没有这些城市特有的元素就不是城市诗了。

　　从写法上来看，诗中主要采用比喻的修辞手法，如将"钟楼"的"时针和分针"比作"一把巨剪"进而夸张、变形成"一圈，又一圈，／铰碎了白天"，把"夜色"比作"从二十四层高楼上挂下来"的"一幅垂帘"，把城市的灯光亮起比作"打开她的百宝箱，/到处珠光闪闪"，把各式灯光比作"灯的峡谷，灯的河流，灯的山"和"标点"，把街道比作"诗行"等。这些也是诗中的城市元素，是通过比喻、夸张、变形等手法进一步凸显了城市的特色和亮点。

  从音乐上来看，此诗节奏感比较强，采用了自然声调，并押宽韵。但这些都不具有城市的特点，因此不能算做城市元素。

  据此，我们可以得出一个基本的结论，那就是现当代城市诗的城市元素，内容是基础，写法是特色，而体裁和节奏、声调、押韵等形式类的都不属于城市元素的范畴。

  我们再来看永明创作的《上海在成长——庆祝上海改革开放四十周年》，诗中的"危棚简屋""高楼大厦""电车渡轮""地铁高架""雾霾河污""宜居乐业"等都是城市特有的内容，并运用了多种表现手法。以第一节为例，如"拆危棚简屋""建高楼大厦"等是铺叙，"搬出烦愁""住入舒爽"等是变形，"啊"是感叹，"你高大了"是描摹，"放飞梦想"是象征等。可见，诗中富有城市元素。尤其值得肯定的是，此诗具有时代性，充满了正能量，立意、取材、构思、表现等多方面都有可取之处。

评胡永明现代格律诗《留痕》

舒爱萍

2018年4月14日周六晨曦初露,永明就沐浴在和煦的春风里,边走边欣赏着上海中山西路、漕溪北路沿途的勃发生机,对草木的"一岁一枯荣"触景生情,联想到自己又刚过了一个寿日,觉得人生也好国家也好不也有"枯荣"吗,而自己额头的皱纹不正是这"枯荣"的印迹吗?永明抓住这一灵感,马上进行开掘,还未走到裕德路汽车站,一首诗歌就已经打好了腹稿,这就是与永明新作《我的宇宙》《天空自述》一起刊登于2018年第4期《上海诗人》上的《留痕》:

> 我额头的皱纹,
> 是岁月的留痕。
> 凹是失败的夜,
> 凸是成功的晨。
>
> 我额头的皱纹,
> 是祖国的留痕。
> 凹是跌落的谷,
> 凸是攀登的峰。

这是一首现代格律诗,共分两节,每节四句,每句六个字,属于新体诗中齐言体的体式,具有均齐的"视觉美"。

此诗从遣词造句所形成的节奏上来看，每节前两句都是 1-3-2 的节奏，后两句都是 2-3-1 的节奏，形成了节奏上有规律的变化。用词都采用自然声调，使声调的自然变化与节奏的规则变化相辅相成。前两句都以"纹""痕"结尾，第四句分别以"晨""峰"结尾，以平声 en 为主韵效、平声 eng 为收尾韵效，增强了韵效的回环性和全诗的整体性；第三句分别以"夜""谷"结尾，不押韵，且都是仄声字，产生了尾字声调的变化性。全诗从节奏、声调和韵效的综合效果来看，具有和谐的"音乐美"。

此诗每节的前两句，都是相同的语法结构比较简单的"单句"：

我额头的（定语）皱纹（主语）+ 是（谓语）+ 岁月的（定语）留痕（宾语）；

我额头的（定语）皱纹（主语）+ 是（谓语）+ 祖国的（定语）留痕（宾语）。

这样的诗句，看似简单，其实是精细分化后的删繁就简，直接从个人、国家两个层面为引出后面的反思奠定了基础。

第一节，从个人层面的反思是"凹是失败的夜，凸是成功的晨"；

第二节，从国家层面的反思是"凹是跌落的谷，凸是攀登的峰"。

此诗中的皱纹是指脸部皮肤上所形成的凹凸的条纹。作者把"凹""凸"分别作为阴和阳、反和正。就个人层面来讲，是有失更有得，而失败是成功之母，就如"夜"象征着曙光就在前头；成功是圆梦之基，就如"晨"象征着太阳升起将如日中天。就国家层面来讲，是有衰更有盛，而衰时就如向低谷跌落，盛时就如向高峰攀登。

作者敢于直面人生，不因曾经有过失败而耿耿于怀、一蹶不振，也不因接连取得成功而骄傲自满、故步自封，而是正确对待失与得，不忘初心，朝着诗和远方砥砺前行。作者更是心系祖国，从 17 岁敢于"乳燕逐征帆"（《中学毕业前夕与同学涉海滩》诗句），到 20 岁"为国为民甘

〔上〕 胡永明时任上海市公安局闵行分局经文保科民警
〔下〕 胡永明在加拿大与美国的边境地区（2005年2月19日）

为牛"(《二十周岁自勉》诗句),到60岁"圆梦报国更务实"(《六十生日抒怀》诗句),一方面在中学、大学和公安机关工作岗位上以务实、策论等报国为民做贡献,另一方面在文学上以创作诗文和传承诗学、创编韵书等为繁荣文学创作、增强文化自信做贡献。所以,作者"额头的皱纹",既是"岁月的留痕",也是"祖国的留痕",令他欣慰的是,祖国正在日益强盛,自己正在走向成功。这种把祖国的前途和自己的命运紧密相连的博大情怀是感人至深的。

其实,这首诗已经实现了从个别到一般、从特殊到普遍的跨越。"凹是失败的夜,凸是成功的晨""凹是跌落的谷,凸是攀登的峰"已成为警句,具有广泛的指导性和适用性。同时,作者通过"凹""凸",写到的"失败""成功"和"跌落""攀登"等都是对立统一的,具有哲理性。由此,此诗还具有深刻的"知觉美"。

此诗从写法上来看,上、下两节都是第一二句、第三句和第四句连用三个"是"动词构成的判断句组成的。这种写法在汉语诗中并不多见,所以写法上是有创新性、探索性的。

此诗从修辞上来看,上、下两节的第一二句用的都是"铺叙"的写法,第三、第四句用的都是"比喻"的写法。在这两组比喻中,皱纹的"凹"与山谷的"凹"、皱纹的"凸"与山峰的"凸"这是在形态上有相似点的;而皱纹的"凹"与"夜"、皱纹的"凸"与"晨"则是在特征上有相似点的,也就是"凹"与"夜"都有"阴"的特征,"凸"与"晨"都有"阳"的特征,没有对这些特征的认识,是写不出这种"意料之外、情理之中"的比喻的(总不能将两个没有相似点的事物作比,那种"以其昏昏使人昭昭"的做法是断不可取的)。同时,这两组比喻还带有象征性(如前所述)。

著名学者、诗人闻一多在《诗的格律》中提出了著名的"三美"理论,即诗的艺术实力包括"音乐的美(音节),绘画的美(词藻),并且还有建筑的美（节的匀称和句的均齐）"①，为新诗格律的形式作了切实可行的美学设计。永明创作的《留痕》，是现代格律诗中的精品力作，兼具视觉美、音乐美和知觉美，从形成到内容、从意境到艺术都是值得借鉴的。

---

① 详见《闻一多诗文名篇》，时代文艺出版社 2000 年版，第 329—336 页。

评胡永明半格律式新体诗《蜡梅》
——兼谈诗人的生日诗

舒爱萍

2019 年，永明在生日前一天的凌晨写了一首半格律式新体诗《蜡梅》，并在生日当天修改定稿。《蜡梅》是咏物言志之诗，也是运用多种艺术手法写成的。我想对此诗作些述评，并谈谈永明的生日诗。

永明创作的《蜡梅》是一首半格律式新体诗。新体诗主要有三种体裁，并有两种不同的提法。一种提法是：自由诗、现代格律诗和现代半格律诗；另一种提法是：自由式新体诗、格律式新体诗和半格律式新体诗（以下简称自由式新诗、格律式新诗和半格律式新诗）。这三种体裁，只有内容更适合用什么形式来表现、作者更习惯用什么体式来创作的区别，体裁本身并无优劣之分，而且都产生过诸多精品力作。如舒婷的《致橡树》、余光中的《乡愁》和艾青的《手推车》等都是自由式新诗、格律式新诗和半格律式新诗中的佳作。所谓自由式新诗，是指句式和节奏自由变化的新体诗；格律式新诗，是指句式和节奏规则变化的新体诗；半格律式新诗，是指句式和节奏既有规则变化又有自由变化的新体诗。

且看永明经推敲修改定稿的《蜡梅》：

　　我笑看群英齐放，
　　并不惭自貌不扬。
　　枝灰褐横斜，

叶青绿疏展。
待到万木凋零日，
我还愿独战严寒。

我勇担一花独放，
并不傲其状张扬。
卉凌冰雪开，
香驭霜风传。
迎来春风吹拂日，
我还愿安享平凡。

　　此诗共有两节，每节 6 句。每节前二句都是 1-2-2-2/1-2-2-2 的句式和节奏，每节末二句都是 2-2-2-1/1-2-2-2 的句式和节奏，这就奠定了全诗句式和节奏规则变化的基础；中二句，第一节是 1-2-2/1-2-2 的句式和节奏，第二节是 1-1-2-1/1-1-2-1 的句式和节奏，从每节的第三、第四句看都是一致的，但从各节的第三、第四句看又是不同的，而格律式新诗要求各节同位句的句式和节奏都是相同的，故此诗就成了半格律式新诗。此诗虽为半格律式新诗，并不存在比格律式新诗低档或好写的问题，也不存在不如自由式新诗的问题，该体式自有其产生的合理性和存在的价值。

　　永明创作的《蜡梅》是一首咏物言志的佳作。其两节的主要内容是：第一节，写蜡梅花谢后的情景。蜡梅迎来了春天，百花开了，它却谢了，只剩下不起眼的灰褐横斜的枝丫和青绿疏展的树叶，这时的蜡梅在百花丛中自然显得其貌不扬，甚至已被人们遗忘了这就是曾经独战严寒的蜡梅，但蜡梅并不因此而感到惭愧，依然昂首挺立在百花丛中，依然甘愿在未来一个个百花凋零的冬季，继续绽放金英、独战严寒；第二节，写蜡梅花开后的情景。冬季到了，百花谢了，蜡梅又开了，它的花战胜冰雪而绽放，它的香驾驭霜风而传递着春天就要来临的消息："冬天来了／春天还会远吗"（英国浪漫派诗人雪莱在《西风颂》中的名句），这时的蜡梅在没有花的季节里看似"张扬"，其实一花独放正是它勇于担当的表现，而当再次迎来春风拂煦之时，它还愿继续安享平凡——重回其貌不扬，却依然笑看百花齐放。这种危难之时敢担当、胜利之日甘平凡的精神，正是仁人志士高风亮节的写照。

永明创作的《蜡梅》是一首综合运用艺术手法写成的好诗。其主要艺术手法是拟人，诗中先后用了四个"我"字，把蜡梅当做仁人志士来写，赋予蜡梅以人格魅力；第二种艺术手法是对仗，第一节前二句与第二节前二句对仗，第一节末两句与第二节末两句对仗，第一节三四句对仗，第二节三四句对仗，可以说全部诗句都是用这两组跨节"偶对"和两组本节"单对"写成的；第三种艺术手法是反复，第一节第一二句的"我""并"和第六句的"我"，与第二节第一二句的"我""并"和第六句的"我"形成反复。第四种艺术手法是诗眼，如"卉凌冰雪开，／香驭霜风传"中的"凌"和"驭"就是诗眼，这两个字不仅分别使诗句活了起来，而且表达的压倒（冰雪）、驾驭（霜风）之意，反映了蜡梅"独战严寒"的勇气和"战胜严寒"的底气。

永明创作《蜡梅》注意锻字、炼句与提意。从锻字上来看，诗中先后多次需用到"花"字，但没有一处是相同的。如在"群英齐放""一花独放""卉凌冰雪开"中，先后用"英""卉"来代替"花"，使用词更丰富。从炼句上来看，第二节第五句形成初稿时是"迎来春风和煦日"，这从单句来看挺好，但与"待到万木凋零日"跨节对仗来看就显得不足，因为"和煦"是形容词，而"凋零"是动词，后来改为"吹拂"，就与"凋零"都是动词了。从提意上来看，写蜡梅的诗很多，永明自己原来也写过蜡梅的诗，只是绝大多数写蜡梅的诗都是写蜡梅开放阶段的情景。如永明原来写的新风诗《蜡梅》："褐枝疏斜方渐圆，金英纷绽香溢

胡永明、舒爱萍伉俪参加朋友聚会时合影（2014年11月16日）

远。凌寒傲雪迎春来，笑看百花更鲜妍。"而永明这次写的半格律式新诗《蜡梅》将蜡梅花谢、花开各写一节却是很少有的，写得前后呼应、谢开转化、情景交融、境界高远的更是少见。

永明生于1957年，从小爱诗。诗缘情，诗言志。每到生日之时或生日前后，永明都会回首往事并展望未来，往往更容易触景生情而平添对人生的感慨，于是便先后创作了一些生日诗。说起这首《蜡梅》的创作，还真有点故事。我们家前面住房西侧墙边栽有几株蜡梅，每当严寒降临之时，永明总要去看蜡梅花在冰雪中绽放，每每赏着那在阳光下朵朵玲珑剔透、暗香浮动的蜡梅花时，总是倍感钦佩。2019年春天，百花相继盛开，蜡梅花却谢了，只留下参差的枝丫和稀疏的树叶（蜡梅是花谢后才长叶，花、叶不同期）。永明是个有心有情之人，他在蜡梅花谢了以后，还特地去关注了几次，见到蜡梅树其貌不扬的样子，心想，还有多少人能认得出这就是曾经凌寒傲雪的名花蜡梅之树啊！永明对此感慨万千，有了写诗的动因，却一直没有找到自己比较满意的切入点，所以迟迟没有下笔。4月9日凌晨两点多，永明从睡梦中醒来，不料却豁然贯通来了灵感，马上披衣起床，打开计算机顺势开掘起来。我醒来问他现在是什么时候，怎么不睡？他说我在写诗，有了灵感不抓住，灵感稍纵即逝，就写不出诗了。多少年来，他都是这样的，只要有灵感和激情，马上投入创作。凌晨3点半，他已将这首《蜡梅》的初稿（就是有"迎来春风和煦日"的这稿）发到了我的微信中。当天一早，他就去参加"上海作家看五角场"的活动，晚上，他与部分全国著名作家和诗人相聚时，即兴朗诵了这首《蜡梅》和另一首《留痕》，获得了大家热烈的掌声。同时，也有诗人说："现在不是写蜡梅的时候啊？！"确实，对于绝大多数诗人来说，肯定是蜡梅花开之时写蜡梅诗的。而永明却认为，何时写蜡梅，关键不在于蜡梅花开花谢，而在于是否有创作的灵感。次日也就是永明生日的当天一早，他就将"迎来春风和煦日"改成了"迎来春风吹拂日"，并将《蜡梅》定稿了，然后又赶去参加了市公安局政治部老干部处组织的活动。永明常对我说，从诗歌创作的过程来看，可以分为有灵感状态的创作和无灵感状态的创作，有灵感创作出来的诗往往是富有灵性的，而无灵感创作出来的诗往往是缺乏灵性的。永明的《蜡梅》和《留痕》都是在灵感状态下写成的诗，都是富有灵性的。永明认为："诗歌灵感，是作者在自身基础、经历、处境、心态等情况下，因受到外界事物触发而'豁然贯通'，瞬间产生的创作诗歌的神思妙想，是需要迅速捕捉、固定并加以拓展、深化、提升的创意。"①

永明还写过其他一些生日诗。如他在1977年4月10日写的《二十周岁自勉》："为国为民甘为牛，无名无利乃无愁。感叹二十贡献少，幸

---

① 详见胡永明编著：《诗歌创作手册》，上海辞书出版社2015年版，第98—99页。

有数倍在后头。"再如他在 2014 年 4 月 8 日写的《根》:"扎进大地广漠高山,使劲拓展深度广度。紧扣泥土砂砾岩石,撑起日益沉重的树;尽吸水分和矿物质,滋养逐渐高大的树。狂风袭来树摇不倒,根被撕裂坚强守护;干旱摧来树渴不枯,根竭心血倾情呵护。不见绿叶鲜花硕果,甘守地下无私付出;不遇日艳月洁霞丽,宁处暗里无怨如初。虽然万物没法关注,本就远离名利追逐;虽然树木不能回报,本就终身奉献为福。热爱大地广漠高山,拓展生命厚度力度。"又如他在 2018 年 4 月 14 日写的《留痕》:"我额头的皱纹,是岁月的留痕。凹是失败的夜,凸是成功的晨。// 我额头的皱纹,是祖国的留痕。凹是跌落的谷,凸是攀登的峰。"永明从小怀有报国为民的雄心壮志,他不论是在中学和大学工作,还是在公安机关工作,都积极主动地从本职工作、理论研究和文学创作等方面来报效祖国和人民。卸任退休后,他更多的是从诗歌创作、诗评写作、诗学研究和韵书修订等方面来为繁荣诗歌创作、促进社会进步做贡献。这反映在他的诗歌中,就是充满着家国情怀。作家陆新曾在《诗潮涌动家国情——永明的诗永明的人》中写道:"我发现,古今中外的每一位诗人都有一种独特的文化心理密码,寻找到了这个密码就能准确解读诗人的诗。而'家国情怀'便是诗人永明的密码。"[①]《二十周岁自勉》写于永明在闵行二中工作期间,表达了他报国为民的雄心大志。那年国家恢复了高考,永明考取了 77 级本科生,中学为他和另一名考取的教师举行了隆重的欢送大会,永明也由此改变了自己的发展轨迹。《根》写于永明在上海市公安局担任正处实职领导十年之际,反映了他甘愿与无数爱国者、建设者一起像树根一样,不求名利和回报,为祖国这棵参天大树默默奉献的精神。《留痕》写于永明退休后的第一个生日刚过之时,诗中将自己的命运与祖国的命运紧紧相连,反思了自己的失

[①] 详见舒爱萍编著:《启明星在闪耀——胡永明诗书评论集》,中国文联出版社 2017 年版,第 27—61 页。

败与成功、祖国的跌落与攀登，表达了终生不渝的家国情怀。

《蜡梅》是永明 2019 年写的一首生日诗，借蜡梅的形象，将不凡与平凡统一了起来，表达的依然是"为国为民"的思想、无私奉献的精神和热爱祖国的情怀。

正是永明自己写的这一首首"生日诗"，成了他自己在数十年的学习、工作和生活中迎难而上、积极进取的写照。

评胡永明多元融合的新体诗《让我们到野外去游玩》

舒爱萍

《让我们到野外去游玩》是永明早期创作的新体诗，写于 1982 年 4 月 1 日。永明生于 1957 年 4 月 10 日，我们又是 1982 年 4 月 12 日登记结婚的，所以这是永明写于自己 25 周岁生日与和我登记结婚前夕的一首诗。这首诗的主要特点是艺为我用、古为今用、洋为中用。

艺 为 我 用

为分析永明此诗的写法，我们有必要先了解一下新体诗及其写法的产生与发展的情况。1917 年 2 月，胡适在《新青年》杂志发表了《白话诗八首》，标志着中国新体诗的诞生。胡适的这八首白话诗受我国民歌、旧体诗和西方诗潮的影响，大多是齐言体，也有几首自由体，但句式和节奏自然变化、规则变化和基本规则变化的写法都有了。新体诗诞生一百年来，白话诗中的齐言体、自由体逐步发展成现代格律诗和自由诗等诗体；而新体诗的写法主要还是这三种：句式和节奏自然变化的自由体写法，句式和节奏规则变化的格律体写法，句式和节奏以规则变化为主、自然变化为辅的半格律体写法。

据此，我们再来看永明这首《让我们到野外去游玩》的写法：诗中第一节、第四节各句的句式和节奏是自然变化的，这是自由体的写法；第二节的前两句与后两句的句式和节奏是规则变化的，这是格律体的写法；第三节的第一句和第三句的句式和节奏是相同的，而第二句和第四句的句式和节奏是基本相同的，这是半格律体的写法。可见，此诗是以自由体写法为主，并融合格律体和半格律体写法的一首既非纯粹自由诗又非纯粹现代格律诗的新体诗，是多种新体诗的写法为我所用创作出的三合一的新体诗。

永明的探索与实践证明，新体诗不只有自由诗和现代格律诗，或者说新体诗不只有自由体诗、半格律体诗和格律体诗，还有自由体、半格律体和格律体相融合的新体诗。能自由驾驭句式与节奏自然变化和规则变化的艺术，才能更好地创作新体诗。

古 为 今 用

起承转合是旧体诗的经典结构技巧。元代范德玑在《诗格》中写道："作诗有四法：起要平直，承要舂容，转要变化，合要渊永。"其中"舂容"是用力撞击的意思；"渊永"是深长、深远的意思。诗歌的起承转合，分别要求呈现主题、巩固主题、发展主题和升华主题，使主题明确、内容饱满、情思拓展和意味隽永。这对诗歌创作具有普遍的指导意义。

永明走上诗坛，是从学写旧体诗起步的，能熟练运用起承转合的技法，并自然将这种旧体诗的技法运用到新体诗的创作之中。这首《让我们到野外去游玩》，就是永明用起承转合的经典结构技巧写成的。

第一节，"我美丽的姑娘，／快穿上活泼的春装，／在这晴朗的周末，／让我们到野外去游玩。"这是"起"，呈现和心爱的姑娘到野外去游

胡永明时任上海市公安局纪委办公室主任（2006年9月22日）

玩的主题。其中"美丽""活泼"既是诗人心目中爱人的重要特质，也是对心爱的姑娘的赞美。"在这晴朗的周末"，能和穿上活泼春装的美丽姑娘同到野外去游玩，那是多么惬意之事。

第二节，"小鸟哲哲地鸣叫，／那是在向我们召唤；／鲜花悄悄地开放，／那是在把春天打扮。"这是"承"，巩固和心爱的姑娘到野外去游玩的主题。从动物"小鸟"和植物"鲜花"两个方面，来凸显春天的活力与生机，既显示野外的自然之美，又以拟人的手法，把小鸟的"鸣叫"写成是在向我们"召唤"，把鲜花的"开放"写成是在把春天"打扮"。此节，有双重之意，既写了春天野外对我们去游玩的吸引之意，又写了我们在春天野外游玩的轻快之意。特别是把我们（人类）与自然（动植物）融为一体的写法，反映了作者"天人合一"的思想观念。

第三节，"我要编只最美的花冠，／给花的皇后戴上；／我要唱曲最美的歌儿，／把百鸟请来作伴。"这是"转"，发展和心爱的姑娘到野外去游玩的主题。诗人把心爱的姑娘奉为"花的皇后"，自己要"编只最美的花冠"给她戴上，还要"唱曲最美的歌儿"来献给她，并请百鸟来载歌载舞作伴。"承",是从"小鸟"和"鲜花"来写的;而"转",则是转为从"我"来写的。"承",是对春天野外的描写;而"转",则是转为对春天野外游玩的主人翁的描写。"承"的基调是"轻快","转"的基调是"幸福",通过围绕"花的皇后"编戴花冠、唱歌颂扬和百鸟作伴等,使到野外去游玩的心爱的姑娘倍感幸福。

第四节,"让我们的生活比牡丹花更美,/让我们插上金凤凰的翅膀,/'我们无须等候死亡,/我们要活着飞上天堂!'"这是"合",升华和心爱的姑娘到野外去游玩的主题。牡丹是花中之魁,其美堪称"国色";凤凰是鸟中之王,金是富贵、是第一(金银铜铁等)。前两句用的是"祈使句",第一句是"让我们的生活比牡丹花更美",比"国色"更美的生活无疑就是最美的生活;第二句是"让我们插上金凤凰的翅膀",插上领头凤凰的翅膀那就飞力超凡了,此句紧接着第三、第四句,意思表达就完整了,那就是要飞上天堂——美好幸福生活的乐园,这不是身后升入天堂,而是身前飞上天堂过美好幸福的生活。这就从和心爱的姑娘到野外去游玩上升为和心爱的姑娘一起过上美好幸福的生活了,这种生活其实就是诗人和心爱的姑娘一直向往并不懈追求的"诗和远方"的理想生活。

洋 为 中 用

永明从小爱看古今中外诗人的作品,还摘抄了拜伦、雪莱、裴多菲、海涅、莱蒙托夫、普希金、彭斯、歌德和白朗宁夫人等外国诗人的不少名诗佳句,深受西方诗歌艺术和风格的影响。这就自然而然地会影响到永明的诗歌尤其是新体诗的创作。《让我们到野外去游玩》中的最后两句引用了匈牙利著名诗人裴多菲创作、孙用翻译的诗歌《最好最好的妻子》

中的最后两句："我们无须等候死亡，我们要活着飞上天堂！"就是永明在诗歌创作中洋为中用的一个典型例子。

　　此诗除了艺为我用、古为今用、洋为中用，在修辞上也是多法并用的。从整体上来看，第一节用赋，铺叙到野外去游玩；第二节用兴，渲染到野外去游玩；第三节用比，比喻和比拟联用来拓展到野外去游玩；第四节用寄寓，使到野外去游玩快乐上升为过上理想生活的幸福。同时，此诗把人的各种感官的感受都用上了，身能感到春天的温暖，眼能看到野外的美丽，耳能听到小鸟的鸣叫，鼻能嗅到鲜花的芬芳，而香气、香味又是相通的。这种在同一首诗中让读者有多感官的体验绝不是偶然的，而是作者在诗歌埋论的指导下有意而为之的。

　　此诗写成已近四十年了，它真实地记录了我们当年到野外去游玩的情景。以后每年一到春天，我就会想起永明写的这首诗歌，并和永明一起到野外去游玩。愿永明写出更多的好诗，愿我们和大家都享受春天到野外去游玩的浪漫和快乐！

　　附：《让我们到野外去游玩》

　　　　我美丽的姑娘，
　　　　快穿上活泼的春装，
　　　　在这晴朗的周末，
　　　　让我们到野外去游玩。

　　　　小鸟哲哲地鸣叫，
　　　　那是在向我们召唤；
　　　　鲜花悄悄地开放，
　　　　那是在把春天打扮。

　　　　我要编只最美的花冠，

给花的皇后戴上；
我要唱曲最美的歌儿，
把百鸟请来作伴。

让我们的生活比牡丹花更美，
让我们插上金凤凰的翅膀，
"我们无须等候死亡，
我们要活着飞上天堂！"

评胡永明新风诗《生日歌》

舒爱萍

2018年4月10日,永明在自己生日的当天上午,即兴写了新风诗《生日歌》:"我是一朵花,开在百卉中。向阳吸地力,历久香愈浓。"这是他又一次以诗阐发自己的志向和哲思。

永明自幼有过患病重生的独特经历,他又是一个积极进取之人,因此往往会在自己的生日有特别的感想,曾在多个生日赋诗言志。他20周岁时写了《二十周岁自勉》:"为国为民甘为牛,无名无利乃无愁。感叹二十贡献少,幸有数倍在后头。"他59岁时写了《六十生日抒怀》:"春暖花开庆六十,燃烛许愿正阳时。家兴业旺人福寿,圆梦报国更务实。"按照我们的习惯,生日都是做虚岁的,故他59周岁生日之时,写60岁生日之诗。

永明生于百花盛开的春天,因此对鲜花有着特别的感情,写过许多诗歌咏花喻志。如《夹竹桃》:"灌木也能成大树,笑迎寒暑春常驻。红霞白雪耀枝头,丹心洁身传芳馥。"又如《太阳花》:"巴西觅种九州栽,蕾小芳微不自哀。遍采阳光勤酿彩,江山尽染展情怀。"

他曾把自己比作过小草和夸父,这一次却把自己比作鲜花,全诗都是自喻为花来写的。这种写法对他来说可能还是首次。

首联,"我是一朵花,开在百卉中。"是作者从自己作为自然人的生命之花来写的。这句诗句看似很简单、很直白,其实作者是以简驭繁、寄予深意的。"我是一朵花",此"花"是"人之花"。"开在百卉中",此

胡永明、舒爱萍伉俪在上海市公安局农场分局（2017年2月2日）

"卉"是"花之花"。"我之花"能开在"花之花"中，就已经是别出心裁、别具一格的了。作者为什么要特意将"人之花"与"花之花"相提并论呢？其实这只是作者为了对"生命"展开深入的哲学思考创设的一个前提。作者这朵生命之花开放（降生）于百花盛开的春天，我的生命之花还盛开着，而那年春天的鲜花却早已化作了芳泥，生命中所遇到过的所有的鲜花都开得那么鲜艳而短暂。作为自然人的生命之花也终将会枯萎的，而作为自然人的精神之花如何才能盛开不败、历久弥新呢？作者虽然没有写明，其实已经在诗中隐含这些意思，提出这个问题了。

尾联，"向阳吸地力，历久香愈浓。"是作者从自己作为自然人的精神之花来写的。出句中的"向阳"，意为向着太阳、明确方向；"吸地力"，意为扎根大地、汲取力量。对句"历久香愈浓"，意为自己这朵花只要坚持"向阳吸地力",就会经历的时间越久,散发的芬芳也会愈来愈浓郁。"人之花"与"花之花"都是"生命之花","花之花"没有精神之花,"人之花"却可以有精神之花;"花之花"只有自然的芳香,"人之花"却可以有精神的芳香。"花之花"谢了,香也消了;"人之花"谢了,香却不一定消,只要开放的时候坚持"向阳吸地力",就能"历久香愈浓"。也就是说,人的精神之花是可以从生命之花中不断地或者最终脱颖而出的,甚至还能流芳千古的。

试想,作者如果不把自己比作"花",还能有什么更好的办法来把人与物作比较,并进而展开这样深刻的哲学思考呢?

晚唐诗人、诗论家司空图在《二十四诗品》中写道:"不着一字,尽得风流。"诗往往是有机关的,诗句往往只是进入堂奥的钥匙。永明《生日歌》中的更多意思是在诗外的,如果我们读诗只看表象,不作思考,是很难真正理解作者深刻的思想和丰富的感情的。

简单,往往是作者去粗取精后直达目的的"捷径";直白,往往是作者去伪存真后寄予深意的"留白"。大智若愚,大哲似凡。此诗似简实深、似直实曲可见一斑。其技法也是值得学习借鉴的。

永明是在学场上、职场上、文场上久经历练之人,被誉为"学者型的诗人,诗人型的学者"。这首《生日歌》,是作者自身修身养性、不断升华的生动写照,也是作者对所有事业为重、奋斗为乐人们的生命礼赞,是一首很好的言志之诗、励志之歌。

诗中的"向阳吸地力,历久香愈浓",是作者的人生座右铭,也是作者与大家共勉的格言警句。愿我们的生命之花都能开出属于自己的美丽,愿我们的精神之花都发出有益社会的芬芳。

简析胡永明创作的与胡适大师同题诗《蝴蝶》

舒爱萍

2017年2月,永明为纪念我国新诗诞生100周年,选写了与胡适大师的同题诗《蝴蝶》:"你是嫦娥的化身/下凡时梦见庄周/从此你永生文化/至今你翩飞九州"。

1917年2月,中国近现代著名学者、新文化运动领袖之一胡适在《新青年》杂志上发表了白话诗八首,其中第一首是《蝴蝶》:"两个黄蝴蝶,双双飞上天。不知为什么,一个忽飞还。剩下那一个,孤单怪可怜。无心再上天,天上太孤单。"这首《蝴蝶》是我国第一首白话诗,它与《赠朱经农》《月》(三首)、《他》《江上》和《孔丘》一起,成为我国新诗诞生的标志。

从胡适大师创作的《蝴蝶》等诗中,我们可以看出,白话诗主要是在旧体诗和民歌的土壤中滋生的。百年来,在新诗大家庭中,已有自由诗、新风诗、新律诗、小诗和散文诗等诸多形式的新体诗。这些新体诗都对诗歌的繁荣发展发挥着积极的作用。

永明创作的《蝴蝶》,属于新诗中的"小诗"。何谓"小诗"?永明在由上海辞书出版社出版的由他编著的《诗歌创作手册》中所下的定义是:"小诗是篇幅短小的表现作者瞬间感受、零碎思想的诗歌。一般仅有二至十行诗句。"中国作家协会会员、著名作家和文学评论家吴欢章教授在《提倡小诗》一文中指出:"我觉得小诗应以十二行以下为宜。"永明创作的这首《蝴蝶》,句数在"小诗"范围之内,表现的是作者因灵感而触发的"瞬间感受",而且是用我国格律诗"起承转合"的典型写法创作的。

起句"你是嫦娥的化身",起得超凡脱俗。在我国的传说中,嫦娥是个美貌非凡的女子,我国的文学作品常将嫦娥与蝴蝶联系在一起。如:"嫦娥挥舞着水袖,舞姿娉婷,犹如一只美丽的蝴蝶,翩翩飞舞";"嫦娥年轻的时候很漂亮,连蝴蝶都喜欢在她身边";"嫦娥纵有少年光,莫教蝴蝶暗偷香"(摘自《嫦娥与玉兔的故事》等)。因此,永明写出"你是嫦娥的化身"并非信口开河,而是在"蝴蝶"与"嫦娥"已有文化联系的基础上,经过大胆的想象和联想,把原先间接地将嫦娥比作蝴蝶等,变成了直接地将蝴蝶作为嫦娥的化身。这就创新了自然界的"蝴蝶"与传说中的"嫦娥"之间的关系,创新了中国文化中关于"蝴蝶"与"嫦娥"的两个意象,发展了关于嫦娥的故事情节,丰富了"蝴蝶"与"嫦娥"的文化内涵。这种创新与发展是合情合理的,因为"蝴蝶"与"嫦娥"至少有三个共同点。一是"美"。嫦娥是美丽仙女;蝴蝶是美丽生物。二是"飞"。嫦娥飞天;蝴蝶飞翔。三是"情"。嫦娥的爱情故事生动感人;梁祝的化蝶故事可歌可泣。我相信,将蝴蝶作为嫦娥的化身是能够为广大读者所理解所接受的。

承句"下凡时梦见庄周",承得富有哲理。庄周在《庄子·齐物论》中写道:"昔者庄周梦为胡蝶,栩栩然胡蝶也,自喻适志与,不知周也。俄然觉,则蘧蘧然周也。不知周之梦为胡蝶与,胡蝶之梦为周与?周与胡蝶,则必有分矣。此之谓物化。"意为:"过去庄周梦见自己是蝴蝶,是生动活泼的蝴蝶,感到愉快和惬意,不知道自己原本是庄周。忽然醒来,方知自己是庄周。但不知是庄周梦中变成蝴蝶呢,还是蝴蝶梦中变成庄周呢?庄周与蝴蝶,那必定是有区别的。这就叫作物我的交合与变

胡永明时任上海市公安局农场分局政委（2011年2月25日）

化。"这则故事虽然短小，却寓含着庄子诗化哲学的精义，即外部事物都会与自身交合，万事万物最后都是要合而为一的。这就是"庄周梦蝶"和"蝶梦庄周"的典出，及其哲学意义。永明写嫦娥化蝶梦见庄周，主要表达了三层意思：一是探寻我国蝴蝶文化的源头。我国自然界的蝴蝶成为文化中的蝴蝶，最早见诸战国时期庄周写的《庄子·齐物论》，其中庄周梦蝶、蝶梦庄周，就是我国蝴蝶文化的源头。二是体现作者物我一体的思想。主观与客观相统一，物质产生精神，精神作用物质，物质与精神达到和谐的境界。三是展现作者普遍联系的观念。世界是万事万物相互联系的统一整体，事物或现象之间以及事物内部要素之间存在着相互联结、相互依赖、相互影响、相互作用、相互转化等相互关系。因此，蝴蝶、嫦娥、庄周都可以产生生活中的、文化上的联系。

转句"从此你永生文化"，转得意味深长。在我国，自然界的蝴蝶成为文化上的蝴蝶，开始于哲学文化，发展于哲学、历史、文学、书画、歌舞、影视、雕塑、建筑等文化的各个领域。民间故事《梁祝传说》流传千古、影响深远，其中梁山伯与祝英台化蝶的情节可歌可泣、感人至深。唐代僧人齐已写有诗歌《蝴蝶》："何处背繁红，迷芳到槛重。分飞还独出，成队偶相逢。远害终防雀，争先不避蜂。桃蹊牵往复，兰径引相从。翠裹丹心冷，香凝粉翅浓。可寻穿树影，难觅宿花踪。日晚来仍急，春残舞未慵。西风旧池馆，犹得采芙蓉。"有关蝴蝶的文化元素、文化现象和文化作品古今皆有，不胜枚举。永明的这句诗，意为从蝶梦庄周开始，蝴蝶就对文化的生成发展有着源远流长的重要影响，同时，自然界的蝴蝶也在文化的流传和传承中得以生生不息。

合句"至今你翩飞九州"，合得留有余味。如果说"从此你永生文化"，是从"蝶梦庄周"写到现在的，那么"至今你翩飞九州"，就是从现在写到未来的。因为这个"至今"，是从今往后蝴蝶及其文化发展的每一个、无穷个今。而"翩飞九州"，既是指自然界的蝴蝶在九州大地翩翩飞舞，也是指文化上的蝴蝶从古至今产生着广泛而深刻的影响。这里，作者将自然界的蝴蝶与文化上的蝴蝶有分有合，表达上合二为一，意思上分一为二，两者之间又是密切联系、互相影响的，其中蕴含的感情和思想非常丰富。作者惜墨如金，为的是最大限度地增强诗歌的艺术张力和艺术辐射力。

吴欢章教授在自己创作小诗、研究小诗的基础上，于《提倡小诗》一文中提出：创作小诗须处理好小和大、独特性和普泛性、审美和审智、完成与未完成四对关系，就是要努力做到即小见大、独树一帜与平易近人相统一、美的情思与艺术形象相交融、艺术完整性与调动读者创造性相结合。就永明创作的小诗《蝴蝶》来看，落笔于娇小的蝴蝶，却能引导读者想到更广阔的社会生活、悟出更高远的人生境界；把蝴蝶写成嫦娥的化身具有从未有过的独创新、意外理中的独特性，而全诗依然能辨其脉络、识其本相；嫦娥化蝶、蝶梦庄周等表现了作者美的感情、美的思想，同时又把抽象的文化概念在蝴蝶、嫦娥、庄周等意象和下凡、梦见、翩飞等动作中得以形象化、生动化；此诗已成为"一个自足的艺术世界"，同时又给读者留下广阔的想象空间，可以充分调动读者在阅读中的主动创造性，共同来完成作者的创作意图以至延伸、深化此诗的艺术境界。

新诗诞生百年了，在诗歌作品的创作和社会作用的发挥方面都取得了丰硕的成果，从诗体到诗艺都积累了丰富的艺术经验，形成了中国诗歌的新传统。让我们善于继承和发展中国旧诗、新诗两个传统，为诗歌的繁荣发展做出自己应有的努力和贡献。

对格律诗古为今用的有益实践

——简析胡永明七绝《赏升金湖晚景兼赞池州天源新发展》

舒爱萍

2018年2月28日傍晚,永明在安徽省池州市天源山庄南面的升金湖畔即景写了七绝《赏升金湖晚景兼赞池州天源新发展》:"雨后彩虹挑日月,山前碧潋耀金银。池州雁阵飞鸣远,笑看天源万象新。"这四句,其实是作者"四看"的真实写照。

一看天,看大景。写的是雨过天晴,彩虹当空,西边的夕阳和东边的新月就像是被彩虹挑起来了。当天是元宵节的前两天,月亮已开始圆起来。

二看湖,看小景。写的是在起伏的山峦前,升金湖湛蓝的水波在夕阳的照射和新月的投映下闪耀着金光和银色。升金湖湖区面积达132.8平方公里,这一带的湖区多被池州天源现代农业有限公司承包用来养殖水产。

三看雁,看远景。写的是在池州的天空上,一群大雁正排列成行边飞边叫、越飞越远。

四看农,看近景。写的是天源现代农业有限公司种植的油茶树和养殖的家禽等都是一派生机勃勃的景象,让人有万象更新、事业发展之感,看得喜不自禁。

此诗是用形象写成的,写得情景交融、形神兼备、动静相宜、虚实相生。上联写景，是"无我"的写法，写的是自然美景的物象；下联写物，是"有我"的写法，写的是融入情思的意象。在下联中，作者在出句中点出了地点在"池州"，在对句中点出了单位是"天源"；写雁阵远去飞鸣留声，表达的是作者即将返沪前的离情别意；写天源农业欣欣向荣，表达的是作者对该公司发展的充分肯定和美好祝愿。

此诗还有几点写法是值得肯定的：

第一，写法经典。作者采用的是"起承转合"的写法，以雨后彩虹挑起夕阳和新月为起，以山前升金湖湛蓝的水波闪耀着金光和银色为承，以池州天上雁阵飞鸣渐远为转，以笑看天源农业新发展为合，可谓匠心独运。

第二，对仗工整。绝句可以不对仗，但作者对首联却采用了"对仗"而且是"工对"的写法。以"山前"对"雨后"，是名词对名词、方位词

胡永明、舒爱萍伉俪在上海作协青浦文学营（2018年4月24日）

对方位词；以"碧漪"对"彩虹"是色彩词对色彩词、名词对名词；以"耀"对"挑"是动词对动词；以"金银"对"日月"是双物名词对双物名词，其中"金"对"日"、"银"对"月"，又分别是"日""月"产生的金光和银色，使出句为"因"、对句为"果"，密不可分。

第三，用词巧妙。"彩虹挑日月"中，一个"挑"字，把"彩虹"拟人化了，好像"日""月"都是被"彩虹"挑起来的金球和银球，并把其实都是独立存在的"彩虹""日""月"联系了起来。"碧漪耀金银"中，一个"耀"字，把碧波写得闪金耀银地生动起来。"雁阵飞鸣远"中，一个"远"字，把雁阵飞鸣着由近向远的动感、空间感和作者仰望、目送的情形都反映出来了。"笑看"中，一个"笑"字，把作者的喜悦之情跃然纸上。所以，第一、第二句中的第五字"挑""耀"，第三句中的末字"远"，第四句中的首字"笑"，都是"诗眼"，不仅分别使本句，而且共同使全诗灵动了起来。

第四，格律规范。"五言绝句首句以不入韵为常见"（王力语）。作者采用的是七绝中"首句仄起不押韵平韵式"的格律：仄仄平平平仄仄，平平仄仄仄平平。平平仄仄平平仄，仄仄平平仄仄平。诗中四句二十八个字的平仄全部相符，四句在节奏上前两句分别是 2-2-1-2 的节奏，后两句分别是 2-2-2-1 的节奏，偶句押的都是 in 韵。因此，此诗在格律诗的形式上和在诗歌的音乐性上已经基本达到了尽善尽美的程度。

绝律诗是兼具简洁美、均齐美、对称美、节奏美、音乐美的大美诗体。永明的七绝《赏升金湖晚景兼赞池州天源新发展》是他运用古典格律诗的形式讴歌祖国大好河山、颂扬现代农业发展的有益实践。

第三集

为永明君大喜而作

韩焕昌

颠沛流离一配军，幸得诸子慰孤魂。
买煤有手半间暖，搬场无车一路辛。
共被荒村犬正吠，分食学府酒没斟。
春风又是红园好，料量桃花更喜人。

胡永明与中学语文老师韩焕昌在一起（2019年1月31日）

（韩焕昌：上海教育出版社编审，曾任上海市闵行第二中学胡永明所在的74届8班副班主任兼语文教师）

己亥年新寄永明友

宋海年

往事依稀留旧影，霜风欺鬓暗心惊。

古风屡试同探讨，格律精研共和鸣。

秋雨奈何连月滴，桑榆幸运接天晴。

新词书尔因知己，犹向苍穹行一程。

胡永明、舒爱萍伉俪与宋海年参加"胡永明《诗歌创作手册》研讨会"时留影（2015年12月5日）

（宋海年：中国作家协会会员、上海市作家协会理事、闵行区作家协会秘书长）

赞《启明星在闪耀——胡永明诗书评论集》

戚泉木

山美水美诗更美,
山青水清情更亲。
喜看永明评论集,
夫妻双才人人敬。

胡永明与戚泉木参加"上海作家再进殷行新书签名活动"(2018年12月20日)

(戚泉木:中国作家协会会员、中国科普作家协会会员、著名社会活动家、上海百老德育讲师团团长)

思佳客·喜结诗友胡永明

瞿　若

宁海飘然一俊生，文章道德有名声。
青春警苑英才显，壮岁诗坛豪气兴。
新时代，勇前行，并肩伉俪立尖兵。
艰辛何惧扬宏志，海口浪前松柏青。

胡永明与瞿若在上海青松城参加上海枫林诗词社举办的"庆祝改革开放四十周年诗歌朗诵会"（2018年11月12日）

（瞿若：离休干部、新四军研究会会员、上海枫林诗词社常务副社长、上海金秋文学社副社长）

永遇乐·论《中华五千年》

方 旭

中华文明，千年难觅辛弃疾处。尧舜虽贤，汉唐强盛，烟雨中归土。殖民割地，帝朝颠覆，人道睡狮曾住。寇贼歼，人民解放，山河万里无蠹。

启明咏志，行神如空，寥寥长风怀古。行气如虹，激扬文字，续写峥嵘路。可堪回首，金戈铁马，文武风流争沪。凭谁问：杜甫迟暮，逢君何处？

借南宋著名词人辛弃疾的《永遇乐·京口北固亭怀古》来评启明的《江城子·中华五千年》，一是《永遇乐》和《江城子》词牌有个呼应，二是都表达了浓厚的家国情怀。只不过辛弃疾在南宋时壮志未酬，现今国泰民安，作者心境有所不同，所以评价的词中多了几分豪迈，少了几分感慨。第一段，基本是用《永遇乐》的词韵来理解永明的原词，表达了过去虽有辉煌、近代虽然屈辱，但俱往矣，今朝山河万里无

胡永明和方旭在一起（2018年1月12日）

蠹的强盛气魄；第二段，着重评价启明的诗词造诣，写古寥寥长风，论今激扬文字，回首过往，文武全才，既有功绩，又有文采；最后以爱国诗人杜甫来呼应，表达了同样心境，可以通过文学作品在千年后达到共鸣、传承。

附：永明《江城子·中华五千年》："中华上下五千年，舜尧贤，汉唐坚。清末闭关，积弱缴销烟。割地殖民赔款辱，革命起，帝朝颠。//日军侵略速吞兼，共国联，寇奸歼。安内逆施，解放换新颜。建设改革发展快，山水笑，艳阳天。"（此词获"印象中国年"全国首届新春主题文学大赛金奖）

（方旭：互联网公司技术部门经理）

为永明诗书人点赞

潘培坤

唐宋八大家,苏门出三人。
文章父子兵,何敌尔祖孙。
书香次第开,金石掷有声。
诗赛屡夺魁,歌赋常出新。
草木总关情,山水秀风云。
持枪卫大地,挥笔书警魂。
居高不忘民,寄怀写人本。
清新庾开府,俊逸鲍参军。
恰如饮绿茶,养神又益心。
俯拾皆成诗,咀嚼见精神。
旧体创时意,新诗借古韵。
弘扬正能量,生命源自身。
儒雅一战士,佩剑亦诗人。
时空越千年,山川任驰骋。
动笔壮士志,静言皆经纶。
爱情系文情,比翼心永恒。
万事孝为先,绕膝尽孝心。
育女有义方,遗儿一筐经。

祖孙三代人,代代相传承。
文化融血脉,永耀启明星。

(潘培坤:水利部上海勘测设计研究院原党委书记)

赞永明诗歌讲座

潘培坤

洗耳聆君言,细雨润心田。
写论两分离,今古不相伴。
诗坛奇葩事,"壁垒"两重天。
入门知章法,定义明内涵。
节奏与声调,押韵莫等闲。

胡永明、舒爱萍伉俪在"胡永明诗歌研讨会"上接受潘培坤赠送诗书作品(2017年8月30日)

意象与物象，作诗乃关键。
情至可飞扬，志高气昂轩。
山清水秀暖，风花月夜寒。
家国大情怀，词曲好美篇。
警句胜陈词，佳言立标杆。
一席精讲座，启智敌数年。
文字与人生，再续新诗篇！

喜读启明诗和启明星在闪耀
——祝贺胡永明新书研讨会召开

吴振兴

胡永明与吴振兴在上海青松城（2019年3月11日）

（一）

沪上才俊胡永明，百姓情怀满心间，
脚踏大地观山水，饱览华夏春色美。

读书涵盖古与今，是非爱憎皆分明，
胸中藏有凌云志，文坛年年展新颜。
改革大潮育新人，启明新星在闪耀，
挥毫抒写大时代，追波逐浪永向前！

（二）

文坛一对贤伉俪，诗词文赋皆出彩，
志存高远心不老，携手相伴乐登攀！

（吴振兴：中共上海市委党史研究室原副主任、研究员）

致永明并祝永明夫妇获奖

张春新

（一）

父子作家基因承，撰写"诗歌创作论"。

公安本色永不变，家国情怀藏在身。

人称"佩剑的战士"，且赞"儒雅的诗人"。

爱情诗篇满堂彩，幸福伉俪情意深。

比翼双飞进书展，多年梦想今成真。

厚积薄发有后劲，来年再上楼一层！

（二）

群里喜讯广传扬，祝贺夫妇获金奖。

狗年汗水换丰收，长空比翼任翱翔。

站在人生新起点，心系诗情和远方。

出海航船迎新年，岁末高歌报吉祥。

（注：祝贺夫妇获金奖，系指祝贺胡永明、舒爱萍夫妻于 2019 年 1 月在由世纪百家国际文化发展中心等主办的"印象中国年"全国首届新春主题文学大赛中同获金奖。）

赞胡永明老师、舒爱萍老师同获金奖

朱泰来

出海口里赞伉俪,双进双出长相伴。
夫唱妇随比翼飞,夫舵妇桨同扬帆。
今日两人获金奖,社里荣耀群里欢。
狗年丰硕迎猪年,文山诗峰共登攀。

胡永明与朱泰来在上海青松城(2019年3月11日)

(朱泰来:《大方》杂志副社长、副总编,中华精短文学学会会员、上海海派诗人社秘书长)

贺永明、爱萍伉俪同获"印象中国年"全国首届新春主题文学大赛金奖

过子泉

祝贺来自心底,人间难得双飞;
同窗知音难觅,夫妻知己更稀。
为人老少谦和,才学八斗相依。

胡永明与过子泉在"诗歌美酒养生讲座"上(2018年5月15日)

(过子泉:中医特色疗法师(高级)、中国佛商会营养学院教授、中国现代作家协会会员)

书　　缘
——致胡永明、舒爱萍贤伉俪

崔丽娟

在熙熙攘攘的人流里
你们就像两条蜿蜒的小径
延伸在密密的书林里
如山间小溪，向着同一个方向

胡永明、舒爱萍伉俪与崔丽娟在上海思南书局（2019年4月16日）

饱蘸感情的笔尖

摇曳着希望的星光

你的明眸燃烧着激情

我的眼睛满含着期盼

厚重的书本开放着重重叠叠的心灵

三尺见方的书桌，咫尺天涯

理想的双臂缩短了彼此心灵的距离

徜徉知识的海洋冥思苦想

一个个不眠之夜艰辛探索

黎明悄悄昭示

思想的手中，正握着真理

（崖丽娟：《世纪》杂志副主编、资深媒体人、诗人）

诗意人生
——致永明兄

崔丽娟

宽广的胸怀
因为大爱宽容
更显开阔

深沉的情感
因为默默无语
愈加深邃

温暖的心
因为绵绵爱意
柔情万般

幸福人生
因为充满诗意
美丽无比

遇见·相知
——献给坚持梦想的诗人胡永明、舒爱萍夫妇

王 岚

自从
看到了你的青春的背影
自从
听见了你的优美的朗读
自从
和你牵手黄昏中散步
自从
和你长灯里写诗唱和
一切
便成了天经地义
因为懂得
诗歌,成了生命的底色
无论什么色彩
都让你们对未来充满无限遐想
也有了
坚持下去的理由
因为夫人的眼里

胡永明、舒爱萍伉俪与王岚在上海思南书局（2019年4月16日）

依然流露着少女般的崇拜和欣赏

而诗人的眼里

是相知后的坚持

（王岚：上海市作家协会会员、资深记者、专栏作家）

有一枚钻石

黄玉燕

有一枚钻石
来自于启明星
太阳的夺目火彩
闪烁在它的每一个切面
没有一点杂质
经得起磨难的挤压
足够的纯净度
耐得住时间的考验
它,那么耀眼
因为它燃烧的是牵手一生的诺言

病房里
一位贤淑知性的姑娘
与一位俊朗正直的青年
因诗而结缘
从此
妻子,一只手养育着女儿
精心操持着柴米油盐
一只手,竭尽女性的所能

托起一颗星冉冉升起在诗坛
从此
丈夫，穿上警服
就是扬眉剑出鞘的特警指挥员
英勇果敢，保城市一方平安
回到家里
就成了埋头于书桌的诗人
一首首诗歌、一本本专集喷涌而出
"佩剑诗人""公安学者"
成了他最瞩目、闪亮的标签

如今，他们俩
成了上海诗坛最美满的伉俪
彼此幸福的表情
依然还洋溢着初恋时的甘甜
面对妻子为丈夫精心编著的评论集
有谁能掂得出这本书的分量——
一座藏着金矿的山
哦，它真切地告诉我
一颗货真价实的钻石
需要纯净坚硬的材质
而真正打磨它的
是一颗女人的心——
深情而柔软

有一枚钻石

⬆ 胡永明与黄玉燕出席"上海市作家协会第十次会员大会"（2018年12月17日）

⬇ 胡永明、舒爱萍伉俪与黄玉燕出席"纪念改革开放四十周年知青原创歌曲展演"（2018年12月18日）

来自于启明星

人生的火彩四溢

诗意的切面璀璨

那一句:"读你千遍也不厌倦"

足够诠释那价值连城的爱

相互辉映

世间永留传

注:黄玉燕于2019年1月29日在"2019年度上海出海口文学社会员大会"上配乐朗诵了原创诗歌《有一枚钻石》。胡永明赋诗《赞黄玉燕朗诵原创诗歌〈有一枚钻石〉》:"容秀身倩心高洁,诗豪乐美诵铿锵。钻石喻人弘正气,胸怀家国情飞扬。"

(黄玉燕:中国音乐文学学会常务理事、上海市作家协会会员)

因为懂得　所以安心
——写给胡永明、舒爱萍夫妇

李　莉

题记：
也许，有风有雨的日子
才能承载生命的厚重
风轻云淡的日子
才能静静地领悟

谁说男儿无柔情
谁说女子无侠骨
他，一位英武的特警战士
她，一位美丽贤良的女子
因诗结缘，因爱相守
在岁月的年轮中
这份柔情，这份爱
渐次厚重

作为一名特警指挥员
为保一方平安

胡永明与李莉在上海青松城（2019年3月11日）

他把威严之剑一次次指向敌人
把危险置之度外
而在家中的她
一次次把心提在嗓子眼儿
一次次担惊受怕，彻夜难眠
在心里祈祷，一定要平安归来
因为
他是她的夫，更是女儿的爸
为此，她落下了眩晕的病根

她爱他，但更理解他
她甘愿做他疲惫时的港湾
默默地把一切都扛下

她知道,她就是他身后

那盏温暖的灯

随时、随地都照着他回家的路

而他,把对她的柔软

都浓浓地溶进了诗行

在这繁华与喧嚣的世界里

他和她,犹如两颗闪亮的珍珠

镶嵌在那里,那么平凡

又那么的耀眼

(李莉:中国音乐文学协会会员、中国音乐著作权协会会员、上海浦东作家协会会员、上海音乐文学协会会员、上海儿童音乐文学协会会员)

警监诗人　神奇美画
——致诗人胡永明

俞娜华

人类的诞生，
从啼哭开始。
自从有了思想，
人人向往伊甸园。
这是
人人有过的梦想。
园中有：
碧蓝的天空，
洁白的云朵；
明媚的阳光，
美丽的禽鸟；
小桥、流水，
鲜花、果树……
所有的美好应有尽有。

神奇的美画
在人的思绪中展现，

美美地长上了
飞翔的翅膀,
想象着、快乐着
未来的梦想。
当个科学家,
为人类造福;
当个飞行员,
在万里晴空飞行;
当个作家,
走到哪里挥毫到哪里……
美好的事业,
美好的家庭,
成功雷鸣般的掌声
统统归向我。

满满的欲望,
却常常使人失落;
满满的欲望,
却常常使人忧伤。
欲望使人
不停地追逐名利;
欲望使人
少了幸福!
人心向往的,
常常背道而驰:
拥有辉煌的事业,

往往没有好的家；
拥有和睦的家庭，
往往少了精神园……
有些凑合的婚姻，
兴趣不合是个悲，
情感不合是个悲，
道观不同悲上悲。
原本好端端的家，
变得四分五裂；
离婚再结婚
成了时尚。
千万种理由，
永远对方错。
一切向"钱"看，
人类少情义。
道德倒退了几世？
你我心知肚明。
人生美景不多，
这是人类悲之画。

曾经的某年，
在某个时辰，
天使
赏读了
永明的诗，
眼前

出现了

一幅神奇的美画。

在这世界上，

启明星在闪耀，

闪耀在他的诗中，

闪耀在文学星空；

闪耀在他的家中，

闪耀在生活园地。

世上

出现了

神奇的画卷：

永明与父亲

父子作家

事业一体；

永明与妻子

夫妻诗人

精神一体；

永明与女儿

父女艺者

追求一体。

谁能画出

道德的篇章？

谁能画出

事业的分量？

谁能画出

爱情的厚重？

谁能画出
幸福的指数？
毕加索画不出，
徐悲鸿也画不出……

警监诗人五官端正，
富有神韵，
双目炯炯有神，
一身浩然正气。
永明爱萍
因诗结缘，
成为幸福伉俪，
一世情缘，
一生相爱。
众人羡慕，
众人祝福。
原来
警监诗人
永明的人生，
是一幅
拥道的美画。

迪士尼的故事里
有一片天地。
警监诗人
也有一片天地——

精神的乐园：
美丽的诗书，
精彩的篇章，
动人的美画。
正在穿越时空，
散发浓浓的墨香，
飘向远方，
飘向未来。
那是：
神奇的美画，
拥道的美景。
书有道而辉，
人有德而荣！

胡永明、舒爱萍伉俪同俞娜华出席"《上海散文》创刊号首发式"（2019年4月20日）

（俞娜华：诗人、作家，中国诗歌学会会员、中国散文学会会员，民革成员，上海光大律师事务所高级顾问）

读启明诗歌

原 因

壮丽的祖国山河
他用浓墨重彩讴歌
先祖前贤的遗篇
他以敬畏之心唱和
动人的爱情故事
他用真情拨动心弦

十七岁的美少年

胡永明与原因在上海市医务工会职工文化活动中心（2019 年 4 月 16 日）

举步生风在诗路上

佩剑握笔的帅哥

大写着澎湃的诗章

冉冉升起的新星

流淌出深邃的梦想

我捧读诗卷,心

荡漾在句句行行

我伫立诗坛,听

耳边佳句在回响

我遥望星空,看

启明星闪烁放光

(原因:上海音乐文学学会会员、上海演讲与口语研究会会员、上海科技翻译学会会员)

读胡永明老师诗有感

张春发

深山探幽

寻觅一片兰芬

沙海吹羌

裁出万里芳馨

胡永明、舒爱萍伉俪与陈新光（前排右二）、张春发（前排左一）、张斌（前排右一）和许安娅（后排右一）夫妻、张天竞（后排左二）、方旭（后排右二）和常绮帆（后排左一）合影（2019年1月16日）

水月芙蓉

只为悠悠情醇

海天流云

"启明"相伴"清瑾"

注："启明"是胡永明老师的笔名，"清瑾"是胡老师爱人舒爱萍老师的笔名。此诗既是对他们多年在诗坛辛勤耕耘所得成就的祝贺，也是对他们这对诗坛伉俪的致敬。

（张春发：中国艺术摄影学会会员、上海市摄影家协会会员、原《闸北报》编辑）

诗赞《启明诗》

刘晓红

启明星璀璨
引我入佳苑

徜徉百诗丛
葳蕤堪惊叹

咏物花满枝
缱绻醉睡莲

山水皆如画
雄笔颂华山

建设大中华
国庆赞盛典

人物无大小
孔子陈赛娟

爱情重头戏
七夕殷祝愿

胡永明、舒爱萍伉俪与刘晓红在"胡永明《诗歌创作手册》研讨会"上（2015年12月5日）

随感时时有

端午祭屈原

万物入君心

世事写真言

雄心伴深情

相偕有婵娟

若问人间梦

唯您最圆满

（刘晓红：《中国平煤神马报》周末版原主任）

赞 成 功
——贺胡永明诗集出版

郦帼瑛

夏归暑去,踏访山中。

吟诗论道喜融融。

旧朋新友,音韵无穷,

胡永明、舒爱萍伉俪与郦帼瑛(右一)在"胡永明《诗歌创作手册》研讨会"上(2015年12月5日)

莺歌燕舞,撼动长空。

侧畔芦苇,烟雾空濛。
不闻窗外织娘虫。
爱心萍聚,永久明聪。
唱和守望,一世情浓。

(郦帼瑛:上海市作家协会会员)

赞胡永明老师夫妇

龚珮珮

鸳鸯戏水两相伴,
伉俪挥毫双结缘。
才貌兼备情意绵,
志趣高雅驰文坛。

胡永明与龚珮珮在一起
(2019年1月22日)

(龚珮珮:语文高级讲师,上海市师资培训中心原副主任、上海第一师范学校原副校长,希望工程全国教师培训中心原副主任、教育部关工委《关心下一代》原副主编)

奇人奇家

陈柏有

冰河铁马戈铿锵,儒将一吼敌胆丧。
诗坛黑马声朗朗,字典一册新韵彰。
父子作家有几双?夫唱妇随军拍档。
诗人佩剑妻勤砺,奇人奇家扬帆航。

胡永明与陈柏有在上海浦南文化馆(2019年2月24日)

(陈柏有:上海市作家协会会员、百友作家沙龙会长、《浦江文学》主编)

赠胡永明、舒爱萍贤伉俪

张 斌

都门一怒美名扬，
所赖良弓并柔肠。
退得文字携天下，
又见人间诗事忙。

胡永明与张斌在一起（2018年1月12日）

注："都门"句：都门原为京都，这里泛指大都市。永明老师少年习武，青年从警，长期担任领导干部，惩恶扬善，为维护社会治安作出了贡献。

（张斌：诗人、企业家）

与永明兄伉俪同游作

曹秀芳

初见《论诗》吞彩凤[①],
及观《诗论》[②]璧双合。
平生不善夸人好,
仙侣[③]同舟今作歌。

(曹秀芳:中华诗词学会会员、《小杜牧诗刊》主编)

胡永明、舒爱萍伉俪与曹秀芳(左一)在一起(2019年4月2日)

① 吞彩凤:《晋书·罗含传》记载,罗含少时梦见一文采华丽的鸟飞入怀,自此文章大进,后用吞彩凤比喻才华出众或文词华美。
② 《论诗》是胡永明所作《莺啼序·论诗》,《诗论》是胡夫人舒爱萍为其作的注。
③ 仙侣:《后汉书·郭泰传》记载,郭泰为李膺所重而名震京师。二人相遇友好,同舟渡河,为众人敬羡。仙侣同舟表示知己同游高逸不凡的风度,或表示与名人相处。

题永明兄特警照

曹秀芳

气盖高楼凌碧虚，
握枪时眼比鹰疾。
归来闲把《燃冰》咏①，
对月犹思霍骠骑②。

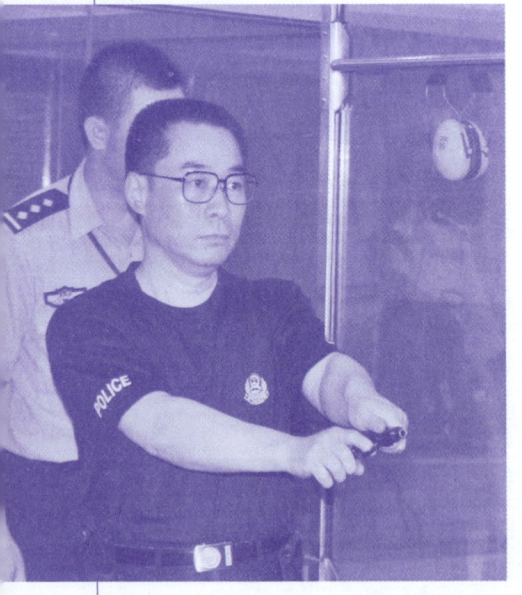

(上) 胡永明时任上海市公安局闵行分局特警大队副教导员兼江川警察署特警队指导员、巡特警党支部书记（时年35岁）

(下) 胡永明参加实弹射击训练（2012年8月3日）

---

① 《可燃冰吟》是胡永明贺我国南海全球首次试开采可燃冰成功而作的一首七绝，热情讴歌可燃冰的奉献精神和对祖国发展的意义。
② 霍骠骑，即霍去病，西汉名将、军事家，官至大司马骠骑将军，封冠军侯。

记诸君评启明诗

曹秀芳

竹青水碧感斯文,
健笔书成墨未匀。
今夜太白①何皎皎,
鹤鸣声里洛生吟②。

---

① 太白星,即金星,早晨在东方出现叫启明,晚上在西方出现叫长庚。
② 洛生吟,亦洛下书生咏。东晋谢安少有鼻疾,吟诵时带有浓重的鼻音,诸多名流慕其名而仿其咏。

诗人的生日

谈 岩

你们的生日,
与四月的春天重叠。
有和风也有细雨,
有柔情亦有阳刚。

四月十日,
这看似平淡的日子,
却又是不同寻常的日子。
因为那是波涛翻腾海面,
启明星从茫茫夜色中升起的时刻……

这一天,
平凡而又不平凡。
因为,这是属于诗人的节日!
或许,他们早已将一切都置之度外……
每一次生活的体验,
每一次涌动的思潮,
每一次行云流水般的妙笔生花,
每一篇壮丽的诗歌,

如婴儿般呱呱落地之日，

才是诗人完美欣慰的生日。

胡永明同刘希涛（中）与谈岩（左一）在一起（2019年4月16日）

注：上海出海口文学社社长刘希涛生于1944年，副社长胡永明生于1957年，他们都是诗人，生日都是4月10日。

（谈岩：诗人、刑警）

我的同学胡永明

李芝惠

我和永明是发小,从小一起长大。我们是幼时的邻居,小学、中学的同班同学。现在,我和永明、爱萍夫妻诗人又是诗友。

我小时候住在上海闵行电机新村68幢3楼。有一天,我听大人说,胡宝华一家要搬来。我父亲说就是那个作家吧?母亲回答是的。我非常好奇,作家?不就是很会写吗?那时,工人新村住的都是工人和工程师。我对会写书的人特别崇拜,巴望早点看到他。后来,他家搬到了68幢1楼。他父亲中等身材,皮肤白皙,为人和蔼,见到邻居都打招呼。我每次见到他,总想问他写书难不难。永明有一个哥哥、一个弟弟,大的太大、小的太小,玩不到一起。我和永明同龄,见到他就感到特别亲切。那个年代没有手机,没有电脑,也没有电视机,所有的活动都在户外。有一次,我正趴在地上玩得起劲,一抬头见到一个白白净净的小男孩站在我面前,吃惊地睁大着眼睛看着我,当时的我一定是"满面尘灰烟火色,双手泥巴十指黑"了,我便邀他一起玩。那时,小伙伴最流行的一个游戏就是你驮我、我背你。记得我们俩玩的时候还不停说话,还被周围的小伙伴们哄笑,我们都不好意思,赶紧松开了。我们玩得最多的,是围绕房子侧面的两棵桃树你追我、我追你。春天粉红色的桃花盛开,在桃花中嬉戏真的很开心。有时还没有玩到尽兴,他母亲突然把他唤回去,那是最扫兴的。有一次我就跟在他们后面,只见他母亲扑打他身上的灰尘后拉他进了房间,我想偷听他们在干吗,又怕他母亲突然开门，只好作罢。现在想来一定是让他去读书了，不然他怎会有今天的成就？两小无猜的童年一晃而过，记忆却是永伴一生。不久他们搬了家，搬到对面的66幢。我不清楚他们为什么要搬，让我不舒服了好些天。

之后，我们一起就读于上海电机厂职工子女小学。那时升学不用考试，我们玩得天昏地暗，可永明却始终是那么文静，他在父亲的指导下正在努力学写诗歌，为以后创作打下了坚实的基础。学校黑板报经常会看到他的诗，虽然写得有些稚嫩，却都是积极向上的。

1971年，我们一起就读于上海市闵行第二中学。中学一年级上半学期，永明就成了校学生中的团骨干（"文化大革命"期间学校是团、年级是连、班级是排），兼校红宣队队长和71级（12个班级，每个班级60名学生）连长；到了四年级一开学，他又当了第二学生团支部副书记，主持团支部工作，组织培养和发展了大批学生团员（第一学生团支部副书记是原团长当的，两个学生团支部书记都是老师挂名的），后来又兼了我们8班的排长（即班长）。永明作为学生干部，自己带头遵守校纪，认真学习，还敢于管理。记得有一次，班里的几个皮大王又开始闹学堂了：只见有的在书桌上跳来跳去，有的高声尖叫，把纸扔过去丢过来，好不热闹。当时我们都非常兴奋，唯恐天下不乱。突然一个身影站起来大喝一声，教室顿时安静下来，我们都被震住了，没想到一个儒雅的书生爆发出的力量是何等惊人！永明是语文老师韩焕昌的得意门生，语文成绩一直都是很好的，每次作文都是优秀。中学期间，永明还广泛阅读了古今中外的诗歌及其理论书籍，还学会了写格律诗。毕业前夕，他17岁时写了七绝《中学毕业前夕与同学涉海滩》："迎霞挽手下鄨滩，沙厚风狂作笑谈。晃晃相搀一步步，齐观乳燕逐征帆。"表现了他不怕困难，即便是乳燕也要展翅穿越风浪，去实现自己理想的坚定决心。

胡永明、舒爱萍伉俪与李芝惠（右一）在一起（2007年4月25日）

四年的学习生涯结束了，大家各奔东西。永明留校工作，这是全年级学生中唯一的一个。77年恢复高考后，永明又是我们班第一个考进正规大学的。本科毕业后，他再次留校工作。几年后，永明又调干到公安机关开始了他作为人民卫士的职业生涯。其间，他又考取了复旦大学，获取了法律硕士学位。永明爱岗敬业，经常发表论文，很快成为一名党员领导干部，后又晋升为三级警监。同时，他在诗歌创作和研究上也是突飞猛进，先后出版了《晚潮拍岸的声响——胡永明诗选》《阳光化作七彩虹——胡永明诗选》《给远方的至爱——胡永明爱情诗选》和《启明诗》等四部诗集，还出版了《诗歌创作手册》，创编了《通用规范汉字诗声韵》，成为一名有持续创造力的诗人、作家和学者。

说来也巧，永明的爱人舒爱萍是我出国前的同事，我们同在上海三菱电梯有限公司上班。她当时是财务科的会计师，后来又成为总统计，听说她还为中国电梯协会做了许多卓有成效的工作。她也是诗人，还编著出版了《启明星在闪耀——胡永明诗书评论集》。

而我也爱好诗歌，经常创作一些诗作。这样，我与永明夫妻就又成了诗友。我在澳大利亚期间，我们就通过微信和电子邮件等进行交流。2016年9月15日中秋节，全球最强台风"莫兰蒂"在福建厦门登陆。永明写了《2016年中秋雨夜寄友》："中秋遇风王，九州半雨晴。胸中怀婵娟，何处无月明？"爱萍写了《和永明〈2016年中秋雨夜寄友〉》："中秋抗风王，雨过九州晴。古今共婵娟，两岸沐月明。"他们发起写和诗活动后，我写了《和永明同学〈2016年中秋雨夜寄友〉》："中秋风雨紧，不见月儿影。但闻嫦娥吟，九州气象清。"据悉，那次活动共收到叶辛、李伦新、吴欢章、刘希涛、韩焕昌等97位作者的110首和诗。后来，永明又写了《黄叶》："别枝不恋高，乘风舞晴空。归根沃芳泥，再育绿荫浓。"爱萍也写了《黄叶》："居枝展春秋，应时辞苍穹。唯愿入大地，助泥孕花丛。"他们发起写同题诗后，我也写了《黄叶》两首，其一是："晚秋时节愁人肠，梧桐渐枯草木歇。夕阳西下微风起，黄衣漫舞难来接。问其冬天何处去？叶儿不答忽为蝶。一蝶还成千万只，飞入泥中花更洁。"我还经常写了诗，发给永明和爱萍听取他们的意见，他们总是给我鼓励，并对我进行指导。

在永明和爱萍的推荐下，我加入了上海出海口文学社。2018年9月，吉林人民出版社出版的《出海口浪花》第二卷收入了我创作的《新年》等14首诗歌；同年12月1日，《上海诗书画》第28期刊登了我创作的《我为春天唱支歌》等8首诗歌。今年，《出海口文学》创刊号又刊登了我的诗歌《春花》《向日葵》。永明、爱萍还帮我收集着有关书籍和报刊，说等我回国时一并给我。

我每次回国，永明、爱萍都很热心。2006年5月4日，永明伉俪邀我和另外8位同学一起到他们闵行家中相聚，并请我们到附近饭店共进晚餐。同年5月6日，永明和同学们来我家，我母亲一见他就认出他是胡宝华的次子，他还与我和我母亲合影留念。当天下午，永明和同学们驾车把我送到了浦东国际机场，陪我谈了好长时间，直到送我进入机场后才依依不舍地返回。2017年4月16日,永明伉俪又接我去他们市区家中畅谈交流,并陪我到饭店吃了晚饭。今年,我还没回国,永明、爱萍已说到时一定要去他们家,还说要请我去特色饭店品尝美味宁波菜。我期待着今年与永明伉俪再相聚,畅谈我们别后的情况并交流诗歌创作的感悟。

  我和永明的友谊始于幼年,我与永明、爱萍的友情将维系一辈子。有永明、爱萍这样的朋友真好!愿我们携手迈向诗和远方!

(李芝惠:澳大利亚华裔诗人)

文武报国　诗以言志
——记复旦大学校友胡永明

蔡佳雯

文武英雄：一手为诗　一手为武

  胡永明出身作家家庭，父亲胡宝华是一名工人作家，其短篇小说《毛丫头大战"霹雳火"》影响了当时一些青年走上文学道路，而胡永明与诗歌的结缘也离不开父亲的培养。胡永明记得，父亲当时是一周六天工作制，每个周日本是父亲写作最好的时光，他却轮流带着三个儿子到报社、出版社或文友家中走访，沿途还会教孩子们观察人物、景物和事物的方法。

  在父亲的熏陶下，胡永明从小爱好文学，对诗歌更是情有独钟。古今中外的诗歌及其理论，胡永明不仅会摘抄一些好的诗句和技法，写下自己的感触，为了更深入地理解，他还会在活页纸上做一些表格，对于诗歌的理论进行逻辑清晰的梳理。每年寒暑假，胡永明都会到农场陪哥哥一段日子，出发前整理行囊时，他的包里除了母亲给哥哥的钱物，总是装满了诗集。

  从小学起，胡永明就开始诗歌创作了。好几次，他把写的诗歌给班主任看，班主任不相信一个稚嫩的孩子竟能写出如此赤诚的诗歌，误以为是他抄来的。中学时代，胡永明的作品越发成熟起来，17岁那年创作

胡永明与蔡佳雯参加"第十八届复旦法律人节闭幕式·法律人之夜"晚会（2019年5月21日）

的一首七绝《中学毕业前夕与同学涉海滩》于40年后发表在报刊上，另外一首《夏夜泛舟》也在30年后被谱成了歌曲传唱。

出生书香门第，胡永明从小还练就了一身好身手。"我小的时候比较单纯，崇拜英雄，总觉得一个人要文武双全，以后才能更好地报效祖国。"胡永明9岁时便拜师习武，从练基本功开始，到练谭腿等套路，再到练形意拳等招式，南拳北腿都有涉猎。每天清晨五六点，他便和师兄弟们一起去附近的公园练武，严寒的冬天也从不间断。

胡永明一手为诗，一手为武。文武之道，影响了他今后的人生轨迹。

胡永明年少时正处"文化大革命"期间，学业受到"读书无用论"的冲击，中学毕业后组织安排他留校工作，直到1977年恢复高考，他终于有了继续深造的机会。"当时从爱好文学这个方面来讲，我第一志愿是想考复旦大学中文系的。"但当时高考的录取比例还不到百分之五，志愿的填报顺序直接关系到能否被录取。"我当时只有一个想法，就是要读大学。"为了能被录取，确保自己万无一失，从小有体育专长的他最后选择了报考上海体育学院武术专业。

1984年3月，胡永明调入公安机关工作，他在闵行公安分局吴泾、华坪派出所搞过"严打"斗争，也在经文保科做过企事业单位内部保卫工作，后又担任特警队领导抓过特警的训练，为维护社会治安尽心竭力地做过许多工作。但胡永明并不满足于埋头苦干，而是对公安工作进行深入思考，做了不少理论研究和调查研究。他撰写的论文《经保工作也要实行政企职责分开》受到时任公安部部长批示肯定并被列为公安改革重点参考文章，而《关于全市盗窃自行车、助动车情况的调研报告》推动了上海市"反两窃"专项斗争的掀起，并开启了全市沿街防盗停车棚、架的兴建并使用。"我认为，做好工作的最高境界是把工作作为自己的研究对象，把实践上升为理论，再用正确的理论指导新的实践，并进入良性循环，实现波浪式前进、螺旋式上升。那种单纯凭敬业精神的埋头苦干是需要的，但更应提倡把抬头看路与低头拉车结合起来的做法。"也正是因为胡永明幼年打下了坚实的文字基础，他在担任公安局调研科科长期间，所在分局的情况信息录用连续多年名列全市各分县局的第二名，胡永明也因此荣立三等功。

境由心造，胡永明用诗歌写下了自己在公安工作中对人生的探索和理性的思考之境。

　　我额头的皱纹，
　　是岁月的留痕。
　　凹是失败的夜，
　　凸是成功的晨。

　　我额头的皱纹，
　　是祖国的留痕。

凹是跌落的谷，

　　凸是攀登的峰。

心系祖国的命运，岁月的皱纹都刻着奉献。《留痕》一诗可谓写尽了胡永明的职业之痕。

复旦情缘：错过、机缘与奉献

　　时光飞逝，在高考恢复后的第 23 个年头，胡永明已经是上海市公安局研究室的副主任。但当年没能进复旦，始终是他的一大憾事。2001年，政府出台了在职报考的相关政策，对于这样一个机缘，胡永明十分珍惜和重视。为此，他还给自己制定了"连续奋战一百天"的计划。从起草市公安局年度以上的计划，到市公安局党委重大决策的调研等，研究室的工作非常繁忙甚至高度紧张，这份责任也容不得他脱身。胡永明在没有请过一天假还要加班加点的情况下，利用空余的零碎时间学习迎考。"当时吃在单位，睡也在单位，一周只回家一次，看看家人换换衣服。"一百天后，胡永明通过全国联考，考取了复旦大学法学院 01 级法律硕士班。

　　"复旦不仅教给了我很多专业知识，对我影响最深刻的莫过于增强观察、思考、分析和解决问题的能力。"结合他从警的工作经历，胡永明在复旦大学学习的过程中对劳动教养也有了更深刻的认识：未经法院审判而由公安机关决定劳教，不仅不符合法治精神，还存在很多弊端。因此，他确定以劳动教养作为自己毕业论文的主题。在长达 15 万多字的硕士论文《从劳动教养到保安处分》中，胡永明提出了取消劳动教养的论点和论据。十年之后的 2013 年 11 月 15 日，中共中央正式作出了"废止劳动教养制度"的决定。"我想这是我国法治建设的重大进步，也是广大群众和复旦法律人共同的心愿。"对于这一切，他始终感恩复旦对他的培育。时至今日，胡永明依然记得自己的导师陈浩然教授给予他的温暖和感动。为了毕业论文的撰写和修改，胡永明多次到陈浩然老师家。"陈老师逐字逐句地给我进行指导，非常认真负责。好几次修改论文到了吃晚饭的时候，陈老师把围兜一围，就去做饭烧菜，与我一起吃完饭后，继续指导我修改论文。"

复旦的一切，他都记着。毕业以后，他与复旦的联系也未曾断过。胡永明不仅是复旦大学法学院校友理事会理事，也是上海复旦大学校友会法律界同学会副会长，他始终关注学校、校友和在校学生的发展，他提议的让业务相近的校友会和同学会共同研究年度工作计划并分工组织落实的思路，对于校友会的建设有很大的推动作用。

2018年4月，复旦大学相辉堂北堂重建基本完成并发起校友冠名活动，胡永明也以襄助相辉堂北堂席位（一层4排12座）的形式向母校捐赠1万元。同年，复旦大学法学院校友会第二届会员代表大会上，他被授予"校友贡献奖"，以感谢他为支持法学事业发展所做的贡献。

诗意人生：复旦、爱情与诗歌

复旦梦，不只是胡永明一个人的复旦梦，其妻舒爱萍也有一个复旦梦。在恢复高考那年，她由于母亲病重，放弃了自己报考复旦大学新闻系的志愿，留下来精心照顾家人。"我在永明身上圆了自己的复旦梦。"2005年，舒爱萍陪胡永明参加了复旦大学百年校庆，后又向法学院捐赠图书200余册、捐款1万元。胡永明和他爱妻舒爱萍于1982年4月12日登记结婚，相辉堂北堂4排12座正寓意着这对伉俪的结婚纪念日。

而两人的相识、相知、相爱，都和诗歌有关。

1975 年初，18 岁的胡永明因高烧不退住进市五医院治疗，舒爱萍则每天都来这间病房陪她因病住院的小弟。有一天，舒爱萍给她弟弟念诗歌《草原英雄小姐妹》。"我这个人是从小爱诗的，一听到诗马上就感兴趣了，于是我就上去跟她说话了。"当时"文化大革命"尚未结束，男女生之间一般不大说话。而他俩相识，都要感谢这诗歌的缘分。"她要是不念这首诗，我们可能就错过了。"2016 年，胡永明出版了《给远方的至爱——胡永明爱情诗选》，这是对爱情的一种诗性记录。

迄今，胡永明已出版了四本诗集和一本诗歌工具书，发表过许多诗作，是上海市作家协会会员、中国诗词家协会理事。胡永明注重打破写新体诗和写旧体诗、诗歌创作与理论研究两大壁垒，从他的诗文中，也能看出他对诗歌融合创新的实践。2015 年上海辞书出版社出版胡永明编著的《诗歌创作手册》后，本市举办了研讨会，对于会上叶辛、李伦新、吴欢章、刘希涛等许多名家精到的发言，胡永明和其妻舒爱萍都认为应当让这些评论的作用得到更充分的发挥，而不能只局限于给自己日后在理论研究中有所借鉴。"大多数的作者都是出版自己的作品集，而很少有人会出版评论集。"胡永明说，"我们主要是想把这些东西奉献给社会，让文学爱好者看到这本书，能够提高文学鉴赏的能力和创作的水平。"其妻为此很用心地整理了作家、评论家的发言和评论文章，出版了《启明星在闪耀——胡永明诗书评论集》。如今，其妻正在编著新的《闪光的启明星——胡永明诗歌评论集》，并计划于 2019 年正式出版发行。

"儒雅的战士，佩剑的诗人"，这是对一个文武双全的复旦法律人最好的写照。

（蔡佳雯：复旦大学法学院 2017 级本科生）

年轻人的启明星
——读胡永明诗集《启明诗》有感

常绮帆

我从小爱好诗歌,常在咏读诗集和创作诗歌中度过芳华。上了大学,诗歌依旧伴随着我成长。我在大学图书馆,读到了我喜爱的胡永明老师的诗集《启明诗》。2019年元月中旬,我的硕士生导师陈新光老师邀请我参加一个诗人聚会,当闻知是著名诗人胡永明老师发出的邀请,我顿时内心感到无比激动。这天,我早早来到聚会场所,不仅见到了著名诗人胡永明老师,还有师母、同为诗人的舒爱萍老师,诗人、企业家张春秋老师和夫人,诗人、摄影家张春发老师等。我与诗人们在一起,不仅是诗歌的交流,也是在聆听诗歌前辈的教诲,再一次对诗歌的艺术魅力有了隽永的体验。这是诗人和诗歌爱好

胡永明参加上海体育学院建校55周年校庆(2007年11月10日)

者的心灵交流，是一种心灵的相通与交融。

眼前的胡永明老师就像诗集序言中所介绍的那样，浓眉大眼，双目炯炯有神，既是儒雅的战士，又是佩剑的诗人。在聚会上，我在导师的鼓励下，背诵了一首胡永明老师的诗《我的宇宙》："我在空间中聚能／我在时间中发光／／我心上不落太阳／我身上永流春江／／我以祖国为圆心／我以世界为周长／／我把有限给生命／我把无限给思想"，得到大家热烈的掌声。对我朗诵的原创诗歌，诗人们也都给予了较高的评价和热情的鼓励。当我虔诚地从胡永明老师手中接过为我签名的新诗集，更不忘请他对我今后的诗歌创作多加指导。师母舒老师是江南典型的婉约淑女，她给予我的创作鼓励，像是母亲对儿女的嘱咐，充满慈祥与亲和力。我的导师和各位诗人都给予我新年的寄语，深深教育着我。此次诗人聚会就像是我今后诗歌创作的集结号，催我自新。后来，胡永明老师又专门为我写了藏头寄语："常怀诗心，绮梦远方，帆鼓东风，好圆夙愿。"此寄语四句第一个字连起来就是"常绮帆好"，这里既有对我的肯定和祝福，也有对我的鼓励和希冀。我会以此勉励自己走好人生每一步，向着"诗与远方"，不断实现自己的美好夙愿。胡老师就是我诗歌创作的启明星，我作为一个热爱诗词的小辈，将爱国人生、亲情人生、爱情人生、诗意人生作为诗歌创作的源泉，讴歌伟大的祖国和我们美好的未来。我即兴创作了一首诗《启明星》，请胡永明老师和各位前辈指正。

启明星

你是一颗启明星，
在漫漫长夜里眨着眼睛，
为无尽的黑暗闪耀黎明。

你是一颗启明星，

在迢迢征途上点燃路灯，
为求索的人们指引光明。

你是一颗启明星，
在沉沉睡梦中叩响心门，
为迷茫的人生照亮前程。

你是一颗启明星，
在寂寂长空里划破宁静，
为彷徨的灵魂涤荡心灵。

你是一颗启明星，
在漫漫穿越中感悟生命，
为梦想的行者导航人生。

（常绮帆：上海大学硕士研究生、上海大学经济学院研究生会副主席）

祝贺胡永明

金 瑜

说起胡永明,不能不想起他的父亲,当年赫赫有名的工人作家胡宝华。在那个国家大力倡导、扶植工人文学创作的年代,在上海电机厂工作、老实踏实的胡宝华,以一本短篇小说集《龙腾虎跃》一举成名,成为上海有名的工人作家,并当选为第四届全国人大代表。20世纪70年代初,上海人民出版社的一些编辑到闵行工业区蹲点,指导闵行地区文学创作,上海电机厂的厂办大学里,还破天荒首次办起了"文科班"。胡宝华成为老师,吸引了一大批热爱文学创作的青年。

胡永明与金瑜参加闵行诗社年会（2019年1月20日）

令我想起这段难忘岁月的是数十年后，意外遇见并认识了胡永明。也许是遗传基因和家庭熏陶，胡永明也喜爱并热衷于文学创作。这喜爱以前埋在心里，后来便不可压制地喷涌而出了。

他也喜欢上了诗歌，爱好是强大的推动力。在短短几年里，他出版了诗集《晚潮拍岸的声响——胡永明诗选》《阳光化作七彩虹——胡永明诗选》《给远方的至爱——胡永明爱情诗选》《启明诗》和诗歌工具书《诗歌创作手册》，创编了《通用规范汉字诗声韵》等，成绩斐然。

给我印象深刻的是他对文学创作的投入与热情。他加入了上海市作家协会等一系列文学社团，并在其中积极组织各种活动。他的妻子、女儿也都喜欢文学写作。夫唱妇随，相伴一起参加各种文学社团活动，相互支持鼓励，切磋诗艺。这是多么有意义而美好的生活，令同样喜欢文学创作的我羡慕不已。

相信他会精益求精，在文学创作的道路上取得更大成绩！

（金瑜：上海市作家协会会员）

警监诗人胡永明之印象

向 云

每次应邀出席诗歌论坛，我都很荣幸地能够交到好朋友。2017年12月到无锡出席"第二届国际城市文学论坛暨新诗百年颁奖典礼"也不例外，我结识了胡永明、舒爱萍伉俪。永明夫妻都是诗人，我当时还向他们各赠送了1本诗集《香港十诗侣》，只是倥偬之际，逐未深谈。

胡永明与向云出席"第二届国际城市文学论坛暨新诗百年颁奖典礼"（2017年12月9日）

回到香港后，我和永明老师经常在各文学群和微信中相互交流，这才知道：他是上海警监诗人作家，令我对他倍生敬意。他在群里分享过自己的新诗作品，我也赞美过他的创作，并作过简短赏析。

这次他邀请我为他的诗作写点评，我欣然答应。不过，我想：诗评相信有不少朋友写了，我不如写点对警监诗人的印象好了。

胡永明是很有文人范的诗人作家。我很羡慕壮年的他仍然这么帅气，浓黑的眉毛下有双炯炯有神的眼睛，看起来显得更加深邃美丽，就像他的诗歌那样干净明亮动人。

我通过一段时间对他较深入的了解，和读过他的写景抒情和叙事等诗歌作品，我看到了作为一名警官柔情的一面，同时也看到他对大自然、对社会、对国家、对民众的热爱！我深深地被他的高尚情操所感动，他的人格魅力也深深地吸引了我。

认识永明老师后，我更热爱祖国的人民警察！

（向云：中国香港著名诗人、书画家，《香港诗人报》副总编辑、英国陆雅东方名家文化艺术交流中心主席、中英文艺家在线主编）

漫说我心目中的启明星
——导师永明印象

郑振国

　　承蒙著名诗人、作家与学者胡永明老师厚爱,邀我给舒爱萍老师编著的《启明星在闪耀——胡永明诗书评论集》续编撰稿。受命之后,我踌躇旬日,才写下这篇文章,心里不禁又有些犹豫起来,暗想:我,不过是一个名不见经传的年长诗歌爱好者与习作者;而永明呢,乃是光耀诗坛、赫赫有名的金星启明!按常理说,我们是两个层面、档次的人啊,何以会彼此结缘、相识相知,乃至微信往还,互动至今,一道切磋诗艺,一道探讨诗学,成为诗缘情深的莫逆之交?他诚邀我撰稿,这是只有"术业有专攻"的行家里手方能胜任的工作,我何德何能得其信任、受此殊荣?不仅如此,为了给我写作上的帮助,他还主动热情提供有关资料,积极认真回答咨询问题:其动因,我以为全在一个"诗为媒"上。

　　这诗媒的"鹊桥"是这样搭成的:2018年初,我加入了紫藤文学沙龙。那年春天,出海口文学社举行集会,我作为紫藤文学沙龙成员应邀与会,躬逢其盛,初次远远见到了胡永明老师。他那温雅敦厚的诗人气质及"联合国签约诗人"的异常称谓,使我产生了莫大兴趣和向往。我暗自思忖,倘能师从这样一位"诗人行家",对我突破写诗瓶颈,取得长足进步,定能有所裨益。在这种思想推动下,我通过好友孙琴安研究员的介绍、知会,得到了永明的同意,我们建立了微信联系,并由此开始了诗歌创作与理论的教学互动。

在微信教学诗歌的互动中，永明给我的第一印象，首先是一位热诚的诗歌导师。他待人诚恳、谦虚随和，非常尊重他人，我们之间互以"老师"相称。每有所问，必及时回复，倘因忙一时难以回复，也必事先告之。久后，留给我深刻印象的，是他又是一位高明的诗歌导师。他在诗歌创作实践和理论研究方面都有很高的造诣和很大的成就。因此，教学有方、游刃有余。我每把一组诗歌发给他后，他都仔细看过，先给以综合评述，然后细加分析，扬长指短，非常到位。

我觉得他在诗歌指导教学上，有三个方面做得非常好：一是尊重指导对象，善用激励方法；二是就近取譬，现身说法；三是大处着眼，小处着手。

前面说过我是一个年长的诗歌爱好者与习作者，这不是自谦，确是实情。我起步早，18岁学写诗，20岁就有诗作在报上发表；但进步慢，至今还是一个诗门"白丁"。用力尚勤，虽是敲敲边鼓，还是不辍写诗；但收效不大，在报上发表的诗作不足百篇。究其原因，我以为是单干独学所致。自参加文社诗会，结交文朋诗友，视野渐广，脑洞大开，遂生"老夫聊发少年狂"之心，立下"三年写诗一千首，练思练笔复练脑"的宏愿。永明听后，劝勉有加，说：倘若您想"练思练笔练脑"，多写诗是可以的。一般情况下，写诗不在"多"，贵在"精"。并举唐朝张若虚以一首《春江花月夜》"孤篇盖全唐"、宋代李清照虽写词不多也成大家为例，提议我开始时可先"量中求质"，慢慢可过渡到"质中求量"。并希望我精选自己比较满意的诗作发给他拜读。

有永明老师的支持和助推，我写诗的动力就更大了。几乎是见事成诗，每日一首，兴来时，甚至写上几首。往往每有所思所感、所见所闻乃至所怀所忆，都可入诗，我把写诗，差不多当作日课了。不多久，就写了几十首，我选择了其中的若干首发给永明，很快就得到了他的回

胡永明与郑振国在上海青松城（2019年3月11日）

音。首先，他对我鼓励有加，觉得我有"老骥伏枥，志在千里"的精神和毅力，认为我文字基础好，善于形象思维和表达，且有家国情怀，诗写得有诗意和诗味。开局良好，相信我在传承传统优秀文化、弘扬时代新风正气方面，定能不断取得新进步、做出新成绩。同时，他用"建议"这样的谦辞，为我指出存在的不足和努力的方向，要我在诗歌创作中再注意运用一些修辞手法，尤其可适当使用对仗来增加诗歌的美感和表现力。

我写诗往往率性命笔，不分"有我之境""无我之境"；且据永明看多为"有我之境"诗。为拓宽诗路，永明要我尝试写写"无我之境"诗，并提示我说："有我之境"的写法，写什么都是写自己；"无我之境"的写法，写什么就是写什么。没了自己，就写一花一景。怎么写？要我写写看。他很想看看一首诗中没有自己的思想和感情，我应该怎么构思和表现。接下来，他就以自己17岁时写的一首七绝《中学毕业前夕与同学涉海滩》："迎霞挽手下鄞滩，沙厚风狂作笑谈。晃晃相搀一步步，齐观乳燕逐征帆"的"有我之境"诗，与24岁时写的一首五绝《太湖晚景》："远山衔落日，湖水吐余晖。渔火芦边闪，潮声月下回"的"无我之境"诗示例，以己作譬，现身说法，非常亲切，学有榜样，于是我又发了一组诗去，永明又作了精彩点评！他说道："我觉得您的《荷花》《蜡梅》《普陀顶》《观海》，都系'有我之境'，诗中的'抱朴安素乐守真''铁骨铮''月吻脸''踏落天山千堆雪'等都是'以我观物'的反映；《松江归舟作》中的'作'字可以不放，全诗不露我的痕迹，乃佳作也。"

并进而说："也许，您写的一千首诗中，真正的佳作，多数会出于'无我之境'的诗。'有我之境'也能出好诗，但要避免'平淡''入俗''露刀工斧迹'，尤其要注意'出警句'，如'欲穷千里目，更上一层楼''粉身碎骨全不怕，要留清白在人间'等。您可继续写'有我'诗，尽量从这方面努力吧；并可多写'无我'诗，这可成为您主攻的方向。"他还赞赏备至地鼓励我说："我很喜欢《松江归舟》，这首诗写得自然天成，形象生动，节奏完美（前2句是2-1-2的节奏，后2句是2-2-1的节奏），韵律和谐，用词精妙，留有余味。希望郑老师今后多从这方面下功夫，您的诗很快就会又上一个台阶了。"拳拳勉励之情，溢于言表！这首《松江归舟》诗，乃是我在永明的启发鼓励下，把旧作《夏暮自松江返沪归舟作》化写成《松江归舟》："江头悬落日，锦波驮晚舟。风平帆影正，浪静橹声柔。"这首诗，我后来投给《中国宝武报》副刊《晚霞满天》版，果然很快录用了。永明师真是妙手点石成金、慧眼能识骊珠啊！

为了窥一斑以观全豹，我试以2018年4月6日互动为例，做一回文抄公：

胡致郑：

谢谢郑老师的鼓励！我们相互探讨，共同提高。

您这4首诗，都是古风的写法。前2首是无我诗，都写得挺好的。只是《普陀夏夜》偶句中的"顶"是仄声字，"星"是平声字，这不是什么大问题，只是在同一首诗中，押平声韵还是仄声韵统一更好些。《夕照》偶句中的"上""降"都是仄声韵，而且都是仄声韵中的去声韵，这叫"押韵又押调"，韵效是最好的。后2首是有我诗，其中《扫墓》写得深情感人；《清明》写得缺乏形象，有点像说教。缺乏形象的诗，一目了然，未给读者"留白"（即未给读者"留下想象的空间"），也就没了诗味和余味，读者也就不必玩味和回味了，也不会令人有'常读常新'之感了。在我看来，这可能是您以后写诗中要注意克服的一个容易出现的问题。

我看了您陆续发来的这些诗，大体印象是，从诗歌艺术性来讲，您的诗歌大体可以分为三类：

一、艺术性好的，是全部用形象绘成的诗；

二、艺术性中的，是用形象和直白混成的诗；

三、艺术性弱的，是完全用直白说成的诗。

建议您更多地用形象写诗，减少夹杂写诗，避免直白写诗。这样，您就会从量变到质变，在诗歌质量上不断取得新飞跃。

其实，写诗贵在掌握三条标准：一是技术性标准。包括节奏、声调、押韵和形象（即用形象说话）等；二是艺术性标准。主要是意境（即做到形神兼备）等；三是思想性标准。主要是境界要高（如体现家国情怀甚至宇宙意识等）。唐代大诗人张若虚的《春江花月夜》之所以被誉为"孤篇盖全唐""顶峰中的顶峰"，其中有宇宙意识是一个重要原因。您可多读像《春江花月夜》这样的传世佳作、精品力作，相信会对您写诗有重要作用的。您每次写诗，都可从"有我""无我"和"三条标准"等方面来思考。我的想法不一定都对，仅供参考。

郑致胡：

　　胡老师早！这么快就得到您回复的微信，真使我非常感动，您真是我生命中梦寐以求的贵人和高人啊！您的指导高屋建瓴，您的指点具体而微，使人学有方向，做有方法，心中有数，手上有法，事半而功倍，立竿而见影。您循循善诱，娓娓动人，己学不厌，诲人不倦，真是一位谦虚热诚、当行出色的好老师！这是我出自内心的肺腑之言，而不是媚人取悦的客套之言。相信在您的悉心培育下，我的习作会取得长足的进步。诚然，在三年内写一千首诗，肯定会有滥竽充数的平庸之作的；我的想法是：仿古人作文先写大胆文、后写小心文的做派，把想写的题材乃至素材先写出来，然后再慢慢磨。人说好文章是改出来的，我想好诗也一样。我将遵循您近日给我指出的"有我""无我"两种写法，技术、艺术、思想三条标准去做，全神贯注，身体力行，坚持数年，必有进步！老师您可以这样相信和期待。因手机直书，不当之处，望师海涵。专此奉复，顺颂时安！郑振国敬上

微信发出当天，永明就回音首肯：郑老师的想法很好！相信您坚持下去定会实现从"量中求质"到"质中求量"的飞跃。接下来，发诗评点，频繁互动，而这一切都是在手机微信上进行的。为了弘扬祖国诗歌事业，对一个素未谋面的人，如此尽心竭力、无私付出，永明师的精神真是感人至深！直到4月10日金秋文学社活动那天，才不期而遇胡师伉俪，接谈中知道他俩都对我写诗很关切，我甚感荣幸！晤面时，蒙赐两位名片，知其一门三代四文人，父子作家、夫妇诗人、女儿诗文画俱佳，真可传为文坛佳话，令人称羡。因在会上，匆匆不及多讲，只能待至他日了。写诗一首，以通款曲。诗原题《赠胡永明老师》。老师谦称"过奖了，标题能改为《赠永明》更好些"，并说"您若同意，我也可适时将此诗用用。"我欣然同意。后此诗果然刊登在《浦江文学》2018年夏季版《启明星空》上。现录之如下：

赠永明

神交已累月，蒙君多关照。

为我指迷津，竭诚不怕劳。

不期今日遇，握手相问好。

匆匆未尽意，寸心投诗表！

以此见证和纪念永明与我的诗歌情缘，表达我对永明的感谢与敬意。

（郑振国：成人学校原高中语文教师、中国老年作家协会会员）

我的良师益友胡永明

董妮亚

世界，硕大无朋。我们都无法预知人生路上能够与谁结伴而行，更不知你我在今天还是明天会遇见，成就世间的一个缘。是诗歌的火花，还是上天的恩赐，让我在诗歌路上遇见了胡永明老师。

记得第一次见到胡永明老师的尊容是在一本诗刊的封面上，印象中，他英俊儒雅，正气浩然。后来我了解到，他是复旦大学硕士、上海市公安局农场分局政委，是出版过多部著作、发表过许多论文和诗歌的诗人、作家和学者。

有一天，他在百忙之中偕夫人舒爱萍来出席我的诗歌朗诵会，并送给我两本书，一本是胡永明著《启明诗》，另一本是舒爱萍编著《启明星在闪耀——胡永明诗书评论集》。厚厚的两本书，沉甸甸的，书中有许多精华，值得我细细品味。

时光如流水，又一个火热的夏季，我去聆听了胡永明老师关于诗歌理论的讲座。在这次讲座中，他就诗歌概念的内涵和外延，诗歌的产生和发展，诗歌的音乐性、语言和意境，诗歌创作的意象、物象和虚实结合等知识和技巧作了精到而生动的讲解。他说：诗歌是作者用富有音乐性的凝练美妙的语言创造意境反映世界的一种文学体裁，包括旧体诗和新体诗；诗歌产生于文字产生以前，起源于劳动号子，经历了从民间歌谣到古风诗到格律诗到白话诗等发展过程，其音乐性、用语和意境等与散文、小说等其他文学样式有很大的区别；诗歌的音乐性是由节奏、声

胡永明、舒爱萍伉俪与董妮亚（左一）在胡永明诗歌讲座后合影（2018年5月20日）

调、押韵构成的，语言要求凝练、巧妙、自然，创造意境要将作者的思想感情与形象水乳交融；有我诗、显我诗主要运用意象来创作，无我诗、隐我诗主要运用物象来创作，都要注意做到"虚实相生"……有上百人参加了这次讲座，现场氛围很好，大家都对他的讲座给予了高度评价，我听了他许多独到的见解也受益匪浅。

他博学多才，精通诗体、诗艺与诗学，能灵活地将旧体诗与新体诗两个传统、两种艺术融合起来，自然地达到了"新体诗含有古韵、旧体诗具有今意"（吴欢章语）的境界。

我比较单纯，写诗只写城里人之美之爱之情调。我对胡永明老师的诗歌情有独钟，特别喜欢他的爱情诗篇。《给远方的至爱》可谓是他爱情诗篇里的经典，字字饱含深情，像一股山涧的清泉流向一生的至爱，读来很受感动和感染。

在这样一个奔腾、振奋而又喧嚣、浮躁的年代里，胡永明老师能始终怀有一颗爱诗之心，并坚持为诗歌事业的发展进步而不懈努力，实属难能可贵。

遇见胡永明老师是我的荣幸。他写的诗歌作品、学术论文和评论文章硕果累累，令人钦佩。我为有他这样的良师益友而感到高兴。

（董妮亚：城市诗人）

诗人意趣　卫士情怀
——胡永明其人其诗

谢国霖

引　子

  认识胡永明，是在百友作家沙龙的研讨会上。胡永明中等个子，精壮身材，英俊脸庞，齐刷刷的短发，显得精神干练。他待人诚挚以礼，儒雅谦和的气质使我们成为朋友。

  一晃数年已逝，作为朋友的我，对于永明这些年所取得的一系列成果，不仅看在眼里，也由衷钦佩，所以，我在撰写《平静的目光》这部书中，专门为他留下一块地方，好让更多的人了解胡永明，认识胡永明。

  "婴孩断气得新生，／两岁习步仿发声。／幼园儿歌受启蒙，／小学文革遭歪风。／体弱多病求上进，／习文练武渐提升。／／中学当上校干部，／十七留校独担承。／考入体院七七级，／再次留校小试锋。／有志终圆复旦梦，／法律硕士基础增。／献身公安三十年，／报国为民心纯正。／发表论文数十篇，／理论研究勤攀登。／创作诗歌出诗集，／加入学会乐传承。／／父母养育恩情深，／吾辈孝敬愿寿垣。／爱妻贤惠又坚强，／家兴业旺辛勤耕。／小女将至而立年，／祝愿超越心愿成。／／回首五十六年来，／笨鸟先飞终升腾。／没有悔

恨唯感恩，／组织培养盛世逢。／成绩当作新起点，／永葆青春奔前程。"——《新生》

上面这首激情四溢、直抒胸臆、正气浩然、铿锵有力的诗乃是胡永明的佳作，也是他的自我写照。

胡永明，笔名启明，1957年生于上海。上海市公安局农场分局原政委，上海市作家协会会员，中国现代作家协会会员，中国诗歌学会会员，中华诗词学会会员，联合国签约诗人。上海体育学院教育学学士，复旦大学法律硕士。26岁调干到公安机关，先后从事严打、经保、特警、指挥、纪检、政治等工作，一直以"保国卫民"为己任。入警30多年，担任领导干部近25年，其中担任处级干部达17年，授衔高级警官。

工作之余，胡永明勤于理论研究，发表论文40篇次，获得全国思想政治工作科学专业委员会评定的优秀理论成果一等奖等13个奖项，2004年被中国管理科学研究院学术委员会聘为特约研究员。他乐于诗歌创作与研究，著有诗集《晚潮拍岸的声响——胡永明诗选》《阳光化作七彩虹——胡永明诗选》《给远方的至爱——胡永明爱情诗选》《启明诗》和《诗歌创作手册》，创编《通用规范汉字诗声韵》。诗作获第二届诗词世界杯中华诗词大赛一等奖、第三届中外诗歌散文邀请赛一等奖、2016年全国诗书画家创作年会一等奖、"伟人颂·中国梦"当代诗文书画大赛一等奖、第九届华鼎奖全国诗词大赛金奖、新诗百年100位城市影响力诗人奖、纪念改革开放四十周年诗词大赛一等奖和"印象中国年"全国首届新春主题文学大赛金奖，《诗歌创作手册》获第四届中外诗歌散文邀请赛图书一等奖。获"中华优秀诗人词家""中外诗歌散文精英人物"等称号。入选《中国当代文艺领军人物大辞典》和《世界文化名人录》等典籍。中国文联出版社出版了由舒爱萍编著的《启明星在闪耀——胡永明诗书评论集》。

胡永明与谢国霖在百友作家沙龙上（2017年6月25日）

爱岗敬业　德才兼备

自古以来，人之交往万变不离其宗，既有才学外露，初识就能折服人心者；也有大智若愚，慢慢得到尊敬者。胡永明属于后者。初识胡永明，他给人的印象慎于言、长于思，为人沉稳低调，不事张扬。接触时间长了，渐渐被吸引，久而久之成为君子之交。若问究竟是胡永明什么吸引人，告诉你——人品。

胡永明最受人尊敬的是其人品：不摆官架，平易近人；敬业爱岗，孜孜不倦；品行端正，德才兼备。

永明即使吟风咏草，我们也能从绚丽的色彩中看到他傲然而立的正气，感受到他满怀崇高的理想和为事业奋斗的精神。《芝兰》："居深林，／伴众草，／剑叶挺立，／玉花妖娆。／聚正气，／常回报，／天地之间香如潮。"《墨兰》："绿叶剑气贯长虹，／栗茎柱势凌九重。／褐花仙姿出沃壤，／金香逸质犹腾龙。"

在一次胡永明作品研讨会上，中国作家协会副主席、著名作家叶辛当众称赞："永明很不容易，他有自己的本职工作，农场公安分局的政委是要负责工作的，很忙的，能挤出时间来写这么多的作品，很不容易。"中国作家协会会员，著名作家、文学评论家吴欢章也夸道："现在，民间写诗的人很多，他们有丰富的生活，也有丰富的感情要表达，但他们在诗歌的理论知识方面是比较缺乏的。要普及诗歌、普及诗歌的创作，要提高群众性的诗歌创作水平，提高业余作者的理论素养，是一个很重要的问题。胡永明同志看到群众的需要，看到时代的需要，下了很多功夫，写出这样的《诗歌创作手册》，是很不容易的。这是'文普创作'，这本书对一般的诗歌爱好者和群众的写作者是很有帮助的。胡永明同志的《诗歌创作手册》正适合了当前中国文化的需要。"

胡永明昔日的同事，时任《检察风云》杂志采访部主任、首席记者赵进一，在其《于无声处诗泉涌》中写道："在我的心目中，胡永明为人低调，不事张扬，是个'一笔一划做人'的人；他对每个人都'相敬如宾'，待人以诚；他做事严谨，一丝不苟，脚踏实地，一如他端庄的面容和习惯书写的'正方体字'。"

赵进一说：有件事给我印象至深。一次，在他的办公室里，我们谈及一件工作上的往事，我们都只记得年份，记不清具体的日期了。正当我苦笑着拍拍脑袋瓜，表示无可奈何之际，他从书柜里抽出一本黑封面的笔记本，快速地翻到某一页，然后指着其中几行字对我说："喏，在这儿呢！"我凑过去一瞧，那件事的日期和经过等都明明白白地记载无误。整个笔记本被密密麻麻、方方正正的字挤满了，以日期为序，记载着工作中所发生的每一件事。我于是问他：你每天都这样记吗？他说："是的，参加公安工作30年来，从1985年至今，每天晚上临睡前，无论人多累，时间多晚，我都要把白天所做的事在脑子里'过滤'一下，然后如实地记录下来，天天如此，从未间断。"他说着，扬扬手中的笔记本道："这样的本子，我已经记满了二十多本。"天哪！这需要多大的耐心和多强的毅力啊！我问他，为什么要这样做？他说："好记性不如烂笔头嘛！记工作日记，好处很多，主要是有利于工作，可以天天检讨工作上的得失，随时精确地查考工作上的事，还能培养做事有条不紊，养成勤奋的好习惯。"

永明的好友，香港《中国文化市场》杂志总编辑王家泉在《洁身向阳终不悔》一文中说："我在和胡永明的长期接触中，也感受到了他为人处世的正直之道。比如，因为他在公安战线工作，所以我常向他述说或反映社会上的一些阴暗面，一些不良现象。每当此时，他总是从正面，从国家的法治层面乃至从社会的发展高度，来给我解答，为我解困释疑，从而使我心境豁然开朗。"

笔者和胡永明，一无亲朋瓜葛，也称不上是故交旧友，仅仅是文友而已，但是，无论在公、检、法系统还是文学圈内，凡是认识胡永明的人，提起胡永明，几乎都说胡永明是一个作风正派、认真负责的好人。这个好人的"好"字，按照上海人的习惯，是可以容纳许多内容的，尤其作为一名公安系统的官员，在社会风气滑坡、道德风尚"贬值"的当下，居然能广获口碑，确实很不容易。

走笔至此，我不禁想起一句俗语："金奖银奖不如百姓的夸奖！金杯银杯不如众人的口碑！"

"桃李不言，下自成蹊"，我相信这句话所蕴含的真理。

父母是孩子的第一任老师

什么是美育？苏联著名教育家苏霍姆林斯基说得很明确："美，是道德纯洁、精神丰富和体魄健全的强大源泉。美育的最重要的任务是：教给儿童通过周围世界的美、人的关系的美而看到精神的高尚、善良和诚挚，并在此基础上确立自己的品质。"阐明了美育的最终目的，就是要培养孩子成为思想、道德、情操都高尚的人。

"玉不琢，不成器"。再好的玉石，未经雕刻，也难以成为艺术品；具有天然美的孩子，同样只有在父母的精心培育下，才能成长为德、智、体、美全面发展的新一代。

家庭是人生的第一环境，也是幼儿最初萌发美的所在。孩子从出生起，到他成年独立之前的一二十年的时间，与父母接触时间最长，受到的影响也最大。同时，由于父母是孩子的直接抚养者，来自父母的教育，孩子感到最亲切，也最容易接受。可以说，父母的素养对孩子的健康成长是至关重要的。

"献上橘红萱草花，／感恩母爱最伟大。／无私奉献辛亦甘，／不求回报情无价。"——《母亲节感恩》

"奉上七彩太阳花，／感恩父爱最博大。／身教言传强德才，／甘当阶梯义无价。"——《父亲节感恩》

永明献给父母的诗句已佐证"父母是孩子的第一任老师"，"环境对孩子的身心发展具有重大的作用"。

随着交往的深入，我了解到，永明出身于书香门第。父亲胡宝华是著名工人作家，创作、发表了不少小说、散文、诗歌、报告文学、儿童文学和《红楼梦》研究等文章，还在上海电机厂工人大学创办文科班，培养了一批文学栋梁之材，曾出席第二届全国青创会和第四届全国人大，并善于用文、史、哲教育孩子；母亲江美英是知书达理之人，既严格管教，又悉心照料孩子；父母亲成了永明走向德才兼备目标的引路人和帮助者。

榜样的力量是无穷的。在父母亲言传身教的影响下，永明从童年时代起，就积极要求进步，先后加入了少先队、共青团和共产党，恢复高考后，成为七七级本科生，进而获得法律硕士学位。他形成了积极、乐观、向上的性格，始终忠诚履职，敢于担当；坚持创作实践与理论研究同步推进，良性互动。

受父亲的翰墨熏染，永明从小学起，就显示出对诗特别的兴趣和写诗特有的天赋。他中学期间系统地学习了语法、修辞、逻辑和哲学，参加了上海市闵行区图书馆文学组的学习和创作，之后又先后参加了新创作刊授文学院第 2 期、诗刊社全国青年诗歌刊授学院第 3 期的诗歌刊授学习。

工作以后，永明先后任上海市公安局闵行分局办公室情况调研员、指挥处调研科科长和上海市公安局研究室副主任、上海市公安局纪委办公室主任等职 20 多年，期间还被借到公安部工作一段时间，专职从事文字等工作。他先后发表论文 40 篇次、获奖 13 次，还在《新民晚报》《上海法制报》和《人民警察》等报刊上发表了一批消息、通讯等新闻稿。

扎实的公文、论文和新闻基础又助推了他的诗歌创作和研究，使他成为文学创作和理论研究比翼齐飞的诗人、作家和学者。

且将深情泻笔端

我不是诗人，但喜欢读诗，不管是传统诗还是新诗，都喜欢读。

2016 年 9 月 18 日和 2017 年 5 月 21 日，在这两次百友作家沙龙聚会时，我分别收到诗人胡永明签名赠送的、他近年陆续出版的诗集，如获至宝。这几年间，我因为祖传房产的族人之间的纠纷和房屋动拆迁等事情缠身，不能集中精力、时间拜读，只好带一本放在身边，一有空就读，故直至 2017 年秋末，才终于断断续续读完胡永明的《晚潮拍岸的声响——胡永明诗选》《阳光化作七彩虹——胡永明诗选》《启明诗》三本诗集。

这三本诗集，既有旧体诗，也有新体诗；既有现实内容，也有历史内容。除去重复的112首诗作，总共324首，可以说，大多数都是精品，基本上反映了胡永明诗歌的特色。这些特色，我认为，大致有以下几点：

一是内容多样，涉猎广泛。就题材来讲，这三部力作给人的感觉是，内容多样，涉猎广泛，而且有很强的时代感、现实感。其中有论国际时事的《中国援菲》："台风重创菲律宾，／中方速派三精锐。／方舟穿越风浪区，／飞机送来医疗队。／羊水破裂接男婴，／股骨粉碎复原位。／异国援灾爱无疆，／救死扶伤辛也慰。"有触及时弊、批判、讽刺的《申城亟需治雾霾》："冬来竟灾来，／申城变灰城。／早晨雾浓浓，／昼夜霾蒙蒙。／白天日可赏，／晚上月难逢。／阻至海陆空，／殃及农工生。／户外停健身，／室内用洁风。／久处污染中，／亟盼还清澄。"《兴国靠大家》："祖国日益好，／问题还不少。／治家尚不易，／治国更难了。／／现在愤人多，／老少都有了，／好的皆不讲，／专拣毛病挑：／／信仰滑坡了，／素质降低了；／官员腐败了，／厂商心黑了。／／食品假冒了，／药品伪劣了；／饮水不洁了，／空气污染了。／／保障不周了，／治安不稳了；／治理不力了，／积怨更大了。／／自我为中心，／利己比天高，／发散负能量，／与国无利了。／／政府为人民，／幸福在提高，／除弊有过程，／前程会更好。／／国是大家国，／爱国最崇高。／兴国靠大家，／国好大家好。"有评点历史及历史人物的《孔子》："三岁父亡失庇佑，／随母被逐尝苦挣。／少年好习知礼仪，／司寇治鲁强内政。／周游列国增阅历，／首创私学成至圣。／整理典籍促文明，／论语博深多信奉。"《李世民》："济世安民表天日，／从小聪明习文武。／晋阳起兵封秦王，／四方征战置官署。／玄武政变迫禅位，／贞观治世奠基础。／帝范教子师圣贤，／明君风流传千古。"有描写自然风光、都市风情的《雅鲁藏布大峡谷》："山水运动创奇观，／高原通道雾气茫。／两峰对峙耸云霄，／一江长绕涌大洋。／四瀑鸣泻落银河，／九带香绿变炎凉。／举世无双大峡谷，／地球秘境多宝藏。"

《上海外滩》："申城观光必到地，／上海外滩风景线。／信步长堤志踌躇，／泛舟浦江情潋滟。西赏万国建筑群，／东尝千楼摩天宴。／壮美震撼第一湾，／纤道租界现巨变。"有叙述生活哲理的《创造幸福成功人生四要》："心态康态寿态态态好，／德商情商智商商商高，／爱情亲情友情情情牢，／学业事业家业业业骄。"《自立自强自豪》："莫羡富二代，／做人当自立。／生活宜简朴，／创造最甜蜜。／／莫羡星二代，／做人须自强。／轻名宽心胸，／为民最荣光。／／莫羡官二代，／做人贵自豪。／德才要兼备，／报国最崇高。"等等。他的诗格调高雅、情绪昂扬，没有无病呻吟、无谓惆怅，即使描写困苦、磨难的诗，也透出乐观豁达，催人奋进。又如《五十六岁抒怀》："黑发夹白近六旬，／健康渐损志凌云。／工作诗文同传承，／报国为民乐耕耘。"

二是短小精干，意境深远。永明的324首诗作，4行、8行的短诗就占265首，其中咏物诗、山水诗124首。虽然诗行不多，甚至只有4行12字。例如《云雨》："两朵云／相吸／相融／化作雨。"这一首首短小的诗作，无不寄寓着诗人的深意。

其实咏物（包含山水）诗，自古有之，貌似咏物，实际上都托物借景起兴，"先言他物以引起所咏之词"，并非通篇咏物。中国咏物诗的繁兴在唐代，其中李峤又是杰出的代表，被世人誉为"咏物小诗之圣手"。李峤（645—714），字巨山，初唐至盛唐间著名诗人，写了许多咏物的短诗，《菊》《竹》《松》《梅》《日》《月》《星》《风》《江》《海》《河》……无不入诗吟咏。查《全唐诗》，他的诗共计132首，除了《风》《云》各写了二首，其余都是一事一物各一首，因而计为130首咏物诗。李峤作为唐代诗人，横跨初唐盛唐，其成就自不待言。《全唐诗》的介绍文字说："峤富于才思，初与王杨接踵，中与崔苏齐名，晚诸人没，独为文章宿老，一时学者取焉。集五十卷，今编诗五卷。"可见一斑。

咏物诗，本质上是抒情诗——借物而抒情或言志。且看《叶》："春添一抹绿，/ 夏展一片阴。/ 黄了不居高，/ 愿当炉内薪。"在这里，人即叶，叶即人，仅仅20字，寥寥数句抒发了他愿为中国特色社会主义事业勇于献身、鞠躬尽瘁的崇高思想境界。再如《秋菊心语》："非傲不春来，/ 花谢占秋开。/ 不怨清季种，/ 甘愿献芳海。"在这里，诗人一扫旧时诗人"清秋幕府井梧寒，/ 独宿江城蜡炬残""秋风秋雨愁煞人"的悲秋情绪，为我们展现了诗人"甘愿献芳海"的宽阔胸怀。

山水诗，以自然山水为题材，在中国古诗中占有较大比重，然以短篇绝律居多。崇山峻岭、江河湖泊、皓月星空、瀑布激流，都是历代诗人们歌颂的对象。把自然美、社会美、艺术美通过诗歌形式表现出来，抒写人生体验，揭示人与自然的关系，反映时代变迁对自然的影响，激发读者的想象与神往，就是山水诗的生命之河川流不息的原因吧。

山水自然本身具有诗情画意，山水诗无不通过画面写出诗意。宋代诗人苏轼评（唐代）王维的诗提出了"诗中有画"的原理。诗画一体反映了不同艺术种类之间相互渗透的美学规律。诗是无形画，画是有形诗。诗情画意创造艺术形象，表达思想感情，最终目的都是满足读者的审美需求。如果不是为了读者精神上的满足，诗歌作品就没有存在的价值了。

令人可喜的是，永明的51首山水诗中有不少好诗，如《太湖晚景》《华山》《藏布巴东瀑布群》《江郎山》《善卷洞》等。

《太湖晚景》："远山衔落日，/ 湖水吐余晖。/ 渔火芦边闪，/ 潮声月下回。"可以说是山水诗中的力作之一。它宛如一幅清秀的水墨画，作者犹如一位丹青高手，用他手中的画（诗）笔，着意点染、挥洒，描绘了夕阳下的太湖，瑰丽的晚霞倒映在湖水中，呈现十分漂亮、静美幽深的画面。

尤其值得赞扬的，是永明能够学习、继承古典诗歌锤炼"诗眼"的传统："五言以第三字为眼，七言以第五字为眼。"他的新韵五绝《太湖晚景》中的第三字"衔"和"吐"，使山水都动起来，给人以一种别致美的享受。

著名作家叶辛在评永明的诗歌时说：一首好诗是需要"诗眼"的。好的诗眼能让人喜欢，让人反复吟咏，甚至成为佳句流传。流芳百世的千古绝句，往往就是那一首诗的诗眼。愿胡永明在今后的诗歌创作中，捕捉到更多的"诗眼"，诗的眼。

三是感情真挚，语言精美。诗是文学的精灵，爱情诗又是诗中的精灵。写作爱情诗更需要诗人感情的投入，更需要对生活素材的提炼，也更需要丰富的想象，因为爱情是人类的一种最私密、最圣洁、最炽热也最复杂而微妙的感情。有人为爱情而如痴如醉；有人为爱情而奉献一切；有人为爱情而以身殉情。当然有被异化、被欺骗、被玷污的爱情，那是虚假的爱情。爱情是一切文学艺术的永恒主题，它是说不完、写不尽的，并呈现出千姿万态的样式。

从永明已发表的 324 首诗作来看，我觉得最感人、最能体现他的创作风格的是爱情诗。他的爱情诗表现方式不同于西方爱情诗那种激情似火、满纸热语，他的爱情诗写得婉约含蓄、情在言外。且看《给远方的至爱》："你远在天涯，／就像明月挂在天际；你在我心中，／就像明月映在水里。／我的祝福是清晨的鸟鸣，／为使你快乐千啭百啼；／我的召唤是黄昏的轻风，／留恋地牵起你的罗衣；我的相思是不尽的流水，／长年缠绵在你的住地；／我的情爱是不落的太阳，／环绕着你永远不会偏离。"诗中的意象，真如中国作家协会会员宋海年析评："天涯""明月""鸟鸣""黄昏""轻风""罗衣""流水""太阳"，这些对爱情的描摹以及对未来的希冀的独特的意象，通过富有韵律感的句式，如"我的祝福是清晨的鸟鸣""我的召唤是黄昏的轻风""我的相思是不尽的流水"，完成了对"至爱"的主干结构或主要情感基调。在爱情中，永明诗情勃发，"我的情爱是不落的太阳"。掷地有声的诗句超越岁月的瞻望与时空的界限，永明不改初心，始终深爱着陪伴他一路走来的爱人。颂咏爱情，折射出诗人把对爱情的忠贞上升到崇高境地。

有人说，一个成功的男人身后，往往可以见到一位贤惠的女人。确实，正是妻子无私奉献与支持，才使永明全身心投入工作，从普通的警官成长为公安战线上一名领导干部，并在文学事业上取得傲人的成果。永明深知，"军功章"上有自己的一半，也有妻子舒爱萍的一半，按捺不住感激之情和涌上来的灵感，即刻赋诗《警察心声》："娶妻子，恋妻子，／心愿常守相聚少。／有你理解和支持，／执法热情高。／／爱妻子，夸妻子，／事业有成家业好。／别太辛苦甭牵挂，／身体最重要。"《警嫂心声》："爱警察，嫁警察，／聚少离多我不怕。／敬老抚幼有我呐，／安心工作吧。／／想警察，助警察，／做好事业顾好家。／捷报传来高兴啊，／注意安全呀。"

这两首诗的句式、结构、风格、节奏相同，语句淳朴，情真意切，跃然于纸；奋发有为，溢于言表，反映人民警察工作辛苦，执勤、站岗、破案，没有白天黑夜和节假日，几乎每天都在工作的特点，并抒发警察夫妇心心相印、依依思念、感情深厚，警察同时啧啧赞扬当代警嫂，以宽广的胸怀默默支持丈夫的工作，甘愿用柔弱的双肩挑起家庭和事业的重担，以国家利益为重的崇高精神和优秀品格。

舒爱萍女士不仅是一个人人夸奖的好妻子、好警嫂，还是一位懂音律、识诗词，多才多艺的才女。我也经常读到她在《浦江文学》杂志和《上海诗书画》报等刊发的格律诗、自由诗及诗评等文章。她创作的《蝴蝶》诗荣获2017年第四届中外诗歌散文邀请赛一等奖，并编著了《启明星在闪耀——胡永明诗书评论集》一书。

当我请舒爱萍女士聊聊她与胡永明的爱情史时，现为中国诗歌学会会员、中华诗词学会会员、中国现代作家协会会员的她大方地一口答应。她含笑回忆："我和永明相识始于诗、相知益于诗、相爱缘于诗、相伴乐于诗，真可谓是'诗缘''情缘'。记得我17岁那年、1975年初夏的一天，我朗读叙事长诗《草原英雄小姐妹》，永明听到后，主动过来与我交谈，我们就这样相识了。那时永明刚满18岁，中等个子，脸庞英俊，穿着白衬衫、蓝裤子配双白跑鞋，看上去青春阳光。他钟爱诗歌，经常与我谈论诗歌，还给我看他写的诗。他有一首《中学毕业前夕与同学涉海滩》的诗是这样写的：'迎霞挽手下粼滩，／沙厚风狂作笑谈。／晃晃相搀一步步，／齐观乳燕逐征帆。'这首诗是他17岁时写的。从中我看到了他迎难而上的勇气和乐观向上的志向。我们是在相识多年后才开始恋爱的。永明写的《热恋》，把我们在一起谈诗的情形反映了出来：'折柳说竹马，／荡舟论古诗。／林中迷恋处，／月起不觉迟。'""可以说，我是读着永明的诗成长的。在他的言志诗里，我看到他有着纯净的心灵和高尚的人格。永明在《二十周岁自勉》中写道：'感叹二十贡献少，／幸有数倍在后头。'他在《假如》中又写道：假如我是昙花、流星，我将乐于一现、一闪，只要芬芳能沁人肺腑，只要光芒能照人心坎。这些诗句，不仅是他做人的准则，也引起了我强烈的共鸣，因此常常激励和鞭策着我们共同努力学习和工作。""通过他的诗，我们不断增进相互间的了解。永明写过一首《盼望》的诗表明了他的心迹：'手中带露的山花，／何时插在你云鬓上？／眼前映霞的湖中，／何时荡起我们的桨？／／远来的一个个姑娘，／已使我一次次失望！／欢快的一对对游客，／仍使我一回回遐想……'我谱了曲附在信中回应了他。后来，永明又写了一首《桂花》送给我，其中后两联是这样写的：'玉容虽不艳，／天馥已无双。／俏丽难长久，／高洁万古扬。'我知道，他不仅已经懂我、了解我，而且赞赏这样的美，特别是最后两句，我们的想法是那么的一致。永明每写好一首诗，都急着听取我的意见，可以说，他写的诗，都凝聚着我们的共识。""除了自由诗，永明用新风诗、新律诗写的爱情诗也是那么情深意切、富有韵味。他有一首《一见钟情》的诗中间两联是这样写的：'对诗巧露鸳鸯意，／通信直说郎女心。／柳下执别云落泪，／山间笑语水弹琴。'他那深情而浪漫的诗情,让我体会到爱情的甜蜜与幸福;让我得到了人世间真正的爱情,感受到和诗人一起生活是快乐的。"

  有言道,"黄金有价玉无价"。其实,再贵的玉也有价,凡物质的东西都有价,只有精神的东西才是无价的。从深层次来讲,"爱情"二字,其内涵极深,外延极广,必须从贫、病、离、难中精心提炼,只有面对这四个字无怨无悔,才能登上情与爱的峰巅。这点,可以毫不夸张地说:永明夫妇俩都做到了,同时印证了。和谐产生美,自然情最浓。在这种美德的熏陶下,他们的志向更加高远,他们的情意更加浓厚,他们的家庭更加和谐。

  在此,作为文友的我,衷心祝愿这一对令人羡慕的诗坛伉俪文学之路越走越宽。

  (谢国霖:中华全国美学学会会员、中国大众文学学会理事、中国现代作家协会会员、中国散文诗研究会会员)

文学，三代人的延续

朱超群

胡永明先生与我同岁。我们有缘，同一批加入上海市作家协会。我在工厂工作，不过，加入作协时，已经不在岗位上了。50岁时，为了文学的梦想，我待退休搞专业创作。胡先生在公安战线上工作，还担任着很重要的领导职务。因此，在加入作协后，他很忙，我们并没有什么交往。

我对胡永明先生的了解，是在认识了上海滩大名鼎鼎的"钢铁诗人"刘希涛先生以后。一次，在陈柏有组织的百友文坛作家沙龙里认识刘先生后，大家进行了交流。刘先生是个很忙碌的人，比我们大10多岁，还在为创作和编辑做许多实事。他担任出海口诗文库主编，并主编一张《上海诗书画》报纸。其中，在一次寄给我的报纸中，我看到刘先生写的一篇纪实文学报道《我与"父子作家"的情谊——记胡宝华、胡永明》，记叙了他与胡永明及其父亲胡宝华这"两代作家"的情缘。此文先后在《联合时报》《中国报告文学》和《上海作家》等报刊上发表，又被收入文汇出版社出版的《文化名人与"涛声依旧"》一书中，影响广泛，说明刘希涛先生对胡永明是最为了解的。

刘先生说，20世纪50年代，当他还是一个学生的时候，胡永明的父亲就是一位作家了。那时，胡宝华先生在《萌芽》杂志上刊登的小说《毛丫头大战"霹雳火"》吸引了他的眼球。小说写的是一家电气厂里的气割班，班内有个以"毛丫头"出名的女艺徒张小芳，一心想在本职岗位上建功立业，在她师傅陶春林的帮助下，敢于和"优胜红旗"得主、虎背熊腰、"讲话就像冲天炮一样"、人送绰号"霹雳火"的李阿大下战表。小说不长，采用章回体，他一口气读完。之后，刘先生又在《上海文学》杂志上，读到胡宝华先生的姐妹篇《毛丫头巧献锦囊妙计》。就这样，胡宝华成了刘老师心目中的偶像。

20世纪五六十年代，以反映上海工人生活为题材的文学作品，如雨后春笋般蓬勃发展，造就了一大批有才华、有成就的工人作家，胡宝华先生就是其中突出的一位。

在准备此文稿时，我在百度上查了一下胡宝华先生的简历：浙江宁海人，中共党员，13岁当学徒，学车工。1952年进上海电机厂工作，并上夜校读书，1956年初中毕业。1965年出版《龙腾虎跃》。80年代进修至大专学历。从60年代起，历任上海电机厂宣传部干事，宣传科副科长，线圈车间党支部书记，上海电机厂职工大学党支部书记，厂史志办公室负责人、主编，经济师。

后来，我通过微信请教了胡永明，问了他父亲在出版方面的情况。他说，父亲胡宝华出版过短篇小说集《龙腾虎跃》、短篇小说单行本《"神仙爷"》、少儿绘画读物《我们造机器》、红学专著《解味红楼梦》、中国历史诗集《不灭的中华文明》《世界文明漫评》和《夕爱斋诗文选》，组织并参与创作了短篇小说集《新的高度》《小将》和中篇小说《大梁》。现在年纪80多了，还在不断学习和创作。

对于胡永明写诗，父亲胡宝华写过一篇文章，专门介绍是怎样培养儿子文武双全的。他说，永明自幼酷爱文武之道。他在读小学时，悉心寻访武林高手，并拜其为师。他在家里挂个沙袋，拳打脚踢，嗨嗨连声，全身心投入。当年区里举行少年武术比赛，永明报名参加，成绩甚佳。永明中学毕业，考大学，选定体育学院武术专业，大学毕业留校工作几年后，又投身公安工作。其父亲介绍："永明从小热爱诗歌，读小学时就开始写诗，成年之前就已经掌握了格律诗的创作方法，18岁前后就已写

胡永明与朱超群出席"上海市作家协会第十次会员大会"（2018年12月17日）

出了《中学毕业前夕与同学涉海滩》和《抢收》《插秧》等思想性和艺术性俱佳的诗歌。"

  我和胡永明虽然在上海作家协会大厅上有一面之缘，但真正认识，也是在百友文坛作家沙龙上。有时候我去沙龙聚会，就会碰到胡永明夫妇。通过嘘寒问暖，彼此熟悉了。有时候，胡永明的爱妻舒爱萍一个人来沙龙，但也是难得的。谈到交流，我和他妻子的话语比较多。有几次，她就坐在我旁边，这样就方便我们说话。自然要说到她的夫唱妇随，她说他俩都喜爱文学，有一个共同的爱好。讲起家庭，我说你一定很辛苦，她回答是的。丈夫工作忙，她在家里带小孩、做家务，忙里忙外，还要工作，特别辛苦。但看得出，她是特别吃苦耐劳的。他们有共同的文学爱好，让沙龙里聚会的文友，总是啧啧称赞的。

在 2017 年 6 月的一次文友孩子婚礼上，我收到胡永明带来的两本新著，其中一本是《启明诗》，胡永明著；另一本是《启明星在闪耀——胡永明诗书评论集》，舒爱萍编著。两本书都是中国文联出版社出版的。舒爱萍也是喜欢文学的一位才女。

胡永明的《启明诗》，由中国作家协会会员、著名作家和文学评论家吴欢章先生和另一位中国作家协会会员、著名"钢铁诗人"刘希涛先生作序。

吴欢章说："胡永明同志是公安干部，也是诗人。他一手持剑与盾，一手执笔写作诗篇。多年来，他在保境安民的同时，讴歌社会主义建设，礼赞中华民族的古圣先贤和当今的先进人物，吟咏祖国的如画江山，抒写美好的爱情，表现了一位公安战士丰富多彩的心灵世界。"

刘希涛说："我和永明有着两代人的情缘。永明的父亲胡宝华是工人作家的优秀代表，他的小说对我走上文学道路、创作文学作品产生过重要影响。永明虽然比我小 13 岁，但我们却是同月同日生的，都是从小与诗结缘、终生与诗为伴的，又同为复旦校友，因而成了忘年交。"

《启明诗》除了胡永明写的大量诗作外，附录中还有原诗和歌曲、原诗和中英日译作、原诗和文友的和诗、同题诗等。近 10 位作家和诗人（其中 2 位写序，7 位写诗评）写了评论。我喜欢诗，写过诗歌。我说胡永明是诗迷、诗痴。他不仅写诗，还对诗歌进行学术研究，在出版四部诗歌集的同时，还编著了《诗歌创作手册》，创编了《通用规范汉字诗声韵》。我读胡永明的诗，觉得他的诗简洁清新、意境深远，值得一读。

翻看《启明星在闪耀——胡永明诗书评论集》这部书，对永明夫妇，有了更进一步的了解。才女舒爱萍是中国诗歌学会会员、中华诗词学会会员、中国现代作家协会会员。她写诗歌、散文和评论。这次她为丈夫编著了一部诗书评论集，入选了叶辛、吴欢章、刘希涛、孙琴安、潘颂德、曹正文、宋海年、陆新等著名作家、评论家写的诗书评论文章 60 多篇，这些文章详细分析和评价了胡永明几十年来在诗歌创作、诗歌理论和诗歌韵书研究中的成就。

2015年底，在刘希涛先生主持的胡永明《诗歌创作手册》研讨会上，中国作协副主席叶辛说："永明很不容易，他有自己的本职工作，农场公安分局的政委是要负责工作的，很忙的，能抽出时间来写这么多的作品很不容易。"上海市文联原党组书记李伦新说："我1987年从外地回沪，与永明的父亲胡宝华参加同一个创作研讨班。我看了永明的作品，觉得永明应该有文学的遗传基因，受到了家庭熏陶和影响，当然更有永明自己的继承和发展。"《上海文学》原副编审张斤夫说："接过这本书很感动：一是作者的写作勇气。作者是一位在公安战线上的业余作者，却写出一部将近二十万字的诗歌创作著作，体现了不怕困难、勇于担当的'公安'精神，实在令人敬佩！二是作者的钻研精神。写这样一部著作，即使是专家、学者、教授也要花费相当的精力、几年时间。作者看了很多书，融合了大量参考材料。这种钻研、刻苦的精神，很值得我们学习。三是作者关于诗歌写作一些观点、体会……不仅业余作者可以从中学到很多东西，也值得专业作者借鉴、参考。"

参加胡永明作品研讨会的还有许多著名诗人、作家和评论家。摘录几位名家的评论，对胡永明的作品评价可见一斑。大家称胡永明是一位儒雅的战士，佩剑的诗人。

舒爱萍对胡永明的诗歌，不仅是第一读者，而且经常为其分析和评论，撰写诗评文章。她在《以热爱诗歌事业为乐 以促进诗歌发展为荣》一文中说："在永明出版《启明诗》之际，作为诗人的妻子，我很愿意比较全面、系统地介绍永明的为人、做诗和治学，以使大家对永明其人和诗歌创作、理论研究、韵书创作等方面的情况有个基本的了解。"这一说，就是长篇大论，上万字，很有文化底蕴、功力和素质。看看文章的小标题吧：永明从小与诗结缘，迄今已在诗歌事业上取得一定成绩；永明爱诗、学诗、写诗，有着家庭、学校、单位和社会等方面良好的条件；永明成年以前已经学会了写格律诗、走着一条从旧体诗到新体诗到创新发展的创作道路；在诗歌理论方面，永明提出了一些新概念、新标准、新思想、新观点；在诗歌韵书研究方面，永明创新编制了一套最佳诗歌韵书《通用规范汉字诗声韵》。这5个方面，都是对永明诗歌写作、理论研究和韵书创作的详细研究、探索和总结，写得很有见地，很有水准。我在想，要不是她为了家庭，主动放弃了很多业余时间写作，一定有许多佳作面世。

舒爱萍在《诗缘　情缘——随谈胡永明诗歌创作》一文中谈了他们认识、相爱和相伴的情缘是诗，她说："我和永明相识始于诗、相知益于诗、相爱缘于诗、相伴乐于诗，真可谓'诗缘''情缘'。"

舒爱萍对《启明星在闪耀——胡永明诗书评论集》这部书的编著，是非常认真、非常讲究、非常成功的，也非常有价值。因而，她的倾情，也是非常有成就感的。

在2017年年底的青浦文学营活动中，我与舒爱萍聊天。她说，丈夫是长期在公安战线上工作的人，担任一定的领导职务，有时经常不能回家或很晚回家，家务事都是她做的，但她任劳任怨、无怨无悔。因为同一个爱好，是文学牵着红线，让他们走到一起，他们今生今世，是有缘一生。

妻子那种对丈夫无微不至的关心和支持，是非常值得称颂的。没有想到的是，舒爱萍在诗歌、散文和评论写作上的努力和取得的成就，也是多么值得称道啊！

她除了写散文和评论外，还写了许多诗歌，都是很有特色的，富于诗意，又有哲理，我也是非常欣赏的。我期待她的诗歌集早日问世。

讲了胡永明和他的父亲、妻子，是一个文学之家。其实，他的女儿胡俊晴也喜欢文学。女儿是绘画人、摄影人和文学爱好者，也是上海出海口文学社的成员。她主要写诗,有时也写散文和评论。2017年7月1日《上海诗书画》第20期刊登了他女儿的照片、简介,诗歌作品《旧物》《银杏》《光芒》和文章《分享一首我父亲胡永明的诗〈我是一棵小草〉》等,都是有一定功力的。

在《分享一首我父亲胡永明的诗〈我是一棵小草〉》中,女儿写道:

"父亲是一个十分清爽的男子,英俊、阳光、积极、谦虚、律己、文武双全。"

"父亲的诗和他的为人一样,没有任何的忧伤和呻吟,没有丝毫的自怜和自艾。只有如诗中那种给人满满的绿色生命的感觉。"

"他的肩膀和高度、思想和境界,都是那么使人感到宽阔。他是一个像大海一样的男子。他会赞美你,会鼓舞你,会任你畅游在你愿意和喜欢去的地方。"

女儿诗情画意的语言,写出了父女情深的含意,也体现了女儿对父亲的深沉之爱。孩子在成长和接受教育的过程中,往往会把父母亲作为自己人生的标杆和目标。文学让他们全家的这一共同爱好,在生活中体现浓浓,在追求中其乐融融。

总之,一家三代人都喜欢文学,一代一代地延续,对文学的执着和追求,有那么多文学作品发表或出版物为证,是多么值得令人称道啊!

(朱超群:上海市作家协会会员、中国现代作家协会上海分会会长)

文学，筑就夫妻情深

朱超群

一

2017年6月中旬，在谢国霖儿子的婚礼上，胡永明带来了两本新作，发给在座的每一位文友。其中一本是《启明诗》，胡永明著；另一本是《启明星在闪耀——胡永明诗书评论集》，舒爱萍编著。两本书都是中国文联出版社出版的。舒爱萍是胡永明的妻子，也是一位才女。

胡永明是上海市作协会员，我们同一批加入，又是同一年龄，有些巧合，仿佛有些缘分。因此，见过几次面，也有一些文笔交流。

胡永明在送我书时说，《启明诗》中有我为他的诗写的和诗。我想起来了，说声谢谢啦。随后大致翻看起来，先看《启明诗》，查我的和诗，在244页至245页之间。记得2016年中秋夜，胡永明写了一首《2016年中秋雨夜寄友》诗，发到微信群上：

中秋遇风王，
九州半雨晴。
胸中怀婵娟，
何处无月明？

其妻舒爱萍，在我微信上发了这首诗，还传言，希望和一首。于是，我和了一首：

风雨遮圆月，

故乡何时晴？

吴刚思中秋，

嫦娥舞天明。

胡永明的诗，得到上海许多作家文友的响应。有叶辛、李伦新、张载养、潘培坤、刘希涛、吴欢章、孙琴安、潘颂德、张文贤、任丽青等97位海内外作家和诗人创作了110首和诗。

胡永明的《启明诗》，由中国作家协会会员、著名作家和文学评论家吴欢章先生和另一位中国作家协会会员、著名"钢铁诗人"刘希涛先生作序。

吴欢章说："胡永明同志是公安干部，也是诗人。他一手持剑与盾，一手执笔写作诗篇。多年来，他在保境安民的同时，讴歌社会主义建设，礼赞中华民族的古圣先贤和当今的先进人物，吟咏祖国的如画江山，抒写美好的爱情，表现了一位公安战士丰富多彩的心灵世界。"

刘希涛说："永明又要出新诗集了，以自己的笔'启明'+'诗'为书名。《启明诗》的书名有特色，有以诗启情明志之意。此书共收入作者从成年前至今40年间创作的具有一定代表性、作者及其亲友都较喜爱的136首诗作，分为咏物诗、山水诗、建设诗、人物诗、爱情诗、随感诗等6辑。其中前2辑写的是生物、山水等自然题材；中2辑写的是事物、人物等社会题材；后2辑写的是爱情、情思等个人题材。诗同其人，诗为心声。永明的人品、学识和经历对其创作诗歌产生了重大的影响……"

刘希涛又说："我和永明有着两代人的情缘。永明的父亲胡宝华是工人作家的优秀代表，他的小说对我走上文学道路、创作文学作品产生过重要影响。永明虽然比我小13岁，但我们却是同月同日生的，都是从小与诗结缘、终生与诗为伴的，又同为复旦校友，因而成了忘年交。"刘希涛还于2005年底写了一篇《我与"父子作家"的情谊——记胡宝华、胡永明》，记叙了他与这"两代作家"的情缘。此文先后在《联合时报》

《中国报告文学》和《上海作家》等报刊上发表，又被收入文汇出版社出版的《文化名人与"涛声依旧"》一书中。说明刘希涛先生是对胡永明最为了解的。

胡永明的《启明诗》，除了大量自己写的诗作外，附录中还有原诗和歌曲、原诗和中英日译作、原诗和文友的和诗、同题诗等。近10位作家和诗人（其中2位写序，7位写诗评）写了评论。我喜欢诗，写过诗歌。我觉得胡永明是诗迷，诗痴。不仅写诗，还对诗歌进行学术研究，在出版诗歌集的同时，写了诗歌创作方面的手册，创编了《通用规范汉字诗声韵》。我读胡永明的诗，觉得他的诗简洁清新、意境深远，值得一读。

二

翻看《启明星在闪耀——胡永明诗书评论集》，编著者舒爱萍是中国诗歌学会会员、中华诗词学会会员、中国现代作家协会会员。她写诗，写评论和随笔。他们夫唱妇随，我几次在百友作家沙龙中碰到他俩，他们总是一起来、一起走的。这次她为丈夫编著了一部诗书评论集，入选了叶辛、吴欢章、刘希涛、孙琴安、潘颂德、曹正文、宋海年、陆新等上海著名作家、评论家写的诗书评论文章60多篇，这些文章详细分析和评价了胡永明在几十年诗歌创作、诗歌理论和诗歌韵书研究中的成就。胡永明除了出版四部诗集外，还写了一部《诗歌创作手册》，创编了《通用规范汉字诗声韵》。

中国作家协会会员、上海社会科学院文学研究所研究员、教授、诗评家、上海文史馆馆员孙琴安在序中写道："《启明星在闪耀——胡永明诗书评论集》共分三部分，第一集为诗评，第二集为书评，第三集为综评。末有附录。第一集收录的多为对胡永明诗歌的评论文字，其中包括著名作家叶辛、著名诗评家吴欢章、潘颂德和著名诗人刘希涛等人的评论文章。第二集收录的主要是对胡永明的《诗歌创作手册》所写的书评,其中包括著名作家曹正文、张斤夫、教授张文贤等。这前两集收录的都是学术性的评论文章和研讨会的发言材料,第三集收录的则是一些诗人、作家对胡永明诗歌、书籍所写的散文、诗歌和文赋等文学作品。"

中国作家协会副主席、著名作家叶辛对诗歌创作也有研究,说诗歌一定要有诗眼。对胡永明的诗歌,写了一篇《捕捉"诗眼"》的文章,其中写道:"我是那么痴心,/字里行间总能看到可爱的你;/我是这样爱你,/你的每一封来信都使我狂喜。"说最后一句是题目,也是这首诗的"诗眼"。另一首诗:"可别嫁给小心眼呀,/要不,/我们的友谊就完了。/你会违心地疏远我,/对着醋海伸手给他。……"他说"可别嫁给小心眼呀"是这首诗的题目,也是这首诗的"诗眼"。"一首好诗是需要'诗眼'的。好的诗眼能让人喜欢,让人反复吟咏,甚至成为佳句流传。流芳百世的千古绝句,往往就是那首诗的诗眼。愿胡永明在今后的诗歌创作中,捕捉到更多的'诗眼',诗的眼。"

中国作家协会会员、上海社会科学院文学研究所研究员、教授、诗评家潘颂德在《学习、继承中国诗歌两个传统的华章——简评胡永明诗歌创作》一文中写道:"胡永明学习、继承我国古典诗歌的老传统,首先体现在他学习与继承古典诗词重视意境创作的优良传统和成功经验。意境是我国

胡永明获中国萧军研究会牵头评选的"新诗百年一百位城市影响力诗人奖"(2017年12月9日)

古典诗词的最高美学范畴。有意境的诗，由于情景交融、形神结合，因而富于形象性和艺术感染力，也为读者提供了艺术创造的空间。胡永明注重从生活中提炼意象，从而创造意境。"潘教授举例介绍了胡永明的新风诗《藏布巴东瀑布群》："雅江本有冰川愫，／宁静东流变群瀑。／悬河咆哮落碧霄，／深潭轰鸣腾白雾。／野马发狂正跃下，／岸崖震动欲倾覆。／阳光化作七彩虹，／辉映浪花向远处。"他说："诗人观察细致，想象丰富，立意高远，又注意意象融合，从而创造意境。"

舒爱萍夫唱妇随，对胡永明的诗歌，不仅是第一读者，而且经常评论。她在《为人求实　为诗求新——浅谈胡永明诗歌艺术》一文中写道："永明把诗歌当作精神食粮，如饥似渴地阅读古今中外的诗歌作品、理论和评论，并按照他的'古为今用时代化、洋为中用本土化'理念，去粗取精、去糟取华。永明的诗歌创作走的是一条从旧体到新体、从格律到自然、从有我到无我的发展之路，在传承创新中开始了以新风诗、自由诗为主的创作。"她在《诗缘　情缘——随谈胡永明诗歌创作》一文中写道："我和永明相识始于诗、相知益于诗、相爱缘于诗、相伴乐于诗，真可谓'诗缘''情缘'。"

舒爱萍对《启明星在闪耀——胡永明诗书评论集》的编著是非常认真、非常讲究、非常成功的，非常有价值的。因而，也是非常有成就感的。

文学，筑就夫妻情深。为此，我祝贺胡永明、舒爱萍这对伉俪，志同道合，幸福美满。

最后，我用中国音乐文学协会常务理事、上海市作家协会会员黄玉燕写的《在诗的田园里啄食——写给同龄诗人胡永明老师》一诗中的那些优美诗句为结束语："在《晚潮拍岸的声响》里／我听见了你爱山爱水的绵绵柔情／触摸到了你爱国爱家的回肠荡气／在《阳光化作七彩虹》里／我们看见了一个因诗与妻结缘的深情男子／对携手一生的'萍'爱得如此幸福和专一……"

诗品　人品
——与胡永明、舒爱萍伉俪的诗缘

唐建华

我和舒爱萍老师已认识好多年了。当知道我也喜欢文学,她感到非常高兴。我们每次见面时聊得最多的就是文学特别是诗歌,她还毫无保留地与我交流创作体会,鼓励我在业余时间搞些诗歌创作,并推荐我加入了上海出海口文学社。她的真诚和大气使我对从未涉足的文学殿堂,满怀着美好的憧憬。

我和舒老师的爱人胡永明老师的相识,是从舒老师邀我写和诗开始的。2016年中秋节,我在赴徐州的动车上收到舒老师通过微信发来的胡老师的诗歌《2016年中秋雨夜寄友》(中秋遇风王,九州半雨晴。胸中怀婵娟,何处无月明?),同时还发给我怎么写和诗的方法和要求,邀请我也能写一首和诗。

车近徐州,天空中风雨交加,与原诗的意境相仿,我便按和诗的要求和了一首:"中秋抵彭城,风狂无月明。婵娟心中有,古国雨也晴。"不曾想舒老师给予了积极的评价,胡老师还将此诗收进了他的新著《启明诗》(中国文联出版社2017年版)中,这对第一次写诗的我来说无疑是最大的肯定。

和胡老师相见,是在上海出海口文学社的一次活动后,胡永明、舒爱萍伉俪和我在一个茶座里见了面,胡老师拎来满满一包书送给我,其中有胡永明著《启明诗》、胡永明编著《诗歌创作手册》和舒爱萍编著《启明星在闪耀——胡永明诗书评论集》等。我们一起谈文学，更多的是谈诗歌。说到要写出好诗，他说："诗品即人品，只有人品好才能创作出正能量的诗，只有境界高才能创作出高质量的诗。"并谈了提高写诗水平所必备的基本知识和技巧与他在创作过程中的感想。初次见面中的胡老师与我想象中的不太一样，他没有一点公安干部的架子和强势，而是和蔼可亲，循循善诱，对我这个初涉诗坛的文学爱好者鼓励有加。

第二次见面，胡老师是有备而来的。在上海出海口文学社 2019 年会结束后，我和胡永明、舒爱萍伉俪再次相聚。胡老师比较系统地谈了诗歌的技术性、艺术性和思想性问题，并重点阐述了诗歌的音乐性、诗魂和意境等问题……当我能熟练复述并有一定的感悟后，他才放心。后来得知，为了教我写好诗，他为此备了半天的课，使我感激之至！

胡永明与唐建华在一起（2019 年 1 月 29 日）

在胡永明、舒爱萍伉俪的鼓励下，我先后创作了《夜》《蝴蝶》《黄叶》等诗歌，其中《纪念香港回归二十周年》《我为春天唱支歌》《太阳花》和《电梯》等14首诗作被收进吉林人民出版社于2018年9月出版的《出海口浪花》第一卷中。

"诗品即人品，只有人品好才能创作出正能量的诗，只有境界高才能创作出高质量的诗。"这是胡老师鼓励我要多写诗、写好诗时说的话，而我感觉这更是他和舒老师的写照。在我们文学社中，两位老师为人真诚，低调不张扬，尊重每一个人，并在幕后为大家做了许多工作，尤其是胡老师，没有丝毫的官架子。正是因为胡老师有这样一身正气又和蔼可亲、热心为诗歌事业做奉献的人品，我们才能在他的诗集里读到一首首充满正能量又能打动人心的好诗。

诗品即人品，而诗人的人品则能从诗人的诗品中看到。就如他们俩写的同题诗《黄叶》：

胡永明老师写的《黄叶》诗是：

别枝不恋高，

乘风舞晴空。

归根沃芳泥，

再育绿荫浓。

这是胡老师从政30余年，任领导干部20多载，即将卸任和退休时，触景生情而写的明志之诗。

舒爱萍老师写的《黄叶》诗是：

居枝展春秋，

应时辞苍穹。

唯愿入大地，

助泥孕花丛。

这是舒老师离别自己学习、工作40年的企业，"解甲归田"时写的心灵之歌。

虽然都只是一首小诗,但两位老师的思想境界和人格魅力已尽显其中。

最近,我从胡老师生日当天修改定稿的这首《蜡梅》中,又一次感受到了"诗品即人品"这句话是多么富有哲理。因为我看到的这棵"蜡梅",分明就是诗人自己。这是一首诗人咏物言志的好诗,让我在诗中看到了他在危难之时敢担当、胜利之日甘平凡的高风亮节。

胡永明老师新诗《蜡梅》:

> 我笑看群英齐放,
> 并不惭自貌不扬。
> 枝灰褐横斜,
> 叶青绿疏展。
> 待到万木凋零日,
> 我还愿独战严寒。
>
> 我勇担一花独放,
> 并不傲其状张扬。
> 卉凌冰雪开,
> 香驭霜风传。
> 迎来春风吹拂日,
> 我还愿安享平凡。

而今,胡永明、舒爱萍伉俪已成为我的良师益友。

(唐建华:麦尔(张家港)传动技术有限公司销售部经理)

诗人的胸怀
——一个从"没想到"开始的小故事

沈慧敏

能与胡永明先生结识，完全是托了上海老工人作家胡宝华先生的福——本人自认为是胡老先生的最后一位弟子，由此也就认识了上海诗人胡永明和他的夫人舒爱萍——上海文坛上少见的一对作家、诗人夫妇。而真正与他们开始文字交流，那还是从2016年初夏开始的事。

那是六月里晴朗的一天，我收到了永明先生和夫人寄来的诗集和《诗歌创作手册》，心情非常激动。爱书者，对书的入手总是高兴的。尤其这是经历了跨山越洋、千里迢迢来到异国的友人的勤耕之作，更觉得难能珍贵。我立时给爱萍回了简信："书收到，谢谢。待读完后再叙读后感。"没想到爱萍很快地回了信，并添上一句："无论是爸爸（指胡宝华老先生）还是永明，他们都非常愿意倾听自己的朋友、家人和广大读者对他们作品的意见、建议和评论。"这句话让我立刻感到了分量：显然自己不能随便地"叙"读后感，而是应该写一篇读后感。——这是本文准备叙述的故事中的首次的"没想到"。

总算熬到了暑假，可以坐下来，静心地读永明先生的诗文了。在读的过程中，当然随手记下了一点感想。其中对他的爱情诗及咏物诗很感兴趣。只是从另一个角度对《爬山虎》及对诗之类别题名的表述，提出了一点想法，用了"商榷"这个词。没想到——这是本文的第二个"没想到",原稿让我女儿发现了,她"正告"我说,不能寄这样的文章,有朋自远方寄书于扶桑,不是为了听你的批评或建议,而是为了交流。你不必像出席学术讨论会那样来发表意见。何况你又不了解上海文坛的情况。最后她还甩了这样一句话:在日本待了这么多年,也不改改老脾气。"率直"不一定是贬义词,但是不适时宜的"率直"也会办不好事情。

听了这么一番话,也着实让本人犹豫了一番……以此,如真的得罪了朋友值得吗?年轻时曾被人说过有"迂"劲,如今是不是更"迂"了呢?但是本人又觉得这并不是投稿,充其量只不过是个人之间的文笔交流,何必那么大惊小怪。但是为了防备万一,本人想到还是给胡老先生写一封信——说一句并不过分的话,他可是看着自己成长的一位长辈,万一有不适合的话,他会为自己把把关的。这样一想,我就给胡老先生写了信,请他对本人的感想文过一下目,如果他觉得不适合的话,就不要转给胡永明夫妇了。

信寄走了。我人虽在大洋的此岸,心却也随信去了。虽然做好了收不到他们回信的准备,但是事实上却还是盼望着能收到他们——无论是胡老先生或是爱萍的回信,即使是被骂一通也没关系。

但是"没想到"——这是本文中提到的第三个"没想到",2016 年 11 月 18 日,我第一次收到了诗人胡永明先生发来的网信。他告诉我,周六去看望父亲,父亲给他看了我的信和文。他

胡永明成为联合国签约诗人(2017 年 12 月 9 日)

和爱萍看了后，感到写得很好，经商量，打算编入爱萍编著的《启明星在闪耀——胡永明诗书评论集》。因为全书已基本定稿，所以希望在征得我的同意之后，让我能尽快地提交审稿。

这是完全出乎本人意外的——这是本文中的第四个"没想到"。本人并不知道诗人们出集子的事，也并不是为投稿而写文章。想到"笨人"具有的"迂"劲，马上意识到不必写那些"不适时宜"的感想。于是一方面表示歉意，一方面删去了原稿中有关"商榷"的两段内容。没想到次日晚上，胡永明先生又发来急信，告诉我不必删稿，还是以原稿为好。信的最后一句话是："您的诗评文章写得很好，也很感谢您精益求精。"

——他用的是敬语的"您"，这对本人来说，又是一个"没想到"！

……

前不久，我收到一套——两本还散发着印刷油墨香味的书：一本是绛红色的封面，左上方缀着一颗闪闪发亮的启明星，以正楷大号黑体字书写着"启明诗"书名的，是胡永明先生的自选诗集《启明诗》；一本深绿色封面，同样在左上方缀着一颗闪闪发亮的启明星，以白色正楷大号字书写题目的，是舒爱萍女士编著的《启明星在闪耀——胡永明诗书评论集》。在这本诗书评论集里汇集着诸多当今文坛上诗文家的真知灼见。本人的拙文《我是一棵小草——读永明先生诗有感》也被收入其中——这是唯一的一篇提出与诗人"商榷"的文章，如今再次读来真未免汗颜！

……

以上就是围绕着一篇普普通通的读后感，本人与诗人及其妻、其父，从一连串"没想到"中开始的小故事。在本人"汗颜"的同时，冷静想来，不能不感慨诗人的博大的胸怀。诗人在诗集《启明诗》的后记中说了这样一句话："热爱诗歌吧！你会更加热爱生活，你的人生也会变得更有激情,更有意义。"这是诗人对诗、对生活、对人生满腔热爱的告白。这也是诗人所具有的质朴、真诚、坦荡的品格的反映。诗人的博大的胸怀——难能可贵的博大的胸怀不正是源于此吗!?

在一连串的"没想到"之后,本人想到了这一点,抑制不住感慨,且如此作记。

2017 年 11 月 15 日于日本

诗花绽开的声音
——有感一场别样的讲座

曹爱红

已经记不清有多久没听过诗歌之类的讲座了。在这个诗意稀缺的时代，很少有此类的讲座出现。当获悉上海出海口文学社准备举办胡永明、冷冬雪、过子泉诗歌美酒养生讲座时，作为会员的我们有种久违了的亲切及隐隐的期待。毕竟我们都是爱好诗歌的，就像一个爱花的人，总希望看到枝上一片繁茂，而一旦目睹花朵萎谢、凋零，那种憾恨定是入心蚀骨的。

讲座开始的那天下午，我早早地来到了会场，心里有些许的不确定。毕竟这是个经济高速发展的快节奏的时代，在这个喧闹繁华的都市里，究竟还保留了多少颗浮华之下沉静的心？

不久，会场里喧闹了起来，几位老当益壮的长者神采奕奕地走来，他们中有的年过70，有的年过80，但全都兴致勃勃、满面笑意。这之后，只见一波波的人群涌入，有老年、中年，也有青年。从此，会场上再也没有安静过。一阵阵的笑声、交谈声此起彼伏……从一群群踊跃而来的人群的兴奋里，我聆听到了诗途中越来越响亮的脚步声，聆听到了梦想，聆听到了诗花绽开的声音……

是啊，为了浇灌这朵诗花，有多少护花人在默默耕耘？上海出海口文学社社长刘希涛、副社长胡永明不正像百花园中的育花人，赤诚、细

胡永明与曹爱红（左一）、赵慧珠（左二）、刘希涛（左四）和姜学国（后排）在上海共青森林公园（2018年4月21日）

腻、无私，率领着100多名会员守护着这块纯粹、净美的精神园地吗？

这不是块普通的园地，她是100多名诗歌圣徒灵魂的寄放处，她让大家感觉到，如果没有诗歌、没有文学，虽然不会影响到我们的生活，但会影响到我们的精神，精神的贫穷比物质的贫穷更可怕。

从都市的四面八方汇聚到此的心灵都是丰盈、饱满的心灵。短短的两个小时，他们走进的岂止是一场讲座，他们走进的是诗、是美好、是一种风雅生命的姿势。正如刘希涛老师所说："文学是有温度、有感情的事业，它不属于那些冷漠、自私的人。"

追求诗，就是追求生命中的美好。"诗歌必须是美的。"警监诗人胡永明毫不迟疑地阐述自己诗歌创作中的美学追求。他认为，一首诗，如果连美都做不到，是不能称其为诗的。

具有军人和文人双重气质的胡永明在讲座中除了强调美，还强调诗歌一定要有魂。

的确，有魂魄的诗，才能直击人的灵魂深处。高尔基曾说："真正的诗,永远是心灵的诗,永远是灵魂的歌。"

"还有境界要高,格局要大。"胡永明认为写诗不能仅仅局限于小我,要从社会的、国家的高度来思考和认识。他的追求,彰显了一个文人不可推卸的社会责任。

诗歌,能让人形象、优雅地认识一个人、认识一幅景、认识一段情。

再繁华的城市,没有诗,也是一片荒芜。

此次的讲座,给人的感受深沉、丰厚、无穷……除了谈诗,还有美酒和养生,冷冬雪的酒文化、过子泉的中医养生的整体性、辩证性,都给每一位聆听者留下别样的感觉。

富有创意的独特的讲座给人留下的是无尽的风雅和浪漫。

在浪漫的那一瞬,大家清晰地听到了诗花绽开的声音。

(曹爱红:中国散文诗学会会员,中国民族文艺家协会会员,中国艺术百科艺术总监,高级编辑)

附录

参加舒爱萍《启明星在闪耀——胡永明诗书评论集》研讨会有感

王永银

诗路正道精钻研,
舒展身手汇名篇。
文池碧波鸳鸯游,
期望启明更耀眼。

舒爱萍与王永银在江苏省大丰市荷兰花海（2019年4月19日）

（王永银：上海市杨浦区作家协会会员、新东宫文艺创作中心会员）

略评舒爱萍《启明星在闪耀——胡永明诗书评论集》

潘颂德

在当代诗坛上,诗人胡永明是一颗闪耀的启明星。他是一位有追求的诗人和诗评家,既有诗艺追求,又有诗学追求,是一位将诗歌创作、诗歌研究、诗歌评论与诗歌活动并举的诗人、作家和学者。短短几年里,他先后出版了诗集《晚潮拍岸的声响——胡永明诗选》《阳光化作七彩虹——胡永明诗选》《给远方的至爱——胡永明爱情诗选》《启明诗》和诗歌工具书《诗歌创作手册》,创编了《通用规范汉字诗声韵》。对于胡永明这样一位集诗作、诗评、诗学于一身的诗人,很值得从诗艺、诗学等诸方面予以很好的评论、总结。这样做,不但有助于胡永明个人在诗歌创作、诗歌研究方面提高,也有利于当代新诗坛迈向新的台阶。

舒爱萍编著的《启明星在闪耀——胡永明诗书评论集》(中国文联出版社 2017 年版)是一本很有特色的书。全书分为诗评、书评和综评三部分,另有"附录"。全书收入 40 多位作者对胡永明的上述诗集和诗学研究著作从不同视角所作的相当深入的评论和研究。例如"诗评"部分所收吴欢章教授的《胡永明的诗——启明诗序》中所指出的胡永明的写景诗"主要采取了两种表现手法。一种是融情入景。……另一种是借景抒情",从而"构成情景情物交融的境界"。吴教授又指出:"他的新体诗含有古韵,旧体诗具有今意。"吴教授科学总结的永明诗的特点,对当代

胡永明、舒爱萍伉俪与潘颂德出席"《上海散文》创刊号首发式"（2019年4月20日）

诗人的创作具有指导意义。永明的挚友、小说家宋海年在《诗歌的坚守：胡永明的不变之变》中指出："爱情亲情与咏物言志是永明诗中的两大主题。""永明创作的诗歌包括古风诗、格律诗和自由诗。无论古体诗还是新体诗，永明注重的是思想性与艺术性的结合。"这既是对永明诗歌创作的肯定与鼓励，也是对读者阅读永明诗歌的导读。

  这本书不但收入了诗评家、诗人和文友们的诗评文章，也收入了本书编著者、永明的妻子舒爱萍的《以热爱诗歌事业为乐　以促进诗歌发展为荣——胡永明为人、做诗和治学》《读你千篇也不厌倦——浅谈胡永明爱情诗的生活基础和艺术特点》等四篇文章。这几篇文章由于作者特殊的身份，生动具体地叙写了永明的生活和创作道路，满怀激情抒说了她与永明相识、相知、相爱、相伴的过程，这对读者阅读永明的诗歌和研究者研究永明的诗歌特别是爱情诗，无疑提供了一把钥匙，对深入研究永明的诗艺和诗学，也是大有帮助的。

　　这本书在第二集"书评"中收入了胡永明《诗歌创作手册》研讨会上的发言和有关书评近二十篇。这些文章充分肯定了《诗歌创作手册》的优点和它对当下诗歌创作所作的贡献，其中有些文章，如吴欢章教授在研讨会上发言，既充分肯定这本书简明扼要、理论与实践统一、全面性等三个优点，又实事求是地指出今后在修订本书时应注意理论解说、命名、分类的准确性和诗歌实例选择的代表性问题，充分体现了吴教授实事求是的评论学风，也反映了本书编著者的求实求真精神。

诗书如星耀天空
——舒爱萍编著的《启明星在闪耀——胡永明诗书评论集》读记

邵天骏

启明星,古代通常指的是在日出以前,闪耀在东方天空的金星。而金星又被称为太白星,是所有行星中最接近地球的那颗星球。据说启明星带来的光亮,在茫茫的夜空中仅次于皎洁的月亮。用启明星来寓意胡永明诗书的风采与风韵,自然而然地使人们有了无限的想象空间。

舒爱萍编著的《启明星在闪耀——胡永明诗书评论集》一书,可谓是大气磅礴,风采照人,有深度,有厚度,其本身蕴含了各种唯美和独特的创意。也许,数十年来的夫唱妇随,连书名都能起得如此贴切到位,自是拥有了几许默契的成分,让人阅读时不由得为之怦然心动。

心动不如行动,于是就情不自禁地阅读起来。这本诗书评论集,厚厚的共有319页,按先后顺序分为诗评、书评、综评三集,另加附录,对胡永明的作品进行了全方位、多角度透视,具有广泛性、完整性、概括性和权威性,有着令人信服的好评如潮,其中不少著名作家、诗人、评论家都是我所熟悉的。他们经常活跃在上海乃至全国的各大主流报刊上,成就斐然,许多已经达到了相当的高度和水准,因而诗书评论的价值也就进一步凸显。这对读者而言,无疑是有着很好的借鉴意义的。

著名诗评家孙琴安在序中提及:"有关诗的评论集,百年来已出版过一些；有关诗的书评集，也有不少，但把诗评文章和书评作品汇集于一册而加以出版的，并不多见。也可视为此书的特色。"一册在手，诗评、书评、综评能够一览无余，一气呵成，由此带来的点滴感受、感悟、感奋如细水长流，永无止境。这样的阅读效果，这样的回味空间，这样的从容体验，使读者可以集中精力，用较少的时间，汲取大量的文学养料，滋养自身的文学素质，并贯穿于整个文学的全过程。

在诗书评论集的诗评中，中国作家协会副主席、著名作家叶辛的《捕捉"诗眼"》跃入眼帘。他写道："我感到胡永明的这些诗，有的是描景，有的是寻趣，有的则注重联想，各有入诗的角度，各有可咀嚼之处。"接着他以《给远方的至爱——胡永明爱情诗选》一书为例，列举了其中的两首诗，对其先后进行分析，说第一首诗的最后一句既是这首诗的题目，更是这首诗的"诗眼"。而第二首诗的题目，同样也是这首诗的"诗眼"。于是，作家叶辛就此进行展开："一首好诗是需要'诗眼'的。好的诗眼能让人喜欢，让人反复吟咏，甚至成为佳句流传。流芳百世的千古绝句，往往就是那一首诗的诗眼。"

相信许多人也有同感。好诗能够深深打动人的内心，并不是仅靠花里胡哨就能一蹴而就的，也不仅仅只玩文字游戏所能完全体现的。诗眼的魅力，很大程度上在于诗人能以独到的眼光、凝练的文笔、敞开的心扉和经得起岁月沉淀的文字，留给人们不断回味的理由。从胡永明的诗中我们可以看出，诗人很善于写诗，也很善于捕捉诗眼，并能从看似平淡的生活中提炼出美的意境。他的诗源于生活，又高于生活，不拘泥于生活，浸润了生活的点点滴滴，因而显得更加丰富多彩。这样的精巧构思，这样的语言勾勒，这样的情景呈现，这样的点到为止，无不让美尽情袒露，让正能量始终温暖心间。这也可以说是一种值得反复咀嚼的成功范例。

除了叶辛的《捕捉"诗眼"》评论文章外，吴欢章、刘希涛、赵进

舒爱萍与邵天骏在上海浦南文化馆（2019年2月24日）

一、潘颂德、胡宝华、宋海年、陆新等人的诗评文章也是很有看头的。之所以有看头，乃是评论恰如其分，恰到好处，对胡永明的诗歌在创作和取得的成就上都给予了高度评价。这种评价意义的本身无疑使诗人有了无怨无悔、继续努力前行的巨大动力。

说到底，诗歌创作是一项艰苦的劳动。如果手头可以有个好的范本有所借鉴，有所启发，则诗歌创作的路途就会比较平坦。胡永明在这方面自是做了一个有心人，也是一个身体力行的实践者。在诗书评论集的书评中，读者可以读到许多包括名家对胡永明的精彩评语。譬如，他的《诗歌创作手册》"正适合了当前中国文化的需要"（吴欢章语），"为写诗的朋友带来一部有益的工具书"（曹正文语），"可以说是《诗品》现代版"（张文贤语），"解决了我心中一大半的疑问"（朱渊澄语），"业余作者可以从中学到很多东西，也值得专业作者借鉴、参考"（张斤夫语），"作者做了一件很有意义的事"（张谷平语），"丰富多彩，缤纷难收"（张春新语），等等。可以说，这本书的出版，带来的反响之好，收获之大，既在情理之中，也在某种意料之外，是十分难能可贵的。

笔者曾经在《诗歌创作之福》一文中，提及对胡永明的《诗歌创作手册》非常喜爱和钦佩，并给予了高度肯定。即使以今天的眼光来看，仍不为过："胡永明先生视野开阔，视角独特，对诗歌创作有着严谨深入的研究。他既参考借鉴了大量的书目，又提出了自己许多新颖的见解，诗歌爱好者从中可以汲取的养料是十分丰富的。他对诗歌创作技法的探索，对涌动内心诗意的展现，对捕捉日常生活的美丽，已经不单单是一种诗歌创作技法的深入，而是情感表达和运用方法的有机结合，读后总能给人无尽的回味。"胡永明思路敏捷、勤奋笔耕、甘于寂寞，以及写作和创作的天分，都已经使他成为在文学创作领域不断取得突破的佼佼者。舒爱萍对研讨发言、序言和评论等汇集和编著倾注了大量的心血。

这本书的出版，不仅书名让人过目难忘，颇有韵味，而且诗评、书评、综评编排十分合理，展现了胡永明在文学创作上的成就。胡永明在文学道路上涉猎广泛，在阅读上注重粗读和精读的有序转换，重视诗文创作的有效深入，同时他在文学评论（包括诗评、书评）等方面亦有较好收获。在诗书评论集的综评中，大致涵盖了胡永明的三本诗集和一本诗歌工具书，赞叹了夫妻诗人的比翼双飞，也为胡永明在中外诗歌散文大赛中获得殊荣礼赞。这其中，诗人潘培坤就有这样的诗句加以称道："夫唱妇随仙配对，子承父业开奇葩！"原来，胡永明的妻子，此书的编著者舒爱萍亦是在文学领域多有斩获的人，而胡永明的父亲胡宝华则早已是上海滩上著名的工人作家，胡永明、舒爱萍迄今的创作成就与浓浓的家庭文学氛围是分不开的。

综评中诗人黄玉燕《在诗的田园里啄食——写给同龄诗人胡永明

老师》、诗人郦帼瑛《"二胡"合奏——我与胡永明的诗遇诗缘》也是一个重要看点。像诗人潘培坤一样，她们都用诗篇来表达和赞誉胡永明源源不竭的创作动力与可贵的人生境界。于是，读者可以从这些优美的诗歌中感受到胡永明诗歌创作之旅的不同凡响。其实，笔者也早有这方面的同感，胡永明的诗歌，处处充满了"儒雅的战士，佩剑的诗人"的唯美画面，这也是他多年来创作成就的真实写照。此时，我仿佛听到了战士嘹亮的军号声，看到了诗人笔端下汩汩流淌的时代心语。这画面时而彩色，时而黑白，时而交错缤纷，慢慢地仿佛进入了惟妙惟肖的时间隧道里。

接下来的附录共选入了六篇记述胡宝华、胡永明"父子作家"的有关文章。第一篇是著名诗人刘希涛所作的纪实文学作品《我与"父子作家"的情谊——记胡宝华、胡永明》，后五篇则是围绕这篇文章而写的读后感，读来别有一番新意。这几篇文章，把一对"父子作家"的形象更加全面完整地凸显出来，具有相当的学术研究价值和珍藏价值。

舒爱萍的后记写得十分到位。她对丈夫又是诗人胡永明的评价和对编著本书的用意简洁明了，她说："永明从小与诗结缘、一直与诗为伴，是一个诗歌创作、诗歌研究、诗歌评论与诗歌活动并举的诗人、作家和学者。"事实也确实如此。胡永明至今已出版了多部诗集和诗歌工具书，还有许多诗歌作品、诗评文章在报刊及有关诗歌选本和诗文选本上发表。他是一个有信念的人。用"诗歌创作、诗歌研究、诗歌评论与诗歌活动并举"来描述胡永明的文学创作历程，是非常确切和到位的。她认为，《启明星在闪耀——胡永明诗书评论集》是一本很有特色的文学评论类书"，"又是一本很有价值的文学评论类书"，用了一个并进的叠加关系。"很有特色""很有价值"，使读者有了一睹为快的冲动，阅读后又往往容易陷入欲罢不能的境地中。

一部好的诗书评论集，其意义在于能够给大众以思路的全新拓展，能够向读者提供阅读的良好方法，能够使文学爱好及文学创作者多一点借鉴。《启明星在闪耀——胡永明诗书评论集》在这几方面都是一个不错的样本，都是作者、读者十分受用的一部文学参考书。由于舒爱萍在编著过程中是第一读者，因而可以领悟的东西更多、更全面，这对她今后在文学道路上走得更远、更好是很有帮助的。如今，诗书评论集的顺利出版发行，已经有了一个好的开端。祝愿胡永明、舒爱萍伉俪在胡宝华、胡永明父子作家已有的基础上，不断取得全新突破，在上海文坛、诗坛继续书写夫唱妇随、比翼双飞的精彩浓墨一笔。

（邵天骏：上海市作家协会会员、中国散文学会会员、中国诗歌学会会员）

悦读"三评" 赏心悦目
——在舒爱萍《启明星在闪耀——胡永明诗书评论集》一书研讨会上的发言

叶基馥

2018年四月仲春,有幸在上海作协青浦文学营参加由著名"钢铁诗人"刘希涛主持的舒爱萍老师作品研讨会。这是我第一次踏进文学营,既激动又不安。激动的是让我能走进申城这座"文学殿堂",亲身感受一下浓厚的文学氛围。不安的是与这么多的著名作家、前辈围坐一堂,参加作品研讨就像"班门弄斧",又像小学生第一次走进课堂。

我认识舒爱萍是与诗人胡永明同时认识的。在参加出海口文学社后的一次聚会上,我认识了剃着短平头的副会长胡老师,同时也认识了舒老师。他俩是一对夫妻,双双参加文学社并一起前来参加会议,演绎着一段鹣鹣双飞的感人故事。

这次研讨会,是对舒老师编著的《启明星在闪耀——胡永明诗书评论集》进行研讨。书中共分为诗评、书评、综评三部分,分别汇总了著名作家、诗人、文学评论家和文学爱好者对胡老师诗歌、《诗歌创作手册》等评论文章。读完这部评论集,我有三点体会和感受。

一是诗评恰如其分。虽然我写不好诗歌,但对诗歌从小就喜欢。"爱屋及乌",认识胡老师后,当我读到他写的诗歌便爱不释手,尤其是自由爱情诗。"来到你家后窗下 / 开口欲叫 / 心儿乱跳 / 徘徊 / 犹豫 / 正月圆

舒爱萍与叶基馥出席"上海出海口文学社会员大会"时留影（2019年1月29日）

花俏//转到你家边门前/举手轻敲/脸儿发烧/欣喜/羞涩/入林间小道"。这首《初恋》的诗歌，把第一次去恋人家的那种既激动不已又忐忑不安的心情心态描写得惟妙惟肖。许多大家、名家对胡老师的诗歌作了恰如其分的评价。著名作家叶辛对胡老师的爱情诗给予高度评价，赞誉其诗歌善于捕捉"诗眼"。"钢铁诗人"刘希涛对胡老师诗歌归纳为"三个特点"，即境界高、意境好，感情真、形象活，语言精、韵律美。不愧为写诗高手，刘老师归纳得准确到位。如胡老师一首爱情诗《睡吧，爱妻》，短短几句，就把即将远行的丈夫对妻子的一片情深刻画得生动感人，画面也很美。这也许是诗人的真情表达，爱妻也读懂了这"爱情密码"，用本诗中的其中一句"启明星在闪耀"作为这部新著的书名。

二是书评实事求是。加入出海口文学社，我就听说胡老师编著了一本《诗歌创作手册》，而且成为热门书籍。许多专家、学者都对这部工具书给予高度评价，有的作家还用难以相信、深感敬佩等语言加以赞誉。在一片赞扬声中，有的评论家也实事求是地对这部工具书提出了修订时可以改进之处。著名教授吴欢章就指出了该《手册》存在理论解说、命名、分类准确性和诗歌实例选择代表性两个问题。在当前作品研讨会尽唱赞歌的背景下，吴教授敢于当面提出问题实在难得，为文学批评的正常开展起到了很好的作用。舒爱萍老师又敢于把这篇研讨文章放入"书评"并作为首篇，其勇气也是可贵可嘉。

三是综评耳目一新。舒爱萍老师把文朋诗友们写的对胡老师诗歌、《诗歌创作手册》，以及对胡、舒"夫妻诗人"比翼齐飞的诗歌、散文等文学作品，汇编起来作为第三部分"综评"。让我耳目一新的是，有的作者用优美的诗歌写成，饱含真情，读来倍感亲切。请看诗人傅家驹写的小诗《读永明〈诗歌创作手册〉》："胡永明的书轻轻打开／美的精灵在书中蹁跹／形同扇扇明亮的窗户／万千花朵，金风拂面。"这也正是我阅读《启明星在闪耀——胡永明诗书评论集》一书的同样感受。

（叶基馥：上海市杨浦区殷行街道党工委办公室原主任）

大家论评说 精彩皆赞好

朱国维

出海口文学社的胡永明副社长是我 2017 年秋入社后才认识的一位老师。其诗文俱佳时有所闻、所见,发在微信群里的一首《黄叶》(别枝不恋高,乘风舞晴空。归根沃芳泥,再育绿荫浓。)是我第一次读到他的诗作,果然功力不凡,才华为我所赞赏。但毕竟初识,他的著作尚未拜读过。2018 年 4 月 21 日去共青森林公园采风那天,他特意带了两本书给我。一本是他本人的新著《启明诗》,另一本则是他夫人舒爱萍老师编著的《启明星在闪耀——胡永明诗书评论集》。我十分感谢!

回到家,晚饭后,我便迫不及待地从挎包里把还飘溢着墨香的两本书拿了出来,还特意泡上一壶香茗。老实说,我还不太习惯看专业评论类的书籍,然而《启明星在闪耀——胡永明诗书评论集》,却让我看得有滋有味。

书分三集,第一集诗评,第二集书评,第三集综评,后面还有附录。书中叶辛、吴欢章、潘颂德、刘希涛等人的诗评文章,尽管长短不一,但都从各个不同的角度对胡永明的诗作、著作作了相应而又互异的评价。也有众多文朋诗友从各个不同角度给以一己之见的点评。可谓百花盛开、精彩纷呈。比如叶辛对于永明诗作中"诗眼"的肯定与赞赏,并进一步指出:"一首好诗是需要'诗眼'的。好的诗眼能让人喜欢,让人反复吟咏,甚至成为佳句流传。流芳百世的千古绝句,往往就是那一首诗的诗眼。"这让我也感同身受、获益匪浅。文章的最后真诚地愿胡永明在今后的诗歌创作中,捕捉到更多的"诗眼"。

吴欢章则在《启明诗》序中谈到永明的写景诗主要采取了两种表现方式，一种是融情入景，譬如《太湖晚景》，抓住山落日、水余晖、渔火闪、潮声回的一系列景物特征，给我们描绘了一幅苍茫淡远、静美幽深的图画……另一种是借景抒情，譬如《善卷洞》。

刘希涛则在《追求完美人生 创作精美诗歌》的诗评中，首先为我们展示了永明多年来诗作屡屡获奖的丰硕成果，继而对永明新近出版的大作《启明诗》又给予了恰如其分的肯定与推崇："以自己的笔名'启明'+'诗'为书名。《启明诗》的书名有特色，有以诗启情明志之意。此书共收录作者从成年前至今40多年间创作的具有一定代表性、作者及其亲友都较喜爱的136首诗作，分为咏物诗、山水诗、建设诗、人物诗、爱情诗、随感诗等6辑……诗同其人，诗为心声。永明的人品、基础和经历对其创作诗歌产生了重大的影响，决定收入《启明诗》中的诗歌主要有以下三个特点：一是境界高、意境好……二是感情真、形象活……三是语言精、韵律美……。"在众多优美的诗歌中，刘希涛老师特意摘选了永明荣获"第三届中外诗歌散文邀请赛"一等奖的作品《五律·西安感赋》："秦峰拥雁塔，渭水育英豪。汉启丝绸路，唐弘盛世朝。救国齐荡寇，兴市共逐潮。继古开今日，人民尽舜尧。"并进一步从格律诗兼具简洁美、均齐美、对称美、节奏美、音乐美的大美诗体上作了详尽的解析，给予"艺术表现力强，全诗语言精美"的充分肯定。赞美道："《启明诗》确是一本值得欣赏的精品诗集，值得广大读者品读鉴赏。"这样的评论不仅使我对胡永明的诗歌写作有了一个较为深入的了解，同时也让我从中学到了很多东西。

当然，此书尤让我感慨的有两篇佳作。一篇是著名工人作家、永明父亲胡宝华老先生题为《儒雅的战士 佩剑的诗人》的评论，另一篇则是其爱妻又同为诗人又是本书编著者的舒爱萍女士题为《读你千遍也不厌倦》的评论。

胡永明、舒爱萍伉俪与朱国维在上海作协青浦文学营（2018年4月24日）

  先说说永明父亲《儒雅的战士　佩剑的诗人》这篇评论吧。首先题目之好，可谓恰如其分，形象生动。战士和诗人两种截然不同的身份却冠以了两种更具差异的风采。皆说知子莫如父，永明父亲更是如此。故而开门见山的评说便是："永明自幼好学，酷爱文武之道。一生文以武随，武以文随。"随后陆续展开的评说虽然字里行间充满着子荣父贵的骄傲和爱惜，但更多的还是从一个读者严谨的角度，对书中永明的一些诗歌作了客观的解读和评说：永明的诗既不离比兴手法、韵律传统和言志而无邪的古训，又不过分拘泥于格律，不以词害意。他创作的古风诗、格律诗和自由诗注重思想性与艺术性相结合，有真情实感，且清新自然、简洁通俗、文字优美、声韵和谐……例如《你是美丽的天使》一首，他是这样写的："你是美丽的天使……"

一个勤奋好学的人，总是珍惜光阴的，对光阴会有种种奇特的感悟。孔子最是好学不倦的，便在川上曰："逝者如斯夫！"发出了光阴如流水的感叹。永明在学生时代作了一首《勤奋便是截光阴》的诗，是这样写的："校园灯光夜夜明……"这首诗与"逝者如斯夫"的意境不同，而出发点是相同的。

劳动是光荣的、神圣的。劳动创造了文明进步、劳动把科研成果转化为形形色色满足人类需要的一切。永明在"咏花"系列诗中别出心裁地写了一首《汗盐花》诗，且摘几句看看："我最爱的花呀，是工农衣上的汗盐花……"

永明自喻树叶，他有一首叫《叶》的小诗是这样写的："春添一抹绿……"

"永明的诗，追求真善美，展现文字塑造形象和语言演绎音乐相结合的独特魅力，既有现实主义情怀，又有浪漫主义色彩，别具风韵。五色相间，和而不同，世界所以和谐精彩也。永明一生所好为一生所用。他是公安战线的一名战士，儒雅的战士；他又是一个热爱生活的诗人，佩剑的诗人！"正是通过这样的评论，称之为"儒雅的战士、佩剑的诗人"的形象在我脑海中丰满起来。我想，胡永明在事业与文学上的成功，既有他自身勤奋努力执着的因素，也有他自幼生活在一个读书学习氛围浓郁的家庭的影响，更有其身为著名工人作家的父亲对其潜移默化的影响。虎父无犬子，永明是也。

另一篇令我感慨的诗评便是胡永明的爱妻舒爱萍女士，也是此书的编著者写的《读你千遍也不厌倦》。这篇评论的题目借用了歌曲《读你》中的一句歌词，但不难理解作为妻子的她内心的真情爱意确实如此。作为妻子来谈丈夫爱情诗的创作，在一种特定的环境下或许更为妥贴。对于永明爱情诗的创作点评，舒爱萍女士的文章开始便通过引用苏联作家尤里·留里柯夫在《爱的三角洲》中的一段话："爱情是人类整个感情世界中欲望最为强烈的一种情感。爱得越深，爱情在人类心灵中所占据的位置也就越大。"既然爱情需要基础，同样爱情诗亦是如此。谈起胡永明爱情诗产生的生活基础和创作的艺术特点。作为妻子的舒爱萍归纳为五个方面：

1. 源于实感，写出真情

舒爱萍是这样评说的：永明从来都是情之所至，诗之所成，不会无端写诗，无病呻吟，所以要理解永明的爱情诗，先要了解永明的爱情经历。永明和我是在巧遇中相识的，且以诗为媒。不妨让我们看胡永明和舒爱萍爱情经历中的第一首爱情诗《盼望》。

手中带露的山花，

何时插在你的云鬟上？

眼前映霞的湖中，

何时荡起我们的桨？……

远来的一个个姑娘，

已使我一次次失望！

欢快的一对对游客，

仍使我一回回遐想……

初恋中的期盼甚至有些焦虑的情感跃然纸上。而写于2015年中秋节的一首诗《中秋偕妻拍月》"昔年相思望圆魄，今昔依偎沐清辉。趁着月近云飘离，拍得婵娟话回归。"全诗既写出了个人的思念之情，更抒发了海峡两岸人民对祖国统一的期盼。

中秋节作者通过和妻子相聚一起拍月的感慨，引发出期盼祖国统一的大团圆。这种毫无做作的真情使诗的意境深远，境界高了。

2. 既有情爱，也有大爱

鉴于胡永明既有在公安工作中报国为民的奉献，又有善于在文学创作中歌颂弘扬真善美的艺术才华，所以胡永明在他创作的爱情诗中往往能得心应手地把个人之间的情爱和人间的大爱都表现得淋漓尽致。

且看这两首诗：

《给远方的至爱》：

你远在天涯，

就像明月挂在天际；

你在我心中，

就像明月映在水里。

……

《警察心声》：

娶妻子，恋妻子，

心愿常守相聚少。

有你理解和支持，

执法热情高。

爱妻子，夸妻子，

事业有成家业好。

别太辛苦甭牵挂，

身体最重要。

3. 想象丰富，形象生动

舒爱萍认为胡永明在长期的诗歌创作实践和理论研究中已形成了对诗歌的较为系统的看法，其中尤为重要的是创作诗歌应当做到现实主义和浪漫主义相结合，以现实主义为基础，以浪漫主义为特色，并以形象来表现。而浪漫主义的主要特点就是注重使用想象、夸张、对比等手法表达思想感情，追求自由奔放。舒爱萍认为胡永明的想象力是很强的，经常有奇思妙想通过各种形象表现出来。生活在一起近水楼台先得月的妻子舒爱萍自然更有体会。所以她很自然地选择《牵牛花的心曲》这首诗并写道：牵牛花本是一种很普通的花，永明却移情寄意与它，写了《牵牛花的心曲》，把他的爱、他的情表现得非常形象生动。

　　每当我告别你离开家，
　　我的情爱便化作形形色色的牵牛花，
　　在我们的住地和你经过的沿途，
　　向着太阳——你的微笑盛开竞发。
　　……

确实作者如果没有现实主义的生活基础，没有给极为普通的牵牛花以浪漫主义的丰富想象、夸张等表现手法，就不可能把《牵牛花的心曲》写得如此形象、生动和浪漫。

4. 古为今用，洋为中用

舒爱萍是这样写的：永明根据毛泽东提出、习近平倡导的"古为今用，洋为中用"的思想，针对当前存在的"仿古""媚洋"等问题提出践行并倡导"古为今用时代化，洋为中用本土化"的理念。例如，1982年春，永明根据我国古代关于牛郎织女的传说，发挥想象，写了一首《雨后》：

　　我想那王母挥出的一河波浪，
　　已在春雷声中倾入长江；
　　我想那雨后明丽的蓝天上，
　　牛郎织女正悲喜异常；
　　我想那轻盈的流霞，
　　定是前去祝福的六位仙娘；
　　我想那神奇的彩虹，
　　定然通向他们富丽的天堂。

不难看出《雨后》是胡永明创作实践中"古为今用时代化"的典范。

而《让我们到野外去游玩》则是一首侧重于"洋为中用本土化"的佳作。

　　我美丽的姑娘，
　　快穿上活泼的春装，
　　在这晴朗的周末，
　　让我们到野外去游玩。
　　……
　　让我们的生活比牡丹花更美，
　　让我们插上金凤凰的翅膀，
　　"我们无须等候死亡，
　　我们要活着飞上天堂！"

5. 文字优美，韵律和谐

　　文字优美、韵律和谐的诗应该是最能让人入眼的好诗，尤其是天下的爱情诗。舒爱萍女士在这部分的介绍中是这样写的：永明创作爱情诗，不论是自由诗还是新风诗，不论是抒情诗还是叙事诗，都在文字上力求做到通俗不艰涩、优美不粗劣、凝练不臃散，在韵律上力求通过节奏、声调、韵效等要素增强音乐美。在我们谈婚论嫁之时，永明写了抒情爱情诗《我真幸福》，对我作了赞美，幸福之感、快乐之情溢于言表。

　　我真幸福，
　　我美丽的姑娘，
　　我爱春花的娇美，
　　那娇美就在你的笑靥上。

　　我真幸福，
　　我热情地姑娘，
　　我爱夏日的炽热，

那炽热就在你的赤唇上。

……

而永明 2015 年元宵节写的一首叙事爱情诗则从另一个侧面表达了作为丈夫对身体欠佳尚在康复中的爱妻的无限关爱之情，那种"执子之手，与之偕老"的真情挚爱，不仅让妻子舒爱萍感动得热泪盈眶，同样也令我为之动容！在此略摘几句以飨读者。

爱妻美尼尔症已基本痊愈，
但她前庭器功能仍然不好，
走起路来看似还稳健，
一不小心就摔跤。

晴天在火车站续点茶水，
雨天到小饭店参加社交，
地上有点凉水雨水，
她都脚底打滑猛然摔倒。

"啪"的一声，
使我心惊肉跳，
她虽然没有摔伤筋骨，
我已心疼难熬。

……

胡永明先生和舒爱萍女士因诗而相识、相恋，诗为媒、论婚嫁，风风雨雨几十年直至今天依然爱意深、情交融，幸福美满得让人羡慕。胡永明先生不断创作诗作，达到今天这样的高度，自然是他勤奋学习、不断努力的结果，但一定程度上也离不开妻子舒爱萍的助推，得益于他们彼此对诗的共同爱好！或者更可以说胡永明先生在诗歌创作上不断攀登高峰，获得骄人的成就，独树一帜，成为当今诗坛的一位后起之秀，与其妻舒爱萍女士的助推，与他们诗意盎然的家庭环境都有着密不可分的必然性。这也使我想起中国历史上曾经流传着夫妻恩爱、诗才横溢的美好故事，只是数量不多；但在千百年后的社会主义新时代的今天，虽不能同日而语，却也令人羡慕地涌现出了胡永明先生和舒爱萍女士这样一对志同道合、爱诗、写诗，诗才横溢的伉俪诗人。这不能不让我们由衷地感到高兴。行文至此，与其说，让我来评论舒爱萍女士编著的《启明星在闪耀——胡永明诗书评论集》，不如说是在谈谈我的学习感受和收获。"诗言志、歌咏言"。诗的这一功能伴随着诗的优美激情在我们这个与时俱进的时代还是需要的。真诚地祝愿胡永明先生在今后的诗意生活中，百尺竿头更进一步，创作出更多好的诗文。同样也企盼舒爱萍女士能再编著胡永明先生更多的诗书评论集。最后我想以这样一首有感而发的诗来结束我的文章。

《读启明星在闪耀有感》："启情明志万里行，诗海茫茫灯永明。诗写爱情谁最懂，比翼双飞心相印。"

（朱国维：中学教师，高级职称，曾获上海市园丁奖）

听舒爱萍演唱
《再唱山歌给党听》有感

陆 新

2019年1月29日上午,舒爱萍在"上海出海口文学社2019年度会员大会"文艺演出中演唱了《再唱山歌给党听》,唱得美妙动听,赢得热烈掌声。

东方日出满天锦,
再唱山歌给党听。
悠悠一曲寄深情,
多姿多彩舒爱萍。

舒爱萍与陆新在上海青松城(2019年3月11日)

上海出海口文学社举行
"胡永明 冷冬雪 过子泉诗歌、美酒、养生讲座"受欢迎、反响好

舒爱萍

2018年5月15日下午，上海出海口文学社假座上海铁路印刷有限公司礼堂，举行了"胡永明 冷冬雪 过子泉诗歌、美酒、养生讲座"，由中国作协会员、著名"钢铁诗人"刘希涛社长主持。出席讲座的有顾问张载养、潘培坤与作家张斤夫、沈裕慎、吉建富、薛鲁光、龙孝祥、朱超群、邵天骏、朱渊澄、徐弘毅等和许多文学爱好者，以及应邀参加的各文学社团负责人张谷平、李冠琛、陈柏有、沈家龙、黄大秀、汪惠、叶文强、朱泰来及有关成员上百人。

诗人、学者胡永明在诗歌讲座上讲了打破诗歌创作与诗歌理论、写新体诗与写旧体诗之间的壁垒，诗歌的产生、发展与诗歌的实用性，诗歌的定义和诗歌时间上、体式上的分类，诗歌的音乐性和语言，诗歌的技术性、艺术性和思想性标准，诗歌创作的精品意识和从量中求质到质中求量，诗歌创作、研究、评论和活动，以及诗歌创作的基本素养——境界要高、格局要大、想象要广、基础要实等八个部分。

贵州黔醉酒业集团公司总裁冷冬雪在美酒讲座上念了自己创作的《黔醉赋》，讲了黔醉酒悠久历史、天地人和、酿造工艺、欣赏品鉴、健康养生、美妙感受、价值体现、甄别优劣和黔醉使命等九个方面。最后，

胡永明在联合国（2007年12月23日）

他展示并介绍了一黑一红两瓶小型白酒"黑白到"。

上海市康复医学工程研究会中医师过子泉在养生讲座中讲了中医是一门科学的医学，中医治病是由心理疗法、膳食疗法、药酒疗法、物理疗法、望闻诊切和开刀等六方面组成的。

会间休息时，与会人员拍摄了合影。讲座结束后，大家对这次讲座给予了高度评价。水利部上海勘测设计研究院原党委书记潘培坤赋诗赞扬了三个讲座："一席精讲座，启智敌数年"，反映了大家的心声。

中国诗歌博大精深　诗歌普及任重道远
——百友作家沙龙邀请胡永明作诗歌讲座普及诗歌知识

舒爱萍

2018年7月15日上午，百友作家沙龙在上海市浦东新区浦南文化馆会议室举办活动，由沙龙负责人陈柏有主持，诗人、学者胡永明作诗歌讲座。张文龙、钱俊华、李汝宝、汪欣、蔡吉、舒爱萍、谢国霖、曹祥根、许兵、许建中、曹文桃、刘红玉和仇智宇等作家和文学爱好者参加了活动，并在讲座结束后纷纷作了讨论发言。大家对这次讲座给予了高度评价，对组织文学讲座给予了充分肯定。

在这次讲座中，胡永明就诗歌的产生、发展及其与散文、小说的区别，诗歌的音乐性、语言和意境，诗歌概念的内涵和外延，诗歌创作的意象、物象和虚实结合等知识和技巧作了讲解。主要内容简述如下：

诗歌产生于文字形成以前，起源于劳动号子，经历了从民间歌谣到古风诗到格律诗到白话诗等发展过程，其音乐性、用语和意境等与散文、小说等其他文学样式有很大的区别。

诗歌的音乐性是由节奏、声调、韵效构成的，语言要求凝练、巧妙、自然，意境要求将作者的思想感情与形象水乳交融。

诗歌是作者用富有音乐性的凝练美妙的语言创造意境反映世界的一种文学体裁。包括旧体诗、新体诗和民歌。

胡永明到英国伦敦出席"中欧执法规范化高层论坛"后留影（2016年3月16日）

  有我诗、显我诗主要运用意象来创作，无我诗、隐我诗主要运用物象来创作，都要注意做到"虚实相生"。

  讲座结束后，胡永明解答了大家提出的形象思维与逻辑思维的关系、顺口溜与打油诗之间的区别等问题。

  随后，陈柏有组织大家围绕讲座的内容开展了讨论，大家畅所欲言，气氛非常活跃。

  国家一级导演、作家张文龙说：永明提纲挈领，讲得都是干货，讲得很到位，自己听了收获颇丰。今后自己写诗要朝这方面努力，写出意境好、节奏好的诗。社团交流是很好的风气，要坚持。

  井冈山大学学生仇智宇说：诗歌有音乐性。我喜欢音乐，在学音乐。我要写出能唱的诗歌。

  原南汇区政协副主席、教育界名人、书法家汪欣说：永明讲得非常好，深入浅出。旧体诗词，百年来未很好提倡。文化复兴难度很大，旧体诗词有失传的危险。旧体诗词如何来普及，永明编著《诗歌创作手册》走出了重要的一步。希望大家共同努力，繁荣旧体诗和新体诗创作。我也写点旧体，在赋的创作中可将4、6言作为基本的句式，也可采用3、7言或者2、8言的句式，写的时候要注意对句对偶。

船舶研发院高级工程师许建中说：听君一席话，胜读十年书。旧体诗、新体诗，我都喜欢写。今天听了这堂讲座，我对其中的有些讲解印象非常深刻。关于意境，我查过，都没讲得这么清楚。关于多用动词和把其他词性的词转化成动词来用，如"红杏枝头春意闹"中的"闹"字，"春风又绿江南岸"中的"绿"字，就是诗中使用动词和将名词、形容词等转化为动词来用的范例。

华东师范大学老教授蔡吉说：永明居然能写出《诗歌创作手册》，对普及诗歌发挥了重要作用。今天的讲座，是百友文坛的一个"里程碑"。民间社团藏龙卧虎，为大家学习提高提供了很好的平台。

作家钱钧华说：听了今天的讲座，我深受启发。永明讲了什么是诗和做诗的规则，我大体可以得出三个结论：一是中国诗歌源远流长，博大精深；二是中国旧体诗词是中华独有文化现象，要发扬光大；三是永明做诗歌普及性工作不容易，关于诗的写法上是我迄今听过的最好的一堂课了。诗歌是最高的语言艺术，诗句是用心血凝成的，好诗是一辈子读不厌的，就像好的音乐是一辈子听不厌的。

诗歌爱好者曹祥根说：胡老师讲诗歌的产生、发展和创作提纲挈领，深入浅出，我听了受益匪浅。我要好好学习。

科技工作者许兵说：今天的讲座是一个很好的讲座，有全局性、系统性，有观点、细节，对促进诗歌的普及化很有意义。

中国大众文学学会理事谢国霖说：今天的讲座讲得很清楚，很有系统性，使我对诗歌的产生、诗歌的意境和诗歌的时间性、体裁性概念等有了进一步的了解。我从小喜欢音乐，原是齐齐哈尔文工团的小提琴手，我对诗歌的音乐性感兴趣，今后也要重视也要多写。

文学爱好者曹文桃说：胡老师讲得很好。诗歌是最能打动人心的。

胡永明妻子舒爱萍说：永明在诗歌方面坚持"双轨制"，既积极创作诗歌作品，又潜心研究诗歌理论。《诗歌创作手册》的编著出版很不容易,永明做了大量工作。今天的讲座,永明作了充分准备,可惜时间太短,永明没法展开讲。自己虽和永明朝夕相处,但各自都很忙,也没什么机会听他系统地讲诗。今天听了这个讲座,我也觉得受益匪浅。感谢陈柏有老师组织诗歌、散文、小说、剧本等文学创作的系列讲座!希望这样的活动能坚持下去。

最后,陈柏有对这次讲座作了充分肯定,表示要在《浦江文学》上刊登胡永明《诗歌讲座提纲》[①],让更多的诗歌爱好者学习诗歌知识。

---

① 胡永明《诗歌讲座提纲》(摘要)刊登在《浦江文学》2018年秋季版(总第21期)第3—6页。

后记

在举国上下欢庆中华人民共和国成立 70 周年之际，我谨以此书向国庆献礼。

《闪光的启明星——胡永明诗歌评论集》是一本集学术性、艺术性、范例性和资料性于一体的诗歌专业论著。书中著名作家、诗人和文学评论家等作者所写的诗歌评论文章涉及诗学的诸多方面甚至前沿问题，具有学术性；书中评论文章对于诗艺的阐发以及书中的诗歌、散文等文学作品，具有艺术性；书中专家学者写的经典序言、评论文章和诗人、作家写的精彩诗文，具有范例性；书中论述的诗史和诗观、大家和名家的诗文、诸多文化界人士的照片等，还具有资料性甚至史料性。同时，书中诸多文坛大家、名家和新秀对诗歌创作和诗歌理论的真知灼见，对于学习、鉴赏和创作诗歌具有普遍的指导意义，故此书应是值得诗人和诗歌爱好者们阅读和借鉴之书。

永明著《启明诗》和我编著的《启明星在闪耀——胡永明诗书评论集》于 2017 年 2 月由中国文联出版社出版发行，实体书店和网上书店销售情况良好，2018 年上海书展还展出了这两本书和永明著《给远方的至爱——胡永明爱情诗选》，永明和我还被邀请去上海展览中心作交流。2017 年 8 月 30 日和 2018 年 4 月 24 日，上海出海口文学社在上海市作家协会的大力支持下，共组织 30 多位作家和文学爱好者到青浦文学营召开了"胡永明诗歌研讨会"和"舒爱萍《启明星在闪耀——胡永明诗书评论集》研讨会"，产生了数十篇评论文章和有关诗歌、散文，加上我们平时收到的和临时约写的诗文，形成了此书的基本内容。

此书由三集和附录组成。第一集，收录亲友们对永明诗歌及其理论所写的评论文章 30 篇；第二集，收录我对永明诗歌及其理论所写的评论文章 15 篇；第三集，收录师友们为永明和我所写的诗歌、散文 41 篇；

胡永明、舒爱萍著作

附录，收录文友们对我编著的《启明星在闪耀——胡永明诗书评论集》等所写的诗文以及我对永明做的两次诗歌讲座等所写的报道8篇。加上序言和后记，全书共收录70位作者96篇诗文约20多万字。在各集和附录中主要是按内容来排列的，形式上一般是先诗后文。此书配有作者与我们的合影照片以及永明和我的有关照片，都是文友交往和永明经历的真实写照。在第三集中有两篇是在校学生写的文章：一篇是复旦大学法学院本科生蔡佳雯于19岁大二时受复旦大学校友会委托走访校友胡永明后写的《文武报国，诗以言志——记复旦大学校友胡永明》，另一篇是上海大学研究生常绮帆写的《年轻人的启明星——读胡永明诗集〈启明诗〉有感》。复旦大学及其法学院校友会在微信公众号和网站上配照片发布了蔡佳雯写的这篇文章，其中复旦大学校友会在引言中写道："百年复旦群星闪耀……今天，让我们走近一位'儒雅的战士·佩剑的诗人'，复旦法学院2001级硕士校友胡永明。"

我要衷心感谢著名文学评论家吴欢章教授为本书提出书名并作了十分精彩、经典的序言，衷心感谢离休干部瞿若提出书中增放照片并填词勉励！衷心感谢中国作协副主席叶辛、上海文联原党组书记李伦新、著名诗人刘希涛、水利部上海勘测设计研究院原党委书记潘培坤、上海铁路局原代局长张春新、上海市委党史研究室原副主任吴振兴研究员、上海市原南汇区政协副主席汪欣、上海百老德育讲师团团长戚泉木、新疆兵团七师原副总经济师兼发改委主任熊鹏举、上海市统计学会副会长陈新光博士、《世纪》杂志副主编（主持工作）崖丽娟和著名文学评论家孙琴安、潘颂德、任丽青、葛乃福教授为永明诗歌及其理论写评论和为我们赋诗！衷心感谢张建中、陆新、黄华旗、张天竞、朱渊澄、胡隆庆、向德旺、邓兴衡、陈晶龙、张谷平、季渺海、许翠萍、刘宝玉、王家泉、宋海年、方旭、朱泰来、过子泉、王岚、黄玉燕、李莉、俞娜华、原因、张春发、刘晓红、郦帼瑛、龚珮珮、陈柏有、张斌、曹秀芳、谈岩、蔡

2019年9月11日上午,上海大世界基尼斯总部副总经理(主持工作)高文给胡永明颁发《大世界基尼斯之最》证书

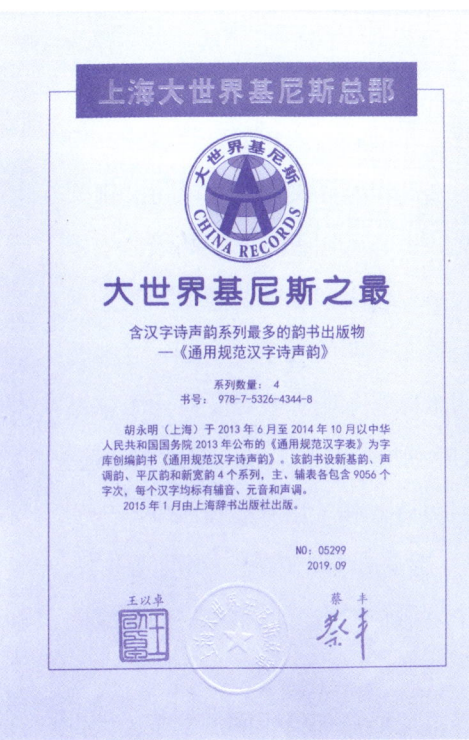

上海大世界基尼斯总部

大世界基尼斯之最

含汉字诗声韵系列最多的韵书出版物
—《通用规范汉字诗声韵》

系列数量：4
书号：978-7-5326-4344-8

胡永明（上海）于2013年6月至2014年10月以中华人民共和国国务院2013年公布的《通用规范汉字表》为字库创编韵书《通用规范汉字诗声韵》。该韵书设新基韵、声调韵、平仄韵和新宽韵4个系列，主、辅表各包含9056个字次，每个汉字均标有辅音、元音和声调。

2015年1月由上海辞书出版社出版。

NO：05299
2019.09

王以卓　　蔡丰

㊤ 2019年9月，胡永明创编的《通用规范汉字诗声韵》成为大世界基尼斯之最

㊦ 2019年9月11日上午，上海大世界基尼斯总部副总经理（主持工作）高文（右四）、申报部部长关玥（右一）和吴欢章（左三）、潘培坤（左二）、张春新（右三）、吴振兴（右二）、舒爱萍（左一）出席胡永明创编的《通用规范汉字诗声韵》获颁《大世界基尼斯之最》仪式

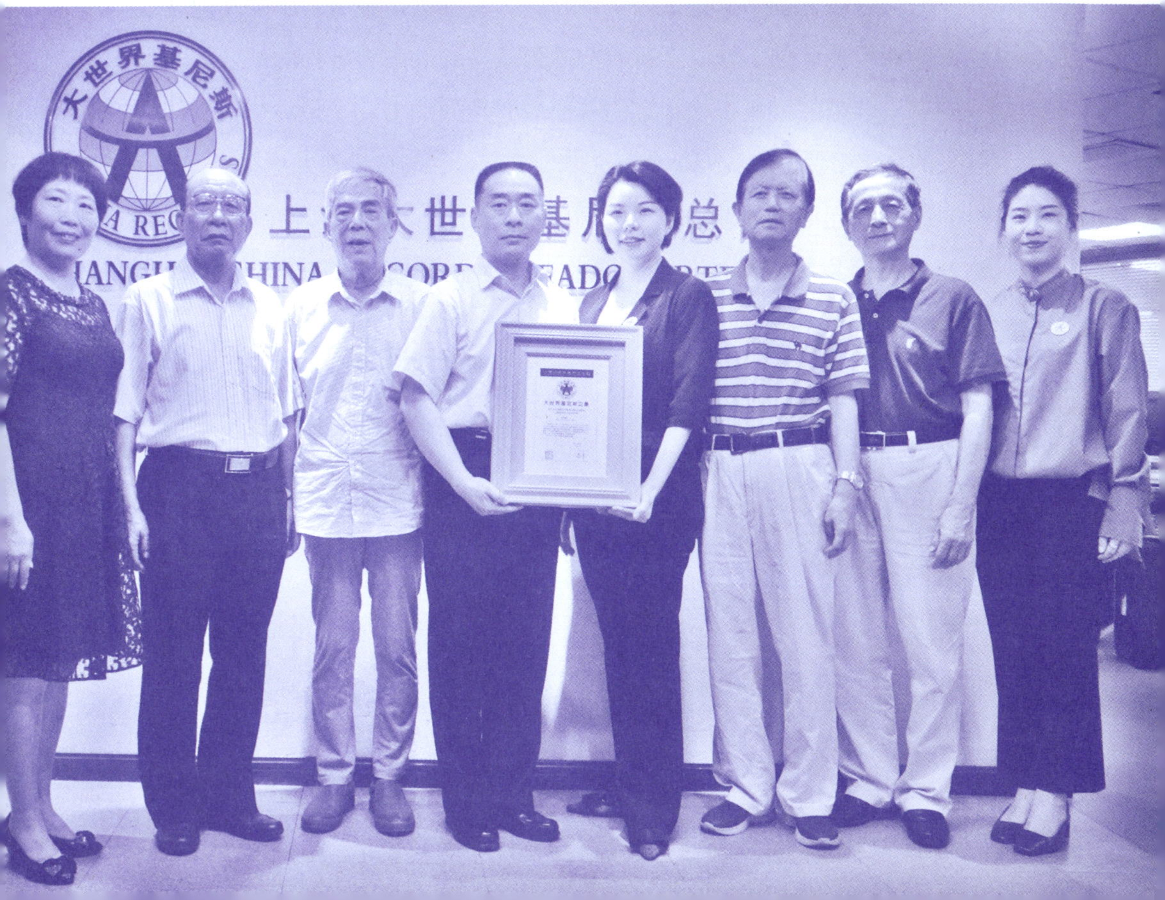

佳雯、常绮帆、金瑜、郑振国、董妮亚、谢国霖、朱超群、唐建华、曹爱红、王永银、邵天骏、叶基馥、朱国维等作家和文友们（以诗文排列为序）参加"两个研讨会"与撰写诗文！衷心感谢香港文联高级艺术顾问胡金全、香港著名诗人向云、日本大学近代文学教师沈慧敏和澳大利亚华裔诗人李芝惠积极撰稿！同时也要感谢永明的父亲胡宝华、老师韩焕昌、我们的女儿胡俊晴和我的表哥胡金标对永明和我以及对出版本书的支持。晴晴不仅匠心独运地设计了《晚潮拍岸的声响——胡永明诗选》《阳光化作七彩虹——胡永明诗选》《启明诗》和《启明星在闪耀——胡永明诗书评论集》的封面，还写了诗评；金标哥患白内障，刚动完手术，眼睛还肿着，仍坚持写了四页纸的评论发微信给我。此书凝聚着大家的智慧和心血，形成中的感人故事很多。

在本书的出版过程中，上海大世界基尼斯总部给永明颁发了《大世界基尼斯之最》证书，正是因其编著的《诗歌创作手册》中的《通用规范汉字诗声韵》创了含汉字诗声韵系列最多的韵书出版物的纪录，成为我国有史以来经权威机构认定的首部成套系列韵书。这是一个具有社会意义的文化事件，对我们是个意义非凡的喜讯，与广大诗友分享！

愿《闪光的启明星——胡永明诗歌评论集》为繁荣诗歌创作和促进诗学研究发挥积极的作用，愿此书成为通向"诗和远方"的一块铺路石！

2019 年 8 月

图书在版编目(CIP)数据

闪光的启明星:胡永明诗歌评论集/舒爱萍编著.—上海:上海科学普及出版社,2019
ISBN 978-7-5427-7641-9

Ⅰ.①闪… Ⅱ.①舒… Ⅲ.①胡永明-诗歌评论 Ⅳ.①I207.22

中国版本图书馆CIP数据核字(2019)第191030号

责任编辑　俞柳柳
审　　校　朱文柳
装帧设计　王轶颀

闪光的启明星——胡永明诗歌评论集
舒爱萍　编著
上海科学普及出版社出版发行
(上海中山北路832号　邮政编码200070)
http://www.pspsh.com

各地新华书店经销　上海盛通时代印刷有限公司印刷
开本 710×1000　1/16　印张 27.5　字数 380 000
2019年9月第1版　2019年9月第1次印刷

ISBN 978-7-5427-7641-9
定价:58.00元
本书如有缺页、错装或坏损等严重质量问题
请向工厂联系调换
联系电话: 021-37910000